T0278862

LA MALDICIÓN de LAS LÁGRIMAS

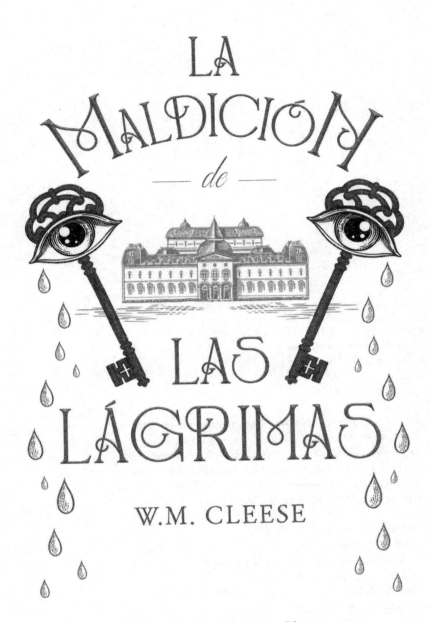

LA MALDICIÓN

de

LAS LÁGRIMAS

W.M. CLEESE

Traducción de Francisco Vogt

☾ UMBRIEL

Argentina • Chile • Colombia • España
Estados Unidos • México • Perú • Uruguay

Título original: *The Haunting of Las Lágrimas*
Editor original: Titan Books
Traducción: Francisco Vogt

1.ª edición: octubre 2022

ISBN: 978-84-19030-05-4
E-ISBN: 978-84-19251-53-4
Depósito legal: B-15.028-2022

Fotocomposición: Ediciones Urano, S.A.U.
Impreso por: Romanyà Valls, S.A. – Verdaguer, 1 – 08786 Capellades (Barcelona)

Impreso en España – *Printed in Spain*

Para Nicole

Nota sobre el texto

El siguiente relato fue escrito en octubre de 1913 en el diario de Ursula McKinder (cuyo apellido de soltera era Kelp). A pesar de que ahora se trata de una figura olvidada, en la década posterior a la guerra, Ursula era una jardinera muy respetada que contaba con personas como el señor Arthur William Hill, el director de Kew Gardens, dentro de su círculo.

Aunque el diario original está perdido desde entonces, mientras investigaba para mi libro sobre la Emergencia malaya, encontré una copia fotostática en los papeles de Flores, la hija de Ursula. Es probable que esta copia se haya hecho en la década de 1950 en Singapur, donde la familia se había mudado para evitar la masacre en Malasia. Aún se desconoce por qué Flores hizo dicha copia.

Mientras preparaba el diario para su publicación, pude comprobar muchos sucesos que se mencionan allí, como el paso de Ursula por Argentina a bordo del RMS Arlanza, su empleo en Buenos Aires con la familia Houghton y su repentina renuncia o su posterior estadía en el Hotel Bristol de Mar del Plata. Incluso descubrí un recibo de esto último, donde vi que su alojamiento ascendía a los 336 pesos (pagado mediante transferencia bancaria). También es evidente que Ursula viajó por la región de las Pampas. Se confirmó el contenido del testamento de su abuelo gracias a los registros que se encuentran en las oficinas de los abogados Cole, Cranley & White en Cambridge.

En cuanto a los inquietantes acontecimientos descritos en Las Lágrimas entre el 17 de agosto y las primeras semanas de septiembre de 1913, lo dejo a criterio del lector.

WMC, febrero de 2022

Sábado 4 de octubre de 1913
Hotel Bristol, Mar del Plata

Todas las noches ocurre lo mismo.

Ceno en el hotel y me empeño en elegir una mesa en el centro del restaurante, debajo del candelabro principal, para quedar bañada por una luz brillante y rodearme de tanta gente como sea posible. El ruido de las conversaciones ociosas nunca me tranquilizó tanto. Me siento de espaldas a las ventanas para evitar la oscuridad total del océano que se encuentra a lo lejos. Solo como la pesca del día o ensalada, para no tener problemas de digestión, y termino con una generosa copa de vino de Oporto (no para fortalecerme, sino para adormecerme). Luego me dirijo a mi habitación donde me doy un baño. El agua está extremadamente caliente y, cuando termino, estoy hirviendo y con sueño. Me pongo la ropa de dormir y me meto debajo de las sábanas. Son muy suaves, sobre todo con el recuerdo de haber dormido en la naturaleza de las Pampas aún fresco en mi mente. Allá afuera, en esas vastas praderas vacías, el suelo estaba duro y mojado; no tenía nada más que un poncho para protegerme del frío extremo mientras me abrazaba a mí misma, hambrienta, sola y presa del miedo. Dejo encendidas todas las luces del dormitorio, algo que alguna vez me habría parecido una tontería. Ahora tiemblo ante las sombras… y lo que pueden llegar a ocultar. Por último, me tomo un tranquilizante y cierro los ojos. Al principio, parece que esta noche tendré éxito. Mis extremidades se relajan, mi respiración se vuelve más profunda. Me deslizo hacia la oscuridad y me dejo llevar, apenas consciente de los sonidos del otro lado de la ventana... El estruendo y el silbido de las olas al chocar contra la playa, el rugido del viento a través de las palmeras...

Entonces, de pronto, estoy de vuelta en Las Lágrimas... y me despierto. Sacudiéndome, jadeando y rogando por mi liberación.

El recuerdo de ese lugar horrible me acompaña todo el día: cuando me levanto después de otra noche sin dormir, cuando desayuno aún adormecida, cuando paseo por la ciudad. ¿Pasear? Marcho, prácticamente a toda velocidad, por Mar del Plata, corriendo a lo largo de la rambla hasta llegar a una zona donde la costa no está urbanizada y luego subo a los acantilados antes de volver sobre mis pasos a través de calles con bonitas casas de estilo alpino hasta alcanzar la playa. En algunas ocasiones, he hecho este circuito dos veces. Los lugareños están empezando a reconocerme: la inglesa demente con sus ojeras oscuras y su cabello pelirrojo que lleva siempre suelto. Camino doce horas al día con la vana esperanza de agotarme lo suficiente antes de la hora de dormir. Debo admitir que, a la luz del día, con la fresca brisa marina y una gran cantidad de personas a mi alrededor, siento que vuelvo a ser un poco como antes; no obstante, los numerosos jardines de ocio por los que paso, con sus marcos de plantación bien pensados y sus llamativos patrones simétricos, jardines que justo ahora están floreciendo, jardines donde alguna vez pude haber pasado muchas horas felices, ya no me generan interés.

Mar del Plata es una ciudad costera moderna que no deja de crecer a medida que se acerca la temporada alta, cada día más templada y más poblada. La luz eléctrica ilumina las calles. Mi hotel, el Bristol, es el mejor de la ciudad, lujoso y seguro detrás de abundantes cerraduras y puertas. Racionalmente, estoy segura de que aquí no me puede pasar nada malo. Sin embargo, cuando el recuerdo de Las Lágrimas se impone en mi mente, el terror de los acontecimientos recientes es tan inmediato y escalofriante como lo fue durante esos últimos días en la casa. El corazón me late con tanta intensidad que sé que estaré despierta de nuevo para presenciar el amanecer. La situación no ha sido diferente durante estas dos últimas semanas. He venido a Mar del Plata para exorcizar estos recuerdos, no para verme sumida en ellos.

¡Debo hacer algo!

Las noches anteriores, he paseado por mi habitación en pleno estado de agitación antes de, inevitablemente, bajar las escaleras con el deseo de buscar la compañía de los demás. Frecuento el vestíbulo hasta altas horas de la madrugada, cuando todos los demás huéspedes se han retirado y mi única compañía es el personal nocturno. El conserje debe pensar que estoy interesada en él o, me atrevería a decir, demente. Al ser una joven inglesa que se hospeda aquí sin familia, ni marido, ni acompañante, ya he llamado la atención lo suficiente.

Ojalá el abuelo estuviera aquí conmigo; nunca lo había echado tanto de menos. Sin embargo, no necesito su presencia para estar segura de los consejos que me daría. Su estudio estaba lleno de los diarios que había guardado: cuadernos de bitácora forrados en cuero que habían viajado por medio mundo, con las páginas hinchadas por la sal de los viajes marítimos y el vapor de selvas más lejanas de lo que jamás hubiera imaginado. Todas las dificultades que atravesó, todas las fiebres tropicales y las amenazas mortales… todas esas aventuras que me emocionaban cuando era una niña… quedaron enterradas luego de escribirlas. «La tinta sobre el papel es una caricia al alma», me diría.

Ahora escucho su voz: *¡Escribe, Ursula! Escríbelo todo, hasta el último detalle, y no tendrás que volver a preocuparte.*

¿Puede ser así de simple?

Cuando hui de la casa de Las Lágrimas, me llevé solo lo mínimo indispensable. El resto (mi ropa, los libros, las herramientas de jardinería, casi todos los bienes materiales que había traído conmigo de Gran Bretaña a Argentina) lo tuve que abandonar. Intento no pensar si alguien ha hurgado entre mis pertenencias desde ese momento. Algo que sí me guardé en el bolsillo antes de tomar el vuelo fue mi pluma estilográfica, un regalo del abuelo por mi vigésimo primer cumpleaños, que me negué a dejar. Hay una papelería en el centro comercial que hay junto al hotel. A última hora de la tarde, cuando regresaba de mi largo paseo, entré sin pensarlo para comprar un tintero y un cuaderno de tapa dura forrado en tela, en el cual estoy escribiendo estas palabras. No quiero pasar otra noche merodeando por el vestíbulo o tiritando en mi habitación cegada por un exceso de luces. No quiero un futuro en el que la idea de dormir no hace más que inquietarme. Nunca he sido propensa a los estados nerviosos que aquejan mucho a las de mi sexo, como mis hermanas; «¡maldita sea!», me digo, pues parece que ahora sí. Siempre supe que era diferente, puesto que mi temperamento es más fuerte. De hecho, me siento más segura de mí misma sabiendo lo que estoy a punto de llevar a cabo. Debo volver a reunir toda mi valentía, como hice esa última noche en Las Lágrimas.

Así que describiré los sucesos de estas últimas semanas, y los pondré por escrito como el abuelo me impulsó a hacer: con detalles impecables y una veracidad implacable como si estuviera en un tribunal, aunque no estoy segura de que lo que cuente tenga sentido. Cuando no recuerde algunos aspectos específicos (pienso, en particular, en todas las conversaciones efímeras), captaré su esencia, si la exactitud no es posible. Lo dejo claro de antemano para que el lector tenga la certeza de que lo que sigue es un relato lo más exacto y fiel posible. Rezo para volver a encontrar la paz cuando termine. Que se me conceda acostarme en mi cama arrugada, apagar las luces y dormir. Una noche tranquila sin pesadillas.

Esta, entonces, es la historia que debo contar. Debo regresar a Las Lágrimas. Que Dios no permita que tenga que volver a vivirlo todo una vez más.

Un extraño en el jardín

Era doce de agosto, en una mañana fría y sombría a finales del invierno en el hemisferio sur, cuando regresó el extraño. Aunque era temprano, yo ya estaba trabajando en el jardín, con mi abrigo de lana húmedo por el aire y las puntas de los dedos enrojecidas y entumecidas. Para que quede claro, el jardín no era mío. Pertenecía a los Houghton, socios de mi abogado, que vivían en Buenos Aires desde hacía una década. Su casa era una de las muchas mansiones en el barrio de Belgrano, una gran propiedad tapada por altos muros de ladrillo y árboles maduros, pertenecientes a una colección bastante impresionante de jacarandás, tipas y arces japoneses, todos sin hojas en esa época del año.

Reconocí al extraño de inmediato, en especial por su altura. Era alto (sobre todo para un argentino), con el rostro demacrado, pero caballeroso, y llevaba un abrigo de piel de cerdo que le llegaba hasta las botas. En la cabeza llevaba puesto un sombrero bombín. Había visitado el lugar varios días antes para hablar con el señor Gil, nuestro jefe de jardineros. Había sido un breve intercambio en el que Gil había despedido al extraño con su encanto habitual. Cuatro personas formábamos parte del personal de jardinería, y yo era la incorporación más reciente. Hubo muchas especulaciones sobre quién podría ser este visitante. Gil había tenido el placer de ser discreto sobre el asunto, lo que daba a entender que el extraño anunciaba noticias importantes, pero no nos había ofrecido más información.

El encuentro anterior entre los dos había sido con cita previa en la cabaña de Gil, un edificio que él insistió en que llamáramos su «oficina». No obstante, esa mañana, el extraño se había metido en el jardín y le había tendido una emboscada a Gil cerca del límite de los lirios y los lupinos. Yo pasaba por ahí cerca de casualidad, con las manos unidas sosteniendo el nido de un ratón. Gil a menudo me encargaba trabajos que me ponían en contacto con insectos y roedores. Él tenía la esperanza de que gritara como un bebé, pero mi abuelo me había enseñado a no temerle a nada, ¡desde luego no a criaturas más pequeñas que mi pulgar! Estaba vaciando macetas cuando encontré el ratón. Gil tenía la costumbre de pisotear a las pobres criaturas, así que quería trasladarla a un rincón del jardín donde pudiera vivir sin que la molestaran. Por lo tanto, estaba acorralada cuando pillé a Gil y al extraño reunidos. Yo no era popular entre el personal. Cualquier cotilleo del que pudiera enterarme mejoraría mi posición, así que me oculté y escuché. Debo confesar que me emocionaba escuchar a escondidas, uno de mis hábitos más desagradables, y razón por la cual mi madre me regañaba a menudo.

Gil tenía una variedad de tonos de voz, desde el abiertamente servil cuando hablaba con los Houghton, hasta la voz cavernosa que dedicaba a los que estaban por debajo de él. En ese momento, su forma de hablar era más autoritaria.

—… como le dije la última vez, no me interesa su oferta. Ahora váyase. Tengo una mañana muy ocupada.

—Imagine la oportunidad. —Esa fue la respuesta del extraño. Tenía una voz extraña, imponente y con un toque de arrogancia, aunque también con cierta fragilidad—. No es un jardín, es una estancia. Toda una hacienda para que usted la supervise.

—Incluso si no fuera por el resto, ¿quién querría vivir allí?

—Con la nueva línea ferroviaria a Tandil, puede hacer el viaje en tan solo dos días.

—No me importan los trenes.

—¿Tal vez sea el salario?

—Tampoco me importa su dinero.

Mis oídos se aguzaron. Aquí había un detalle que iba a sorprender a los demás cuando lo compartiera. Pocos hombres eran más avariciosos que Eduardo Gil.

—Mi patrón está dispuesto a duplicar la oferta —afirmó el extraño.

—No tengo nada más que decir. No quiero su trabajo, y dudo que encuentre a algún hombre que quiera aceptarlo.

Me escabullí, con la cabeza a mil por hora. Esa era mi oportunidad de demostrar de lo que era capaz, de trabajar como una verdadera jardinera en lugar de ser un par de «manos extras», tolerada solo por mi conexión con el señor Houghton.

Me apresuré para llegar a la pared que delimitaba con la calle Miñones, liberé al ratón y vi cómo salió disparado. «Buena suerte», nos deseé a los dos. Luego me acomodé el abrigo y me arreglé el pelo debajo del sombrero. Nunca me preocupaba mucho por él, otro delito menor que me valía una reprimenda diaria de parte de Gil. El jardín de los Houghton estaba diseñado a lo largo de una cuadrícula de caminos y arbustos (era, para mi gusto, demasiado formal). Corté el camino, me posicioné en un cruce por el que sabía que el extraño debía pasar para salir y lo esperé mientras me pellizcaba las mejillas para darles algo de color. Tomé unas bocanadas de aire húmedo para calmar mi entusiasmo… olía a tierra removida y a compost de hojas… y preparé lo que iba a decir. Cuando el crujido de sus pasos sobre la grava estaba cada vez más cerca, salí moviéndome de forma deliberada para que no sintiera que lo estaba acechando. Su rostro reflejaba enfado y abatimiento.

—Señor —dije—, me llamo Ursula Kelp. He escuchado su conversación con Gil y tengo entendido que quiere contratar a un jardinero.

—Un jefe de jardineros para una estancia en las Pampas, donde soy el capataz. ¿Conoce a alguien adecuado para el puesto?

—Yo misma quisiera postularme para el trabajo.

Clavó su mirada en mí y temí que se riera, pero no dijo nada durante un buen rato. Había un toque de violeta en sus iris, y en su nariz noté una ligera curvatura. No esquivé su mirada, ya que mi abuelo no hubiera esperado nada menos de mí, pero a medida que pasaban los segundos, tuve que acomodarme un mechón de cabello detrás de la oreja para mantener la calma. El extraño no cedió, como si me desafiara a apartar la mirada, como si fuera un experto leyendo almas. Ahora, por supuesto, desearía haberlo hecho... pero en ese momento, no tenía ni idea de las consecuencias.

Al final, con un tono serio, dijo:

—No es un trabajo para una mujer.

—He trabajado como jardinera toda mi vida —le respondí enérgica—, y tengo tanta experiencia en horticultura como cualquier otro hombre.

—¿De dónde es, señorita? Su español es bueno, pero usted no es argentina. Su tez no es típica de alguien de aquí.

—De Gran Bretaña.

—¿Inglesa?

Pareció enfatizar bastante en ese punto, lo que me resultó un tanto extraño. Le respondí que sí, del buen condado de Cambridgeshire, y agregué:

—Puedo facilitarle cartas de referencia si las necesita.

Sus ojos seguían fijos en los míos, todo su cuerpo quieto excepto para rascarse la muñeca, como si alguna irritación lo molestara en esa zona. Percibí una batalla interna librándose detrás de su mirada, como si estuviera haciendo cálculos.

—¿Sería tan amable de mostrarme las manos?

Mis manos siempre me han parecido poco elegantes, aunque no feas, pero considero que es mejor que estén en la tierra que descansando en mi regazo sin hacer nada, con las uñas pintadas y decoradas como las de mis hermanas. Dudé, y luego se las presenté, sin estar segura de lo que estaba buscando, preocupada por si estaban demasiado limpias o demasiado sucias para sus fines previstos.

—¿Me permite? —preguntó y, antes de que pudiera responder, me agarró las manos y me frotó la piel para comprobar lo callosa que estaba. Luego hizo que mis palmas quedaran hacia abajo y evaluó los nudillos. Durante un alarmante instante, estuve convencida de que planeaba llevarse los dedos a la nariz para olerlos. Su forma de actuar era un tanto brusca, como si estuviera examinando los espolones de un jamelgo en el mercado. Me liberé de su agarre.

Cuando volvió a hablar, su voz no era severa.

—¿Conoce el Café Tortoni?

—Por supuesto —contesté.

—Nos vemos allí el jueves por la tarde, a las seis en punto. Si no he encontrado a nadie para ocupar el puesto, puede que esté de suerte.

—Aquí termino de trabajar a las seis.

—Entonces llegará tarde y yo me habré ido.

Dicho esto, inclinó el sombrero y se alejó.

La casa de Las Lágrimas

Durante los próximos dos días, no pude hacer nada más que especular sobre el puesto. Mientras trabajaba en el jardín, ya fuera cavando, haciendo la poda de invierno de los sauces y los arbustos de las mariposas o limpiando macetas, no podía dejar de pensar en él.

Ya llevaba seis meses en el jardín de Belgrano; dudaba que fuera a sufrir muchos más. El trabajo en sí no era enriquecedor, ya que hacía poco uso de mis talentos y, aunque había buscado otro puesto con discreción, no había encontrado ninguno. Me dolía estar sola y no encontraba respiro en el personal porque cada hombre (y en el jardín todos eran hombres) sospechaba de mí: porque era británica; porque vivía en una habitación en la casa principal, y no en el edificio de jardineros o en el ático; porque la señora Houghton me trataba más como una igual que como una empleada. Estoy segura de que pensaban que yo era una espía entre ellos. Los mismos Houghton eran bastante decentes, aunque no fueran «nuestra clase de gente», como diría el abuelo, puesto que estaban demasiado interesados en el precio de todo y en el valor de nada. Bernadice, la hija mayor, siempre me insistía para saber si tenía un pretendiente en casa y cuándo me iba a comprometer; la palabra «sufragio», y ni hablar de lo que significaba, era profana tanto para ella como para mis hermanas. Incluso el jardín era un mero espectáculo: un adorno para demostrar su riqueza. No tenían un verdadero aprecio por las flores, los arbustos ni los árboles *per se*. «¿Cómo sabe tanto sobre plantas?», exclamaba la señora Houghton maravillada. Pensé que era un pequeño reproche, el mismo al que estaba acostumbrada por mis padres, quienes solo sentían ira ante mi deseo de ser jardinera de forma profesional. La única ventaja de los Houghton era que a menudo estaban fuera de la ciudad.

Si el abuelo hubiera estado vivo, le habría escrito todas las semanas con el propósito de abrir mi corazón y buscar consuelo. En lugar de eso, una vez al mes le enviaba una breve carta a mi familia, llena de falacias sobre lo maravillosa que era Argentina. Nunca recibí respuestas. Trabajar en una estancia, donde los jardines sin duda debían de ser tan amplios como imponentes y lograrlo por mis propios méritos era como un sueño hecho realidad. Para ser sincera, el puesto de «jefe de jardineros» también atraía mi lado más superficial.

* * *

Llegó el jueves por la tarde. Podría haberle pedido a Gil si podía terminar antes o haber ido a verlo fingiendo alguna dolencia femenina, pero temía que frustrara mis planes. Rara vez dejaba pasar una oportunidad para vengarse de mí, sobre todo teniendo en cuenta que los Houghton no estaban en ese momento. Al final, simplemente me alejé del jardín cuando no había nadie, regresé a mi habitación, me lavé, me cambié de ropa y salí llena de valentía a través de la puerta principal.

Ya estaba anocheciendo en la ciudad, el cielo malva y nebuloso, las farolas parecidas a unas esferas borrosas. Mientras me dirigía a la parada del tranvía, el aire me heló la garganta. Muchas cosas me habían asombrado de Buenos Aires, en particular lo rica, moderna y europeizada que era. Sin embargo, lo más inesperado fue el clima. Caluroso y agradable cuando aterricé por primera vez, pero, a medida que avanzaba el año, la ciudad se vio invadida por días de nubes bajas y oscuras. La niebla no era un suceso extraño. No se podía comparar con las nieblas de Londres, pero era suficiente para oscurecer las calles y dejarme abatida. La capital argentina ciertamente no estaba a la altura de su nombre: Buenos Aires, que de buenos no tenían nada. Tomé el tranvía número 35 hasta la Avenida de Mayo y recorrí las últimas manzanas a través de un remolino de vapor. Fue un alivio llegar a las luces del Café Tortoni.

En el interior, los candelabros se reflejaban en las paredes de caoba y en los paneles de cristal ahumado, lo que le daba un resplandor ambarino y acogedor a todo el establecimiento. Estaba lleno de gente y no tardé en sentirme animada por la presencia de tantas personas y sus charlas amistosas, sin mencionar el aroma dulce y mantecoso de los postres. La reputación de se debía a que tenían el mejor pastel, café y chocolate de la ciudad... y el personal más arrogante de todos. El *maître d'hôtel* resopló cuando me acerqué a él.

—Estamos muy ocupados, señorita. Tendrá que esperar.

—Debo reunirme con alguien. Con un conocido caballero. Dijo que tendríamos una mesa.

—¿Cómo se llama?

Quise responder y me di cuenta de que la posibilidad de ser una jefa de jardineros me había emocionado tanto que nunca había preguntado el nombre del extraño ni la estancia que representaba. Me hundí, sin saber cómo responder. El *maître d'hotel* ni siquiera intentó ocultar su irritación y estaba a punto de regañarme cuando alguien me tocó el hombro.

—Buenas tardes, señorita Kelp.

El extraño ya había cogido mesa y, al verme entrar, salió de las profundidades de la cafetería para rescatarme. Su semblante seguía demacrado, pero su rostro era más hermoso de lo que recordaba, un rostro español bastante alargado y muy bien afeitado. Lo estudié hasta que me pilló, momento en el cual aparté la mirada con rapidez. Tenía abundante cabello de un tono muy oscuro, peinado hacia atrás de forma que su amplia frente quedaba al descubierto.

—Lo siento —dije, recuperando la compostura—. Olvidé preguntarle su nombre.

—Juan Pérez Moyano.

Le ofrecí la mano.

—Encantada de conocerlo, señor Moyano.

Se rio por lo bajo ante mi formalidad y luego me estrechó la mano. Noté su piel curiosamente suave sobre la mía, como si el hecho de cubrirse las palmas con pomada fuera un ritual diario para él. Me guio lejos del *maître*, en dirección a su mesa.

—¿Viene de un funeral? —preguntó con un toque de picardía.

Llevaba un vestido negro sin bordados, un sombrero y nada de joyas, ya que mi intención era aparentar la mayor seriedad posible. Todas las otras mujeres de la cafetería llevaban atuendos alegres, tan brillantes y coloridos como las zinnias. Debía admitir que sentía un poco de vergüenza... aunque estaba decidida a no mostrarlo.

—No debería bromear sobre eso —respondí con aspereza. Me senté antes de que tuviera la oportunidad de mover la silla hacia atrás.

Sin preguntarme lo que quería, le hizo señas a un camarero y le pidió dos chocolates calientes. Mientras esperábamos, comenzó a hablar de cosas sin importancia, pero yo solo quería saber si había hecho el viaje en vano o no.

—¿Ha encontrado a un jardinero? —pregunté.

—Ha habido interés.

—Pero ¿aún existe la posibilidad de que me ofrezca el puesto?

—Una posibilidad. Sí.

—Entonces, debe mirar esto.

Le entregué mis referencias. Moyano las sacó de los sobres y las leyó detenidamente antes de fruncir el ceño.

—Esta información es alentadora, señorita, pero ¿puedo preguntar quién es «Deborah» Kelp?

—Deborah es el nombre con el que crecí. Ahora prefiero Ursula. Así me llamaba mi abuelo.

—¿Y por qué la llamaba así?

—Señor Moyano, ¿estamos aquí para hablar de mi nombre o de mi idoneidad para el empleo?

Me devolvió las referencias y me miró fijamente.

—¿Ha oído hablar de la Estancia Las Lágrimas?

—¿Debería haberlo hecho?

—En su momento, era la propiedad más grande de toda la región pampeana. Una hacienda de más de siete mil hectáreas. Yo soy el capataz.

—Lo de Las Lágrimas no suena muy alegre.

Moyano me dedicó una sonrisita tolerante.

—Se dice que cuando el fundador vio por primera vez esa parte de las Pampas, la belleza del lugar lo conmovió hasta las lágrimas. Una vez construida la casa, la gente acudía a visitarla de todas partes. Era famosa por sus fiestas, por sus cacerías y por sus bailes navideños. Y en especial por su jardín. Tiempo después, el dueño decidió irse.

—¿Puedo preguntar por qué?

El camarero llegó con nuestro pedido. Tomé un sorbo de chocolate. Estaba deliciosamente espeso, pero después del segundo trago, me resultó irresistible. No había comido nada desde el almuerzo y, cuando vacié la taza, me invadieron las náuseas.

—Se entregó a Dios —contestó Moyano—. Y dedicó el resto de su vida a la oración. La estancia está vacía desde hace treinta años. Ahora, mi patrón, don Paquito Agramonte, hijo del último propietario y nieto del fundador, ha heredado la propiedad. Quiere devolverle su antigua gloria y vivir allí con su familia. Tiene ganas de restaurar el jardín para que vuelva a ser como el que recuerda de su niñez.

—¿Cómo está ahora?

—Como cualquier jardín que ha estado abandonado durante mucho tiempo: una especie de tierra salvaje. ¡Necesitará trabajo! El jardín fue diseñado al estilo inglés, por lo que usted podría ser la candidata ideal.

—¿Me está ofreciendo el puesto?

—Si fuera así, ¿comprende la lejanía de las Pampas? No hay pueblos cercanos, ni siquiera otras casas. Hay pocas comodidades modernas. No hay teléfono, y solo una parte de la propiedad tiene electricidad. Puede recibir correo, pero nunca se sabe cuándo llega.

—Me encantaría la oportunidad.

Pronunció las siguientes palabras con sentimiento, casi como si esperara disuadirme.

—Me temo que podría ser demasiado exigente para su constitución femenina. Se vuelve muy solitario.

Solté un resoplido despectivo y, pensando en mi vida con los Houghton, respondí:

—Tengo tolerancia para eso, señor.

—Tendría un equipo de jardineros trabajando por debajo de usted, hombres a los que puede que no les guste recibir órdenes de una mujer. Serán trabajadores, no horticultores.

—Entonces, ¿me *está* ofreciendo el trabajo?

Se inclinó hacia adelante, sin tocarme la pierna por debajo de la mesa, pero lo suficientemente cerca como para que yo notara el movimiento contra mi vestido.

—Hay algo que me tiene intrigado, señorita. ¿Cómo ha llegado a mi país?

Me tomé la molestia de responder porque era un asunto que no tenía ganas de discutir.

—Por mi abuelo.

—¿Vive con usted? No podrá acompañarla a la estancia.

—Falleció. El año pasado.

—Ah. Lamento oír eso, señorita.

—Su deseo era que convirtiera la jardinería en mi profesión.

—Creo que podría haber encontrado un lugar más cerca de su casa.

—Quería mejorar mi español.

—Debe de haber alguna otra razón.

—Para serle sincera —respondí a modo de distracción—, estaba cansada de los británicos. Estamos por todas partes: África, Asia, las antípodas. Como nación, nos atraen los lugares exóticos; es asfixiante. Por eso vine a Argentina, aunque no tenía ni idea de lo que me esperaba aquí.

Además de mi consternación por el clima, otra revelación había sido la gran cantidad de británicos que trabajaban en la industria de la carne o construían los ferrocarriles. Incluso teníamos nuestro propio periódico, el *Buenos Aires Herald*. Debería haberlo previsto por el hecho de que allí vivían personas como los Houghton; estaban detrás del dinero de la carne.

A Moyano le resultó divertida mi explicación.

—Bueno, señorita, estoy seguro de que no encontrará a ninguno de sus compatriotas en las Pampas.

—Entonces, parece que soy la elección perfecta.

—En ese caso, me toca a mí ser sincero con usted. Les he pedido a todos los jardineros de Buenos Aires que ocupen el puesto en Las Lágrimas. Incluso tomé un ferry hasta Montevideo para reunirme con un hombre de allí. Todos rechazaron mi propuesta. Por eso el trabajo es suyo, si tanto le interesa.

No era el comienzo más propicio de todos, pero apenas veinte minutos después de haber llegado al Tortoni, el contrato de trabajo ya estaba firmado y yo ya estaba en la acera, perdida una vez más entre la niebla. Si hubiera podido ignorar mi entusiasmo, o el placer con el que le comunicaría este ascenso a mi familia, tal vez habría tenido un momento para preguntarme por qué me habían ofrecido un trabajo tan prestigioso con tanta facilidad. O, lo que es más importante, por qué los demás candidatos habían pensado que era mejor rechazarlo.

Maldita (adj.)

A la mañana siguiente, llegué a la estación Constitución con el ánimo un tanto agraviado. Viajaba con todo lo que había traído conmigo a Argentina; es decir, tres maletas de ropa, dos sombrereras, un neceser, un cofre con herramientas de jardinería y el contenedor del abuelo, cargado de libros y artículos varios. La estación era cavernosa y reluciente (la última ampliación se había completado el año anterior), y me recordó a la estación de St. Pancras en Londres. Estaba llena de una sensación de bullicio y una lánguida urgencia latina, el aire endulzado con hollín. Encontré mi andén, el número 5, vigilé cómo cargaban mi equipaje y luego ocupé mi lugar. El señor Moyano, cortesía de don Paquito, había conseguido un asiento en primera clase. Me acomodé y esperé a partir, aún indignada por lo que había acontecido ese mismo día.

Moyano esperaba que comenzara a trabajar en Las Lágrimas lo antes posible. Don Paquito y su familia tenían previsto instalarse en septiembre. Una empresa de constructores había estado renovando la casa, pero el jardín seguía siendo «una bestia salvaje», como lo describía Moyano. Quería una apariencia de respetabilidad en el exterior antes de que llegara el don. Acordamos que tomaría el tren del viernes por la mañana para llegar a la estancia el sábado y empezar a trabajar el lunes 18 de agosto. Después de salir del Café Tortoni, regresé a Belgrano y, con un triunfo apenas disimulado, fui a ver a Gil a su cabaña. Una pequeña llama ardía en el fogón. Me dijo que tomara asiento, pero me negué.

—Quiero presentar mi renuncia —declaré.

—¿Para irse cuándo?

—De inmediato.

Gil dejó escapar un suspiro largo y condescendiente.

—En su contrato se estipula un mes de preaviso, señorita.

Si bien al señor Houghton no le parecía necesario que firmara un contrato, Gil había insistido en que no se podían hacer excepciones. De lo contrario, eso crearía resentimientos entre el personal.

Decidí dejarle claro lo que pensaba.

—Señor Gil, por favor, es invierno, y no hay mucho trabajo que hacer en el jardín. Estoy segura de que nadie, y menos usted, lamentará mi partida. ¿Por qué no me libera?

—Un contrato es un contrato, señorita Kelp.

—Sea razonable, señor, o tendré que hablar con el dueño de la casa.

—Está en todo su derecho. Pero sabe, al igual que yo, que la familia no volverá hasta dentro de otra semana. Pensé que quería irse de inmediato.

—Así es.

—¿Ha encontrado un nuevo trabajo? ¿O volverá a su vida de ocio?

—No puede negármelo.

Se pasó la lengua por los dientes, un hábito que me parecía repugnante.

—¿Su partida no tendrá algo que ver con la llegada de Moyano?

Sentí una oleada de lealtad hacia mi nuevo empleador, aunque no quería dejar entrever nada.

—¿Quién?

Gil no se dejó engañar por mi subterfugio. Esta vez se rio entre dientes.

—Ese holgazán les pidió a todos los jardineros de aquí y de Uruguay que aceptaran el trabajo. Ni un solo hombre lo quiso. Si usted entendiera algo de mi país, señorita, opinaría lo mismo. —Gil reflexionó sobre el asunto—. Si quiere irse a Las Lágrimas, su aviso ha sido debidamente recibido. Buenas noches.

No puedo decir que me entristeciera dejar a los Houghton, ya que siempre me habían recordado a mi propia familia, y demasiado para mi gusto. De todos modos, a la mañana siguiente dejé una nota de despedida y un sincero agradecimiento, luego fui a ver a Gil por última vez para devolverle la llave de mi puerta y cobrar el salario del mes pasado. No quiso darme nada.

—Está incumpliendo el contrato —dijo, agitando el acuerdo en mi cara.

—Pero ¡con todo el trabajo que he hecho!

—Debería haberlo tenido en cuenta antes de tomar la decisión de irse a las Pampas.

Tal era mi entusiasmo por empezar de nuevo que había pasado por alto esa complicación. Puede que Gil estuviera en lo correcto, pero sentí la mano de la injusticia de todas formas.

—Hablaré con el señor Houghton sobre esto.

—Y le mostrará exactamente la misma cláusula. «En caso de que un empleado renuncie sin previo aviso, perderá todas las ganancias pendientes de pago».

Mientras esperaba que el tren partiera, luché contra las lágrimas cálidas que estaban a punto de derramarse. No era el dinero, por supuesto, sino el principio del asunto, un principio que invocaba recuerdos que había tratado de enterrar por todos los medios, pues volvía a sentir la injusticia de que me negaran lo que me correspondía por culpa de la malicia de los demás. Durante varios momentos, recordé cuando había estado en la oficina de un abogado de Cambridge mientras se leía el testamento del abuelo, con el corazón latiéndome a toda velocidad, hasta que por fin hice todo lo posible por calmarme porque no tenía intención de montar un espectáculo en público.

Dio la casualidad de que solo otros dos pasajeros se sentaron en mi compartimento. El primero era un hombre del tipo que mis hermanas describirían como «elegible». Asintió con educación antes de concentrarse en su periódico y, por suerte, no me prestó atención durante el resto del viaje. Poco después, entró una mujer de la edad de mi madre. Iba bien equipada con manos ásperas y venosas, decoradas con diamantes finos. A su lado había una cesta para gatos, pero no vi ningún rostro felino.

A las diez menos cuarto, el guardia hizo sonar el silbato y el tren arrancó. La neblina de los últimos días se había desvanecido durante la noche y en ese momento el cielo era de un tono azul hortensia, con el sol acuoso, pero brillante. El tren pasó por el centro de Buenos Aires, luego por barrios menos salubres donde los ranchos estaban amontonados a ambos lados de la vía y donde el aire tenía un intenso olor a caza; el horizonte estaba dominado por las chimeneas de las fábricas de procesamiento de carne. Poco después, el paisaje urbano se entregó a los pastizales que marcaban el límite de la ciudad. Ese fue el primer atisbo de las Pampas. De la región sabía poco, aparte de su inmensidad. Se extendía desde el Atlántico en el este hasta las laderas de los Andes en el oeste. Río Negro, el límite entre las Pampas y la tierra de la Patagonia, estaba a unos mil seiscientos kilómetros al sur. Además, esta región se encontraba entre nada más que llanuras planas y vacías y alguna que otra estancia. En mi mapa de Argentina estaba dibujada como un enigma verde, marcada con pocos pueblos y sin características. El ferrocarril se había enfrentado a este territorio hacía apenas cinco años. Mientras contemplaba el paisaje, con el sol destellando en mis ojos, olvidé a Gil y esos otros recuerdos dolorosos, y en su lugar experimenté una sensación de aventura. No fue una coincidencia que hubiera venido a Sudamérica: cuando era joven, mi abuelo había viajado por el continente, y el hecho de estar ahí me ofrecía el consuelo de que tenía alguna conexión con él, sin importar lo tenue que fuera. Tal vez, algún día en el futuro, seguiría la ruta que él había tomado y experimentaría en persona esas maravillas que me había contado.

Quedaban muchas horas para llegar a mi estación. Aunque los pastizales me hubieran prometido una aventura, después de un tiempo se volvieron bastante monótonos. Saqué mi novela, *Nostromo* de Joseph Conrad (una de las favoritas del abuelo, que estaba leyendo con diligencia a pesar de su dificultad) y proseguí con la lectura. En el pueblo de Vilela, el hombre de enfrente dobló el periódico y desembarcó. Ningún pasajero nuevo se subió al vagón. En Las Flores, tuve que cambiar de tren para continuar mi viaje por el ramal que va a Tandil. Como ya era la hora del almuerzo, compré unas empanadas para comer mientras esperaba el servicio de transbordo. Mi tren llegó tarde y, una vez más, me encontré con la compañía de la mujer con la que había viajado desde Buenos Aires, la que tenía la cesta para gatos. Intercambiamos algunos cumplidos durante los cuales se presentó como doña Ybarra. Apenas salió el tren de la estación, regresé a la lectura de Conrad antes de sentirme cansada. Cerré el libro y dormí la siesta hasta que, un tiempo indeterminado después, me despertó una sacudida.

El tren se había detenido. No en una estación, sino en una vía muerta en el medio de la nada. Un mar de hierba, ondeando y balanceándose con la brisa, se extendía por ambas ventanas hasta donde alcanzaba la vista.

—No se alarme —dijo doña Ybarra al notar mi preocupación—. Los retrasos son muy comunes en las Pampas.

—Debo reunirme con alguien —respondí—, y luego tengo un largo viaje por delante. No quiero llegar tarde.

—Si esa persona conoce el sistema de trenes, sabrá esperar.

Después de eso, nos quedamos sentadas en silencio, excepto por el silbido constante de la locomotora. Los minutos pasaron y se convirtieron en quince, luego en treinta. Tomé *Nostromo*, pero tras algunas páginas me di cuenta de que no había asimilado nada de lo que había leído. Afuera, percibía cómo el día comenzaba a apagarse poco a poco.

Me puse de pie y golpeé los nudillos contra la ventanilla.

—Detesto perder el tiempo —solté en inglés. Doña Ybarra se sobresaltó ante el exabrupto en un idioma ajeno a ella. Me disculpé y traduje mis palabras.

—Nos pondremos en marcha pronto —dijo para tranquilizarme. Estaba alimentando a su animal, balanceando trozos de carne a través de una abertura en la parte superior de la cesta—. Hay una sola vía adelante. Lo más probable es que estemos detenidos para que pase el tren que se dirige a Las Flores.

—Eso espero —respondí, mirando dentro de su cesta. Esperaba ver un semblante con bigotes y los ojos muy abiertos. En lugar de eso, una lagartija me devolvió la mirada impasiblemente.

—Es mi iguana —explicó la mujer.

¿Qué se dice en respuesta a un reptil?

—Estoy segura de que son mascotas cariñosas.

Para confirmar mi declaración, sacó a la bestia con sus anillos brillando, y se la acercó a la mejilla mientras la arrullaba.

—¿De dónde es usted, señorita? —preguntó mientras volvía a colocar a la criatura en la cesta.

—De Gran Bretaña.

—Su español es excelente.

—Mi abuelo me enseñó. Viajó por todas las Américas.

—¿Y qué la trae por aquí?

—Me han ofrecido un empleo en una estancia.

—Déjeme pensar —dijo, animada por la posibilidad de un juego de adivinanzas—. ¿Una ama de llaves?

Sacudí la cabeza.

—Por supuesto que no, usted es una mujer educada. ¿Institutriz?

—Jefa de jardineros —respondí, y me gustaba cómo sonaba porque en esas tres palabras se encapsulaba toda mi ambición y amor por la horticultura.

Doña Ybarra frunció los labios.

—Una elección bastante inusual para una dama. ¿Qué estancia?

—Las Lágrimas.

Su expresión se volvió más compleja, y noté cómo la desaprobación se mezclaba con la consternación.

—¿Por qué querría ir a ese lugar? Hace años que está abandonado.

—¿Lo conoce?

—A mi esposo y a mí, cuando éramos jóvenes y recién casados, nos invitaban allí a menudo. ¡Qué lujosas eran las fiestas! La comida, la bebida y los bailes durante la noche. —Recordó eso sin un ápice de entusiasmo—. Pero nunca me gustó don Guido, el dueño. Nadie podía rechazar sus invitaciones, y nunca conocí a un hombre más impío que él.

Era una descripción que no parecía coincidir con la de Moyano.

—¿Estamos hablando de la familia Agramonte? —indagué.

—De Guido Agramonte, sí. Un hombre salvaje, profano e irreligioso.

—Su hijo, don Paquito, ha tomado posesión de la estancia y quiere restaurarla.

—Debe de ser muy valiente. O un tonto.

—¿Por qué lo dice?

—¿Nadie le ha hablado de Las Lágrimas?

—Parece que no.

—La estancia tiene mala fama en la zona. —Formuló las siguientes palabras con cuidado—. Está *maldita*.

Como ya se ha visto, soy muy competente en español, aunque no lo hablo con mucha fluidez. Todavía me topo con palabras que no conozco y, debido a eso, siempre tengo a mano mi Tauchnitz*. Hojeé las páginas hasta encontrar «maldita»: era un adjetivo, que en inglés quería decir *cursed*. De todas formas, no era el tipo de creencia pagana mal informada que hubiera esperado en un país tan moderno como Argentina.

—Doña Ybarra, disculpe, pero a mi abuelo lo maldijeron cuando viajaba por Perú. Sin embargo, vivió muy pocas desgracias. Estuvo sano y feliz hasta el final, y falleció en paz en su propia cama.

—No piense que soy una anciana supersticiosa, señorita. La maldición de Las Lágrimas es tan real como este vagón. Tan real como usted y yo. ¿Por qué cree que nadie se ha atrevido a vivir allí desde hace décadas? Sería imprudente tomárselo a la ligera. Dicen que los muertos vagan por los terrenos de la estancia.

No sabía cómo responder, puesto que soy, en el mejor de los casos, agnóstica en tales asuntos. Recordé el último día de mi abuelo. Había muerto en primavera, apretándome la mano con suavidad mientras yo estaba sentada junto a su cama. El aroma de las flores de membrillo flotaba a través de la ventana. Y aunque pude haber temido por mí

---

* El diccionario inglés-español más usado de la época. Encontré una edición de bolsillo usada en la misma caja donde estaba la copia fotostática del diario de Ursula, junto con otros artículos diversos (cartas, fotos, facturas, etcétera) de su tiempo en América del Sur.

misma y por lo que me depararía el futuro, gracias a ese querido anciano sentí una enorme paz cuando su mano se debilitó y me abandonó. En mi ingenuidad, no podía imaginar por qué los muertos querrían regresar.

En ese momento, sonó un silbato y, en la vía principal, pasó un tren: una ventanilla tras otra de rostros intermitentes y asientos vacíos. En cuanto hubo pasado, nuestro propio vagón se sacudió hacia adelante.

—Nos estamos moviendo de nuevo —señalé, con el propósito de dar por finalizada nuestra conversación. Levanté la novela de la manera más enfática posible para dejar clara mi intención.

No intercambiamos más palabras hasta que llegamos a Miranda, la parada anterior a la mía. Mientras doña Ybarra recogía a su lagarto, me despedí con alegría. Ella respondió del mismo modo y estaba a punto de salir del compartimento cuando me sujetó.

—Sé que me considera una bobalicona, pero, por favor, recapacite, señorita. No vaya a Las Lágrimas. Tome el tren de regreso a Buenos Aires. Regrese a Inglaterra.

Los arreglos de Rivacoba

E l sol empezaba a ponerse cuando el tren llegó a la estación Chapaleofú con el cielo veteado de nubes de un rosa magnolia. La plataforma estaba desierta y era poco acogedora. Moyano, que había regresado a las Pampas la misma noche de nuestra entrevista, me prometió que alguien me estaría esperando.

—¿Cómo lo reconoceré? —había preguntado.

—Me parece, señorita, que él la reconocerá a usted.

Mientras luchaba para descargar mi equipaje, escuché una voz de barítono detrás de mí.

—¿Es la señorita Kelp de Inglaterra?

Me volví hacia un gaucho con un aspecto único, robusto, sin afeitar y vestido con un traje tradicional: sombrero bolero, poncho color ciruela, bombachos debajo de chaparejos de cuero y botas de piel de potro; las espuelas eran temibles. Más tarde, supe que era más que un simple gaucho. En realidad, era un baqueano, puesto que así se llamaban los guías de las Pampas a sí mismos, hombres cuya resistencia y conocimiento topográfico de la región era formidable.

—Me llamo Rivacoba —gruñó—. Llega tarde.

No era exactamente el saludo que había imaginado, así que acabé respondiendo del mismo modo:

—La culpa la tiene el Ferrocarril del Sur, no yo.

—No podemos irnos esta noche.

—¿Está seguro de que no podemos empezar el viaje?

—Mire el sol. Dentro de una hora se pondrá todo más negro que el alquitrán. ¿Qué sentido tiene? Ya he hecho algunos arreglos.

Chapaleofú era un pueblo agrícola intrascendente. Si el propósito de la línea ferroviaria era hacer avanzar el mundo moderno, hasta ahora se había quedado corta; de hecho, mi experiencia en el lugar fue como si hubiera viajado en el tiempo hasta mediados del siglo anterior. El pueblo consistía en una plaza de baldosas de la que salían caminos de tierra, algunas casas (más o menos una docena hecha de ladrillos, y el resto de madera), dos o tres tiendas, un matadero y unos pocos edificios agrícolas. No había hoteles. En lugar de eso, los «arreglos» de Rivacoba significaban hospedarme con el jefe de estación y su esposa. Tenían una casita contigua al andén, pequeña pero bastante acogedora. Para mi vergüenza, sacaron a la madre ciega del jefe de su habitación para que yo pudiera dormir allí. No había indicios de niños. Antes de que Rivacoba me dejara, para alojarse quién sabe dónde, me informó de otra falta que había cometido:

—Tiene demasiadas cosas. —Me dio un par de alforjas y un pequeño cofre—. Meta lo que necesite aquí. —Insistí que, en realidad, necesitaba todo lo que había traído, pero su respuesta fue brusca e inflexible.

Así fue como pasé la primera hora de mi estadía en Chapaleofú, reduciendo mi equipaje para quedarme solo con los artículos más útiles. Debía conservar mi ropa de jardinería, aunque me limité a dos mudas para la noche; en cuanto a lo demás, tomé la pala, las tijeras de podar, el bloc de dibujo y, junto con *Nostromo*, un pequeño paquete de libros que consideré esenciales: el excelente volumen de W. Robinson sobre paisajes de casas de campo, *Garden Design* de Madeline Ayer y un par de mi heroína, Gertrude Jekyll.

La cena consistió en un abundante estofado de carne servido con arroz al horno y una copa de vino tinto. Después, me senté junto a la chimenea con la anciana ciega y escuché sus historias divagantes, porque su deseo era contar la historia de la tierra a la que yo había llegado. El viento se había levantado y había azotado la vivienda, lo cual había hecho que las llamas se estremecieran. Me alegró que Rivacoba me hubiera insistido en que no partiéramos. La anciana habló de la Campaña de Rosas al Desierto y de los mapuches nativos que sus hombres habían masacrado para llevar la civilización a las Pampas. A su vez, esto había dado lugar a las grandes estancias donde había encontrado empleo cuando era más joven. Todo esto lo relató con inmenso orgullo. Le pregunté si conocía Las Lágrimas. Me di cuenta de que el jefe de estación y su esposa intercambiaron una mirada, pero la anciana declaró que nunca había oído hablar del lugar.

—¿De qué color es tu cabello, niña? —me preguntó más tarde—. He oído que los ingleses tienen cabelleras del color de la paja.

—Algunos sí, pero mi pelo es rojo.

—¡Rojo! —Esto era una maravilla para ella; quería tocarlo.

—Madre —exclamó su hijo—. No molestes a nuestra invitada.

—No es ninguna molestia —contesté, y dejé que me peinara el pelo con sus dedos nudosos.

—¿Rojo como la sangre? —preguntó ella—. ¿O como los pimientos?

—No. Rojo, dorado y naranja, como las hojas en otoño. Así decía mi abuelo.

Esta descripción pareció satisfacerla y, cuando me acosté, estaba segura de que podía escuchar a la anciana junto a las brasas susurrando para sí misma: *como las hojas en otoño. Hojas en otoño...*

A través de las Pampas

El sol que había sido testigo de mi viaje desde Buenos Aires ya no estaba cuando desperté a la mañana siguiente. En su lugar, había nubes bajas y oscuras, y el aire estaba tan húmedo que lo sentía en las articulaciones. Partimos a primera hora hacia Las Lágrimas. Mientras me aseguraba mi desayuno, Rivacoba empezó a llamar a la puerta de la casa. Luego, sacó las pertenencias que yo había condensado en las alforjas y el cofre.

—¿Y el resto de mis cosas? —pregunté.

—Las llevarán más adelante.

Su respuesta no me inspiró confianza y me pregunté si las volvería a ver. Me despedí del jefe de estación y de su mujer y les agradecí su hospitalidad. Al primero le di un billete de cinco pesos discretamente, lo cual le avergonzó y le complació a partes iguales. A su madre ciega le di un mechoncito de mi cabello que me había cortado antes.

—Que Dios y la Virgen te protejan en tu camino —dijo en agradecimiento.

Rivacoba me estaba esperando con tres caballos: uno para cada uno de nosotros y un tercero, un pony fornido, que ya estaba cargado con mi equipaje. Yo monté una yegua color nuez de casi metro y medio. Tomé las riendas y me subí a ella, pero no me senté de costado, sino que coloqué las piernas a ambos lados de la silla de montar, como me había enseñado mi abuelo. Conté con la aprobación de Rivacoba, y luego noté que el jefe de estación nos saludó con la mano. Empezamos a andar por Chapaleofú, donde algunos habitantes aún no se habían levantado. Bajo la luz gris, el lugar tenía un aspecto lúgubre, como el de un pueblo de luto. Tal vez en verano estaba lleno de vida y alegría, pero esa mañana de agosto me alegré de poder irme. Más allá de los últimos edificios, había una veintena de campos, marcados por los postes de las vallas, donde se veía la tierra negra arada, pero sin sembrar. Más allá de eso estaban los páramos. No habíamos cabalgado más de un cuarto de hora en las afueras de Chapaleofú cuando empecé a sentirme tan distante como siempre.

Ahí estaban las Pampas de verdad.

A primera vista, el paisaje era llano, el horizonte una brizna que separaba la hierba del cielo. Tras una inspección más minuciosa, sin embargo, noté ligeras ondulaciones que le daban a la vista una sutil textura desigual; en algunos sitios era posible encontrar un lugar protegido. Lo único que no estaba en discusión era lo interminable que parecía todo. Es difícil transmitirle al lector lo vasto que era el panorama, aunque me imagino que los marineros deben de sentir algo parecido cuando están en alta mar. Solo dos cosas rompían la monotonía verde: las matas de hierba de las Pampas (*Cortaderia selloana*) y, de vez en cuando, las pequeñas islas oscuras de árboles, o las quintas, como las llamaban los lugareños. Durante todo el día, el cielo permaneció nublado y plomizo.

Cuando nos alejamos del pueblo, echamos a trotar y luego Rivacoba alternó el ritmo entre trote y paso. No intercambiamos ninguna palabra durante al menos la primera hora.

—¿La yegua tiene nombre? —dije al rato, con el propósito de entablar una conversación.

—No.

—Entonces la llamaré «Dalia». Es una de mis flores favoritas.

Continuamos en silencio.

Unos kilómetros después, le hice otra pregunta.

—¿Llegaremos a la estancia esta noche?

—Está muy lejos.

—Se supone que debo llegar hoy.

—Como usted misma dijo: la culpa la tienen los trenes.

—Puedo cabalgar más rápido de lo que vamos ahora —aventuré.

—Muy pronto lo haremos. Pero podríamos galopar todo el día y aun así no completar el viaje para el anochecer. Debe aprender que hay dos distancias en las Pampas, señorita. Lejos, y mucho más lejos.

—Dicho eso, dio por finalizada su locuacidad.

Cabalgamos todo el día y durante ese tiempo no nos cruzamos con ningún alma. Eso no quiere decir que en las Pampas no hubiera vida. El cielo estaba animado por la presencia de pájaros que aleteaban y volaban a toda velocidad, algunos tan impecables como los gorriones, otros monstruosos, y también de todos los tamaños intermedios. «¿Qué es eso?», preguntaba, porque mi conocimiento de la ornitología era limitado. «Una viudita», era la respuesta monótona de Rivacoba. O «chimango». El suelo en sí era más heterogéneo de lo que pensaba al principio. Sí, había césped, y una cantidad infinita, pero la zona también estaba salpicada de diminutas flores blancas, algunas especies de alcachofas silvestres con hojas de un gris azulado y abundantes cardos. Lo más llamativo de todo era una flor que se veía ocasionalmente de un color carmesí intenso que parecía tener forma de iris en miniatura y que, si hubiera tenido tiempo libre, me habría detenido a estudiar. Crecían amontonadas y desde lejos no era difícil imaginarlas como cardúmenes de sangre. Cuando le consulté a mi guía sobre ellas, una tensión le endureció los rasgos, y las llamó *las flores del diablo*.

—¿Por qué? —había preguntado.

—Porque crecen solo donde camina el diablo.

Más tarde, empezamos a ir a medio galope. La emoción y el espíritu aventurero que se habían apoderado de mí cuando vi las Pampas por primera vez a través de la ventanilla del tren me volvieron a animar el corazón. ¡Me sentía embriagada! La belleza indómita de la naturaleza me aceleró el pulso de una manera que habría perturbado al resto de mi familia, ya que ellos consideraban la sobriedad una virtud. Mis padres esperaban (e insistían) que tuviera la vida más convencional posible: imperturbable por la curiosidad y la ambición, casada y obediente. En síntesis, ser todo lo que mi abuelo me había exhortado a evitar; de hecho, el desdén por lo convencional era algo que lo caracterizaba. Él habría estado muy orgulloso de mí por haber viajado tan lejos de casa, y más aún por haber conseguido el puesto de jefa de jardineros.

A medida que la tarde llegaba a su fin y volvíamos a avanzar a paso pesado, me sentía cansada y me dolían los músculos de los muslos, los hombros y, en particular, la parte baja de la espalda. Anhelaba un baño y fantaseaba con la idea de estar en Las Lágrimas sumergida en agua caliente y perfumada. Detrás de las nubes, el sol comenzaba a ponerse en el oeste, de modo que proyectaba sombras cada vez más oscuras que solo realzaban el vacío del lugar. El viento se levantó y un abatimiento abrumador se adueñó de mí. Viajar aquí sola, pensé, no era algo que hubiera elegido, y traté de imaginar cómo se sustentaban los hombres como mi guía, que debían cabalgar a menudo sin compañía.

Cuando cayó la noche, Rivacoba hizo que nos detuviéramos en una ligera depresión.

—Esta noche acamparemos aquí. —Había estado en silencio durante tanto tiempo que su voz me sobresaltó. Con gratitud, me bajé de Dalia y la dejé comiendo un poco de hierba.

Supuse que tendría una tienda de campaña o algún otro tipo de refugio, una suposición de la que pronto fui desengañada. Rivacoba descargó mi exiguo equipaje y lo dispuso en un semicírculo para protegernos del viento. Luego, desenrolló una estera tejida y la apoyó. Sobre ella, colocó la piel de oveja que estaba debajo de mi silla de montar. Por último, me entregó un poncho grueso de color granate y con un olor caprino. ¡Ese tosco vivac era la cama donde iba a pasar la noche!

—¿Así viajan don Paquito y su familia? —inquirí mientras Rivacoba desataba un haz de ramas del pony de carga.

—Cuando viajo solo, no hago fuego —respondió, colocando la fajina en el suelo—. Pero el señor Moyano insistió. Considérese afortunada.

Mi buena suerte se extendió cuando recibí tiras de carne seca y una lata de frijoles para cenar, cocinados en las llamas y degustados con las ráfagas de viento azotando a nuestro alrededor. También había yerba mate, con la que se preparaba la infusión local, hecha con las hojas secas de una especie de encina (*Ilex paraguariensis*, si mal no recuerdo). Rivacoba se tomó en serio la preparación: hirvió agua y metió yerba en un recipiente antes de llenarlo hasta el borde con el líquido caliente. Me pasó el mate para beber primero. Lo había probado antes en Buenos Aires, pero no me había resultado agradable al paladar. Bebiéndolo a sorbos en las Pampas, sabía tan amargo como el limón más verde de todos, aunque la sensación de calor que se me extendió por la garganta y el pecho fue una compensación.

Luego me envolví con el poncho y me acosté, mirando cómo las chispas del fuego giraban y bailaban y se desvanecían en la oscuridad, una oscuridad tan absoluta que era difícil creer que fuera real.

* * *

A la mañana siguiente, me desperté dolorida y húmeda en una semipenumbra. La vejiga apenas me presionaba. La noche previa me había escabullido para hacer mis necesidades. A pesar de que era muy temprano, ya estaba demasiado claro como para hacerlas con la misma discreción. Juré que la próxima vez que fuera al baño sería sentada, rodeada de paredes con una cerradura en la puerta y una cadena para pasar. Para el desayuno comí un poco de pan del día anterior y bebí un sorbo de café, sobre todo porque tenía ganas de seguir nuestro camino. Levantamos campamento cuando el sol comenzaba a salir y, al igual que el día anterior, quedó tapado por bancos de nubes espesas y oscuras. No me quité el poncho para que mi cuerpo estuviera lo más cómodo y caliente posible.

Después de lo que pareció una eternidad en la silla de montar, con mi columna cada vez más entumecida, pregunté:

—¿Cuánto falta para que lleguemos?

—Vamos a buen ritmo. —Fueron las primeras palabras que intercambiamos desde que partimos—. Llegaremos a la noche.

Entré en una especie de trance, los campos interminables, el cielo infinito, la protesta habitual de mi vejiga, mis sentidos adormecidos. En el aire se sentía una opresión como si estuviera a punto de caer un diluvio, aunque no vino ninguno. Mis pensamientos vagaron hacia el capitán Agramonte (pues en su momento me dijeron que el fundador de la estancia, el abuelo de don Paquito, había tenido un rango militar) y la personalidad de un hombre que construye una casa tan lejos de la civilización. Estas cavilaciones hicieron que mi mente se apresurara hacia el destino, razón por la cual me invadió una preocupación (contenida por la emoción de mi nuevo empleo, pero que empezaba a hacerse notar) por sentir que no poseía el talento suficiente para hacerme cargo del jardín, y me pregunté por qué me habían otorgado un puesto así desde un principio. Desde ese momento, tal vez fuera inevitable que pensara en la lectura del testamento del abuelo, ya que, por mucho que lo hubiera olvidado, el recuerdo se entrometía en los momentos de desánimo.

Volví a ver a la familia reunida en la oficina del abogado; volví a escuchar cómo me habían legado todas las posesiones del abuelo, en especial la casa y el jardín; volví a sentir el júbilo, porque mi independencia se había asegurado de un plumazo. No obstante, el abogado se había aclarado la garganta a modo de disculpa. También estaba el asunto de los numerosos acreedores y, aunque las deudas no eran grandes, estaban por encima de mis posibilidades. Mi padre podría haberlas saldado esa misma tarde si así lo hubiera querido, pero mis súplicas hacia él fueron ignoradas, al igual que las súplicas hacia mis cuñados. Y por eso me vi obligada a vender la propiedad. ¿Alguna vez hubo una transacción hecha con tanto rencor y reticencia? Porque a pesar del considerable legado que había heredado, hubiera preferido vivir en la miseria antes que perder el jardín. Luego, no pude soportar quedarme en Cambridgeshire y, cuando me enteré de que mi madre me había conseguido un posible pretendiente, decidí que debía alejarme lo máximo posible de esa gente y forjar una oportunidad para mí cuando al abogado se le escapó que tenía un colega en Buenos Aires. Partí hacia Argentina, decidida a no seguir el camino que se esperaba de mí, sino el de mi propia voluntad. Si mis padres habían dado por sentado que sus acciones me obligarían a volver al redil, espero que se sintieran tan engañados como yo.

—Jinetes —dijo Rivacoba.

Me desperté de mi ensoñación.

—¿Dónde? —Noté que las orejas de Dalia se contraían.

—Ahí delante.

Durante varios momentos no pude ver nada, y luego un grupo de figuras se materializó en el horizonte.

—¿Quiénes son?

Rivacoba parecía despreocupado. Se inclinó hacia adelante en la silla de montar, escudriñando la distancia.

—Trabajadores. De la estancia.

—¿De Las Lágrimas?

Asintió.

A medida que se acercaban, conté una docena de hombres a caballo y, detrás de ellos, un carro cubierto. Cuando nos encontramos, todos desmontamos. Rivacoba se movió entre el grupo, estrechando manos con seriedad y diciendo algunas palabras; se oía el rumor de las charlas. Nadie pareció fijarse en mí. Sacaron un termo de agua caliente y un mate circuló entre los hombres. Mientras bebían, me alejé del grupo. La presión de mi vejiga se había vuelto cada vez más incómoda. Eché un vistazo a mi alrededor para ver si había algún lugar lleno de vegetación donde pudiera pasar desapercibida. Al no encontrar ninguno, me acerqué al carro mientras acariciaba los flancos de los caballos al pasar junto a ellos, con la esperanza de que pudiera haber un lugar privado detrás. Una vez allí, miré dentro del carro y vi que estaba repleto de herramientas de construcción: todo tipo de palas e instrumentos de carpintería. Había un aroma reconfortante a barniz y cal de construcción. Podía escuchar a los hombres charlando, pero, desde donde estaba, nadie podía verme. Si era rápida, podría levantarme las faldas sin que nadie se diera cuenta. Me sujeté el dobladillo del vestido.

Algo se movió en la parte trasera del carro. Al principio pensé que era un animal (el perro de la cuadrilla o algo por el estilo), pero luego vi con claridad lo que era. Escondido entre las herramientas, envuelto en mantas, había un joven. La cubierta del carro le ensombrecía el rostro sorprendentemente pálido, como el de alguien que ha perdido mucha sangre. Estaba empapado en sudor y temblando y, durante un instante, nuestras miradas se cruzaron. En su expresión se veía tal terror que el corazón me dio un vuelco. Dejé escapar un grito involuntario y, cuando retrocedí, casi me tropiezo. El hombre se hundió en las mantas hasta que no pude verlo más.

Ignorando mi vejiga, me apresuré a llegar al círculo de hombres y le dejé claro a Rivacoba que quería seguir avanzando. Al percibir mi malestar, estuvo de acuerdo y partimos a la brevedad. Durante un rato seguí espiando el carromato por encima del hombro, tratando de comprender lo que había visto. Al final, miré hacia atrás y el otro grupo ya se había ido. El viento se volvió turbulento, ráfagas individuales que nos azotaban con la fuerza suficiente como para amenazar mi sombrero. A lo lejos, vi cómo caían gotas de lluvia, a lo que Rivacoba me aseguró que no nos molestarían.

—La veo preocupada, señorita —señaló él.

—¿Quiénes eran esos hombres?

—Han estado construyendo una nueva parte de la estancia.

—¿Le han dicho algo más?

—Solo que están contentos de volver a casa.

—Había otro hombre —dije—, en la parte trasera del carro. Parecía estar... mal.

—No han dicho nada sobre él, pero estuvieron bebiendo anoche para celebrar el final de su trabajo.

La explicación no me convenció, pero no hice ningún comentario al respecto. Continuamos, con mi aflicción finalmente superada por la insistencia de mi vejiga, y ahora un deseo de llegar al final del viaje.

A una legua aproximadamente, la hierba desapareció para dar lugar a un suelo ennegrecido y carbonizado. Allí una vez se había cultivado maíz, pero habían prendido fuego al rastrojo después de la cosecha. Era una práctica común en las Pampas; no obstante, la escena que teníamos delante sugería un acto de terrible desolación, como si un ejército en retirada hubiera destruido la tierra mientras huía.

—Este es el límite de Las Lágrimas —dijo Rivacoba. Su rostro estaba tenso, y aferraba las riendas como si temiera que su animal echara a correr. Cabalgamos por el paisaje incendiado hasta llegar a una pista y luego seguimos hasta lo que parecía un muro alto bloqueando el camino. Estaba hecho a una escala inhumana, extendiéndose hasta el límite de mi visión en ambas direcciones. A medida que nos acercábamos, el aire comenzó a llenarse de un sonido familiar, aunque aparentemente imposible.

—¿Qué es ese ruido? —Un susurro reverberó en mis oídos—. ¿Es el mar?

Por primera y única vez, el rostro de Rivacoba mostró una fracción de alegría.

—El Atlántico está a una semana de viaje hacia el este.

—Entonces, ¿qué estoy escuchando? ¿Es un río?

—Los árboles, señorita. El viento en los árboles.

Me había equivocado al pensar que estaba mirando un muro. Más bien era el comienzo de un bosque denso y oscuro. El viento rozaba las copas de los árboles y se retorcía entre los troncos, meciendo las ramas y sacudiendo las hojas con un sonido similar al de olas rompiendo en una orilla: continuo, suave y profundo. El parecido era asombroso. Nuestro camino conducía al borde del bosque donde un par de enormes puertas de hierro forjado estaban aferradas a dos pilares de ladrillo. Encima de cada pilar había un enorme león de bronce que se había puesto verde por acción de los elementos. No había muros a los lados de los pilares, ni otro tipo de barrera. Esta no era una verja para impedir la entrada de una persona, sino una declaración de lo que había más allá.

Cuando llegamos a la puerta, Rivacoba detuvo su caballo de forma abrupta.

—Yo llego hasta aquí, señorita.

—¿No vendrá conmigo?

—No.

—¿Qué debo hacer ahora?

Ató las riendas del pony de carga a Dalia.

—Siga el camino a través de los árboles. Hay dos casas en la estancia. Una antigua que está en ruina. Y la casa principal. Asegúrese de llegar a la correcta.

—¿Está seguro de que no me acompañará? Para comer algo o descansar un rato.

—No.

—Al menos deje que su caballo descanse unos minutos.

Echó un vistazo a los árboles que se agitaban con el viento. Su caballo arañaba la tierra, y las bridas tintineaban.

—Debo irme.

—En ese caso, gracias por traerme hasta aquí a salvo.

—Chau. Suerte, señorita Kelp.

Se dio la vuelta y comenzó a trotar.

—¡Espere! —exclamé—. ¿No quiere que le devuelva el poncho?

—Considérelo un regalo —respondió con un grito—. Tal vez la proteja del mal.

Dicho eso, espoleó el caballo y se lanzó al galope hasta convertirse en una figura solitaria contra el inmenso cielo grisáceo.

Cena para una

Habían dejado una de las puertas abierta para que pudiera entrar. La crucé y de pronto me encontré entre los árboles. Allí había un camino de entrada, en avanzado estado de deterioro y con baches, lo bastante amplio como para que tres o cuatro personas cabalgaran lado a lado. Estaba considerablemente más oscuro debajo de las copas de los árboles, y las ramas de arriba se habían enredado; daba la sensación de que me movía a través de una bóveda larga y sombría. Aunque todavía podía escuchar el viento como si viniera del océano, su rugido se había reducido en el momento en el que me había metido en el bosque. El sonido era más inquietante debido a eso, interrumpido solo por el graznido de los pájaros invisibles. El día anterior, Rivacoba había mencionado que Dalia y el pony eran de los establos de la estancia. Parecían conscientes de que estaban a punto de llegar a casa porque avanzaban a buen ritmo. Sostuve las riendas con fuerza para mantener un trote cauteloso.

Desde la verja hasta la casa principal, como la experiencia demostró después, había una distancia de unos tres kilómetros. Era un camino sinuoso, errático y descuidado, con poco para estimular la vista, a excepción de la maraña intricada de árboles. Me esforcé para identificar las especies, pero noté solo olmos, pinos silvestres y cedros en medio de las numerosas variedades autóctonas con las que no estaba familiarizada. Todos los árboles eran antiguos, de al menos un siglo, con las cortezas retorcidas y afectadas por el cancro, de modo que en algunos sitios tenía la inquietante impresión de estar frente a rostros distorsionados y vigilantes. El camino lo debían haber hecho a través del bosque para que pudiera construirse la casa, resguardada en el centro. Me sorprendió que un bosque tan maduro pudiera prosperar en un lugar tan devastado por el viento como las Pampas. También noté que hacían falta unos cuantos vástagos y sonreí: estaba asumiendo el papel de jefa de jardineros con aplomo. Fuera del camino de entrada había una serie de rutas que conducían a quién sabía dónde. Después de unos cuantos minutos, una de esas bifurcaciones quedó marcada por una segunda puerta, coronada por los mismos leones que había visto en la entrada, acompañados de unas columnas cubiertas por una espesa hiedra.

Me incliné hacia Dalia.

—¿Por dónde, chica?

Como no me ofreció ninguna indicación, me metí entre las dos columnas. No tuve que cabalgar mucho para darme cuenta de mi error, porque el camino me llevó a una mansión en ruinas. Alguna vez habría sido una gran vivienda, construida al estilo georgiano por la pretensión de un extranjero, aunque en ese momento no tenía puertas ni ventanas, solo enormes cavidades oscuras que no revelaban nada del interior. Gran parte del enlucido se había caído, lo que dejaba al descubierto pedazos de ladrillos que parecían úlceras. La maleza subía sigilosamente por las paredes, así que era inevitable que el bosque reclamara la casa. El único indicio de que alguien podía estar viviendo allí era un tendedero del que colgaban algunas prendas de hombre.

—¡Hola! —llamé, desmontando—. ¿Hay alguien ahí? Estoy buscando la casa principal.

Sentí que alguien me había escuchado, pero no obtuve ninguna respuesta. Como no tenía ganas de aventurarme en las sombras de ese lugar abandonado, me volví hacia Dalia. Antes de que pudiera montarla, la maleza cobró vida, sacudiéndose y aullando, a cierta distancia al principio, y luego cada vez más cerca.

Dos pastores alemanes salieron y saltaron hacia mí.

Me encantan los perros. Mi abuelo tenía un lobero irlandés llamado Ferryman, con quien crecí y a quien adoraba y, cuando murió, se convirtió en el único chico que me rompió el corazón. Sin embargo, se me aceleró el pulso ante la posibilidad de ser atacada por dos grandes bestias en un territorio donde yo era una extraña. Los dos perros me olfatearon y ladraron con entusiasmo a mi alrededor antes de quedarse quietos a la espera de una orden. Eran animales preciosos con abundante pelaje. Me di cuenta de que el más pequeño de los dos tenía los ojos desiguales, uno azul pálido y el otro verde menta.

—¿Sabéis cómo llegar? —les pregunté—. ¿A la casa?

Como si me hubieran entendido a la perfección, salieron disparados de nuevo. Monté a Dalia y los perseguí. Trotamos de regreso al camino principal y seguimos a los perros mientras corrían, jugueteaban e intentaban morderse el uno al otro. Si me rezagaba, disminuían la velocidad por mí. Finalmente, el camino serpenteante desembocó en una avenida recta de árboles. Tenía más de trescientos cincuenta metros de largo, con una grandeza procesional. Los árboles en sí (ombús, una especie autóctona, *Phytolacca dioica*) eran los más altos que había visto en la estancia, y sus troncos se extendían hasta formar una copa en lo alto. Parecían más columnas de la antigüedad que organismos vivos. Mientras cabalgaba por debajo de ellos, crearon el efecto deseado: me sentí insignificante y asombrada. En el extremo más lejano de esa vía, vislumbré un destello de arenisca, algo que supuse que sería la casa principal de la estancia.

Entonces, sucedió algo rarísimo.

A las tres cuartas partes del camino, noté un hueco entre los árboles. En algún momento del pasado, uno de los ombús debió de haberse caído y luego debieron de haber quitado el tocón por completo. Cuando llegué al espacio vacío, oí (o me pareció oír) una voz en el viento. No tenía dudas de que era pura imaginación, ocasionada por la fatiga del viaje, pero en ese momento parecía muy real.

Aléjate de aquí...

Antes de que pudiera echar un vistazo a mi alrededor para descubrir quién podría haber emitido esas palabras, dejé los árboles y llegué a un claro. Había una extensión de césped, desigual en algunas partes, y de ella se elevaba una sola palmera de Bismarck, alta y recta como el mástil de un barco. El camino de entrada por donde los carruajes llegaban a la casa era circular. Las perras corrieron por el césped y las perdí de vista. En cuanto a la casa, era sólida y el techo tenía un ángulo agradable, aunque debo confesar que me sentí un poco decepcionada. Sí, era imponente, construida imitando el estilo de un castillo francés con torres y una gran cantidad de pináculos, pero esperaba un edificio más grande, algo más significativo. En resumen, una casa que reflejara mejor el tamaño de la estancia y la «avenida Imperial» que conducía a ella. De cerca, vi que las paredes estaban cubiertas de líquenes y que había manchas oscuras alrededor de las bajantes.

Cabalgué hasta la puerta principal. Sobre la entrada rezaban las siguientes palabras:

LAS LÁGRIMAS, 1866

Al haber llegado a mi destino, la necesidad de hacer mis necesidades volvió con una urgencia apremiante. No había nadie esperando para recibirme. Me bajé de Dalia y, como no había ningún lugar obvio para atarla a ella y al pony, enrosqué las riendas alrededor de un tubo de desagüe, con la esperanza de que no se escaparan. No era buena idea destruir el drenaje nada más llegar. Me quité el poncho de Rivacoba y lo coloqué sobre la silla de montar antes de acomodarme el pelo y poder entrar en la casa con cierta apariencia de orden.

—Hola, ¿hay alguien? —llamé esperando el aluvión de pasos de alguien acercándose para saludarme—. ¿Señor Moyano?

Me encontraba en el vestíbulo. Aparte de la puerta abierta detrás de mí, había poca luz. Distinguí un piso de parqué, paneles de un material oscuro parecido y media docena de puertas, todas ellas cerradas. En las paredes había una colección de pinturas, todos retratos, aunque estaba demasiado oscuro como para ver los detalles con claridad. También había una gran chimenea, pero no estaba encendida.

—¿Hola? —dije de nuevo, y escuché el eco de mi voz, sin respuesta. Si estaba irritada por la falta de bienvenida, un impulso más desesperado se apoderó de mí. Empecé a abrir las puertas en busca de un baño. Descubrí numerosas salas o recibidores donde los muebles estaban cubiertos con sábanas, antes de encontrar un baño pequeño con un retrete y un lavabo. Con una gratitud que rozaba lo cómico, me senté y finalmente, por suerte, oriné hasta oír cómo el líquido chocaba con fuerza contra la porcelana; nunca he hecho pis con tanta gratitud. Después, tiré de la cadena... y no pasó nada. Tiré de nuevo y tuvo el mismo efecto. Tampoco salía agua del grifo. Sin saber qué hacer, abrí la puerta y regresé al vestíbulo de entrada.

De pie justo fuera del baño, casi como si me hubiera estado escuchando, había una jovencita con un vestido negro y un delantal. Mi equipaje del pony de carga estaba amontonado junto a ella y llevaba el poncho colgado del brazo. Hizo una reverencia incómoda con el rostro pálido y ansioso antes de hablar con una voz elegante y distante.

—¿Señorita Kelp?

—Sí —respondí, feliz de que la penumbra de la casa ocultara el flujo de color en mi rostro.

—Debo enseñarle su habitación.

Atravesamos el vestíbulo y giramos a la derecha hacia otro gran pasillo con más puertas a los lados. El aire del lugar estaba viciado por los años de desocupación. A mitad camino había una escalera con paneles, de extrañas proporciones, que empezamos a subir. Me ofrecí a ayudar a la criada con mis pertenencias, pero ella rechazó toda colaboración, a pesar de que parecía demasiado pequeña para manejar la carga. Tenía el cuerpo y las extremidades de una niña, aunque cuando le examiné el rostro, vi que era mayor de lo que parecía, tendría tal vez unos veinte años. Había insolencia en sus ojos, los cuales eran grandes y ojerosos, mientras que su boca contenía una profusión de dientes, muchos de ellos torcidos. Tenía el cabello tieso y negro.

—Me llamo Ursula —dije con el tono más amistoso que pude, ya que la criada tenía una personalidad que excluía la afabilidad—. ¿Y usted?

—Dolores —contestó sin aliento mientras se esforzaba para subir las escaleras. (Todos los de la casa la llamaban así, aunque no fue hasta después cuando deduje que en realidad era de donde venía y no su nombre. Dolores: un pueblo a casi sesenta y cinco kilómetros al noreste de la estancia. Nunca supe cuál era su nombre de pila).

El primer tramo conducía a un largo pasillo de habitaciones donde la mía era la segunda a la izquierda, en la parte delantera de la casa. Dolores abrió la puerta y dejó mis maletas dentro.

—¿Algo más, señorita?

—No, gracias —respondí, asimilando el entorno con decepción.

Las cortinas estaban corridas y dejaban entrar una luz tenue. En cuanto a los muebles, había una cama; un sillón de aspecto caro, aunque anticuado, junto a la chimenea; un minúsculo escritorio que también funcionaba a modo de tocador debajo de la ventana; un lavamanos y una biblioteca vacía. Las paredes eran lisas, excepto por un par de cuadros bastante indiferentes. Era una habitación pequeña, por no decir completamente estrecha. Desde luego mucho más pequeña que la habitación a la que me había acostumbrado en la casa de los Houghton. Es más, no cumplía las expectativas que tenía para el alojamiento de una jefa de jardineros. ¿El señor Moyano creía que era suficiente para alguien de mi estatura? En compensación, había un vestidor amplio y al menos parecía inmaculado. Tenía unas vistas agradables del jardín delantero y de la avenida de ombús.

—Una duda —le dije a Dolores—. ¿A qué hora se sirve la cena?

La criada se había ido.

Lo primero que hice fue probar el colchón. Estaba lleno de bultos, pero era lo suficientemente cómodo, sobre todo para mi espalda dolorida por todo el tiempo que había pasado en la silla de montar. Me acosté, crucé los tobillos en el extremo de la cama y cerré los ojos, pensando que descansaría un momento antes de deshacer el equipaje.

Cuando volví a abrirlos, estaba oscuro. Me incorporé, un tanto mareada, sin darme cuenta de que me había quedado dormida. Alguien, supuse que Dolores, había cerrado las cortinas para tapar la noche y había encendido un candelabro y un fuego en la chimenea.

Me perturbó haber estado durmiendo mientras sucedía todo eso, y más aún el hecho de que me hubiera desatado las botas y las hubiera limpiado y colocado debajo de la cama. En el lavamanos había una palangana y un aguamanil de donde vi salir un brillo de vapor. Luego de mi largo viaje, quería sumergirme en una bañera antes de la cena, no asearme con un trapo. Salí al pasillo y recorrí su longitud para buscar un baño mientras los tablones del suelo crujían a intervalos con los pasos que daba. Detrás de cada puerta solo había cuartos deshabitados hasta que, en el otro extremo, llegué a un baño con corrientes de aire. Supuse que la puerta de al lado, la última de hecho, podría revelar una bañera una vez abierta. Cuando giré el pomo, me di cuenta de que estaba cerrada con llave.

De vuelta en mi habitación, me lavé lo mejor que pude y me puse mi ropa de noche, agobiada por la quietud de la casa. Luego agarré el candelabro y bajé.

—¿Dolores? —llamé—. ¿Dolores?

No había rastro de ella. Una de las puertas del pasillo estaba abierta y emanaba una luz del interior. Era un comedor, austero y formal, dominado por una mesa de madera de peral pulida y doce sillas talladas de respaldo alto. En un extremo de la mesa había una campana plateada junto a un bol de ensalada de invierno. Volví a llamar a Dolores; una vez más, el silencio fue la única respuesta.

Todo era muy extraño, pero tenía demasiada hambre como para mostrarme ceremoniosa. Levanté la campana, lo que liberó un aroma a carne asada que me hizo entender lo hambrienta que estaba. Me serví un plato de costillas de ternera complementado con ensalada y comí. Cada choque de los cubiertos contra la porcelana sonaba anormalmente fuerte, al igual que mi masticación. A pesar de tener el estómago vacío, la verdad es que no comí con ganas porque me sentía demasiado cohibida. Cuando terminé, me quedé con hambre, pero no estaba segura de si la comida era solo para mi consumo o si también era para otros invitados. Dado el silencio del lugar, era poco probable que se usara toda la vajilla; sin embargo, sí era posible que hubiera otros comensales, y seguramente el señor Moyano querría cenar. No quería parecer la glotona que se había comido toda la comida sola, así que dejé el resto de la carne, a pesar de querer más, y me levanté de la mesa. Había otra puerta al fondo del comedor que supuse que conducía a la zona del servicio. La abrí y me topé con un pasadizo estrecho que llevaba a la cocina.

—¿Hola? —dije, cada vez más agotada de solo escuchar el eco de mi propia voz como respuesta—. ¿Dolores? ¿Alguien?

La cocina no estaba iluminada, tan vacía y fría como debió de haber estado durante muchos años. Había cacerolas de esmalte azul colgadas sin usar. De otro gancho colgaba un conejo muerto esperando a ser despellejado. Otras puertas conducían al exterior de la casa, a la trascocina y a un pequeño salón privado. En este último, encontré un juego de solitario a media partida y tuve cuidado de no moverlo. Regresé al comedor con una sensación de abatimiento y deambulé durante otro cuarto de hora con la esperanza de que alguien se uniera a mí. Pensé en los recuerdos de doña Ybarra en el tren sobre las fiestas que se habían celebrado en la casa. Era difícil imaginar semejante jovialidad. Más de una vez mi mirada se posó con anhelo en las costillas, que relucían por el jugo. El hecho de que doña Ybarra estuviera en mi mente me hizo recordar cuando me había advertido de que la estancia estaba maldita. Era, sin lugar a dudas, una tontería, pero con nada más que ecos como compañía, sentí que sus palabras se apoderaban poco a poco de mi imaginación.

Me esforcé para olvidarme de ellas y me retiré a mi habitación, donde me cambié y me deslicé debajo de las sábanas. Estaban frías y desprendían un fuerte olor a naftalina. En la chimenea, el fuego se había convertido en un lecho de brasas que emitían un resplandor anaranjado. En el exterior se escuchaba el lamento del viento entre los árboles. Más que nunca, sonaba como si estuviera junto al océano. Aparte de ese sonido extraño y turbulento, escuché otros ruidos desconocidos: la vibración de una ventana en el piso de abajo, el crujido de ramas como huesos viejos, un leve gorgoteo que no podía identificar. Una vez, durante un brevísimo instante, se oyó el furioso aullido de unos perros. Me pregunté si serían los pastores alemanes que había conocido antes; si era así, se les había unido una jauría. Y detrás de todo eso, el impenetrable silencio de la casa.

Rodé poniéndome de lado mientras me abrazaba las rodillas con fuerza, y esperé que llegara el sueño, bastante convencida de que era la única alma humana en toda Las Lágrimas.

Un recorrido por el jardín

A la mañana siguiente, el contraste no pudo haber sido mayor. Me desperté con los sonidos de la vida: voces llamándose unas a otras abajo, el tintineo de los cubiertos, un alegre coro de pájaros. El viento había soplado durante toda la noche y, aunque no había amainado, sí había despejado las nubes para dejar al descubierto algunas zonas azules del cielo invernal. La luz del sol moteada entraba a raudales a través de las cortinas abiertas. De la cocina me llegó el aroma de las tostadas y el jamón cocinándose.

Me levanté de la cama, me lavé la cara y me puse mi uniforme de jardinería: una blusa blanca, una falda de dril azul marino y una chaqueta a juego. Una vez vestida, bajé las escaleras con cierta timidez por no haberme bañado adecuadamente desde que había salido de Buenos Aires; me hubiera gustado tener un frasco de perfume para ponerme una gota detrás de las orejas. El pasillo estaba más iluminado que el día anterior, de modo que podía ver mejor los retratos que me habían recibido cuando entré por primera vez en la casa. Todos eran óleos pesados del mismo individuo (don Guido, que resultó ser el padre del don actual), en una variedad de estilos, trajes y escenarios improbables, desde un conquistador hasta un amante romántico; sin dudas, un hombre que no tenía un déficit de vanidad. Me di cuenta de que sus modales eran ligeramente cómicos, pero al estilo del señor Punch, porque había crueldad o maldad en su boca, con sus ojos teñidos de negro y bronce. La semejanza parecía confirmar la afirmación de doña Ybarra, que lo consideraba un hombre irreligioso, y no la de Moyano, que lo consideraba un gran devoto.

De todos los retratos, el que más me llamó la atención mostraba al sujeto como maestro jardinero, luciendo inmensamente satisfecho consigo mismo, con una pala de plata en una mano, y un pergamino azul marino debajo del otro brazo como un bastón de oficial; en el fondo, había una hilera de retoños, recién plantados con sus respectivas estacas. Lo examiné brevemente, pensando en cómo el abuelo habría compartido mi desdén, y sentí una familiar punzada de pérdida. En algún lugar había una ventana abierta que dejaba entrar una fragante brisa con las hojas dulces y húmedas y los interminables kilómetros de las Pampas. De pronto, más que cualquier otra cosa, quería salir al exterior y respirar aire fresco.

Una voz se elevó desde el comedor y, cuando llegué al umbral, divisé a Moyano. Había dejado un plato de huevos a medio comer para levantarse y regañar a Dolores por alguna falta leve. Al lado del imponente capataz de la estancia, parecía más aniñada que nunca. Tenía los hombros encorvados por la vergüenza. No quería entrometerme para que no se sintiera más humillada y, dado que ninguno de los dos se había percatado de mi presencia, volví sobre mis pasos hacia la brisa. La volví a encontrar en la sala de estar, donde los ventanales franceses estaban abiertos y se observaba un patio que conducía a la parte trasera de la propiedad. Esa iba a ser mi primera vista del jardín formal de la casa, y estaba muy emocionada. Pero al salir, mi primer pensamiento fue:

¡Oh, qué peculiar!

Me había imaginado el lugar de muchas maneras, en especial cuando Moyano me dijo que estaba hecho al estilo inglés. Sin embargo, ninguna de mis especulaciones me preparó para lo que vi. La terraza conducía a un jardín de nudo en mal estado y luego a un muro que bloqueaba la vista de todo lo demás. No era el tipo de muro con el que estaba familiarizada, de ladrillos rojos bien organizados, como el que alguna vez habíamos tenido en casa. En su lugar, había un muro de piedras negras labradas, de al menos seis metros de altura. Tenía una cualidad «pagana»; no se me ocurría una mejor manera de describirlo. En el centro, una puerta de roble curtida por el tiempo, cubierta de líquenes, estaba entreabierta. Caminé hacia ahí con la esperanza de mejorar mi estupor al ver el jardín de más allá. Cuando me acerqué, la puerta se cerró, y desde el otro lado escuché cómo unos pasos se alejaban trotando sobre la grava. Fui a abrir la puerta, pero estaba cerrada a cal y canto. Empujé mi peso contra ella, cambié de posición y luego tiré del picaporte: nada de eso sirvió. La puerta no cedía; de hecho, las bisagras parecían sólidas por el óxido.

—¡Oiga! —le grité a la persona que la había cerrado—. Por favor, abra la puerta.

Los pasos se detuvieron al instante. Reinaba el silencio, excepto por la repentina y brusca sacudida de un chimango en lo alto. Tuve la sensación de que quienquiera que estuviera al otro lado se había detenido en seco como si lo hubiera atrapado en medio de algún acto nefasto. Ofrecí lo que se estaba convirtiendo en mi desgastado e infructuoso llamado en el lugar.

—¿Hola?

Como no recibí ninguna respuesta, le hice saber al individuo que lo consideraba muy descortés y regresé al comedor bastante irritada. Al alejarme, volví a escuchar el marcado crujido de la grava, los pasos irregulares, como si el caminante fuera cojo.

Moyano estaba terminándose los huevos cuando entré. El capataz se limpió los labios grasientos con una servilleta, se puso de pie y me cogió de la mano. Iba vestido con un traje bastante elegante de una tela color tabaco.

—Qué gusto verla, señorita Kelp, y lamento que no la hayamos recibido como corresponde. La esperábamos el sábado.

—El tren se retrasó.

—Temía que se hubiera arrepentido. —Me ofreció una silla y me evaluó, recorriéndome con la mirada, de modo que tuve la misma sensación que cuando nos conocimos por primera vez: sentí que era juzgada como un animal de premio en un espectáculo del condado. Su sonrisa era benigna; esperaba que estuviera satisfecho con su elección—. Hasta que no llegue don Paquito, el personal se toma los domingos libres —continuó—, y yo estaba atendiendo otros asuntos. De ahí la falta de acogida. Supongo que ya se ha instalado.

—Así es, gracias, aunque me hubiera gustado un baño. —Tomé asiento y me sirvió café.

—¿Dolores no se lo ha explicado? Esa chica es una incompetente. No hay instalaciones sanitarias en esa parte de la casa. Tendrá que visitar el ala nueva para bañarse; a usted le corresponden los miércoles y los sábados.

—¿Solo dos veces por semana? —objeté.

—Debería haber tenido agua caliente en su habitación. Por cierto, me han dicho que ha descubierto el baño de abajo.

Sentí que una oleada de calor me inundó el rostro, pero no me acobardé.

—Prefiero bañarme todos los días.

—Me temo que no es posible. Y menos todavía cuando los Agramonte se muden.

Dolores entró con mi desayuno y me sonrió débilmente, revelando una boca llena de dientes torcidos. Fuera cual fuese la causa del reproche de Moyano, a la joven la había hecho llorar. Le agradecí la comida y me la tragué con mal humor, enfadada por las limitadas opciones para bañarme. Si Moyano se dio cuenta, no lo demostró.

Cuando hube terminado, Moyano quiso mostrarme el jardín. Aunque primero, quería presentarme a la cocinera. Fuimos a la cocina que, a diferencia de la noche anterior, estaba llena de vida con cacerolas burbujeantes y ricos aromas. En el centro, con un cuchillo de carnicero en la mano mientras cortaba y troceaba un pedazo de carne, había una mujer musculosa de una gracia considerable. Ella era lo que llamaban en esa parte del mundo una mestiza (una mezcla de sangre española e indígena), con la piel de un tono caramelo y el cabello escondido debajo de un pañuelo que era tan brillante como el plumaje de un loro. Moyano la presentó como Calista quien, además de sus deberes en la cocina, debía organizar la casa hasta que llegara el ama de llaves principal con los Agramonte.

—Encantada —dije—. La cena de anoche me pareció deliciosa.

La cocinera me ignoró y siguió troceando, con las manos manchadas de rojo.

—Siempre es muy cordial —señaló Moyano, un tanto sorprendido, mientras me llevaba fuera de la cocina. Reflexionó sobre el comportamiento de la mujer antes de añadir—: Calista también es una experta boticaria. Si siente alguna dolencia, puede confiar en ella. Yo suelo hacerlo.

Consideré esas manos ensangrentadas y la destreza con la que manejaba el cuchillo de carnicero y pensé, teniendo todo eso en cuenta, que prefería no hacerlo.

* * *

Una vez en el exterior, nos dirigimos hacia el muro. El viento entre los árboles provocaba un sonido amortiguado y persistente que no cesó durante nuestro tiempo en el jardín.

—Hoy intenté abrir la puerta —le dije al capataz—. No había forma de moverla.

—No se preocupe —respondió—. La puerta está trabada desde hace mucho tiempo.

—Estaba abierta hace un rato. Alguien cruzó al otro lado.

Moyano arrugó el entrecejo.

—¿Ha visto a alguien?

—Lo he escuchado.

—Debe de estar equivocada, señorita. Nadie ha abierto la puerta ni una sola vez en todos los meses que he estado aquí.

—Bueno, estaba abierta esta mañana.

—Cuando los constructores estaban trabajando en el ala nueva, intentaron abrirla. Usaron martillos, cinceles y otras herramientas para forzarla. Al final, como tenían miedo de derribar toda la pared antes de que la puerta cediera, dejaron de insistir.

Estaba segura de lo que había visto, pero opté por no continuar con el asunto.

—Entonces, ¿cómo se entra en el jardín?

—Deje que se lo enseñe.

Nos mantuvimos cerca del perímetro del muro hasta que alcanzamos una abertura baja e irregular.

—Aquí, los constructores han hecho un agujero en la piedra —dijo Moyano y, luego de agacharse, se metió en el agujero.

Lo seguí dando traspiés y agradecí la mano que me tendió para estabilizarme. Me sostuvo hasta que me erguí por completo y yo dejé que su gesto se prolongara una fracción más de lo que creía necesario. Le solté la mano y miré a mi alrededor. La zona contenida dentro de las paredes (siendo ese el jardín formal) era inmensa. Inmensa y repleta de malezas. Malezas, zarzas, epilobios, cardos, dientes de león, cincoenramas rastreras; todas las plantas indeseables que podría imaginar. Había ortigas que, sin exagerar, tenían tres metros de altura. Moyano me guio a través de ellas mientras se abría paso con una fusta como un Moisés argentino, seguía caminos que habían sido despejados, me mostraba las numerosas y diversas secciones y me ofrecía sugerencias sobre lo que podía hacer o sobre las cosas que había pedido don Paquito. Con cada paso que daba, el corazón me pesaba cada vez más.

La naturaleza parecía estar a punto de apoderarse del jardín para siempre.

En algún momento, aparecieron los pastores alemanes. Brincaron hacia mí y se pusieron a jugar alrededor de mi falda y a lamerme las manos. El más grande de los dos se alzó sobre sus patas traseras como si fuera a abrazarme, y me di cuenta de que era al menos dos centímetros más alto que yo. Hice que se bajara.

—Veo que ya conoce a Lola y a Vasca. —Moyano soltó una risita.

Les hizo mimos a las dos y, como no estaban acostumbradas a tanta atención, se dieron la vuelta para ofrecerme sus barrigas.

—¿Son hermanas?

—Madre e hija. Lola, la que quiere bailar, es la cachorra. Y puede distinguir a Vasca por sus ojos. O sus caderas. Tuvo un accidente, la pobre criatura.

Además de los ojos azules y verdes desparejos de Vasca, noté, como no lo había hecho antes, que tenía las patas traseras ligeramente debilitadas y la pelvis deformada. También era la más delgada y cautelosa de las dos. Fue bueno verlas, pero no me sirvió mucho para mejorar mi estado de ánimo.

Mi recorrido por el jardín continuó, aunque en las horas previas al almuerzo no hubo tiempo para visitar cada rincón. A menudo, las malezas nos llegaban al pecho y teníamos que atravesarlas con los brazos levantados, como si cruzáramos un río. En otros lugares, tropezaba con enredaderas trepadoras; las espinas se me enganchaban en la falda y tiraban de ella. Volví a sentir todas esas inseguridades sobre el alcance de mis capacidades. Si había que llegar a una conclusión, era que me había equivocado al viajar hasta ahí.

Llegamos a un espacio que parecía, si era posible, más abarrotado que el resto. Era ancho y a lo largo del borde había tejos tan altos y salvajes que me dio la impresión de estar en una arena. Dominando el centro había una figura artificial (es decir, hecha por el hombre), oculta en su totalidad por una enredadera de Virginia muerta.

—Este alguna vez fue el lugar favorito de don Paquito de todo el jardín —pronunció Moyano—. Es donde él espera que empiece a trabajar. Por lo que a mí respecta, sería mejor si pudiera despejar la zona y plantar todo antes de su llegada. ¿Qué opina, señorita?

—No es lo que esperaba —comenté en voz baja—. Es una… —Tuve que buscar el Tauchnitz en mi bolsillo para encontrar la palabra justa con la que expresar mi abatimiento—… una selva.

La respuesta de Moyano me causó un escalofrío.

—¿Es demasiado para usted, señorita Kelp? ¿Debería haber buscado a otro jardinero?

Tenías ganas de decirle que sí, que quería regresar a Buenos Aires de inmediato. Pensé en lo que Gil me había dicho la noche en la que había renunciado. No era de extrañar que fuera una tarea que nadie más quisiera llevar a cabo. No debería haber sido tan arrogante cuando hablé de mis propios talentos. Pero ¿qué alternativa tenía en ese momento? No podía humillarme volviendo con los Houghton y rogando (y no tenía ninguna duda de que Gil me haría rogar) que me devolvieran mi antiguo trabajo. Tampoco podía zarpar hacia Gran Bretaña: incluso si no hubiera enviado a mis padres un telegrama desafiante informándoles de mi nuevo puesto, nunca podría perdonarles la pérdida del jardín del abuelo. Pensé en cómo mi madre me había hablado del pretendiente que me había encontrado. «Estoy segura de que te dará un jardín, Deborah. Puedes ocuparte de eso si no hay más remedio». Como si cualquier reemplazo fuera lo suficientemente bueno.

—Siento que me ha engañado, señor Moyano —repliqué al fin, alzando la voz—. Debería haber sido más directo sobre lo descuidado que está el jardín.

—Esto no es nada. Debería haberlo visto antes de que empezáramos a podar. Al menos algunos de los caminos son transitables ahora.

—En ese caso, me alegro de no haber llegado antes.

Se rio de mi comentario, pero no con total sinceridad, y me apoyó las manos sobre los hombros para tranquilizarme.

—No tendrá que enfrentarse a la «selva» sola —aseguró—. Tiene personal, recuérdelo.

Estaba tratando de calmarme, aunque también fracasó en ese aspecto. Hicimos una pausa para almorzar (un pastel de maíz cremoso y patatas hervidas con un plato de queso sardo después), y luego reunió a mi supuesto personal.

Eran tres: dos muchachos mapuches y un argentino que se había dejado unas patillas anticuadas en un intento de ocultar lo peor de su cutis. Los dos muchachos, hermanos, no eran mayores que yo, con rostros lampiños y sonrisas bobaliconas; cuando estaban uno al lado del otro, parecían una pareja de *music-hall*, uno alto y delgado, el otro rechoncho y fornido. Al menos eran fuertes, y esperaba que no les faltara vigor en la tarea que tenían por delante. En cuanto al otro hombre, se presentó como Latigez. Llevaba una vaina en el muslo, bien visible, que resguardaba un gran cuchillo facón. A diferencia de los mapuches, Latigez me ofreció la mano y aplastó la mía cuando la cogí. Era obvio que ignoraría o evadiría todas mis órdenes por una cuestión de principios; es decir, por el hecho de que yo era una mujer nacida en el extranjero con dinero sin tocar en el banco. A su vez, no tardé en sospechar que ahí estaba el patán cuyos pasos había oído esa mañana al otro lado de la puerta cerrada.

—El señor Latigez también se ocupa de numerosas tareas para mí —dijo Moyano—. Además de los trabajos ocasionales que puedan surgir en la casa.

—Entonces, a decir verdad, lo único que tengo son dos trabajadores. —Esa fue mi respuesta mordaz—. ¿Cómo puedo…?

Levantó la palma de la mano para acallarme.

—Estoy seguro de que puede, señorita. Cuando llegue el personal principal con don Paquito, habrá una docena de trabajadores más. Por ahora, tengo plena confianza en que seguirá adelante.

No pude determinar si la duda que detecté en sus palabras era real o un producto de mi propia imaginación.

La sala de trofeos

Pasé el resto de la tarde, mientras el viento seguía bramando, caminando sola por el jardín, con un cuaderno de bocetos en la mano. Puede que Moyano me hubiera dado instrucciones sobre hacia dónde debía dirigir mis esfuerzos, pero quería tener un mayor sentido del lugar antes de ponerme a trabajar. Una de las primeras lecciones que aprendí del abuelo fue que una persona debe generar un vínculo íntimo con la tierra que va a cultivar. Un método infalible es haciendo un boceto. A pesar de que el jardín se había vuelto salvaje, todavía era posible discernir algo del diseño previsto; por lo tanto, me posicioné en varios puntos, dibujé lo que vi y luego medí las dimensiones con pasos. Mi objetivo era crear un diagrama a escala. Sin embargo, mientras trabajaba, no podía trasladar a la página lo que tenía ante mis ojos. Los ángulos y las distancias se transformaban y se distorsionaban; mis cuentas se volvieron erráticas; en más de una ocasión no pude recordar los pasos que había dado en el instante entre que me detenía y apoyaba el lápiz sobre el papel. Tenía la mente nublada, y me quedé con una frustración persistente, como si estuviera tratando de reconstruir un sueño complejo donde las imágenes, coherentes y significativas mientras dormía, se habían vuelto intangibles.

El problema no fue menos exasperante cuando intenté rehacer mis pocos bocetos. Para ese momento había caído la noche (la puesta del sol era alrededor de las seis) y yo estaba en los confines de mi habitación, sentada a la mesa debajo de la ventana con varias lámparas para iluminar mi dibujo. El aire estaba cargado con el olor a queroseno. Había tenido que volver a lavarme con una palangana y me había puesto mi ropa de estar por casa; la cena se iba a servir la próxima hora. Por lo que pude comprobar, la superficie dentro de las paredes del jardín tenía forma rectangular, y desde la casa veía que era más larga que ancha. Sin embargo, al trazar mis mediciones, me percaté de que todo lo que había plasmado en el papel era deforme y sin gracia. Me inquietaba cada vez más, sobre todo porque había decidido regalarle los planos a don Paquito cuando llegara para mostrarle mis ambiciones por su jardín. Anteriormente, había estado orgullosa de mi destreza para los dibujos técnicos; esa noche, carecía de todo tipo de aptitud. Mis intentos se vieron obstaculizados aún más por la pequeñez de la mesa hasta que, en un ataque de ira, tiré el lápiz y decidí buscar un lugar más propicio para mi tarea.

En el piso de abajo, podía oler la comida que estaba preparando Calista en la cocina. Empecé a abrir las numerosas puertas a lo largo del pasillo, con la galería de retratos como espectadores. Lo único que descubrí fueron salas con paneles oscuros que aún no estaban listas para ser ocupadas, ya que los muebles seguían escondidos debajo de sábanas. Quienquiera que suministrara el cortinaje a Las Lágrimas debió de haber visto unas ganancias considerables el año en el que se cerró la estancia. Traté de calcular cuándo pudo haber sido y supuse que alrededor de la década de 1880. Aparte de la mesa del comedor, que no me pareció adecuada, no encontré ninguna superficie lo suficientemente grande para mis necesidades. Estaba perdiendo la esperanza cuando abrí la puerta de una habitación diferente a cualquier otra. No estaba iluminada y el techo era alto y, cuando conté las paredes, me di cuenta de que tenía forma octogonal.

Levanté la lámpara para ver mejor. Las paredes estaban adornadas con mapas antiguos, principalmente de Europa, pero algunos representaban el Levante y África. También estaban las cabezas de los trofeos de caza (gacelas, un león e incluso un cocodrilo con el hocico prominente) y, lo más llamativo, una colección de cabezas de ciervos blancos dispuestas en un patrón triangular que dominaba una sola pared, donde se apreciaba una magnífica criatura con una cornamenta de doce puntas en el punto más alto. La exhibición me impresionó y, después de pensarlo mejor, me entristeció debido a la matanza que había hecho falta para montarla. En otros lugares había placas, pero no cabezas reales. Esos animales, supuse, se habían puesto en mal estado mientras la casa estaba vacía y habían sido retirados. A su vez, otra pared estaba ocupada por una biblioteca que llegaba hasta el techo. Eché un vistazo a algunos de los títulos, todos volúmenes encuadernados en cuero, y encontré a autores de los que me había hablado mi abuelo: Cervantes, Balzac, Gógol. Había sillones orejeros y un diván, ninguno cubierto con sábanas. Y en el centro, una gran mesa circular, perfecta para mis necesidades. Me sentí atraída por esa habitación, por su espíritu de aprendizaje y aventura, salvo por un aspecto. Hacía muchísimo frío, más frío que en el resto de la casa ya de por sí helada.

Acerqué una silla, abrí los dibujos e intenté diseñar un plano del jardín. Una vez más, los detalles se salieron de control cuando traté de plasmarlos en el papel. Y mientras hacía el boceto, percibí un gorgoteo, imperceptible al principio, pero que luego me inquietó. Detuve el lápiz para concentrarme en el origen del sonido, pero no lo logré porque, aunque parecía imposible, se escuchaba debajo de mí, en la misma tela del suelo.

—¿Qué hace?

Levanté la mirada.

—Necesitaba un lugar para trabajar.

La figura amenazante de Moyano apareció en el umbral; no estaba segura de cuánto tiempo llevaba observándome.

—Bueno, aquí no —dijo bruscamente.

Me levanté y recogí mis materiales a toda prisa.

—Lo siento. Estaba buscando una mesa grande.

Su tono se suavizó.

—Además, no quiero que se resfríe.

—¿Qué es esta habitación? —indagué.

—Cuando era más joven, don Guido dejó la estancia y se fue a recorrer el mundo. Estos son los recuerdos que trajo a casa. Será mejor que no venga aquí: hay demasiadas cosas de valor que podría romper.

Me acompañó hasta la puerta y la cerró detrás de nosotros.

—Calista me ha dicho que la cena está casi lista. Si necesita un lugar de trabajo, le mostraré un sitio mejor.

Por la mañana había pensado que Moyano era una persona diferente a la que había conocido en Buenos Aires, y en ese momento tuve el mismo pensamiento. Su actitud había cambiado mucho, aunque no pude determinar cómo. Parecía menos contenido, tal vez... o más seguro de sí mismo, con la certeza de que yo era su jardinera y de que, lejos de la ciudad, no tenía ninguna forma de dejarlo en la estacada.

Abandonamos la sala de trofeos y caminamos hasta el otro extremo del pasillo, que estaba oculto por un par de cortinas funcionales de cuerpo entero. Moyano apartó la tela para dejarme pasar. Di unos pocos pasos y fue como si hubiera entrado en un tiempo y lugar diferentes. Las paredes eran pálidas y lisas, con el suelo ajedrezado de baldosas color azul marino y blanco. La diferencia más notable fue la temperatura: era un ambiente cálido, el tipo de calidez que asocio con los espacios públicos de los mejores hoteles.

—El ala nueva —dijo Moyano antes de encender los interruptores de luz—. Como puede ver, tenemos electricidad. Aquí es donde se bañará y... —Me llevó a una antesala desocupada, amueblada con un par de caballetes de arquitecto—... donde podrá dibujar a su antojo.

—Es justo lo que quería.

—A veces yo también trabajo aquí. Podemos ocupar un escritorio cada uno, como empleados en una oficina. —Debí de haber fruncido el ceño, porque continuó—: Aproveche esta oportunidad al máximo, señorita. Cuando lleguen el don y su familia, se instalarán en esta parte de la casa y los caballetes desaparecerán.

Decidí cambiar el tema de conversación.

—¿Por qué el resto de la casa no puede ser así de acogedora?

—Eso es trabajo del señor Farrido.

—¿Farrido?

—El ingeniero del don. Corta el césped y se encarga del mantenimiento de la caldera y la electricidad. Es muy bueno con esta parafernalia moderna, aunque es una persona esquiva. Puede que no lo vea mucho. —Moyano hizo un gesto para que nos fuéramos de ahí—. Por ahora, usted tiene libertad de trabajar aquí como quiera. Esta noche, sin embargo, espero que cene conmigo.

Me llevó de vuelta a la parte antigua de la casa donde la bajada de temperatura me sobresaltó. El comedor estaba preparado para dos con la tenue luz de las velas, una botella de vino y un par de copas de París. Nada de eso habría parecido fuera de lugar en las novelas insípidas que leen mis hermanas. Con el rostro bastante pálido, no había considerado hasta qué punto Moyano y yo tendríamos que pasar tiempo a solas y, cuando me apartó una silla y luego se sentó frente a mí, me sentí más incómoda de lo que hubiera previsto. Tenía el pelo acomodado detrás de las orejas y me volvió a sorprender lo atractivo que era. Sus mechones eran voluminosos y negros como el azabache, y su belleza poseía cierta cualidad tosca que no había reconocido antes. Eso, y un olor que desconocía en la ciudad: un aroma especiado, intenso y para nada desagradable que se aferraba a él, como cuando una persona está demasiado cerca de una hoguera humeante, un aroma imposible de eliminar del cuerpo, a menos que se lave el cabello y la ropa.

—¿Le apetece un poco de vino? —preguntó.

Justo cuando estaba respondiendo de forma negativa, nos sirvió a ambos una generosa copa de vino tinto. Estaba avergonzada de que me hubiera pillado observándolo de nuevo. Levantó su copa.

—Por nuestro éxito en Las Lágrimas, Ursula. Juntos la resucitaremos.

Me costó recordar la última vez que alguien me había llamado por mi nombre de pila; incluso los Houghton se referían a mí como «señorita Kelp». Sin embargo...

—Si me hace el favor, prefiero mantener el trato formal, señor Moyano.

—Por supuesto. —Parecía alicaído.

—Al menos… hasta que nos conozcamos mejor.

Nos quedamos callados como si yo hubiera cometido un delito imperdonable, mientras Moyano se frotaba las muñecas a través de los puños de la chaqueta de la misma manera que cuando nos conocimos (supuse que era un tic). Hay algunas personas con las que se puede compartir un momento en silencio sin sentir presión; Moyano no era una de ellas. Sentí que era mi responsabilidad hablar.

—En el Café Tortoni me preguntó por mi nombre.

—Sí, quería saber por qué se hace llamar Ursula y no por su nombre verdadero. Recuérdeme cuál era.

Era evidente que lo recordaba, pero quería que lo dijera en voz alta.

—Deborah.

—¡Ese! —Su tono se volvió desdeñoso, una represalia por mi rechazo hacia él—. El otro me pareció bastante pretencioso. Un capricho infantil.

—Es el nombre que inventó mi abuelo para mí. Al principio me llamaba «osita», y cuando me hice demasiado mayor para ese apodo, empezó a llamarme Ursula.

—No la estoy entendiendo.

—Es el… —Tuve que consultar mi diccionario—… «diminutivo» de *ursa*, palabra en latín que significa *osa*.

—Una vez vi un oso en el zoológico de Buenos Aires. Un animal aterrador. Espero que usted no sea tan feroz o —dijo lanzando una mirada pícara y burlona— que pueda domarla. —Bebió un sorbo del vino y gritó hacia la cocina—: ¡Calista! Tráiganos la cena. La señorita Kelp se muere de hambre.

Poco después, la cocinera entró con dos platos de morcilla para la entrada y me sirvió el mío con mala cara. Las morcillas estaban buenas, ligeramente especiadas con un intenso sabor a hierro. Después trajo unos bistecs y patatas bravas. Moyano bebió libremente del vino y me ofreció una segunda copa. De nuevo me negué; de nuevo la rellenó. De todas formas, seguí esforzándome para socavar el silencio.

—¿Cuándo llega don Paquito exactamente?

—A mediados de septiembre. Confío en que ya habrá avanzado para ese momento.

—Por lo que he visto, no es realmente un jardín inglés. O al menos lo que yo consideraría uno.

—Fue obra de un famoso diseñador inglés.

—¿Sabe quién?

—No recuerdo el nombre. Los planos originales están en alguna parte. La próxima vez que los vea, los dejaré a un lado para usted.

Tomé un pequeño sorbo de vino.

—Fue una decisión audaz construir una casa en el corazón de un bosque como este. ¿Cómo quitaron todos los árboles?

—¿A qué se refiere?

—Deben de haberlos talado para dar lugar al edificio, y luego deben de haber desenterrado los tocones. Seguro que hizo falta un ejército de hombres.

—Aquí no había ni un solo árbol cuando Guido Agramonte comenzó la construcción de la casa.

—No puede ser. —Me pregunté si me estaba llevando la contraria a propósito—. El bosque tiene al menos un siglo de antigüedad.

—No. Plantaron todo después de haber terminado la casa, no hace más de cuarenta años. He visto los recibos. Don Guido se encargó personalmente de la tarea. —Mi expresión de incredulidad exasperó a Moyano—. Hay pinturas por toda la casa que lo prueban. De hecho, hay una en su dormitorio.

Cuando me terminé el bistec, olí el aroma a caramelo que venía de la cocina. Me hubiera gustado comer pudin, pero ya había tenido suficiente de la compañía de Moyano. No se puso de pie cuando vio que me iba, simplemente asintió y continuó con el vino. Su rostro y todo su porte parecían relajados en ese momento, y hasta diría que se veían sensuales. Me despedí de él y, mientras caminaba a lo largo del pasillo, escuché cómo vertía el resto de mi copa en la suya.

En mi habitación, me limpié enérgicamente con jabón de tocador y una toalla para luego ponerme un camisón. Antes de acostarme, estudié los cuadros de la pared. Moyano tenía razón. Había un grabado a media tinta de Las Lágrimas dentro de un marco negro. Era del año 1869 y se veía claramente el césped y la palmera de Bismarck, aunque a una altura reducida en comparación con su estatura actual. No había otros árboles, ni rastro de otros seres vivos. De hecho, la casa se veía desde lejos para destacar su posición solitaria en el paisaje vacío.

No era posible. Estaba muy segura de que los árboles que rodeaban la casa debían haber estado allí desde antes del reinado de Victoria. Atribuí esa representación tan improbable a un grabador que obedecía las fantasías de su empleador, nada más, y me fui a dormir.

* * *

No mucho después de haber apagado la lámpara, mientras estaba sumida en un profundo sueño, me vi perturbada por un grito. Durante un instante, no supe si lo había soñado o si era real. Experimenté una punzada de vergüenza y, para ser sincera, cierta fascinación lasciva, pues había oído un grito carnal, el sonido ahogado del placer de alguien. Luego lo escuché de nuevo, su ubicación indescifrable, pero definitivamente proveniente del interior de la casa, y supe con certeza que no estaba soñando. Pero no era un grito de éxtasis, sino el llanto de un niño. Un niño atormentado y dolorido.

La vista desde la casa del árbol

A la mañana siguiente, la mesa del comedor estaba puesta para una sola persona.

—¿Ha oído algo durante la noche? —le pregunté a Dolores cuando llegó con mi desayuno: tortitas de maíz y huevos. El dormitorio de la criada estaba sobre el mío, en el ático; si yo había escuchado un grito, era probable que ella también. Cuando negó con la cabeza, seguí insistiendo—. ¿Hay niños en la casa de los que no me hayan informado? —Me respondió con otra negación y una mirada inexpresiva.

Dolores se retiró hacia la cocina, pero luego hizo una pausa y con timidez dijo:

—El señor Moyano dice que el viento hace ruidos extraños aquí. Lo siento, señorita, duermo como un tronco. No he oído nada.

En el jardín, el día había amanecido húmedo y nublado, y pese a que el viento había amainado, presente solo en algunas ráfagas fuertes y repentinas, los árboles del terreno continuaban con su incesante murmullo. Localicé a los dos muchachos mapuches y, sin estar segura de sus capacidades, los puse a despejar un parterre donde sabía que no causarían mucho daño. Les enseñé el método de poda que esperaba que usaran y luego les expliqué cómo quería que sacaran las raíces para que solo quedara la tierra friable. Se llamaban Yamai (el más bajo y fornido de los dos) y Epulef (el más nervudo). Hasta donde yo sabía, ambos hablaban español; no obstante, Yamai le transmitía todas mis palabras a su hermano en su lengua materna. Se pusieron a trabajar con gusto y me dejaron con la impresión (mezquina, debo admitir) de que eran un par bastante tonto, con sus prendas remendadas y sus modales de peón.

En mi caso, aún no estaba preparada para iniciar el encargo específico que me había pedido Moyano, ya que esa parte del jardín me provocaba una reticencia inexplicable. Digamos que me hacía pensar en el jardín que había perdido y en el temor de que su nuevo dueño permitiera que lo que había sido cuidado con tanta devoción se volviera salvaje por la falta de atención. Por lo tanto, continué con mi inspección del lugar y, una vez más, me sentí intimidada por la magnitud de lo que se avecinaba, un proyecto que habría puesto a prueba a cualquier grupo de trabajadores. También estaba el amenazante muro negro, del que era imposible escapar con la mirada y creaba un ambiente de opresión y encierro. Con el tiempo, debería plantearle a don Paquito la posibilidad de que lo desmantelaran.

Sin nadie que me guiara por los caminos confusos, no tardé en perderme, una situación que se iba a convertir en una costumbre durante mi estadía en Las Lágrimas. Fue así como llegué a la esquina sudoeste, un sector que me parecía que Moyano no me había mostrado el día anterior. Estaba segura de que no recordaba haber visto una gran extensión de césped sin cortar, con la hierba a la altura de los muslos y llena de cardos, ni el enorme cedro (*Cedrus libani*) alzándose sobre todo lo demás. De hecho, era el único árbol de esas proporciones dentro de los límites del muro. Tras una inspección más minuciosa, descubrí que se habían fijado unas barandillas de hierro en el tronco del cedro. Miré hacia arriba y, a través de las ramas, distinguí una estructura. A pesar de haber sido una niña activa, la realidad es que nunca había sido una trepadora audaz, ni hábil; sin embargo, si lograba escalar el cedro, podría estar en una posición superior para ver el diseño del jardín.

Después de guardarme el cuaderno de bocetos dentro del abrigo, empecé a trepar con relativa facilidad gracias a los pasamanos hasta llegar a una plataforma escondida entre las ramas. Había una trampilla, a través de la cual me escurrí, que conducía a una casa del árbol sorprendentemente grande. Supuse que la habían construido para los hijos de don Guido, y era muy probable que el dueño actual hubiera jugado ahí cuando apenas era un cordero. La casa del árbol constaba de dos habitaciones, una vacía, a excepción de algunos estantes polvorientos, y la otra amueblada con varias tumbonas destartaladas y una alfombra en mal estado. Una luz grisácea se colaba por una ventana sucia. Algunos de los tablones del suelo estaban podridas, así que me aseguré de pisarlas con el debido cuidado; al margen de eso, la estructura era sólida, aunque le vendrían bien algunos refuerzos y una mano de pintura.

La habitación vacía conducía a un balcón con una barandilla de madera, desde donde se podía contemplar un espléndido panorama del jardín y la zona verde circundante, o al menos podría haberlo hecho si no hubieran crecido tantas ramas que me tapaban la visión. Tal como estaban las cosas, logré echar un vistazo a través de ellas para mirar el paisaje de abajo. En principio, me di cuenta de que había subido más alto de lo que había imaginado. Observé a los mapuches, podando en el lugar donde los había dejado, y luego divisé a Moyano y Latigez debatiendo cerca de la casa, como uña y carne. Amplié mi campo de visión y quedé estupefacta.

Según mi evaluación del jardín, había estimado que la zona delimitada por el muro de piedras negras tenía una forma más o menos rectangular. No podría haber estado más equivocada: la pared parecía más un anillo, aunque uno que se había roto y se había vuelto a forjar de manera descuidada para obtener contornos y líneas bien definidos. Desde abajo, era imposible apreciar todo eso. No obstante, no estaba completamente desorientada. Desde mi posición ventajosa, pude discernir el diseño original del jardín, sobre todo una avenida central que partía desde la puerta cerrada y recorría el lugar que Moyano esperaba que limpiara y sembrara hasta llegar más allá de mi línea de visión.

Detrás de mí, escuché un ruido fuerte y sonoro, como si alguien hubiera lanzado una moneda y luego esta hubiera dado vueltas antes de posarse en el suelo.

No fue una suposición desacertada porque, cuando me di la vuelta, había una moneda de un peso a mis pies. No la había visto cuando crucé la habitación por primera vez y, debido a la repentina perturbación, supuse que debía de haber estado apoyada precariamente en uno de los estantes antes de caerse por culpa de mis movimientos. La recogí, deslustrada y helada al tacto, y la examiné mientras la sostenía entre las yemas de los dedos: había sido acuñada en 1873. De la nada, pensé en Gil y en las veces que me había estafado con mis salarios. Un destello de ira se apoderó de mí antes de que, de la misma forma inesperada, me calmara y volviera a colocar el peso en el estante.

Me dirigí de nuevo al balcón para hacer un boceto, apoyada en la balaustrada para ver mejor dónde terminaba el camino principal. La madera a la altura de mi cadera crujió peligrosamente y, durante un horroroso momento, temí que se astillara y me hiciera caer al suelo. Me erguí y retrocedí hacia la segunda habitación donde, después de limpiar la suciedad de la ventana, logré ver cómo la avenida continuaba hasta el otro extremo del muro. Sin embargo, lo que más me llamó la atención fue lo que había al otro lado.

Más allá del oscuro muro se veía un prado que llegaba hasta un gran lago. El prado en sí estaba expuesto al viento y vacío, excepto por un denso macizo de zarzas cerca del límite. Asomándose por encima de las espinas había una chimenea inclinada.

¡Parecía algo que debía investigar más a fondo!

Bajé de la casa del árbol y me costó orientarme. De hecho, podría haberme perdido por completo si no hubiera sido por Vasca, que avanzaba a zancadas entre la maleza para llegar a mi lado. Le acaricié el pelaje mientras estudiaba su pelvis deforme y especulaba sobre qué tipo de accidente había tenido. A pesar de que la mimé y de que ella me respondió con un gruñido placentero, permanecí cautelosa: dejando de lado sus heridas, era una perra poderosa, y yo tenía la intención de ser precavida hasta que nos conociéramos más. Trotó a mi lado hasta la abertura en el muro (el único medio para entrar y salir que yo conocía por el momento). Luego, al escuchar los ladridos de Lola, se alejó dando saltos.

En la parte norte de la casa estaba el espacio de trabajo donde se encontraban los cobertizos, los graneros y los establos, así como las habitaciones para cuando llegara el personal de jardinería. Estaba segura de que, si caminaba más allá, debía de haber un camino hacia el lago. Había varios caballos en los establos y, al pasar junto a ellos, vi la cara color nuez de Dalia. Le acaricié el flanco y, con el olor de Vasca aún en los dedos, sentí una punzada de soledad. Tenía la esperanza de encontrar algo de compañía tras mi llegada a Las Lágrimas, pero entre la reticente Dolores y la adusta Calista, mis afiliaciones más recientes eran solo con animales. Me incliné hacia la yegua para sentir el reconfortante olor a almizcle.

—¿Cómo has estado, chica? —le pregunté. Parecía estar reprimida—. ¿Me has echado de menos? —Como si respondiera, hizo un movimiento con la cabeza—. ¿Quieres que salgamos a cabalgar por las Pampas otra vez?

Alguien carraspeó detrás de mí y largó un escupitajo.

—¿No se lo han dicho? No puede abandonar la estancia. —Era Latigez, vestido con un delantal de carpintero cubierto de serrín. Creo que nunca he descrito su voz. Sonaba quebrada y ronca, como si estuviera afectada por un catarro, por lo que todo el tiempo quería decirle que se aclarara la garganta.

—Hoy he ido a buscarlo —contesté, en tono brusco—. Para que me ayudara en el jardín.

Me lanzó una mirada acusadora cuando notó mis manos limpias.

—Tengo asuntos más importantes de los que ocuparme, como trabajar para el señor Moyano. Por otra parte, si va a salir con este viejo caballo por las Pampas, me veré obligado a informarlo.

—Posiblemente lo haga, en mi día de descanso.

—No sea necia, no vale la pena intentarlo. Estos caminos son solo para aquellos que los conocemos.

—Ya estoy familiarizada con las Pampas y sus paisajes llanos. —Dejé escapar una risita incómoda—. Siempre y cuando no me aleje demasiado, dudo que me pierda.

—No se ría de mí, señorita. Hay muchas historias de personas que partieron y nunca regresaron.

Se había acercado lentamente mientras hablaba hasta que pude verle las marcas en el rostro y hasta que sus patillas tupidas y grasientas me rozaron la nariz. Quería librarme de su compañía lo antes posible.

—¿Cómo llego al lago? —pregunté.

—Tampoco me atrevería a ir allí.

—Señor Latigez, no quiero que me aconseje sobre dónde debo ir o no. Quiero indicaciones para llegar al lago.

—Hay un camino detrás de los graneros —respondió con una voz desagradable y llena de flema—. Está descuidado, pero no tendrá problema en seguirlo.

Me separé sin pronunciar ninguna otra palabra y me alejé con rapidez.

—¡Tampoco se meta entre los árboles! —me gritó.

Llegar al límite del prado no me llevó más de unos minutos, ya que bordeé el bosque a medida que avanzaba. El bosque tenía un aire oscuro y siniestro, las ramas más altas clamorosas con el chillido de los pájaros, aunque la estridencia no era nada comparada con el latido de mi corazón durante mi diálogo con Latigez. No podía dejar de pensar en Gil y el personal de los Houghton y en cómo me despreciaban. Puede que hubieran tenido más razones, pero lo cierto era que no entendía la profunda animosidad de Latigez. O la de Calista. ¿Había alguna faceta innata en mi personalidad que la gente consideraba desagradable? ¿Acaso había trabajado engañada toda mi vida pensando que era una mujer amable, digna de confianza y siempre lista para «echar una mano»? Al llegar al prado, me consolé pensando que tal vez fuera culpa de esos malditos argentinos. Una proposición de esa índole habría sido convincente si, en ese momento igual de maldito, los recuerdos de la niñez no se hubieran abierto paso en mi mente.

A lo largo de mi infancia, siempre había sido la favorita de mis padres y una chica popular, rodeada de un gran número de amistades. Luego, a diferencia de mis hermanas, un espíritu de independencia se apoderó de mí, y me convertí en un tormento para mi familia, lo cual culminó con la decisión de enviarme con el abuelo a Londres. ¿Qué clase de niña de doce años es tan desafiante que sus padres no pueden soportar tenerla en casa ni un día más? Había sido pesado como un castigo ante la presunción de que, después de varias semanas en el campo con un pariente excéntrico al que apenas conocía y una vida más modesta, aprendería la lección. Sin embargo, el efecto había sido el contrario: nunca regresé. En mi naturaleza, el abuelo vio algo inusual, un reflejo de su propia falta de ortodoxia, algo que debía apreciarse y nutrirse y, con el mismo amor y dedicación que ponía en guiar sus rosas, apoyó la libertad de mi espíritu e insistió con la idea de que mi condición de mujer no tenía por qué limitarme como había sucedido, para su pesar, con su hija. Mi madre. Con el paso de los años logré ver a mi familia por lo que eran. Sí, prósperos y bien posicionados, pero sin ideas propias, tan preocupados por la opinión de los demás que preferían que yo fuera infeliz y no diferente a ellos. Aun así, ¡mirad en lo que me he convertido! Ninguna de las mujeres que he conocido se habría trasladado a una tierra lejana, y mucho menos habría viajado a una casa tan remota como esa, sobre todo sin un hombre que le mostrara el camino. Que fueran vengativos: mis padres y hermanas. El personal de los Houghton. Latigez y Calista. No me importaba.

O, al menos, no me iba a permitir que lo hiciera... lo cual, a decir verdad, no es lo mismo.

Con esa agitación en mi interior, había perdido el interés en llegar a mi destino. Tampoco quería perder el tiempo con ese clima: el cielo estaba más nublado y se había vuelto más intimidante que cuando había salido esa mañana; en lo alto se oyó el inesperado eco de un trueno. Le eché un vistazo rápido a la chimenea medio camuflada que se asomaba entre las zarzas y llegué a la conclusión de que debajo del inmenso matorral debía de haber un edificio y que, en algún momento, podría ser un ejercicio interesante descubrirlo.

En cuanto al lago, no me molesté en visitar la orilla, simplemente me detuve cuando conseguí una vista lo suficientemente clara. Tenía una extensión considerable antes de confluir en una delgada línea verde que era la continuación de las Pampas. En la orilla, había una figura solitaria contemplando la superficie. Durante un breve momento, pensé que se trataba de Moyano, excepto que ese individuo, quienquiera que fuera, era más flacucho y tenía la pierna doblada de una forma extraña. Empecé a sentir una inquietud en mi interior, pero, cuando volví a posar la mirada allí, no vi nada más que una bandada de pájaros volando sobre el agua (creo que las especies eran aguja e ibis) que, durante un instante, se habían unido para crear la ilusión de un hombre.

Un viento surgió de la nada y me llegó una ráfaga fría desde el agua que me atravesó el abrigo hasta ponerme la piel de gallina. Hubo otro trueno. Traté de imaginar la escena en pleno verano, el cielo de diciembre del color de las campanillas o los geranios silvestres, el lago cálido y tentador… pero fracasé. La vista no me pareció bella, sino que me provocó una creciente sensación de aislamiento.

Sin perder el tiempo, caminé de regreso al trabajo antes de que tuviera la oportunidad de consumirme.

Un sonido muy violento

Antes de que terminara el día, formulé un plan. Debía concentrarme en limpiar y sembrar la zona que Moyano me había indicado en nuestro recorrido. A su vez, debía encomendarles a los mapuches el podado de los matorrales que se encontraban a ambos lados de la avenida central, desde la puerta cerrada del muro hasta el lugar donde yo iba a trabajar; de esa manera, toda la parte del jardín más cercana a la casa quedaría despejada. Independientemente de la insistencia de Moyano en que la puerta estaba trabada desde hacía mucho tiempo, estaba segura de que la había visto entreabierta. Si podíamos abrirla de nuevo, don Paquito tendría el placer de salir por los ventanales franceses de la sala de estar y pasear a lo largo de la avenida hasta su lugar favorito, admirando lo que yo, como jefa de jardineros, había logrado. Durante las próximas noches, tenía la intención de continuar con mis bocetos del jardín en general, para luego poder presentarle al don mis propuestas para el futuro.

Emocionada por mis planes, fui a cenar para contárselo todo a Moyano, pero no estaba sentado a la mesa, y tampoco lo vi durante el resto de la velada.

Cuando salí al exterior a la mañana siguiente, el día parecía agotado de sí mismo: el cielo lleno de nubes bajas y veteadas de oscuridad, moviéndose con pesadez por el viento. Los dos mapuches cortaban la maleza a hachazos. Les ordené que me siguieran y, mientras caminábamos, les pregunté cómo estaban y cómo habían pasado la noche. No tenía ni idea de en qué parte del terreno estaba su hogar, así que también les pregunté al respecto. Esa pregunta, al igual que las otras, fue recibida con recelo; Yamai le hablaba en voz baja a Epulef, quien sacudía la cabeza como si estuviera interrogándolos con malas intenciones. No recibí nada más que respuestas concisas, así que no tardé en darme por vencida, ya que necesitaba toda mi atención para discernir dónde estaba el camino central. Desde la casa del árbol, parecía obvio; al nivel del suelo, se necesitaban las habilidades de un arqueólogo más que las de un jardinero, mientras me esforzaba por descifrar el diseño a partir de los rastros de los caminos. Al final, con el temor de demostrar falta de autoridad si perdía de vista a los mapuches, usé la casa a modo de faro e hice que avanzáramos pegados a la pared, consciente del peso de las piedras negras y paganas que nos aislaban de todo lo demás, hasta que llegamos a la puerta cerrada. De ese lado, la afirmación de Moyano de que hacía años que nadie la abría parecía completamente verosímil. Estaba escondida debajo de una cortina de hiedras enredadas que no habían sido manipuladas desde hacía muchas estaciones.

Cuando nos alejamos de ella vimos, por fin, la avenida central. Atravesé toda la extensión de maleza hacia el lugar que Moyano me había dicho que limpiara, pero a medida que nos acercábamos, los mapuches vacilaron y se detuvieron.

—No trabajaremos aquí —señaló Yamai.

—¿Se puede saber por qué?

Como respuesta, los dos hermanos simplemente regresaron por donde habíamos venido.

Como no estaba dispuesta a iniciar una discusión tan pronto en nuestra relación, dejé escapar un suspiro que apenas disimulaba mi disgusto y me dirigí hacia ellos mientras les informaba que ese día, al menos, podrían comenzar a trabajar en el sector junto a la puerta. Los parterres a ambos lados prácticamente habían sido reclamados por la naturaleza y estaban invadidos por zarzas aterradoras. Lo que había sido un plan sencillo la noche anterior parecía imprudente, incluso arrogante, frente a la realidad. Por eso, si quiero honrar mi objetivo de

veracidad total, debo confesar que en ese momento una parte vergon-
zosa de mí se preguntaba por qué Moyano me había confiado una
restauración tan ambiciosa a mí, una mujer.

Alcancé a los mapuches con la misma rapidez con la que ellos se
inclinaron y, luego de dar un fuerte aplauso para llamar su atención,
les expliqué lo que había que hacer. Como de costumbre, Yamai repitió
mis instrucciones. Como la tarea que teníamos por delante era colosal,
íbamos a necesitar todas las manos posibles. Así que fui a buscar a
Latigez.

No había rastro de él en ninguno de los cobertizos, ni en los establos, aunque en el lado opuesto divisé un camino que aún no había
explorado, pero que seguro serpenteaba en dirección a la casa. Quise
ver si tenía razón y si Latigez se encontraba allí, con una punzada de
frustración que aumentaba a medida que avanzaba, consciente de que
la mañana pasaba y de que la estaba desperdiciando en busca trabajadores que en realidad debían estar a mi disposición. Poco después,
llegué a una nueva parte del terreno en el sector trasero de la casa y,
para mi sorpresa, a una segunda zona amurallada, construida con los
típicos ladrillos rojos y, digamos, agradables. Allí dentro había un
huerto extravagante. Como era el final del invierno, muchos de los
marcos de plantación estaban en barbecho o resistiendo plantas y esquejes que no se iban a cosechar hasta dentro de varios meses; sin
embargo, una buena parte fue fructífera, ya que vi remolachas, apios,
coles marinas y zanahorias. Evidentemente, de ahí venían las verduras frescas que adornaban la mesa del comedor. También fue donde
encontré a Latigez, cavando la tierra. Tenía puesta una camisa blanca
y sucia, con el cuello desabrochado. A sus pies había una cesta llena de
patatas terrosas.

Me acerqué a él con frialdad.

—Señor, por favor, necesito su ayuda si queremos dejar el jardín
listo para don Paquito.

—Ahora no.

—¿Cuándo, entonces?

—Mañana.

Solté un quejido. «Mañana» era una de las primeras réplicas con las que una persona se familiarizaba en Argentina. Siempre que era posible, el asunto del día se dejaba para *mañana*. Huelga decir que el *mañana* nunca llegaba.

En respuesta a mi quejido, Latigez clavó su horca en la tierra e hizo una pausa en el trabajo mientras arqueaba la espalda.

—Calista me pidió que cavara aquí.

—¿Usted siempre obedece las órdenes de una mujer?

—Mejor eso que sacarla de quicio. —Empezó a enumerar con los dedos de forma histriónica—. Tengo que hacer más trabajos de carpintería para el señor Moyano. Luego tengo que ayudar a Farrido con su caldera infernal. Y luego tengo que pintar la puerta principal. —Dejó escapar un suspiro contrariado—. Puede que tenga una hora disponible esta tarde.

Estaba segura de que lo decía simplemente para librarse de mí; de todos modos, decidí adoptar un enfoque persuasivo, con la esperanza de conseguir un resultado más oportuno.

—Sería muy amable por su parte, señor. Estamos tratando de despejar la avenida central.

—Tiene un mes de trabajo intenso por lo menos.

—No hace falta que me lo diga. —Sonreí—. Ojalá tuviera más trabajadores.

—Veo que sus manos pálidas aún siguen limpias.

—Si usted fuera más fácil de encontrar, tal vez podría haberlas ensuciado antes.

Sacudió la cabeza.

—Además, no trabajaré con esos demonios rojos.

—¿Qué demonios?

El esputo le vibraba en la garganta.

—Los mapuches —respondió—. Será mejor que esté alerta, señorita. Es increíble lo lascivos que son, bastante incapaces de controlar sus impulsos primitivos, más aún con una mujer tan buena como usted.

—Estoy segura de que puede encontrar un lugar para trabajar solo —dije, sonrojándome por completo, y cambié de tema—. ¿También cuida de este jardín?

Su expresión me dejó en claro que había disfrutado mis rubores.

—Es de Calista. Yo solo presto el lomo. —Dicho eso, retomó su labor.

Caminé sin prisa por el huerto para satisfacer mi curiosidad. Debía proveer una gran abundancia para la familia, incluso para un contingente completo de invitados y miembros del personal como en los días de antaño de la casa. Supuse que el exceso era para impresionar, aunque a quienquiera que hubiera planeado las proporciones, con lo que me refiero a don Guido, no le parecía un derroche ni un acto despreciable. Una pared divisoria separaba el recinto en dos, en la cual un arco conducía a un conjunto maduro de manzanos, perales, cerezos y otros árboles frutales de hueso (todos en un reposo vegetativo tardío); a los melocotoneros los habían plantado en espaldera contra el muro. Las únicas frutas que estaban listas para recoger eran las naranjas, que brillaban con intensidad bajo la tenue luz de la mañana. También había un invernadero de tamaño considerable.

Cuando entré, escuché voces elevadas y, al echar un vistazo a través del arco, vi que Dolores, vestida con una capa negra sobre su uniforme, estaba junto a Latigez. Él la estaba apuntando con el dedo, aunque no pude determinar si lo estaba haciendo enojado o en algún otro estado emocional. La joven se agachó para levantar la cesta de patatas, pero eso lo llevó a él a forcejear para recuperarla. No era asunto mío, así que dirigí la atención al interior del invernadero. Había hileras ordenadas de cultivos de ensalada, tomateras y, por encima de mi cabeza, varias vides enredadas. Había una esquina descuidada, con los cristales afectados por el mildiu, y allí encontré una colección de macetas agrietadas y feas que parecían haber sido tiradas sin miramientos. En el interior se escuchaba el ruido de los pasos de unos roedores que, de pronto, se detuvieron en seco.

A mis espaldas, sentí que alguien entraba en el invernadero. Observé el cristal que tenía ante mi rostro y capté un reflejo oscuro que avanzaba hacia mí, con un movimiento torpe y desmañado.

Supuse que era Dolores queriendo gastarme una broma, así que me giré con brusquedad hacia ella y le pregunté:

—¿Por qué discutía con Latigez?

A través de la puerta del invernadero, de los árboles y del arco en la pared, pude ver con claridad a Latigez y a la criada todavía discutiendo junto a las patatas, sin prestarme la menor atención. Dolores logró arrebatarle la cesta y se fue corriendo con ella, mientras Latigez la abucheaba ante su retirada. Cuando volví a posar la mirada en el cristal, no vi nada más que mi propia imagen, refractada y duplicada en la suciedad. En las macetas, los roedores empezaron a moverse de nuevo.

* * *

Eran pasadas las diez cuando regresé a mi sector del jardín. Había evitado pasar por donde estaban los mapuches, en parte porque no quería que me consideraran una quisquillosa que supervisaba cada uno de sus movimientos, pero principalmente porque estaba ansiosa por empezar con el trabajo duro. Puede que me hubiera irritado caer en las burlas de Latigez, pero quería demostrarle que no era una holgazana.

Por regla general, me gusta trabajar en el jardín sin guantes para poder sentir la tierra entre los dedos, una preferencia que siempre le molestó a mi madre porque, si bien ya era bastante vergonzoso que quisiera ser jardinera, ensuciarme las manos, con todas las connotaciones de la clase trabajadora, era verdaderamente bochornoso. Trabajar sin guantes aquí no era sensato: las espinas me habrían hecho pedazos. Moyano me había conseguido un par de guanteletes gruesos de piel de oveja, y me los puse para cortar la maleza. Cuando logré despejar la zona lo suficiente, revolví la tierra con una horca y arranqué las raíces. A veces, estas me resultaban muy demandantes y, con un leve descontento, me di cuenta de que dependía de la fuerza bruta de Yamai para completar el trabajo. Era un trabajo constante: con cada metro que avanzaba, el suelo se revelaba. Mi pila de esquejes comenzó a crecer. A su debido tiempo, habría que quemarlos (otra tarea para tener en cuenta). No puedo afirmar que esas fueran las horas más felices en el jardín. Había algo en ese lugar que me parecía desagradable: un ambiente, difícil de expresar con palabras, de opresión, una cualidad que me hacía sentir vulnerable y bastante triste. Mientras cavaba, reflexioné sobre el huerto. El desastre que había ocurrido en la parte principal no había llegado a ese lugar, ya que allí todo estaba bien cuidado. Si el huerto era de Calista, tal vez temía que yo quisiera ocuparme de su supervisión. Empecé a pensar que por eso la cocinera era tan hostil.

A la hora del almuerzo, Dolores llegó con una pequeña canasta de pan, embutidos y una botella de leche. Nerviosa, echó un vistazo a su alrededor y, cuando le pedí que se quedara para charlar un rato, se negó antes de hacer una de sus reverencias y regresar a la casa a toda velocidad.

Después de comer, y con ganas de estirar las extremidades, decidí hacer un poco de ejercicio. Empecé a andar por la avenida principal en la dirección que aún no me había atrevido a conocer y, mientras caminaba, un curioso sonido aflautado llegó a mis oídos. No era el canto de un pájaro, ni el silbido de un hombre, sino que poseía una extraña cualidad coral. Seguí el rastro y no tardé en llegar a la pared del fondo, donde descubrí que allí el material del muro no era tan sólido como en otras secciones. Había grietas y hendiduras entre las rocas que permitían el paso de las ráfagas de viento. Esa era la causa del ruido espeluznante.

—La música de las Pampas —dije en voz alta, sin reconfortarme del todo.

Apoyé el rostro en una de las aberturas y sentí la piedra fría contra la mejilla. Miré hacia el prado más allá: el lago era de un intenso color peltre, y en las cercanías vi a Vasca y a Lola revolcándose y persiguiéndose entre ellas. Sonreí mientras las veía jugar hasta que, inesperadamente, se detuvieron en seco, con las orejas alzadas. Giré el rostro que aún tenía pegado a la pared para ver con más claridad lo que había captado su atención, pero no pude. Las perras se quedaron hipnotizadas durante un largo momento y luego se alejaron a toda velocidad hasta que las perdí de vista.

Regresé al trabajo. Oscureció temprano cuando las nubes se hundieron aún más y pasaron del color del plomo al negro endrina. Si bajaban un poco más, la estancia iba a quedar sumergida en la niebla. A pesar de mis guanteletes, era consciente de varios cortes en los brazos; me dolían los músculos de los hombros y la parte baja de la espalda parecía más tensa de lo normal. Esa noche iba a tener el placer de darme mi primer, e *indudablemente atrasado*, baño. Mi mente se apoderó de esa idea, puesto que no dejaba de imaginar el disfrute del agua caliente y el placer de poder bañarme por fin.

Un instante después, mi ánimo estaba en otra parte, ya que esas dudas intermitentes que me inquietaban desde mi partida hacia Las Lágrimas se habían fusionado hasta convertirse en un recelo mucho más profundo. Llegué a la conclusión... no, eso no poseía la contundencia suficiente... estaba segurísima, tan segura como la certeza de que uno debe envejecer y pasar a mejor vida, de que restaurar el jardín era imposible. Estaba furiosa porque Moyano me había engañado sobre las condiciones del lugar, furiosa porque mi abuelo había muerto, furiosa porque me habían robado nuestro jardín cuando yo no podría haber estado más feliz allí. Esos pensamientos vinieron acompañados de un profundo escalofrío, aunque el viento no era tan penetrante. De hecho, se había reducido a un susurro.

Luego escuché el sonido.

Era violento y rítmico y, durante varios momentos, me esforcé por identificarlo.

Crac...

Crac...

Crac...

Era un hacha impactando contra un árbol. Era casi físicamente consciente de cómo el acero astillaba la corteza. Los hachazos continuaron sin piedad. Alguien estaba talando uno de los árboles lejanos. Ya me había percatado de que hacía falta un poco de podado, pero ese no era el sonido de un podador cortando por el bien del bosque. Era frenético, como el de un asesinato. Los mapuches jamás se hubieran atrevido a intentar nada parecido, y no había visto a Moyano en todo

el día, por lo que parecía poco probable que hubiera elegido hacer semejante tarea a esa hora. Solo podía ser Latigez, aunque no sabía si
por instrucciones de Moyano o por voluntad propia. Me enfurecía que
hubiera aceptado esa tarea en lugar de colaborar en el jardín.

Luché por ignorar el ruido mientras me concentraba en la horca
y atacaba las raíces con una furia igual a la del hacha, como si odia-
ra la tierra misma. El viento había regresado y se arremolinaba entre
los árboles, de tal forma que era imposible identificar dónde se ori-
ginaba el sonido. Continuó tanto tiempo que en cualquier momento
esperaba un grito de «¡fuera abajo!», o «¡árbol va!», como dicen
aquí.

Luego, de golpe, cesó.

El silencio que vino después no estaba marcado por el ruido de los
pájaros ni la brisa, sino que era omnipresente y lúgubre. Y como una
nube que acababa de pasar frente al sol, mi estado de ánimo mejoró.
Volví a ser la misma de siempre, excepto que estaba exhausta; estaba
claro que el esfuerzo del día me había pasado factura. Limpié mi área
de trabajo, apilé los esquejes y decidí que ya había hecho lo suficiente.
Estaba contando las horas para ir a bañarme.

Mientras volvía sobre mis pasos hacia el cobertizo, me sobresaltó
la voz con flema de Latigez.

—¿No es un poco temprano para dejar de trabajar? —comentó
mientras cortaba las malas hierbas—. No está dando el mejor ejemplo,
señorita.

Ignoré su provocación.

—¿Qué árbol estaba talando?

—Ninguno. He estado aquí la última hora, como me ha dicho.

—Entonces, ¿ha sido el señor Moyano?

—Él ya está bastante ocupado con sus propias obligaciones.

—¿Quién ha sido, entonces? No paraba de golpear el tronco.

Una sombra le atravesó el rostro.

—No he escuchado a nadie talando un árbol.

—Pero seguro que…

—No.

Estaba demasiado cansada como para seguir debatiendo sobre el tema, así que no insistí. En el cobertizo, limpié la horca con un cepillo, luego afilé y engrasé las tijeras de podar para dejarlas listas para el día siguiente. Vi una hilera de hachas colgadas en la pared. Antes de terminar, las examiné brevemente. Nadie las había tocado en mucho tiempo. Las cabezas estaban oxidada por la falta de uso, y los bordes, bastante desafilados.

El primer baño

Llegó la noche de mi primer baño. Durante la cena, comí dos platos sola en ese comedor oscuro y austero hasta que Moyano irrumpió con una bonhomía para la que no tenía energía. Un delicioso aroma a azúcar quemado, manzanas y especias salía de la cocina. Una vez más, tuve la triste certeza de que me privaría del pudin, pues me levanté de la mesa apenas entró Moyano.

—¿Ha terminado tan pronto, señorita?

—Es mi turno de bañarme.

—No hay que privar a una dama de sus abluciones —dijo, en un tono que no pude decidir si era afectuoso o sarcástico—. ¿La joven Dolores le ha mostrado el camino?

—No la he visto esta noche —respondí. La comida ya estaba servida en la mesa cuando bajé.

Chasqueó la lengua.

—Parece que la tarea me corresponde a mí.

—¿No le apetece comer?

—No tengo prisa. —Sonrió.

Le informé que primero tenía que hablar con Calista, así que me apresuré para llegar a la cocina, donde el olor a mantequilla derretida y canela era más intenso. El fogón desprendía un calor acogedor; las sartenes de cobre brillaban en los ganchos.

—¿Dónde está Dolores? —pregunté un poco agitada—. Necesito que me muestre el baño.

La cocinera deliberó y, durante un momento, pensé que mi pregunta pasaría desapercibida.

—El señor Moyano le ha dado la noche libre. Está en sus días, y la pobre está sufriendo.

Esas fueron las primeras palabras que realmente intercambiamos con Calista. Tenía una voz de fagot, con la que pronunciaba lentamente cada palabra como si las eligiera con sumo cuidado. Daba la impresión de poseer una sabiduría antigua que había pasado de generación en generación. Era una mujer que podía hacer que una receta de budín con frutos secos y pasas sonara como un verso del Antiguo Testamento.

Decidí continuar con este inesperado diálogo entre nosotras.

—Hoy encontré el huerto. —Tal como lo sospechaba, el rostro de la cocinera se ensombreció—. Está claro que está cuidado por manos que se preocupan.

—Si quiere buena comida, hay que empezar por la tierra.

Le dediqué mi semblante más conciliador.

—Ya tengo bastante trabajo con el jardín principal.

—Eso es lo que dijo el último. Cuando menos me lo esperaba, se apoderó de mi huerto; me explicaba cómo entutorar las alubias y arrancaba las remolachas.

—¿Había otro jardinero?

—Antes de que llegara usted. Por suerte, como no le importaba el lugar, se fue.

Hablé con un tono tranquilizador.

—Calista, soy una ignorante en lo que respecta a las frutas y verduras. —Eso no era del todo cierto, pero servía a mi propósito—. Se lo prometo, el huerto es su dominio. Solo suyo.

Me lanzó una mirada larga e inquisitiva como si detectara lo que había detrás de mis ojos. Los suyos, como había notado, eran color pardo.

—Es difícil confiar en la palabra de una dama que no come pudin. Ni el lunes ni ayer quiso mi caramelo. Esta noche, parece lista para irse lo antes posible.

—Puedo asegurarle que no son los postres lo que considero desagradables —dije con vacilación, insegura de su relación con el señor Moyano—, sino la compañía.

Esbozó una sonrisa fría como aprobación ante mi franqueza, que reveló una brillante fila de dientes blancos. Estaba segura de que íbamos a ser amigas. Era una amistad que iba a experimentar con altibajos, pero volveré a ese tema más adelante. Del horno sacó una tarta de manzana.

—Entonces coma aquí, conmigo.

Me senté a la mesa de la cocina; la tarta estaba excelente, con un sabor tan delicioso como su olor. Pedí una segunda porción, no tanto para llenarme, sino para confirmar nuestra nueva amistad. Cuando regresé al comedor, Moyano aún no había empezado a comer y estaba sentado lejos de la mesa fumando una panatela. Le pregunté sobre la tala del árbol y, al igual que Latigez, afirmó no saber nada al respecto.

—¿Está seguro —insistí— de que no hay otros empleados en la estancia?

—Señorita, creo que conozco a todos los que trabajan para mí —respondió con bastante afabilidad, aunque en sus palabras parecía haber un atisbo de ambigüedad.

Después de haber ido a buscar mi neceser y toallas, Moyano me condujo al ala nueva y, mientras lo hacía, le hice preguntas sobre el anterior jefe de jardineros.

—Ah. El señor Maurín. Estuvo aquí un mes antes de seguir su viaje.

—¿Por qué se fue?

—Se lo dije en Buenos Aires, este es un lugar solitario. No todos tienen el carácter adecuado. Las Lágrimas está demasiado alejada para algunos, y es capaz de jugar con la mente de las personas.

—¿Y usted, señor?

—No puedo darme el lujo de ser tan sensible. No se me ha presentado la oportunidad. Si no consigo que la restauración de Las Lágrimas sea un éxito, ¿quién sabe qué me deparará el futuro? —declaró con fervor—. Por eso todo debe proceder sin fallas. Por eso el jardín debe ser un triunfo.

—¿Cuánto tiempo lleva en la estancia? —indagué.

Me llevó por una amplia escalera hasta un pasillo lleno de habitaciones de donde llegaba el olor a alfombra recién colocada, como cebada trillada.

—Más de un año. He ayudado a supervisar la construcción de esta nueva ala. También tuve un predecesor, otro capataz que ejerció poco tiempo antes que yo. La casa le pareció muy aislada y no soportaba la idea de quedarse; en cambio, a mí me atrajo algo desde el principio. Las Lágrimas es un lugar para aquellos que ya han perdido algo en la vida. Percibí eso en usted, Ursula, cuando nos conocimos. —Antes de que pudiera protestar o reprenderlo por usar mi nombre de pila, abrió una puerta—. Este es su baño.

Las proporciones eran generosas, con espacio suficiente para una bañera larga y profunda, un lavabo y un sofá de mimbre. Al igual que con el resto de la decoración del ala nueva, todo estaba tan blanco como una novia el día de su boda: baldosas blancas, paredes blancas, muebles blancos. Un gran espejo nos captó de pie uno al lado del otro en el marco de la puerta, mientras Moyano se frotaba la muñeca.

—Será la primera persona en usarlo —dijo con propiedad—. De hecho, antes de que llegue la familia, será para su uso exclusivo.

—Entonces, ¿por qué no puedo bañarme todas las noches?

Se tomó un tiempo para pensar la respuesta.

—Me temo que son instrucciones del señor Farrido. Quiere que usemos la caldera poco a poco, aunque en las noches que le corresponden debería haber abundante agua caliente. —Para demostrar que estaba en lo cierto, abrió el grifo; poco después, llegaron unas oleadas de vapor.

Esperé hasta que los pasos de Moyano se alejaron por las escaleras y garantizaron que se había instalado en el comedor, aunque ese particular olor a humo persistía. Luego empecé a desvestirme y me recogí el cabello en un moño. La sospecha de que me había lastimado los antebrazos resultó ser correcta, ya que los rasguños me ardieron cuando me metí en el agua. Tenía la temperatura perfecta, lo bastante caliente como para que se me escapara un pequeño jadeo al sumergirme. Me invadió una sensación de felicidad. Me quedé allí hasta que el agua empezó a perder el calor y se volvió grisácea por la suciedad, y luego me restregué de la cabeza a los pies. Después de cinco días sin lavarme, salí del baño como si tuviera una piel nueva. Como una serpiente en su luna de miel, casi podía oír al abuelo decirlo, y solté una risa ahogada.

Regresé al ala antigua mientras apagaba los interruptores de la luz a medida que avanzaba, con la oscuridad detrás de mí. En la mesa del comedor, Moyano estaba cenando. Pasé a hurtadillas, crucé el vestíbulo vigilado por los retratos de don Guido y subí las escaleras hasta mi diminuta habitación. Afuera, la oscuridad era densa y podía escuchar el quejido del viento, que se estaba levantando, a través de los árboles.

Fue cuando estaba retirando las sábanas con la intención de meterme en la cama cuando me pareció oír el sonido de unas pisadas por el pasillo. Se acercaron sigilosamente desde la dirección de la escalera, el ligero crujido de los tablones del suelo el único indicio de su presencia, y se detuvieron frente a mi puerta. Esperé a que quienquiera que estuviera afuera llamara a la puerta, mientras trataba de imaginar lo que podría querer de mí a esa hora. No se escuchó ningún golpe, pero estaba segura de que había una persona parada al otro lado en silencio. Tal vez fuera el capataz, quien me había visto subir las escaleras cuando todavía tenía algunos asuntos que habíamos pasado por alto y que quería abordar; o quizás fuera Calista, que deseaba consolidar nuestra nueva amistad con una copa. Pero, en cualquier caso, ¿por qué no simplemente se daban a conocer? Mientras permanecía en la misma posición, aún con las sábanas en las manos, una peculiar agitación se apoderó de mi cuerpo, nacida de la intuición más que de la lógica o los hechos. Desde algún lugar de la estancia, el viento acarreaba el lejano aullido de las perras.

De mala gana, me puse la bata y cogí el poncho de Rivacoba, que me pasé por encima de la cabeza para asegurar mi modestia, independientemente de lo excéntrica que pudiera ser mi vestimenta. Luego, abrí la puerta.

—¿Sí? —dije.

El pasillo estaba completamente vacío.

Estiré la cabeza y miré en ambas direcciones donde solo me topé con sombras. Sin embargo, a pesar de la evidencia de mis ojos, habría apostado mi herencia a que había alguien allí.

Cerré la puerta, giré la llave y, aunque no recuerdo haber tomado una decisión deliberada, a partir de esa noche empecé a dormir con la puerta siempre cerrada con llave.

Debajo del velo de espinas

La penumbra del día anterior no parecía tener ninguna intención de levantarse al día siguiente, a lo que en ese momento se le sumaba la incomodidad adicional de un viento gélido y molesto. Aullaba sobre las copas de los árboles, cruda por el frío de la Patagonia, la región más al sur de Argentina, una extensión de tierra, literalmente, en el fin del mundo. Después de todos esos meses en América del Sur, todavía me asombraba lo lejos que estaba de casa.

Hasta los acontecimientos de la tarde, el día transcurrió como el anterior. Reuní a los mapuches y tuve que repetirles mis instrucciones previas como si nunca se las hubiera dado, y luego traté de encontrar a Latigez. Mientras caminaba pesadamente por los terrenos, no encontré a ningún alma; de hecho, era desconcertante lo rápido que uno se quedaba solo en ese lugar. En cuanto perdí a los mapuches de vista, creí que toda la estancia estaba tan desierta como lo había estado en las últimas tres décadas. El monstruoso muro negro amortiguaba todos los sonidos; las malezas habían crecido haciendo caso omiso de la intervención humana. Dado que el trabajo que tenía por delante era más laborioso de lo previsto, quería aprovechar todos los días posibles antes de que don Paquito nos honrara con su presencia. Por otro lado, no veía la hora de que llegara. Las Lágrimas necesitaba más personal, no solo para aliviar la carga del jardín, sino para quitarme la sensación de que todo el mundo seguía dormido. Estaba segura de que me iba a sentir menos nerviosa cuando caminara, viera a otras personas y escuchara los sonidos de las criaturas vivientes, además del espeluznante chillido proveniente de los chimangos.

Después de veinte minutos infructuosos, dejé de buscar a Latigez: había mucho que hacer sin tener que jugar al escondite. Regresé a mi propio lugar en el jardín y retomé mis tareas, con la espalda aún dolorida por el trabajo del día anterior. Como el viento era más fuerte, desde donde estaba podía escuchar los sonidos estridentes y aflautados causados por las grietas en el muro, un ruido parecido al de un coro invisible silbando una melodía diabólica. Cuando no lo soporté más, empecé a tararear *A British Tar*, una de las melodías favoritas de mi abuelo, para distraerme, aunque no fuera una admiradora de Gilbert y Sullivan. A su vez, volví a sentir el mismo ambiente opresivo de antes, como si escudriñaran mi trabajo, así que, de vez en cuando, levantaba la mirada con la esperanza de encontrar a alguien. Incluso empecé a imaginar que el señor Moyano estaba escondido cerca, observándome, para asegurarse de que no se había equivocado al elegirme como jefa de jardineros. Seguía irritada por la conversación que habíamos tenido de camino al baño y por la facilidad con la que había leído mi personalidad. En lugar de pensar en mi propia pérdida, me habría gustado darle la vuelta a la conversación y haberle preguntado sobre lo que él había perdido.

Al mediodía, aunque con la oscuridad del cielo uno apenas se daba cuenta de que el sol estaba en su apogeo, llegó Dolores con mi cesta. Fue una ofrenda más generosa que la del día anterior: el pan untado con bastante mantequilla, una variedad de chorizos y una porción de tarta. La criada parecía pálida, con las ojeras marcadas bajo los ojos. Como en nuestro anterior encuentro a la hora del almuerzo, la joven rehuyó toda conversación y se apresuró a volver al interior de la casa.

Después de haber comido, presioné el rostro contra una de las aberturas del Muro de los Lamentos (pues así empecé a llamarlo por los sonidos evocadores que emitía y por su aspecto occidental, como el Muro de los Lamentos de Jerusalén) y eché un vistazo al otro lado, donde encontré a Vasca y a Lola jugando otra vez. Disfrutaba del brío y la completa falta de vergüenza con la que correteaban, y traté de recordar algún momento similar con mi propia madre cuando era niña. En el fondo, el lago se veía irregular por culpa del viento, mientras las bandadas de aves sobrevolaban la superficie y la quietud de la tarde era interrumpida por sus ocasionales chillidos.

De pronto, como en una especie de repetición del día anterior, las dos pastoras alemanas se detuvieron en seco, como si alguien hubiera hecho sonar un silbato para llamar su atención. Giré la cabeza apoyada en la piedra negra para ver mejor. El prado estaba vacío, y las perras tenían las orejas tiesas. Luego, Lola salió disparada, corriendo hacia la masa de zarzas en crecimiento, la que tenía la chimenea que se asomaba por la parte superior. Olfateó vigorosamente a lo largo de la base, antes de arrastrarse y desaparecer en el interior. Esperaba que volviera a aparecer poco después, pero no lo hizo. Era como ver a alguien zambullirse en las olas: cuentas los segundos hasta que salga a la superficie, pero, cuando no lo logra, los nervios se adueñan de tu cuerpo. Vasca se quedó donde estaba, agachada y gruñendo.

—¡Lola! —exclamé con una voz suave, pero firme.

Procuré ignorar mi ansiedad, consciente de que no era del todo responsable. ¿Cuántas veces debían de haber jugado las perras en ese lugar? Moyano ya llevaba un año en la estancia; Lola debía de haber desaparecido en más de cien ocasiones sin que nadie se preocupara por ella. Y, sin embargo... no podía quitarme de encima la sensación de que algo malo le había sucedido. ¿Y si el pelaje se le había enganchado en las espinas, que eran tan despiadadas como unos clavos de hierro, y estaba atrapada y sangrando?

La llamé de nuevo y conté sesenta segundos antes de coger las tijeras de podar y correr hacia donde estaban trabajando los mapuches.

—Agarren las guadañas y acompáñenme —ordené. Yamai comenzó a traducir, pero lo interrumpí—. ¡No tenemos tiempo!

Oyeron el apremio en mi voz, porque me siguieron de inmediato. Corrimos por el jardín, pasamos por los establos y llegamos al zarzal. Vasca se había acercado, pero permanecía a una distancia prudente, con el cuerpo rígido y las fosas nasales crispadas. Todavía no había rastro de su cachorra.

—¡Lola! —grité—. ¡Lola!

Estaba esperando escuchar cualquier ladrido o gemido que me indicara dónde estaba y, al no distinguir ninguno, empecé a cortar las ramas espinosas en el punto exacto en el que la perra había desaparecido. Los mapuches parecían dudar en unirse a mí hasta que les grité que me ayudaran. Cortamos las zarzas y las arrancamos en pedazos gruesos y enredados. Las espinas eran brutales, como garras, y el zarzal mismo parecía casi un ser vivo, con una espesura muy peligrosa. En más de una ocasión escuché una rasgadura cuando la tela de mis faldas se enganchaba en las espinas. Los dos muchachos, que no llevaban guanteletes como yo, se vieron obligados a proceder con mayor cautela, pero aun así los brazos les empezaron a sangrar. Corté otra masa de vegetación, la arrojé lejos y me topé con una barrera de troncos serrados, de longitud uniforme, y con olor a creosota antigua: habíamos cortado hasta dejar al descubierto un edificio que yacía oculto bajo el velo de espinas. Me arrodillé para ver si había algún hueco por el que Lola pudiera haberse metido. Tras nuestro descubrimiento, los mapuches intercambiaron palabras en voz baja en su propio idioma. Parecían atentos y nerviosos.

—¿Qué lugar es este? —les pregunté.

—Tarella —respondió Yamai al final. Era una palabra con la que no estaba familiarizada y, como había olvidado mi diccionario ese día, tuve que esperar hasta la noche para tener la oportunidad de buscar su significado. No había ninguna definición.

Detrás de nosotros, Vasca soltó un ladrido. Estaba sentada con gran satisfacción, y su cuerpo ya no estaba tenso. A su lado, con la cabeza ladeada y los ojos brillantes de curiosidad por las formas incomprensibles del comportamiento humano, estaba Lola. Entre risas, corrí hacia ella y le rodeé el rostro con las manos mientras dejaba que me las lamiera, e incluso mientras dejaba que me diera lengüetazos en las mejillas.

—Perra tonta —la regañé, sintiéndome ingenua por haberme preocupado tanto.

Después de mucho alboroto, durante el cual Vasca se puso celosa y me vi obligada a acariciarla también, las perras echaron a trotar y yo

volví a concentrarme en el edificio. Habíamos hecho un gran trabajo
dejándolo al descubierto, como si la estructura escondida quisiera des-
nudarse. Lo que ya estaba expuesto parecía estar en buenas condiciones, ya que las zarzas lo habían protegido de la naturaleza. Arranqué
algunas ramas más y revelé una parte de la ventana. Mientras los mapuches murmuraban entre ellos, me asomé. Estaba demasiado oscuro
como para ver bien el interior, pero pude distinguir una habitación
grande con una mesa y pensé, con gran agudeza, que de haber sido
habitable, hubiera sido un buen lugar para trabajar, sin duda mejor que
mi estrecha habitación, o mejor que compartir caballetes con Moyano.
Les dije a los mapuches que siguieran despejando la zona. Como la urgencia había pasado, su poca disposición se hizo más evidente.

Poco a poco, descubrimos más secciones de la estructura, pero, a
medida que cortaba, un doloroso desconsuelo se apoderó de mí sin
poder explicarlo. Mi cuerpo se hundió y una desesperación se instaló
detrás de mis ojos. Fue casi como si escuchara un susurro burlón que
me decía que un año de trabajo duro nunca iba a ser suficiente para
despejar ese zarzal, ni tampoco el resto del jardín. Percibí el mismo
sentimiento en los rostros de mis compañeros. Para evitarlo, redoblé
mis esfuerzos y empecé a cortar con agresividad, hasta que llegué a
una puerta de madera. Sin embargo, cuando traté de girar el pomo,
este se oxidó rápidamente y se negó a ceder.

Crac...

Crac...

Era el sonido del hacha que provenía del bosque.

—¿Escuchan eso? —les pregunté a los dos muchachos nativos.

Al principio negaron con la cabeza. Seguí insistiendo, hasta que
Yamai respondió con un murmullo bajo:

—Sí, señorita.

—¿Saben quién es?

—No.

—¿Es Latigez? ¿El señor Moyano?

Dejaron sus guadañas al mismo tiempo y me observaron con expresiones tan boquiabiertas y estúpidas que mi desolación fue superada

por una irritación tan vengativa que me provocó ganas de golpearlos a los dos. El grado de furia, muy inusual en mí, me inquietó.

Crac...

Luché por controlarme y dirigí mis palabras a Yamai.

—Averigüe quién está talando ese árbol y tráigalo aquí de inmediato. Puede ayudarnos.

—No, señorita.

Su inflexibilidad me detuvo en seco.

—Maldita sea, ¿por qué no?

—Nos han prohibido caminar entre los árboles.

—¿Quién?

La expresión de Yamai era de alarma. Buscó una respuesta antes de que su hermano normalmente mudo respondiera en su lugar con una declaración muy poco convincente:

—El señor Moyano.

—Al diablo con Moyano. Yo les doy permiso.

—Nuestro padre también nos ha hecho la misma advertencia —añadió Yamai, después de recuperar el poder sobre su lengua—. Lo sentimos, señorita.

Después de eso, inclinaron la cabeza y se estudiaron las botas demasiado grandes para sus pies, sin dar el brazo a torcer.

—Muy bien —dije con aspereza—. Iré yo misma, pero espero que sigan trabajando aquí. Si logramos cortar el resto de estas zarzas, al menos habremos aprovechado el día.

Reconocí el verdadero origen de mi exasperación en cuanto me marché hacia una de las entradas angostas que conducía al otro lado del muro y a la oscura maraña de árboles. Me sentía reacia a aventurarme allí yo sola.

El hombre del hacha

Me sumergí en el mundo crepuscular de los árboles. La vista que tenía delante era lóbrega, de un paisaje verde transformándose en gris, cubierto de sombras y, más allá, de manchas aún más oscuras, con gran parte de la tenue luz de la tarde oscurecida por las copas de los árboles. A mi alrededor, el viento silbaba entre las hojas como olas rompiendo en una playa. Y de alguna parte venían los extraños e incesantes hachazos que resonaban en el bosque. Cuando entré por primera vez allí, parecía evidente que quienquiera que estuviera trabajando debía de estar cerca, pero al poco tiempo comprendí que me había equivocado. El sonido provenía de mucho más lejos. Cuando encontrara al individuo talando el árbol, le iba a cantar las cuarenta.

—Si es que alguna vez lo encuentro.

Lo dije en voz alta, pero me arrepentí al instante. Mis palabras sonaron fuera de lugar, como alguien que habla por los codos en el silencio de una catedral.

Me adentré más en el bosque, a través de un sendero cubierto de malezas que serpenteaba entre los troncos, donde a veces me agachaba para evitar chocarme con las ramas más bajas. Mis emociones seguían siendo un embrollo por culpa del abatimiento y una rabia inexplicable; también estaba avergonzada por mi salida de tono con los mapuches. Y todo ese tiempo, el ruido del hacha (como si la persona causante fuera insensible a la fatiga) no paraba de jugarme malas pasadas. En un momento, sentía que estaba lo suficientemente cerca como para tener la certeza de que me iba a cruzar con el hachero, fuera Moyano o un nuevo miembro del personal que aún no había conocido. Luego, al siguiente, sentía que reverberaba desde el límite más alejado del terreno. Hice lo mejor que pude para seguir el sonido, y poco después me di cuenta de que no tenía la menor idea de en qué dirección quedaba la casa o el jardín. Ni siquiera podía volver sobre mis pasos, ya que había tomado varios desvíos que eran, en cierta forma, laberínticos. ¿Y si no podía encontrar el camino de regreso? ¿Qué iba a pasar si seguía perdida al caer la noche? ¿Algún miembro del personal notaría mi ausencia y se molestaría en buscarme? Las preguntas se multiplicaban en mi cabeza, aunque ninguna de ellas me tranquilizaba.

Seguí avanzando con dificultad, en gran desacuerdo con el verso de Lord Byron que reza: «hay un placer en los bosques sin senderos». Mi ansiedad seguía creciendo, pero luego me relajé cuando me topé con una vía ancha. No era tan amplia como la «avenida Imperial» que había recorrido cuando llegué a la estancia; no obstante, tenía unas proporciones respetables que daban a entender que era una de las arterias principales del lugar.

De repente, el sonido del hacha volvió a escucharse cerca, y no entendía por qué me había costado tanto localizarlo. Un poco más adelante, divisé la figura de un hombre trabajando en la base de un tronco, su silueta oscura en medio de la ligera neblina verde del bosque. No tenía ni un solo mechón de cabello, por lo que el contorno de su cráneo se veía muy claro.

Quise llamarlo, para avisarle que me estaba acercando, pero me detuve. Una intuición, una que no podía explicar, me advirtió que no lo hiciera.

La figura estaba atacando (no se me ocurría una palabra mejor para describir la ferocidad con la que empuñaba la herramienta) el árbol. Cada golpe irradiaba furia. Volvió a blandir el hacha y la hundió en la madera con tanta fuerza que quedó clavada. Se vio obligado a luchar y forcejear para liberarla antes de levantar la hoja por encima de la cabeza preparando un nuevo ataque cuando, por primera vez, se percató de mi presencia.

Bajó el hacha, y nos miramos fijamente.

La luz era demasiado débil y sombría como para determinar sus rasgos con precisión. En primer lugar estaban las manos, una aferrada al mango del hacha, y la otra suelta: eran grandes, duras y parecían desproporcionadas en comparación con el resto del cuerpo. Los dedos eran nudosos en las articulaciones, y la piel tenía un tono amarillo verdoso como el de alguien que padece alguna enfermedad. No era tan alto como Moyano, ni tan bajo como Latigez, pero lo más notable de su complexión era cómo resaltaba su delgadez. Parecía un hombre famélico que hubiera soportado todo tipo de adversidades prolongadas. ¿Podía ser Farrido, el escurridizo ingeniero encargado de la caldera? De los hombros le colgaba un poncho negro y andrajoso, cuyo hedor me irritaba la nariz, pues poseía el olor acre de un saco lleno de tierra usada y hojas podridas.

Como nos habíamos visto, no tenía sentido que no me dirigiera a él, pero mi voz se negaba a salir. ¡Era absurdo! Necesitaba a todos los trabajadores que la estancia tenía para ofrecer, sobre todo uno que dispusiera de semejante fortaleza.

—Buenos días, señor —dije, levantando la mano en un vago saludo, sin intentar acortar la distancia que nos separaba. Porque del hachero emanaba tal emoción (una emoción cruda e inconsolable, pero imposible de definir de otra manera que no fuera con el hecho de que me oscureció el corazón) que no tenía ninguna intención de entrometerme en ella.

En respuesta a mi saludo, levantó la capucha del poncho para cubrirse la cabeza, arrojó el hacha por encima del hombro y empezó a alejarse. Tenía una terrible, muy terrible, cojera, ya que arrastraba la pierna derecha como si estuviera muerta.

Mientras me daba la espalda, logré que mi voz volviera a cooperar.

—¡Señor, espere! —grité—. Por favor, hay un asunto del que quiero hablarle.

No me prestó atención y continuó cojeando. Me di cuenta de la quietud que me rodeaba. No se oía el chirrido de las aves; el viento se había reducido a un suspiro. Lo seguí hasta llegar al árbol donde había estado trabajando, un tala maduro (*Celtis tala*). Tenía un corte profundo, al igual que el tronco de al lado y el que venía después. De hecho, todos los troncos a mi alrededor habían sufrido el mordisco del hacha, aunque el hombre parecía distraerse con facilidad, pues en cuanto comenzaba a talar uno, pasaba al siguiente.

En la base del tala más cercano, vi un objeto que apenas brillaba. Me arrodillé para examinarlo y encontré una moneda de plata de un peso enterrada en la corteza. Si la intención del hachero era liberarla, había fracasado, al igual que yo cuando traté de arrancarla; bien podría haber estado tratando de quitar un clavo de la madera.

Dirigí mi atención al hombre del hacha, con la esperanza de alcanzarlo. Pero cuando levanté la mirada, el camino estaba vacío.

Más adelante, la avenida se curvaba entre los árboles hasta perderse de vista. Si el hachero hubiera continuado por ese camino, habría desaparecido de mi vista… excepto que la distancia entre donde lo había visto por última vez y ese punto lejano era demasiado grande. Incluso sin contar la pierna lesionada, habría tenido que avanzar a un ritmo formidable. Existía la posibilidad de que se hubiera desviado del camino por completo, pero a ambos lados del bosque había una gran ciénaga verde difícil de atravesar; además, ¿qué motivo iba a tener para hacer algo así? Me apresuré, convencida, por improbable que fuera, de que cuando llegara a la curva, volvería a ver su figura cojeando. Sin embargo, cuando por fin alcancé ese lugar, no lo vi por ninguna parte.

El viento volvió a levantarse, abriéndose paso a través de las ramas. El canto y el movimiento animaron el aire cuando los pájaros comenzaron sus preparativos para anidar, con la hora que precede al crepúsculo casi sobre nosotros. A pesar de que aún seguía perpleja por no saber cómo se había escabullido el hachero, mi preocupación más acuciante en ese momento era orientarme para poder regresar a la casa antes del anochecer. Marché por la avenida, sin notar ninguna alteración en el camino que indicara el paso de otra persona y, después de varios minutos, entendí exactamente dónde estaba situada en el terreno, aunque era un enigma cómo había llegado ahí.

Estaba de pie ante la mansión en ruinas. Estaba abandonada, oscura y desolada, pero en esa primera tarde en la que la descubrí, había visto señales de vida. ¿Era ahí donde vivía el hachero? La curiosidad me impulsaba a averiguarlo. Desde el alero escuchaba el arrullo de las palomas.

Me armé de valor, ya que el lugar era bastante peligroso, y entré en una galería que no estaba tan mal iluminada como había pensado. La fuente de iluminación era un agujero en el techo que daba a la planta de arriba y, por encima de eso, a las vigas y a otro agujero irregular donde se veía el cielo. El edificio crujía, suspirando y exhalando un olor a humedad y podredumbre mezclado con los vestigios del fuego que había hecho estragos allí. Recorrí numerosas habitaciones destrozadas, que estaban desprovistas de muebles y tenían las paredes negras descascaradas, aunque se notaba que alguna vez habían sido muy elegantes. Iba a tener que preguntarle a Calista si sabía algo del pasado de ese edificio. De allí seguí caminando por un pasillo lúgubre hasta llegar al otro extremo y toparme con una puerta que conducía a un pequeño salón. Sobre los tablones del suelo había tres catres improvisados. Esa habitación estaba seca y con olor a moho; también capté un olor fuerte, característico del sudor masculino.

Había otros artículos que indicaban que esa era la casa de alguien, y deduje que allí debían de dormir los mapuches, aunque no tenía ni idea de a quién pertenecía la tercera cama. Moyano quedaba descartado por la posición que tenía, y resoplé con ironía ante la posibilidad de que Latigez durmiera con mis dos trabajadores nativos, lo cual me hizo llegar a una sola conclusión: el hombre del hacha. Sentí una punzada de enfado porque Moyano me había mentido: como sospechaba, sí había otro miembro del personal. Me aparté de las camas… y dejé escapar un grito de alarma.

Parado detrás de mí, con el rostro fruncido por la curiosidad que le generaba una persona que no había sido invitada en su vivienda, había un anciano, con la coronilla tan lisa como la de la figura que había visto recientemente en el bosque. Se había quitado el apestoso poncho y estaba vestido con camisa, chaleco y pantalones. Se notaba que la ropa había sido remendada demasiadas veces y que la tela estaba desteñida y gastada. Iba descalzo y, por lo tanto, no tenía nada para ocultar las uñas de los pies, que estaban negras y encarnadas, y eran bastante repugnantes a la vista.

Me repuse y dije:

—Es de mala educación coger desprevenida a la gente.

—Y también estar donde no se debe.

Nos quedamos quietos, como si ninguno de los dos creyera del todo en el otro. Había un aire familiar en su rostro. Tenía rasgos nativos bien marcados y manchas profundas por efecto del sol y del viento. Si realmente era el hachero, me sorprendió que tuviera la vitalidad para hacer un uso continuo del hacha con semejante fuerza. Yo apenas era más alta que él.

—¿Usted es la señorita inglesa? —preguntó el anciano con voz débil y ronca.

—Me llamo Ursula.

—Y yo, Namuncura. Mis hijos me han hablado bien de usted.

—¿Usted es el padre de Yamai y Epulef?

—Sí.

—¿Qué es este lugar?

—Nuestro hogar.

—¿Y antes que era?

No hubo respuesta.

—No tengo intención de entrometerme —aclaré—. Es simple curiosidad.

—Al señor Moyano no le gusta hablar del pasado.

Le dediqué una sonrisa.

—Entonces no se lo diremos.

Al principio, pensé que me iba a volver a responder con un silencio, pero Namuncura empezó a hablar. Si en mi interior esperaba una revelación, la realidad es que no tardé en decepcionarme. El discurso era disperso y el anciano hablaba de vez en cuando en su lengua materna, lo que me hacía especular si la vejez había hecho que su mente madurara demasiado o no. Por lo que pude entender, Namuncura había trabajado en la estancia cuando era joven. El lugar en el que estábamos era usado por los invitados de don Guido cuando todos los dormitorios de la casa principal estaban ocupados. Eso había sucedido durante el apogeo de la estancia con todas las fiestas tristemente célebres. Me pregunté si doña Ybarra, la mujer que había conocido en el tren, se había quedado alguna vez en la mansión. Luego, Namuncura me contó que una noche se desató un incendio que consumió gran parte del lugar. Durante los días siguientes, don Guido les pidió a sus invitados que hicieran las maletas y terminó abandonando Las Lágrimas.

—¿Murió alguien? —pregunté.

—Algunas personas saltaron por las ventanas y se quebraron. La mujer de don Guido sufrió... ¿cómo se dice? —Se tocó la cara y el torso—. Fuego en la piel. Pero no murió nadie.

—¿Cuál fue la causa del fuego?

Lo que siguió fue una pausa incómoda e interminable.

—No lo sé.

—¿Fue un accidente? ¿Juerguistas que bebieron demasiado y se dejaron llevar?

Namuncura habló con una voz ronca.

—Estoy cansado, señorita. Debo descansar ahora. Y usted debe regresar antes de que caiga la noche.

—Claro —respondí al darme cuenta de que no me iba a compartir más información—. Qué desconsiderada soy. Debe de estar exhausto después de todo el esfuerzo que ha hecho. Estaría muy agradecida si mañana acompañara a sus hijos al jardín. Necesito toda la ayuda posible.

—Soy un hombre mayor. Demasiado mayor para trabajar.

—Pero hace un rato lo vi talando un árbol con un hacha.

Toda expresión desapareció de su rostro. Palideció hasta el punto de que temí que estuviera cerca de convulsionar.

—Será mejor que se vaya, señorita.

—Si lo he ofendido...

—¡Váyase!

Encontré el camino para salir fuera del edificio, atravesando las habitaciones en ruinas por las que había pasado antes y que en ese momento estaban llenas de sombras. En cuanto llegué a la puerta principal, escuché el correteo de los pies descalzos de Namuncura.

—Señorita, perdóneme. No le diga nada al señor Moyano. Es un hombre iracundo que quiere echarnos a mí y a mis hijos de aquí. No tenemos otro lugar.

* * *

El crepúsculo se había asentado sobre la estancia, y las nubes ya habían arrojado la poca luz que habían reunido durante el día. Como si el anochecer lo hubiera incentivado, el viento arreció con ráfagas maliciosas que me alborotaron el pelo. Salí a toda prisa de la mansión quemada y seguí la ruta que había tomado la tarde que llegué, mientras trataba de recordar las altas expectativas de ese primer día, cabalgando hacia Las Lágrimas como la jefa de jardineros de una gran estancia. Resultaba desalentador reconocer cuánto de ese entusiasmo había desaparecido, y tan pronto.

Por el camino, vi las figuras de Yamai y Epulef que regresaban con pesadez tras la jornada dura de trabajo. Intercambiamos algunas palabras y me despedí de ellos. Aun cuando se alejaron, los escuché susurrar entre ellos en su lengua materna. Me pregunté qué les iba a decir Namuncura a sus hijos sobre nuestro encuentro, y por qué había reaccionado de esa manera cuando mencioné al hombre del hacha. Estaba desconcertada, pues no entendía por qué ese enigmático individuo no formaba parte de mi personal. Desconcertada y bastante irritada, porque el vigor con el que usaba el hacha indicaba que podía trabajar en el jardín sin ningún problema.

De improviso, recordé las palabras de doña Ybarra, pues había otra posible explicación sobre el hombre del hacha y la expresión anémica en el rostro del anciano mapuche.

«Dicen que los muertos vagan por los terrenos de la estancia».

Como explicación, no satisfizo mis expectativas de lo probable. Los fantasmas eran para las noches de Navidad y el Día de Todos los Santos, cuando se contaban historias alrededor de un fuego crepitante, con las luces bajas. Dudaba mucho que el hachero fuera una aparición de ese estilo. Sin embargo, esa idea persistió, sin importar lo mucho que tratara de olvidarla, tal vez por la situación en la que estaba, corriendo a través de los árboles para ganarle al anochecer, o tal vez por la forma ciertamente inexplicable en la que el hachero había desaparecido de mi vista.

Pero ¡no! Yo no era de las que se dejaban llevar por tales fantasías.

Llegué a la avenida Imperial y empecé a recorrerla a paso vivo, pasando por el hueco de la arboleda donde faltaba uno de los ombús. El señor Moyano me había insistido en que no había nadie más en la estancia y, sin embargo, apenas diez minutos antes, yo había entablado una conversación con Namuncura, a quien nadie había mencionado antes. Estaba dentro de las posibilidades que el capataz estuviera siendo igual de falso con respecto al hombre del hacha y quisiera que su presencia se mantuviera en secreto por razones que solo él podía explicar. Tomé la decisión de abordar la cuestión con Moyano esa misma noche, y no iba a dejar de insistir en el tema hasta tener una explicación satisfactoria.

La melancolía del señor Moyano

E sa noche, al entrar en mi habitación, descubrí que alguien había deslizado un documento por debajo de la puerta. Todo estaba a oscuras, a excepción del fuego que había encendido Dolores. Prendí varias lámparas con una cerilla y, cuando hubo suficiente luz, levanté el papel del suelo. En mi mano había un trozo de lienzo, doblado varias veces sobre sí mismo, de un azul marino descolorido y cubierto de líneas doradas. Abrí el documento hasta que fue tan amplio como un ejemplar del *The Times* e hice todo lo que pude para extenderlo sobre el tocador, pero era frustrante cómo los bordes del lienzo se doblaban sobre la superficie.

Sentí un cosquilleo de anticipación en el pecho. Ante mí estaban los planos del jardín.

Mientras estudiaba atentamente los detalles, vi que mi suposición inicial —que estaba previsto que el jardín tuviera una forma rectangular— había sido correcta. Por primera vez, pude trazar el intrincado sistema de caminos y entender cómo la superficie total se dividía en una gran cantidad de sectores individuales, cada uno con sus características y nombres propios. Estaban «El acceso» y los «Parterres centrales» (evidentemente la avenida que había observado desde la casa del árbol), la «Rosaleda», la «Rocalla alpina», los jardines «Perenne», «Dorado» y «Gris», el «Jardín morisco», el «Sector de pícnic y la casa del árbol», entre otros. Sentí una oleada de orgullo al caer en la cuenta de que esa era mi responsabilidad, y un poco de ansiedad al dudar de mi

capacidad para restaurar el lugar. En el centro del diseño estaba el
«Jardín del tesoro», o *Treasure Garden en inglés*, un nombre que forma
un juego de palabras porque la palabra *tesoro* hace referencia a las joyas o a la expresión de cariño. Esa era la parte del jardín que don Paquito quería que arreglara primero. Estaba marcada en el documento,
al igual que todo lo demás, en español y *también* en inglés, una curiosidad que solo podía explicarse con la firma que había en la esquina
inferior derecha: sir Romero Lepping.

Estaba familiarizada con el nombre, pero no tanto como hubiera
debido. Según lo que recordaba, sir Romero había sido un diseñador
de jardines, uno de considerable reputación en la época victoriana,
aunque esa fue la primera vez que supe que había viajado y aceptado
un encargo en las Américas*.

Le di la vuelta a los dibujos y en el dorso encontré un esquema de
toda la zona, de la que el jardín formal era simplemente un detalle. La
casa, como era de esperar, se encontraba en el centro y desde ahí, como
las líneas de la palma de una mano, se extendía una serie de avenidas.
El diseño era extremadamente inteligente, ya que todos los caminos
conducían a la casa principal, a lo que se describía como «la casa antigua» (que supuse que se trataba de la mansión quemada), a la puerta
de entrada o al punto de partida. Era posible (¡como había descubierto
por experiencia propia!) perderse en el lugar y luego llegar a donde
uno había empezado. A pesar de no ser considerado como tal, estaba
mirando un laberinto con todas las letras.

El plano se había diseñado antes de que se llevara a cabo la plantación, cuando Las Lágrimas todavía estaba expuesta a los vientos de
las Pampas. Debido a eso, se habían marcado las secciones entre las
avenidas donde luego se plantaron los árboles, cada uno con un número de referencia que se relacionaba con algún documento faltante,
uno en el que figuraban las especies y el cronograma para plantarlas.

---

* Sir Romero Lepping (1824-1899), diseñador de jardines británico de ascendencia íta-
lo-judía, famoso por sus arboretos. En sus memorias se relata una visita a Argentina
entre 1870 y 1871, donde realizó varios proyectos en Buenos Aires, pero no se hace
ninguna mención de Las Lágrimas.

Tal era la escala del proyecto que a cada sección del bosque se le había asignado una fecha para el trabajo, que oscilaba entre los años 1873 y 1877. Eso, junto con los números MDCCCLXX debajo de la firma de Lepping, parecía confirmar la afirmación improbable de Moyano de que los árboles se habían plantados hacía no más de cuatro décadas. No era el único elemento que generaba confusión, pues el lago tampoco era natural: varias marcas indicaban cómo se habían desviado los arroyos para crearlo. A decir verdad, uno no podría criticar a sir Romero, ni a don Guido como su empleador, por la falta de ambición; de hecho, no paraba de preguntarme cómo se había financiado una hazaña de tal escala, perfectamente consciente de cómo los jardines de las mansiones en Gran Bretaña habían llevado a la bancarrota a sus dueños antes de que los terminaran.

De la nada, un sollozo se quedó atrapado en mi pecho. Había mucho para discutir de los dibujos y yo solo quería hablarlo con mi abuelo. Me invadió una intensa sensación de pérdida y soledad. Me restregué los ojos, aunque las lágrimas que brotaron no llegaron a derramarse, y me distraje intentando seguir el camino que había hecho desde la cabaña hasta la mansión en ruinas. Sin embargo, por mucho que lo intenté, no pude determinar la ruta que había tomado esa tarde. Fue así como el plan se vio frustrado y me di cuenta de algo que debería de haber sido evidente desde el momento en el que recogí los planos. Les di la vuelta para volver a inspeccionarlos. En ningún lado, ni en los detalles ni en el diseño general del lugar, se veía el muro de piedra negra que rodeaba el jardín formal.

En la planta baja, sonó el gong que indicaba que la cena estaba lista. Tenía hambre y, por una vez, ansiaba ver a Moyano para conversar sobre todas las cuestiones que habían surgido durante el día. A la mañana siguiente, esperaba tener al misterioso hachero trabajando junto a mí y los mapuches. Pero cuando me senté en el comedor, me percaté de que la mesa estaba puesta solo para una persona. Dolores entró con una sopera humeante. Devoré la sopa de una forma que hubiera hecho que mi madre me mirara con desaprobación, y cuando la criada regresó, le pregunté:

—¿El señor Moyano no cenará conmigo esta noche?

Su mirada era huidiza.

—Está en la otra habitación —susurró.

—Dígale a Calista que guarde el plato principal hasta que haya hablado con él. —Me levanté de la mesa.

—Si yo fuera usted, señorita, no lo molestaría.

—¿Por qué no?

—Hágame caso, no lo haga.

Encontré a Moyano en la sala de trofeos octogonal, agotado y despatarrado en una silla como si estuviera ebrio. Por encima de él estaban las cabezas de los ciervos blancos, sus rostros nobles en contraste con el semblante vulgar del capataz. Olfateé el aire: tenía ese olor a humo que su presencia traía a cualquier habitación, y la misma frialdad subterránea de antes, pero no detecté alcohol.

—Señor Moyano, ¿se encuentra mal?

Una sola lámpara iluminaba la habitación, y ya se le estaba acabando el aceite; seguía escupiendo, titilando y persiguiendo sombras extrañas en las esquinas. Por otro lado, no había ningún fuego encendido. En el puño sostenía algo que hacía clic una y otra vez, y en un momento capté un destello metálico, aunque por lo general tenía la mano demasiado apretada como para que yo pudiera determinar qué estaba sujetando. No se molestó en mirarme cuando respondió.

—No.

Su voz sonaba muerta, y sus ojos eran tan distantes e insondables como los trofeos que decoraban las paredes. Muerta, y también enfadada, aunque no tenía forma de saber si esa ira estaba dirigida a mí.

—Esperaba que cenáramos juntos —continué—. Quizás con una copa de su excelente vino.

No dijo nada.

—La sopa está deliciosa y, para el plato principal, Calista ha preparado chuletas y…

—No.

Me quedé allí, insegura de cómo proceder, antes de tomar la decisión de decir lo que tenía preparado de la manera más sucinta posible para luego retirarme.

—Hoy descubrí un edificio cerca del lago, escondido debajo de un matorral de zarzas. Me preguntaba si podía usarlo como mi estudio. Con su permiso, por supuesto.

—Haga lo que quiera.

—Además, he visto a un hombre talando árboles. Sería de gran ayuda si pudiera tenerlo en mi equipo, para que nos ayude a seguir despejando el jardín.

—¿Un hombre?

—Sí, otro miembro del personal —insistí—. Uno que usted debe de haber pasado por alto cuando me habló del tema.

Finalmente, consideró poner los ojos en blanco.

—Se lo he dicho antes —dijo, con lo que supuse que era un toque de amenaza—, no hay otros trabajadores en la estancia.

—Lo he visto claramente. No era usted, ni Latigez, ni los mapuches. A menos que fuera el señor Farrido. Era un hombre bastante calvo, con manos hábiles y cojera…

Moyano se levantó de un salto y pensé que me iba a agarrar del cuello. En lugar de eso, se paró a unos centímetros de distancia y casi me gritó en la cara, mientras yo percibía el olor frío y metálico de su aliento.

—¡No hay nadie más! Nadie más que nosotros en este agujero desolado. —Sus palabras resonaron de manera antinatural, absorbidas por las paredes y el suelo, de modo que las imaginé reverberando bajo mis pies. Se frotaba la muñeca como un maníaco.

Di un paso atrás, atónita.

—¿Me ha oído, señorita Kelp? No quiero que vuelva a hablarme de este asunto.

—Sí —respondí con calma, aunque mi corazón estaba temblando.

Lo que siguió fue un silencio insoportable. Moyano se desplomó en la silla mientras emanaba una melancolía fría y empalagosa, como la niebla que hubo esa noche en Buenos Aires cuando me ofreció el empleo. Al recordar esa entrevista, me volví presa de la preocupación de que él había decidido que yo no era digna de la función que me había asignado, y no paraba de preguntarme por qué me había dado el puesto de jefa de jardineros.

Eventualmente, recuperé un poco de mi confianza.

—Lo dejaré en paz, señor Moyano —dije—, y mañana espero encontrarlo de buen humor.

Ya estaba saliendo de la habitación, decidida a disfrutar, o al menos terminar, mi comida, sin tener en cuenta el nudo de mi estómago, cuando me llamó con un tono de voz frágil y lleno de súplica.

—¿Ursula?

Como era una imbécil, volví. Extendió la mano hacia la mía y, en un gesto de simpatía, casi la cojo.

—¿Sí, señor?

Mi trato formal mató cualquier reconciliación que el capataz tuviera en mente.

—Nada. —Su voz era la de alguien que había renunciado a toda esperanza en la vida. Monótona y lenta—. Vaya a terminar de comer.

—Lo haré —respondí. Y lo dejé con su melancolía.

Dentro de la cabaña

Entendí por qué Moyano estaba tan enfurecido por el hachero justo a la mañana siguiente.

Había empezado a trabajar en lo que descubrí que era el Jardín del tesoro. El sol cetrino trataba de penetrar el cielo encapotado, y el tiempo se había puesto muy frío, lo suficiente como para que mi aliento formara nubes de vaho, aunque el viento que azotaba las Pampas prometía que el nivel del mercurio iba a descender aún más. ¡Apenas quince días antes del primer día de la primavera! Había estado cavando como máximo media hora cuando me invadió la necesidad de abandonar mi tarea: quería volver a ver la cabaña, pero no podía explicar ese impulso repentino. Volví al prado donde era evidente que los mapuches, a pesar de que habían seguido cortando mientras yo inspeccionaba los árboles, no habían terminado su labor, pues el edificio aún estaba medio envuelto en espinas. Me dispuse de nuevo a arrancarlas y así fue como llegó el momento de la comprensión. En pocas palabras, el hombre del hacha no formaba parte del personal; de hecho, dudaba que alguien en la estancia estuviera al tanto de su existencia. Tal vez era un vagabundo que había encontrado un hogar en Las Lágrimas durante sus años de abandono, o posiblemente un gaucho, que tenía la pierna herida (de ahí la cojera) y ya no podía montar ni encontrar un empleo. No era de extrañar que fuera reservado, por temor a ser desterrado (aunque en la tala de árboles, se le aconsejaría que buscara un pasatiempo más discreto). La única persona que podría

saber de su presencia era Namuncura, lo que explicaría su rostro ané-
mico cuando mencioné la cuestión, preocupado de que los fueran a
desalojar a él y a sus hijos por haberle ofrecido refugio al hachero. ¿Y
Moyano? Simplemente había demostrado la misma irritación que yo
conocía por habérsela visto a mis padres cuando se negaban a admitir
que desconocían algún tema.

Trabajé sola durante un rato, y luego fui a buscar a Yamai y a Epulef. Se mostraron reacios a ayudarme, pero fui insistente. Con los tres
atacando el zarzal, la tarea iba a ser mucho más rápida. En un momento, mientras cortábamos, escuché a Moyano llamándome con voz animada y llena de energía, a diferencia de la noche anterior. Como
todavía no me fiaba de él, ignoré su llamada. Poco después, mientras
los mapuches y yo tomábamos un descanso, con la última de las zarzas oponiendo una ardua resistencia, pensé en intentar abrir la puerta
de nuevo.

Esa vez, se abrió como si el pomo hubiera estado empapado en
aceite para cerraduras durante la noche.

—¿Entramos? —les pregunté a los mapuches con un deje de broma, como si fuera una niña que ha descubierto una guarida secreta y
ahora estuviera desafiando a los niños a entrar primero.

Epulef le habló con dureza a su hermano con palabras que no
comprendía antes de fulminarme con la mirada y alejarse.

—¿A dónde va? —pregunté.

Yamai eligió su respuesta con cuidado.

—Nuestro padre dice que no debemos visitar este lugar.

—¿Por qué no?

Moyano volvió a gritar, esta vez su voz estaba más cerca y marcada por una impaciencia ante mi falta de respuesta.

—¿Señorita Kelp? ¿Señorita? —Y luego, con deliberada provocación, dijo—: ¿Dónde está, «osita»?

No iba a permitir que sus burlas me afectaran. Quería ver el interior de la cabaña antes de que el capataz descubriera mi paradero y,
como tenía la sospecha de que podía llegar a incumplir su promesa de
la noche anterior, me deslicé por la puerta. Yamai se negó a seguirme,

pero se quedó en el umbral, asomándose de vez en cuando. Mi primera impresión fue la de una habitación sin eco que era más grande de lo que había imaginado afuera. El suelo era de ladrillo, y había una gran chimenea construida toscamente con las mismas piedras negras que rodeaban el jardín. Uno podría haber esperado que el aire fuera fresco, húmedo o, tal vez, estéril, pero en realidad era cálido y viciado, como si estuviera agotado por el aliento de muchos hombres. Entraban fragmentos de luz a través de la única ventana que aún estaba parcialmente bloqueada por la vegetación. Aunque Yamai estaba cerca y su presencia me tranquilizaba, me hubiera gustado que me acompañara adentro, afligida como estaba por el miedo irracional de que la puerta pudiera cerrarse de golpe con el viento y dejarme encerrada. Eso, y la sensación, una que no sabía cómo explicar con palabras, de que la cabaña había sido desocupada repentinamente antes de mi llegada.

Había algunos muebles: un par de sillones vetustos acomodados junto al fuego, una cómoda de madera y una mesa grande donde los antiguos ocupantes del edificio comían. Eso último lo descubrí porque la mesa estaba puesta para tres. Examiné los platos. Eran parte de una vajilla muy fina, la porcelana tenía manchas grises y astillada; heredados de la casa, supuse. Un cuchillo y un tenedor descansaban sobre uno de los platos como si un momento antes el comensal los hubiera apoyado para atender la puerta.

Una sombra pasó a toda velocidad por la ventana, lo que hizo que Yamai gritara de miedo. El chillido del mapuche fue seguido por el de un chimango.

—Es solo un pájaro —dije y, al tranquilizarlo, mi propia inquietud desapareció. La mesa iba a ser un mejor escritorio que el que tenía en mi habitación del tamaño de una estampilla. Empecé a pensar que si quitábamos las zarzas de la ventana y limpiábamos los cristales para que entrara más luz, si ventilábamos el lugar y luego encendíamos un fuego y unas lámparas, la cabaña sería una excelente oficina: un lugar donde esconderme, más aún cuando llegara el resto del personal y la casa estuviera abarrotada. En verano, iba a perfumarlo con ramilletes de alhelíes y fresias.

—Deberíamos dejar este lugar en paz, señorita.

—¿Por qué lo dice?

Recorrió los rincones con la mirada.

—No hay... telarañas.

Solté un gruñido de irritación y hojeé mi Tauchnitz.

«Telaraña». *Cobweb* en inglés.

Hice una pausa. La cabaña parecía haber permanecido inalterada durante tantos años como el resto de la estancia. Debería haber habido redes largas y extensas colgando de las vigas y sofocando los muebles. Le resté importancia al asunto.

—Entonces no tardaremos tanto en limpiar.

—Nuestro padre dice que no hay que ir donde no hay arañas.

Dicho eso, se retiró del umbral y se alejó unos cuatro o cinco metros, aunque parecía dudar de si debía abandonarme por completo. Cuando me di cuenta de que tenía la intención de quedarse afuera, le dije que terminara de limpiar los restos de las zarzas mientras yo volvía a mi tarea de inspeccionar el interior.

Había otra puerta que conducía a una segunda habitación más estrecha (la única de ese tipo en el edificio). Estaba construida en su totalidad con piedras negras y tenía una sola ventana con rejas en lo alto que dejaba entrar lanzas de luz. Había tres armazones de hierro, uno más pequeño que los otros dos como si pertenecieran a dos padres y a un niño, volcados sin colchones ni ropa de cama. Les di la vuelta, los muelles chirriaron y, al ver que ocupaban demasiado espacio de forma horizontal, los levanté para apoyarlos contra la pared y poder pasar con mayor facilidad. Aparte de los armazones y un cofre de madera en la esquina, la habitación estaba vacía... y tampoco había sido afectada por el polvo o las telarañas. Pasé un dedo por el suelo y lo levanté limpio, como si Dolores hubiera barrido esa misma mañana; más limpio, de hecho, ya que no me convencía la dedicación que la criada le ponía a sus tareas. Centré la atención en el cofre. Despidió un olor agrio y rancio cuando levanté la tapa y vi que estaba lleno hasta el tope de papeles, que alcanzaban a los cientos o, más bien, a los miles. A primera vista parecían facturas, atadas en fajos con una estrecha cinta morada. Antes de que tuviera la oportunidad de examinarlas mejor, escuché una conmoción en el exterior: una voz alzada e indignada, arremetiendo contra el desafortunado Yamai. Dejé caer la tapa del cofre y caminé con decisión hacia la sala principal.

Entró Moyano, con las mejillas enrojecidas por el frío, y le dio rienda suelta al resentimiento.

—Corríjame si me equivoco, señorita, pero la contraté como jefa de jardineros, no como limpiadora de dependencias externas.

Estuve a punto de contestarle, pero la réplica se me quedó atascada en la garganta. Era evidente que tenía pocas posibilidades de defenderme.

—Tiene toda la razón, señor Moyano —dije con la voz baja y firme.

—Estoy decepcionado con usted.

—No sé en qué estaba pensando.

—No lo toleraré de nuevo. Si el jardín no está listo a tiempo, mi objetivo será que la culpa recaiga sobre usted.

—Sé que he estado completamente fuera de lugar, señor, se lo prometo. —Estaba tan enojada conmigo misma como Moyano y traté de buscar una justificación por débil que fuera porque me afligía que el capataz llegara a la conclusión de que había tomado una mala decisión conmigo, y más aún que su preocupación estuviera justificada—. Es solo que… el jardín, no importa cuánto trabajemos, avanzamos muy poco.

—Todavía no ha pasado ni una semana.

—Es desmoralizador. Despejar este lugar me pareció todo un logro.

Durante un momento, la expresión de Moyano fue ilegible, pero luego se suavizó. Cuando respondió, su tono era el de un padre que reprende cuidadosamente a su hija descarriada, una ternura que él nunca habría sabido que me iba a poner los pelos de punta.

—Con el tiempo, tendremos que despejar todas estas dependencias —señaló—. Pero, por ahora, el jardín debe ser su única preocupación. Si no complacemos a don Paquito cuando llegue, nos veremos obligados a irnos de la estancia.

124 W. M. CLEESE

Asentí y le dediqué una expresión compungida e inocente.

Moyano me clavó una mirada firme e irresistible —conté diez, once, doce segundos— antes de mirar a su alrededor.

—Dicho todo esto, estoy seguro de que el don estará interesado en este descubrimiento. Siempre he estado demasiado ocupado como para prestarles atención a las zarzas. Sin embargo, esta debe de ser la casa original de la estancia.

—¿La que construyó el abuelo de don Paquito?

—El capitán Agramonte, sí. Eso fue en la década de 1830. Primero hubo un puesto de avanzada, y luego la casa quedó destruida por el fuego. Hasta que finalmente, tenemos el edificio principal en su estado actual.

Se acercó a la ventana, la cual Yamai ya había despejado, y miró hacia el lago, con las manos en la espalda.

—¿Recuerda el Café Tortoni? —Su voz era sentimental, como si fuéramos compañeros de antaño y él estuviera recordando una situación entrañable—. ¿Cuando le conté por qué la estancia se llamaba Las Lágrimas? Aquí es donde llegó el abuelo de don Paquito y lloró por la belleza del lugar; es donde juró construir una gran casa familiar.

Me uní a él en la ventana, sonrió cuando vio nuestros reflejos borrosos, y contemplé el agua. El débil sol de antes había quedado sumergido en una interminable masa de nubes. Era como si una plaga hubiera caído sobre Las Lágrimas, convirtiendo el lago en el más oscuro de los grises, con la luz del día apenas reflejada en la superficie.

—Excepto que no había ningún lago.

—¿A qué se refiere?

—Lo he visto en los planos que me ha dado. Es artificial.

Moyano no respondió nada.

Tarde o temprano, el silencio, no solo el del capataz, sino también el que reinaba en la cabaña misma, se volvió inquietante y sentí el impulso de llenarlo. Consideré plantear nuestros roces de la noche anterior, pero me pareció un momento imprudente. En lugar de eso, decidí continuar con el tema del diseño de sir Romero.

—Tampoco había un muro.

—En sus últimos días aquí —dijo Moyano—, don Guido estaba poseído por un...

—¿Un qué?

—El hombre no estaba bien. Algunas de sus acciones eran inexplicables.

—No lo comprendo.

—Por eso el muro no está en los planos. —Moyano se enderezó los puños e ignoró el panorama—. Fue hace mucho tiempo, señorita. Lo único que importa ahora son los días venideros. Tengo grandes ambiciones... para los dos.

De forma inesperada e inquietante, me sujetó las manos para suplicarme.

—Puede despejar este edificio y usarlo a su antojo. Pero se lo permitiré solo fuera de su horario asignado. —Sus manos estaban aplastando las mías, y las palmas ya no eran emolientes como la vez que nos estrechamos en Buenos Aires, sino que eran ásperas y agrietadas—. El jardín es la prioridad.

Se dio cuenta de su presión y, con una tímida disculpa, me soltó.

—También —prosiguió—, debo disculparme por mi conducta de anoche.

—Lo cierto es que me ha puesto muy nerviosa.

—No ha sido mi intención, señorita Kelp. Hay momentos desde que llegué aquí en los que... en los que me posee un estado de ánimo sumamente oscuro, casi como si algo se estuviera apoderando de mis pensamientos y... —Se rio de manera poco convincente—. Es lo único que puedo hacer para que no se me parta la cabeza. Confío en que estoy perdonado.

Le ofrecí una respuesta anodina, no recuerdo qué, y aunque en ese momento no le presté mucha atención a sus palabras, en los días posteriores a mi partida de Las Lágrimas, varias veces he vuelto a ellas —«me posee»— y me he preguntado qué había querido decir con exactitud.

El frío en mis huesos

Durante el resto del día, los mapuches y yo seguimos adelante con determinación, pues les había dicho que teníamos que compensar el tiempo perdido. Todavía se negaban a aventurarse en el Jardín del tesoro, así que les pedí que siguieran despejando «El acceso», llamado así según los planos de sir Romero, mientras yo trabajaba sola en el Jardín del tesoro, fuera de la vista de los dos muchachos, desafilando las tijeras por podar tanto y cavando con tanta fuerza que mi espalda se resentía. Así iba a eliminar esas dudas sobre mis capacidades. ¡Así iba a demostrar mi valía! Tanto al señor Moyano como a mí misma. Dejé el trabajo excesivo apenas un cuarto de hora para almorzar, y fue después de comer cuando el viento se tornó verdaderamente maligno. En las afueras de las Pampas aullaba, azotando las copas de los árboles y buscando cada abertura en el muro negro para penetrar y atormentar el espacio del interior. Me abotoné el abrigo hasta la barbilla, me envolví con una bufanda pasada de moda que parecía de la época victoriana y me puse un sombrero hasta taparme las orejas, pero el frío me traspasaba la ropa de todos modos. Nunca me saqué los guantes de las manos. Esperaba que el vigor de mis esfuerzos mantuviera a raya lo peor del vendaval, pero la poca piel que tenía expuesta no tardó en tornarse azulada y en entumecerse. No volví a ver a Moyano en el resto del día, y sentí cierto resentimiento porque me había sujetado las manos para hablarme sobre mis prioridades cuando él acostumbraba a desaparecer por períodos prolongados.

Eran alrededor de las cuatro de la tarde, la luz apagándose para dar lugar a un crepúsculo prematuro, cuando decidí que ya había soportado lo suficiente. Puede que hubiera querido enmendar mi falta anterior, pero no era ninguna mártir, y mucho menos si mis esfuerzos no tenían testigos, porque, una vez más, el trabajo del día solo había resultado en escasos avances. Decidí trabajar diez minutos más y volver al interior antes de que fueran las cuatro y media. Anhelaba el calor de la casa, ya que, en conjunto con el clima escalofriante, el frío se había deslizado por el suelo y ya no podía sentir los pies ni los dedos.

De golpe, el viento cesó y murió.

Se produjo una calma espeluznante. En el instante entre los dos estados, estaba segura de haber escuchado el crujido de pasos de alguien acercándose por el camino de grava —o, más bien, la pisada de una bota y algo arrastrándose detrás—, pero en ese momento solo había silencio. Experimenté una confusión inexplicable y abrumadora que hizo que respirara con bocanadas temblorosas. Inhalé para tranquilizar mis pulmones, y me invadió el olor más glorioso del verano, de ese momento que llega al final del día cuando el calor ya ha comenzado a disminuir y las flores despiden aromas sumamente embriagadores. Olí madreselvas y jazmines, pelargonios y rosas, estas últimas tan dulces que mi nariz pudo identificar las rosas bourbon y las rosas de damasco. Sin embargo, a mi alrededor solo había maleza fétida.

Luego el viento se alzó de nuevo, y el Muro de los Lamentos empezó a cantar su horrible canción. En ese momento solo era capaz de oler el aire frío y rancio. Sacudí la cabeza para despejarme, como quien se levanta de una siesta profunda e involuntaria donde un sueño ha invadido el despertar, y fui a decirles a los mapuches que la jornada había terminado.

Cuando llegué al lugar donde los había dejado, no los encontré. Ese fue un golpe bajo para mi orgullo, porque mientras yo había estado sufriendo, ellos habían decidido refugiarse en el interior de su casa; estaba claro que no eran tan simples como había supuesto. Me apresuré a guardar las herramientas y me dirigí a las tentadoras luces de la casa, sin detenerme hasta estar dentro con la puerta cerrada detrás de mí. Hacía ruido en el marco por la fuerza del vendaval. Alguien había encendido la chimenea del pasillo, y era la única fuente de luz. Me coloqué frente al fuego abrasador, rígida como una piedra, y aprecié el frío que sentía tras haber escapado de él. Unos escalofríos incontrolables me recorrieron el cuerpo. Observé los retratos un rato —el modelo posando como César o como explorador de África, pero el que más me llamó la atención fue el maestro jardinero, con el rostro atractivo, aunque extrañamente repulsivo— y noté por primera vez que el pergamino azul que tenía en la mano era igual que los planos que me había dado Moyano. Luego cerré los ojos y me entregué al calor.

En algún lugar cercano escuché un roce de telas, y poco después apareció Calista sosteniendo una cerilla para encender las lámparas. Se unió a mí junto al fuego.

—Ha sido la última en terminar la jornada —observó.

—Ya he decepcionado mucho al señor Moyano. Sentí que era mi deber hacer las paces.

—Me ha dicho que usted está haciendo un buen trabajo.

—¿En serio? A veces me pregunto por qué me ha contratado.

—Sí, se deshace en elogios. Me ha dicho que es una buena jardinera y que no podría prescindir de usted.

—Se lo ha dicho a usted, en privado —repliqué, estirándome como una flor bajo el sol, con el orgullo atemperado por mi irritación—. Para ser sincera, no sé qué pensar del capataz. A veces puede ser temperamental.

—Eso es habitual en los hombres.

Me atravesó otro escalofrío, por lo que me acerqué más al calor.

—¿Qué sabe de él?

—Poco. No habla mucho sobre sí mismo, pero me han contado cosas. —Bajó la voz, aunque estábamos solas, y me acerqué más a ella, de modo que olí su aliento a clavo y naranja. Iba a disfrutar nuestro pequeño momento de conspiración—. Lo despidieron de su puesto anterior.

—¿Por qué?

—Estuvo metido en una especie de escándalo, cuyos detalles desconozco. No era un hombre bien visto, y después... trató de quitarse la vida.

—¿Dónde ha escuchado esas historias? —Al igual que mi abuelo, siempre he sospechado de los cotilleos.

—De doña Javiera, mi señora. Me había pedido que lo vigilara.

Me llevó uno o dos segundos entender el significado completo de esa información.

—¿Se refiere a la esposa de don Paquito?

Calista asintió.

—He estado a su servicio desde que era una niña, y antes de eso, mi madre había sido una empleada de la familia. Cuando Javiera se casó con el don, se quedaron conmigo. —Habló en un tono que no pude descifrar, porque sus palabras podrían haber contenido gratitud o, de igual manera, el desprecio de la sierva.

—Entonces, ¿la enviaron a espiar al señor Moyano? —pregunté con un dejo de indignación por el capataz.

—No era mi único propósito.

Esperé a que dijera algo más. Durante un rato, no intercambiamos palabras y nos quedamos juntas en un silencio amistoso, mirando cómo chisporroteaban los leños en el fuego. Con el rabillo del ojo, la estudié y llegué a la conclusión, para la que tenía poca evidencia, de que la felicidad en su vida había sido racionada.

Cuando Calista por fin habló, su voz era un susurro, como si no quisiera interrumpir el silencio de la casa.

—La estancia está embrujada. Una maldición recae sobre ella.

—Lo mismo me dijo una señora cuando venía en el tren. No creo en esas cosas.

—El don opina lo mismo que usted, pero la señora es más temerosa. Se dice que todos los hijos primogénitos de la familia Agramonte morirán de niños, aquí en la estancia. La mujer teme por su hijo.

En lo personal, sentía que estaba escuchando un cuento de hadas («¡hijos primogénitos!»), pero como estaba agradecida por esa intimidad, escondí mi desdén con una réplica de sentido común.

—Si fuera así, el don actual tendría que estar muerto desde hace mucho tiempo. ¿Cómo es posible que haya heredado la estancia de su padre?

—Era el segundo hijo. Su hermano mayor pereció en un accidente, el mismo año del incendio en la otra casa, cuando su madre sufrió las quemaduras. Por eso la familia huyó de Las Lágrimas. Ahora que don Paquito planea regresar, la señora me envío antes para ser sus oídos y sus ojos. Para estar alerta.

—¿Y qué ha visto?

—Nada —respondió vacilante.

—Entonces la doña puede quedarse tranquila.

—Al menos nada que valga la pena contar.

No importaba si valía la pena o no, ya que Calista demostró su renuencia a seguir ahondando en el tema al observar lo fría que estaba. Me ayudó a quitarme el abrigo y me frotó enérgicamente los brazos donde se me había puesto la piel de gallina antes de sacarse el chal que tenía en los hombros para cubrir los míos.

—Siéntese junto al fuego de su habitación —dijo—. Enviaré a Dolores con el té.

Obedecí sus órdenes y subí las escaleras. Mis extremidades todavía estaban medio congeladas, aunque por primera vez en muchos meses sentí un calor en el pecho, sin importar lo helado que estuviera el resto de mi cuerpo. El breve intercambio de murmullos junto al fuego y el simple acto de Calista pasándome su chal me habían conmovido mucho más de lo que quería admitir. No recordaba ninguna situación parecida con los Houghton; tenía que remontarme a los días en los que mi abuelo estaba vivo para recordar algo por el estilo.

Después de cambiarme de ropa, me senté junto a la chimenea, donde seguí temblando. Dolores llegó con un recipiente de yerba mate humeante y algunas tartas de mermelada calientes. Estaba inusualmente habladora, como mis hermanas antes de que se casaran, cuando mi padre recibía a caballeros en casa y ellas disfrazaban sus nervios con conversaciones ociosas. Quizás había sido por influencia de Calista, pero acepté la pequeña charla con la criada. En el fondo, por mucho que quisiera resistirme, también era consciente de lo mucho que me había tomado a pecho el elogio que había hecho Moyano sobre mi persona; me di cuenta de que había estado esperando hablar del asunto. Y fue al caer la noche, sentada con los pies enfundados en calcetines e inclinados hacia el fuego, llevándome un mate caliente a los labios, que una sensación de pertenencia y felicidad se apoderó de mí. Sabía que ahí, tan lejos de casa, existía la posibilidad de encontrar plenitud y sentido en la Estancia Las Lágrimas.

Por la ventana, los últimos rastros de luz se habían desvanecido del cielo; el viento aullaba.

A pesar de la alegría en mi corazón, el resto de mi cuerpo resultó más difícil de calentar. El frío del día me había atravesado, razón por la que sentía un dolor reumático en las articulaciones y los músculos. Debería haberle dedicado más tiempo a mis bocetos para don Paquito, pero no estaba muy entusiasmada. Más bien, el único dibujo que hice fue el del sillón que estaba más cerca de la chimenea. Me acurruqué con el chal de Calista, leí un poco de *Nostromo* hasta que la revolución de Costaguana me adormeció y luego me desperté, aún sumida en una horrible frialdad.

Esa gelidez persistió durante el resto de la tarde. Cené temprano y sola, excepto por Dolores, cuya afabilidad de antes había desaparecido. La joven estaba inquieta y quería servir la comida lo más rápido posible, momento en el que casi arruinó la manga de mi vestido cuando vertió con torpeza el líquido de la salsera. De Moyano, no había ni rastro. Fue mientras especulaba dónde podía estar (de hecho, dónde había estado realmente todas esas noches de ausencia) cuando un pensamiento se me cruzó por la mente. Esa noche era un viernes, así que no era mi turno de bañarme. Sin embargo, un baño, la inmersión de mi cuerpo en un líquido humeante, eliminaría el frío de mis huesos. Moyano me había dicho que contábamos con un abundante suministro de agua caliente. ¿Cómo iba a saber el capataz si me daba un baño ilícito?

Después de pensarlo un poco, no pude sacarme la idea de la cabeza.

Después de la cena, regresé a mi habitación y, a pesar de que avivé el fuego como podía, seguía teniendo mucho frío. Me quedé esperando hasta estar segura de que Calista y Dolores habían terminado de trabajar. Justo en ese momento me arriesgué a bajar las escaleras. No había señales de vida, y el comedor estaba oscuro y vacío, salvo por las pocas brasas en la chimenea del pasillo que arrojaban algo de luz. Me moví con rapidez, ya que me había quitado el calzado para no hacer ningún ruido. Dos veces sucedió que los tablones del suelo crujieron con fuerza bajo mis pies y tuve que detenerme en seco, escuchando atentamente, sin atreverme a continuar. En la segunda ocasión, me reprendí a mí misma. *Soy una mujer adulta, pensé, nada más y nada menos que la jefa de jardineros de Las Lágrimas, pero aquí estoy, merodeando como si estuviera en un internado después de la hora de dormir, tratando de evadir a la encargada.*

Me deslicé a través de las cortinas que conducían al ala nueva y subí las escaleras. Me sentí mejor al instante, pues dudaba encontrarme con alguien en esa parte del edificio. Afuera, el viento no amainaba. Escuché los ladridos de Vasca y Lola, antes de que se les uniera lo que sonaba como una jauría completa, por lo que me volví a preguntar si había más perros en la estancia; poco después, todo quedó en silencio. Llegué al baño, abrí la puerta con toda tranquilidad y entré. Tendría que haber notado la franja de luz eléctrica en la parte inferior del marco antes de entrar.

Me quedé sin aliento.

—Lo... lo siento mucho —solté, extremadamente consciente del color de mis mejillas ardiendo.

Estaba nerviosa y boquiabierta, incapaz de apartar mis ojos horrorizados, sin saber qué hacer a continuación o cómo escapar de la situación. Al final, lo mejor que pude hacer fue balbucear otra disculpa y salir lo más rápido posible antes de cerrar la puerta detrás de mí y salir corriendo. Corrí todo el camino: bajé las escaleras, atravesé el ala nueva para llegar a la antigua y luego subí de nuevo hacia mi habitación, esa vez apenas notando el sonido percutiente de mis pasos. No me detuve hasta que entré y cerré la puerta detrás de mí.

Me llevó varios minutos recuperar el pulso. El calor persistió en mis mejillas.

Estaba furiosa con Moyano por haberme engañado, ya que me había dicho de forma inequívoca que el baño del ala nueva era para mi uso exclusivo hasta que llegaran los Agramonte. Sin embargo, allí de pie en la bañera, dándome la espalda, tan desnuda como Eva, estaba Dolores, con el pelo negro suelto y empapado. Su piel era lastimosamente blanca. Si me hubiera quedado un poco más tiempo, apuesto a que podría haber contado cada costilla y protuberancia de su columna vertebral. No obstante, no fue su cabello ni su columna lo que me llamó tanto la atención y me horrorizó. Más bien, fueron las contusiones que se extendían desde los omóplatos hasta las delgadas caderas: enormes ronchas, cortes y moratones, bien morados, como si hubiera sido víctima de alguna criatura profana.

Materiales secos

De Dolores, en el desayuno, no había ni rastro.

—Se olvidó de recoger los huevos esta mañana —dijo Calista con un tono exasperado cuando le pregunté por su paradero. Era la primera vez que notaba a la criada tan despistada.

No la vi hasta después de las doce, cuando no tuvo más excusa que acercarse al Jardín del tesoro para traerme mi cesta de comida. Para mi alivio, la temperatura había subido varios grados más que el día anterior, aunque un viento cortante del sur seguía soplando en ráfagas intermitentes. Un tímido sol, como un diente de león gigantesco, parpadeaba entre los resquicios de las nubes. Como todos los días, Dolores quería entregar las provisiones y marcharse. En aquella hora del almuerzo, no la dejé partir con rapidez. Por mucho que me avergonzara pensar en la desnudez de otra mujer, no podía quitarme la imagen de su piel pálida y lesionada de la cabeza, ni la manera en la que había mirado por encima del hombro cuando me colé en el baño. Al principio se había sobresaltado, pero cuando le pedí disculpas tartamudeando, una expresión diferente apareció en su rostro. Pareció regodearse, emocionada de una forma extraña y poco saludable. Tal era mi vergüenza que no podía afirmar nada con certeza; lo más probable era que mi memoria me estuviera jugando una mala pasada y que Dolores estuviera tan avergonzada como yo.

—Espere —le dije mientras se abría paso hacia la casa.

Se detuvo, pero ninguna de las dos se atrevía a mirar a la otra. No sabía cómo abordar el tema, hasta que me decidí, como antes, por una disculpa. Se encogió de hombros con tanta insolencia que solo me habría sentido insultada si las circunstancias hubieran sido diferentes.

—Tendría que haber cerrado la puerta con llave —dije secamente.

—No me esperaba una visita.

Adopté un enfoque más suave.

—Esas heridas, Dolores... —Dejé de hablar, sin saber cómo explicar lo que quería decir.

Me miró desconcertada, antes de comprender lo que estaba haciendo referencia.

—Ah, sí —respondió, con su tono elegante—, pero no me duelen.

—Parecían muy dolorosas.

—En absoluto.

—¿Cómo... cómo se las ha hecho?

—Soy una persona torpe. —Esa fue su respuesta tras algunas deliberaciones—. En casa, mi padre siempre me regaña por eso.

Era la explicación menos convincente que podría haberme dado, pero la había dicho con tan poca astucia que me pareció grosero desafiarla.

—Podemos ser amigas, Dolores —le aseguré—. Puede confiar en mí. Alguien le ha hecho daño.

—No.

—¿Alguien de la estancia?

—En serio, no.

—O tal vez —aventuré—, alguien que no lo es. ¿Un hombre con una cojera, quizás?

Parecía saber a quién me refería, pero su respuesta fue curiosamente enfática, como si hubiera estado condicionada a decir las siguientes palabras.

—No existe tal persona.

—Déjeme ayudarla.

Luego apareció otra voz, y ese olor familiar a humo y especias.

—¿De qué estáis cotilleando vosotras dos?

Había aparecido Moyano, vestido con una chaqueta que tenía cinturón y bolsillos de parche como si estuviera listo para que le hicieran un retrato, y acompañado por las dos pastoras alemanas.

Dolores se inclinó hacia mí y, con una vocecita desesperada, suplicó:

—No se lo cuente. —Luego se giró hacia el capataz y le respondió—: No se preocupe, señor. Solo he venido a traerle la comida a la señorita Kelp. —Hizo una breve reverencia y se alejó a toda prisa.

—Qué muchacha tan extraña —observó Moyano cuando nos quedamos solos—. No tiene el entrenamiento adecuado para ser una empleada doméstica. Calista dice que sus oídos necesitan un incentivo para que se esfuerce más.

—No creo que Calista haya dicho eso.

—La cocinera tiene un lado bastante cruel. —Tiró de los puños de la chaqueta para ocultar sus muñecas—. Cuando llegue el resto del personal, tal vez despida a Dolores. ¿Qué opina, señorita?

Vasca y Lola estaban olfateando mi cesta de comida y, como regalo, les tiré un pedazo de chorizo.

—Me da lástima.

Pareció indiferente ante mi respuesta y fue directo al grano con el asunto que lo había traído hasta mí.

—Mañana va a llover. Le sugiero que queme todo lo que ha podado. Para dejar el lugar más ordenado posible antes de su día libre.

Esa tarde, los mapuches y yo recolectamos los desechos que habíamos acumulado a lo largo de la semana, transportando carretilla tras carretilla hasta un rincón remoto cerca de la casa del árbol, donde depositamos todo en un montículo hasta convertirlo en una gran pira. Me quedé asombrada por la cantidad de desechos e, incluso antes de que hubiéramos terminado, pensé que si uno de nosotros trepaba a la cima, la parte superior del muro estaría a un simple salto de distancia. Un rato después, el señor Farrido, el calderero, hizo acto de presencia. Apestaba a aceite de motor. Brotaba de su cuerpo, de su pelo e incluso de su aliento, como si hubiera bebido casi un litro. Sin embargo, su ropa, sobre todo la camisa blanca almidonada y el cuello, estaba impecable. Un par de gafas de alambre fino descansaban sobre su nariz. Era demasiado corpulento como para confundirlo con el hachero (y dar una explicación alternativa a ese misterio), y era bastante evidente, por su rostro manchado y por la forma en la que arrastraba un poco las palabras, que era alcohólico. Dijo que lo habían enviado a traernos un bote de gasolina, pero como le preocupaba que la tarea fuera demasiado difícil para las capacidades de una simple mujer y dos nativos, él mismo lo echó sobre la hoguera.

El montículo se encendió de inmediato con un gran rugido sibilante que envió una columna de fuego hacia el cielo oscurecido. En cuestión de segundos, humeó y chisporroteó, y las ramitas estallaban cuando la resina que las cubría se expandía violentamente y detonaba. El aire tenía el olor característico del otoño, un olor que me recordaba a muchas tardes de noviembre cuando el abuelo encendía una fogata y nos dábamos un festín con patatas, envueltas en papel aluminio y cocinadas en la parte más caliente, para luego untarlas con abundante mantequilla.

Farrido contempló su trabajo con satisfacción, le dio un trago a su petaca y comentó que tenía que volver a la caldera.

Señalé el bote de gasolina.

—¿Queda algo?

—Un poco —contestó con avaricia—. No mucho.

—¿Puedo llevármelo? Hay otro montículo en el prado que el señor Moyano me ha pedido que queme.

Antes de que accediera a entregármelo, me dio un sermón tedioso sobre el riesgo y la inflamabilidad del combustible, y me hizo jurar que no iba a dejar a «los indios» a cargo «bajo ninguna circunstancia». Cuando Farrido se fue, le pedí a Epulef que alimentara el fuego con los últimos desechos del jardín y, mientras tanto, Yamai me acompañó a la cabaña con una carretilla. Allí recogimos las zarzas e hicimos una segunda fogata bien lejos del edificio como medida de precaución ante posibles chispas. La humareda proveniente del jardín se arrastró en nuestra dirección. El viento se había convertido en una brisa, y el lago estaba oscuro y sin ondulaciones.

Le di a Yamai el excedente de gasolina y le dije que podía encender nuestro montículo. Su rostro se transformó en una expresión de satisfacción y profunda seriedad mientras, cerciorándose de que yo estuviera bastante lejos, arrojaba un fósforo con cuidado. Las zarzas, flexibles por la savia, resollaban y escupían a medida que las llamas luchaban por alcanzarlas. No había nada nostálgico en ese humo, puesto que despedía el hedor más fétido de todos.

—Necesitamos materiales secos —declaré, y recordé el cofre lleno de papeles viejos en la cabaña.

Empujé la carretilla hasta el edificio y, después de alentar a Yamai a que me siguiera, entré. Como la otra vez, se negó. Como la otra vez, experimenté la extraña sensación de haber molestado a alguien con mi llegada, como si hubiera algún individuo en la mesa alzando la vista, sorprendido por mi intrusión. De todos modos, el lugar estaba completamente vacío. Di unas zancadas en dirección a la segunda habitación donde, tras intentar abrir la puerta, me di cuenta de que se negaba a abrirse por completo. Uno de los armazones se había caído y había aterrizado en un ángulo que bloqueaba la entrada. Tuve que pasar por el hueco y maniobrar la cama. La estructura de hierro chirriaba contra el suelo, y esa vez decidí calzarla contra la pared para que no hubiera riesgo de que se volviera a caer. Justo en ese momento dirigí mi atención al cofre. Al estar tan lleno, era demasiado pesado como para arrastrarlo hasta la puerta principal, por lo que tuve que llevar brazadas de documentos mohosos hasta donde Yamai me estaba esperando con la carretilla. Después de depositar la primera carga, eché un vistazo superficial a los papeles y me di cuenta de que había acertado en mi suposición del día anterior: eran facturas viejas, definitivamente algo que nadie iba a echar en falta después de tantos años.

Cuando llené la primera carretilla, regresamos al fuego chisporroteante, donde le dije a Yamai que arrojara los papeles fajo por fajo para que tuvieran más posibilidades de prenderse fuego. Mientras tanto, fui a la cabaña de nuevo y, cuando apilé el resto de las facturas junto a la puerta y solo debía esperar a Yamai, aproveché para estudiarlas más de cerca.

Cada una estaba escrita con una caligrafía formal sobre papel amarillento y seco, delgado como una hoja de tabaco, encabezada por el nombre de la empresa: BERGANZA E HIJOS. Sabía que el señor Berganza era un viverista local de Tandil (una de las principales ciudades de las Pampas, a unos ciento veinte kilómetros de distancia) y el proveedor de la estancia a quien, según me había informado Moyano, esperábamos la semana siguiente con una entrega, la primera en muchos años. Ya me había puesto a pensar en qué historias de la estancia tendría para contarme. Los recibos que tenía en la mano eran del año 1873. Tomé un par de manojos más para hojearlos mientras crecía mi interés, y vi más fechas entre 1873 y 1877, los mismos años que figuraban en el plan de plantación de sir Romero. En cada factura se detallaba la compra de un solo árbol, de numerosas especies, aunque siempre árboles con tres años de crecimiento. Con la gran cantidad de papeles, ya que deben de haber sido miles, tenía —hablando en sentido figurado— el bosque en mis manos. Y afuera, ¡Yamai lo estaba quemando! Sentí una punzada de preocupación. Estaba destruyendo un registro de la estancia que tal vez debería conservar; sin embargo, el mapuche regresó con la carretilla vacía, una columna de fuego en el prado detrás de él, porque los papeles secos se habían quemado rápidamente.

Pero no, me tranquilicé. Si los recibos hubieran tenido algún valor, no habrían dejado que se pudrieran en esa cabaña abandonada.

Juntos cargamos los fajos restantes en la carretilla y, después de haber enviado a Yamai a la pira, me puse a buscar los últimos desechos que podríamos quemar. No había nada, aunque me sorprendieron, como nunca antes, los pequeños toques de comodidad en el lugar: las cortinas (aunque descoloridas por el tiempo) estaban cosidas con cuidado; un gran felpudo aseguraba que nadie fuera a ensuciar el suelo. Quienes hubieran sido los ocupantes anteriores debían de haber estado orgullosos de su pequeño hogar. Cuando estaba a punto de cerrar la tapa del cofre, me llamó la atención algo en el fondo. Mi instinto inicial fue dejarlo ahí, pero luego pensé que podía ser una recompensa magnífica para Yamai, así que me acerqué para recogerlo. Entre los dedos tenía una moneda de plata de un peso.

* * *

En el prado, las zarzas ardían con intensidad y la carretilla estaba vacía. Las chispas danzaban en el aire. Durante mi tiempo en el interior de la cabaña, la tarde había comenzado a convertirse en noche, las nubes teñidas de un color malva, con la luz del cielo infiltrándose ligeramente entre ellas. Innumerables pájaros se habían posado sobre el lago, que se había convertido en un inmenso espejo. La escena me hacía sentir toda la majestuosidad de la naturaleza. Quería unos minutos a solas para disfrutar del espectáculo.

—Un regalo —le dije a Yamai, entregándole la moneda de plata—. Por su arduo trabajo.

Lo recibió emocionado.

—Usted no es como Latigez, señorita. Ni como el señor Moyano. Usted es amable. —Sus mejillas se elevaron y se transformaron en una especie de sonrisa antes de darse cuenta de lo que le había dado.

Me lo devolvió de inmediato.

—Oh —dije y, tragándome la falta de respeto, hice ademán de guardar la moneda en el bolsillo. Mientras lo hacía, Yamai me arrebató el peso y lo arrojó a la hoguera.

—¡Ni se le ocurra! Nuestro padre nos lo ha advertido. La plata… atrae el mal.

Nos quedamos mirándonos, yo sin saber qué responder hasta que, teniendo en cuenta que era en vano hablar sobre los males causados por la superstición, le dije que él y su hermano podían irse a descansar.

Cuando me quedé sola y dejé de lado el curioso arrebato de Yamai, el fuego me cautivó. Disfrutaba del calor en mi rostro mientras observaba cómo el día se iba apagando. El crepúsculo se hizo más profundo a mi alrededor hasta que la luz y la oscuridad encontraron un equilibrio mágico y perfecto. Y luego, poco a poco, los pájaros se convirtieron en siluetas en el agua, de modo que ya no podía diferenciar una especie de la otra. Inhalé hasta llenar mis pulmones, y una profunda tranquilidad me invadió, embriagada por el lugar. Entendí por qué el capitán Agramonte había querido asentarse en esas tierras, aunque tuviera que recordarme a mí misma que cuando había llegado por primera vez, no había nada más que las fronteras infinitas de las Pampas.

Con un chillido y el ruido de las alas, los pájaros se elevaron en el aire, planeando en la dirección opuesta a donde yo estaba.

Sentí la intrusión no deseada de alguien acercándose y me di cuenta de cómo Moyano me apoyaba las manos con firmeza sobre los hombros. Al principio no supe cómo reaccionar, luego decidí que su conducta era demasiado confiada. Me encogí de hombros para apartarlo y me di la vuelta con la intención de reprenderlo.

Estaba sola en el prado. Completamente sola.

Un escalofrío se me extendió por todo el cuerpo, desde los hombros hasta la parte baja de la espalda. Sabía con certeza que había sentido el toque de alguien, de un hombre, porque las manos habían carecido de delicadeza.

Tuve el repentino impulso de correr. Correr a la casa, a la compañía de Calista y Dolores, a las brillantes luces eléctricas del ala nueva, pero mis pies estaban clavados en el sitio, y mis extremidades, completamente paralizadas.

Volví a escuchar a alguien acercándose. Mi sangre se aceleró. Esa vez, de hecho, vi a Moyano caminando hacia mí, con las manos en los bolsillos, y algo tintineando en ellos como si estuvieran llenos de monedas sueltas. Habló sin ningún atisbo de preocupación en su voz.

—Creo que la estoy haciendo trabajar demasiado, señorita. La veo pálida.

—¿Ha estado aquí antes? ¿Hace un momento?

Me dedicó una mirada extraña, del tipo que los hombres reservan para las más ansiosas de mi sexo.

—Como verá —señaló con una risa insegura—, acabo de llegar. He venido a decirle que queme las zarzas, pero veo que ya se ha encargado de todo. Bien.

—Estaba viendo la puesta del sol —respondí, sintiendo una profunda gratitud por su compañía, aunque estoy segura de que cualquier persona hubiera servido. Me acerqué más a él, lo bastante cerca como para haberle rozado la manga, lo que hizo que Moyano me ofreciera el brazo a la espera de esa posibilidad.

—Pocas cosas son tan románticas —reflexionó cuando ignoré su ofrecimiento—, especialmente junto a un fuego abrasador. O eso dice mi esposa.

—No sabía que estaba casado.

—Y tengo un hijo.

—¿Dónde están? —pregunté, contenta de que una charla tan banal y doméstica me entretuviera. Lentamente, mi corazón recuperó su ritmo natural.

—Por ahora, en Buenos Aires. Mandaré a alguien a buscarlos una vez que don Paquito y su familia estén instalados. Apenas los vi el año pasado.

—Debe echarlos de menos.

—Me temo que nos estamos volviendo unos extraños, sobre todo con mi hijo. —Noté un cambio sutil en sus ojos, algo indefinible que permaneció allí un momento, y sentí que había visto algo personal para él—. Y usted, señorita, ¿a quién echa de menos? Además de a su abuelo.

—A nadie.

—¿Ni siquiera a su familia?

—Un poco es suficiente.

—¿No tiene a nadie especial? ¿Un prometido, un admirador?

—No hay nadie tan afortunado —contesté de una manera que dejó en claro mis sentimientos sobre el asunto. A lo largo de los años, he soportado numerosos interrogatorios de mis hermanas y, últimamente, de Bernadice Houghton, y lo cierto era que no iba a empezar a ceder ante mi jefe. A ellos les parecía inverosímil (y sospecho que «antinatural») que una mujer no estuviera decidida a asegurarse un marido, como si yo fuera una criatura digna de lástima de una novela de Jane Austen.

—Es una pregunta frecuente en mi país —dijo Moyano—, sobre todo para alguien, si me lo permite, tan llamativa como usted. Sin embargo, temo haberla ofendido, señorita. Ignore mi curiosidad. Dejaré que siga disfrutando del atardecer.

Lo observé mientras giraba sobre sus talones, sabiendo que debería alegrarme de poder librarme de esa conversación molesta, pero mis nervios seguían a flor de piel. Por más que lo intenté, no pude quitarme la sensación de esas manos sobre mis hombros. Aún sentía el peso como si me hubieran dejado una huella, al igual que unos dedos fríos sobre la arcilla. La vista, que momentos atrás me había maravillado, se había transformado en una llena de sombras hostiles, solitarias y desoladas, y lo único que quedaba del sol era un tajo carmesí en el horizonte. Cuando se hubiera desvanecido, solo habría oscuridad.

Me estremecí y llamé a Moyano sin sentirme humillada, mientras me apresuraba para alcanzarlo y no tener que volver sola.

Una mañana libre

La predicción de lluvia que había hecho Moyano resultó ser errónea. Me desperté a la mañana siguiente —mi día libre— con un sol brillante e inmediatamente abrí la ventana para bañarme en la luz. Mi sueño había sido inquieto, debido a la sensación recurrente de esas manos, pesadas y desagradables, sobre mis hombros. Debí haberme despertado tres o cuatro veces, en una ocasión para escuchar el aullido de una jauría de perros. No obstante, tras ver el cielo inmaculado sobre la avenida de ombús y sentir el sol resplandeciente en mi mejilla, mi ánimo mejoró e hice lo mejor que pude para dejar de lado el recuerdo de las manos. Al final, lo logré tan bien que empecé a preguntarme si todo el episodio habría sido causado por el hecho de haber respirado demasiado humo y haber terminado una semana agotadora.

Decidí primero ir a montar. Hubiera preferido usar algo fresco, pero con mi equipaje todavía en el limbo (no quería pensar si lo habían vendido a algún trapero de paso por la estación de Chapaleofú), no tuve más remedio que ponerme mi ropa de jardinería.

Como era domingo y temprano, la casa estaba tranquila, tan tranquila como el día que llegué. En el piso de abajo había una sensación de pulcritud; las chimeneas despedían un olor a cenizas. Encontré un desayuno solitario y pequeño (huevos duros en un calientaplatos, carne en conserva y una tetera junto a una caja de té) esperándome y, mientras masticaba, reflexioné sobre los logros de mi primera semana. Habían sido tan insignificantes que tuve que detener esa línea de pensamiento de inmediato, ya que su objetivo era desmotivarme cuando el día era para disfrutar.

Los establos estaban tan desiertos como la casa. En un bolsillo de mi abrigo tenía una petaca con una infusión de yerba mate recién preparada (su sabor me estaba empezando a gustar), y en el otro, los dibujos de la estancia de sir Romero. Después traté de encontrarme a mí misma en la libertad de las Pampas; por el momento, mi deseo era explorar la zona para comprender mejor su diseño desconcertante. Ensillé a Dalia y me dirigí hacia los árboles por una de las avenidas que, según los planos, si avanzaba lo suficiente, iba a llevarme al perímetro adyacente al páramo. El bosque olía a musgo y corteza envejecida, una brisa agitaba las hojas de los árboles con el más leve de los murmullos y los pájaros no emitían ningún sonido. Mantuve a Dalia a paso ligero mientras sostenía las riendas con fuerza; por el movimiento constante de su cabeza, me parecía que estaba ansiosa por galopar. A través de la luz moteada que tenía delante, clavé la mirada en una figura familiar que caminaba con pasos pesados hacia mí.

—Buenos días —saludé a Dolores cuando nos acercamos.

Iba envuelta en una pelliza de un tejido sumamente extravagante. Si doña Javiera ya hubiera llegado a la casa, habría sospechado que se la había robado, porque no podía imaginarme cómo una criada había adquirido semejante prenda. Sus mejillas estaban teñidas de escarlata, como las de alguien que había estado corriendo.

—¿A dónde ha ido tan temprano? —le pregunté.

—Es el *sabbat*, señorita —contestó, observándome como si fuera una tonta—. He ido a la capilla, claramente. Todos debemos rezar.

Ignoré la franqueza de sus modales, cubriendo mi indignación con un vistazo a los planos; en ellos no había ningún lugar de culto marcado.

—¿Dónde está?

—Siga la avenida hasta el final —respondió, ajustándose la pelliza, y se alejó rápidamente sin despedirse ni mirar atrás. Eso me hizo especular sobre cómo una chica como Dolores ocupaba su día libre.

Chasqueé la lengua para alentar a Dalia y caminamos quizás medio kilómetro antes de que, más abruptamente de lo que podría anticipar, los árboles llegaran a su fin. Había alcanzado el margen oriental del bosque. Había un alambrado oxidado, que en su momento servía para no dejar pasar al ganado, y era la demarcación entre la tierra cultivada y la tierra sin cultivar. Debajo había una maraña de juncos creciendo en la orilla de un arroyo que seguramente era uno de los afluentes que sir Romero había redirigido para alimentar el lago. El agua corría con lentitud, cubierta por una capa de algas de un rojo ocre, y a lo lejos estaban las Pampas, extendiéndose hasta donde alcanzaba la vista. Era la primera vez que contemplaba la región con una luz tan radiante, con franjas de hierba que se iluminaban y se oscurecían cuando la brisa las perseguía porque, sin la protección de los árboles, el viento soplaba descontrolado. La pura inmensidad del espacio exigía mi admiración y, sin embargo, por mucho que me emocionara la idea de cabalgar por allí, también sentía cierta cautela. A pesar de toda su belleza, era una tierra demasiado amplia y demasiado despoblada como para ser dominada. En el horizonte, distinguí nubes oscuras que se desplazaban rápidamente en mi dirección.

La capilla se encontraba en ese lugar, y como se trataba de una ubicación expuesta al viento, la construcción era baja y robusta. En el pasado, las paredes habían estado pintadas de un blanco cremoso, aunque en ese momento el enlucido parecía oxidado, manchado tras años de algas arrastradas por el arroyo. En el techo había una cruz de hierro y, justo debajo, una piedra fundacional que rezaba: 1899 (más de una década después de que la estancia fuera abandonada). Don Guido, supuse, debía de haber ordenado la construcción después de entregarse a la religión (aunque si fuera así, ¿quién iba a rezar ahí?). Desmonté y aseguré las riendas de Dalia a una rama. Estaba a punto de aventurarme en el interior cuando me detuve. Tuve la sensación —no, certeza es una palabra más adecuada— de ser observada, ese sentimiento ineludible que uno tiene cuando alguien está cerca, aunque no esté a la vista. Miré a mi alrededor, buscando entre los árboles y, a pesar de que no encontré ni un alma, la sensación persistió.

La capilla no tenía puerta, una cuestión de diseño más que de omisión, lo que permitía la libre circulación del aire y hacía que el interior del edificio clamara con ráfagas y ecos. El lugar olía a caliza y a algo más, como a flor rancia, que no me parecía adecuado. Había un altar, pero sin púlpito ni bancos, lo que reforzaba la idea de que ninguna congregación se había reunido ahí. Las paredes estaban encaladas y sin ninguna decoración. En pocas palabras, no había nada en la capilla que me inspirara a quedarme. Sin embargo, después de haber hecho el esfuerzo de cabalgar hasta allí, y teniendo en cuenta que era poco probable que regresara, terminé mi inspección.

Al salir de la nave, me topé con una pequeña cámara. Eché un vistazo al interior y entré. Era tan austera como una celda, excepto por dos objetos: una representación a escala real de Cristo en todo su esplendor, con la corona de espinas atravesándole la carne de madera y clavos de verdad en las palmas y los pies; y enfrente, un reclinatorio para arrodillarse y rezar. Observé las heridas de la efigie más de cerca: habían pintado las gotas de sangre con un realismo tan espeluznante que parecía que iban a derramarse por las mejillas en cualquier momento. Soy producto del ateísmo acérrimo de mi abuelo y del anglicanismo diligente de mis padres, lo que me convertía en una agnóstica poco expresiva. Sin embargo, la deidad de la que no estoy segura es sin duda protestante; siempre me han incomodado ese tipo de exhibiciones católicas innecesarias.

Un pensamiento se adueñó de mi mente. La almohadilla del reclinatorio tenía dos marcas pequeñas: ¿era allí donde Dolores había rezado últimamente? ¿Y si tenía el cerebro tan lavado por la culpa que era propensa a la autoflagelación? Era una joven ingenua de los páramos que se había visto obligada a crecer con todo tipo de disparates en la cabeza. Azotarse a sí misma parecía ser la razón de sus heridas, una explicación tan creíble como cualquier otra. Sentí una nueva compasión por la criada y decidí, sin importar lo insolente que me pareciera, que tenía que esforzarme más para entablar una amistad con la muchacha, aunque solo fuera para convencerla de tener algo de sentido común.

Me estaba cansando de la capilla y quería disfrutar del efecto tónico de las Pampas, sentir el viento en mi pelo y la luz del sol en mi rostro, así que regresé a donde estaba Dalia. El breve período que había pasado en el interior fue suficiente para que las nubes lejanas se acercaran con la intención de tapar el sol; quizás la predicción de Moyano era correcta después de todo, en cuyo caso tenía poco tiempo que perder. Tras consultar el plano de sir Romero, tomé la avenida más corta que conducía a la puerta principal y, tras apretar los talones contra la yegua, empezamos a trotar a través de un túnel de árboles. Algunos fragmentos de luz brillaban por las ramas, pero se atenuaban a medida que me adentraba en el bosque. Doblé una curva y en medio del camino estaba Namuncura, el padre de los mapuches. Me pidió que me detuviera de inmediato y, cuando le hice caso, me hizo señas para que me acercara, presionando un dedo nudoso en sus labios para que lo hiciera con sigilo. Bajé de la silla y, mientras guiaba a Dalia, me desplacé hacia él. Hizo que mirara hacia los árboles, pero no pude distinguir nada.

—¿Qué debo ver? —le pregunté en voz baja.

Me indicó que guardara silencio, esa vez con mayor insistencia.

Mis ojos luchaban por penetrar en la maleza, y estaba a punto de creer que su fascinación era poco más que una fantasía senil, cuando divisé lo que tanto lo cautivaba.

A menos de veinte metros, oculto en su mayor parte por las ramas bajas, había un ciervo del blanco más puro de todos, como los de la sala de trofeos, excepto que vivo. Una criatura de una belleza natural absoluta. La bestia había estado pastando, razón por la cual me había costado verla, y en ese momento levantó la cabeza para erguirse en toda su magnificencia. Su piel brillaba en contraste con la penumbra del bosque, y su cabeza era una mitra de astas. Me miró fijamente, y esos inescrutables ojos negros se encontraron con los míos.

Mis pulmones dejaron de funcionar.

Me quedé paralizada y experimenté una comunión que nada en la capilla jamás podría haberme ofrecido. Mientras pensaba en esas cabezas en la sala de trofeos, me pregunté cómo alguien era capaz de dispararle a semejante criatura. Era uno de esos temas excepcionales en los que discrepaba profundamente con mi abuelo. Él se sentía atraído por la caza, no tanto por la sangre, sino por la habilidad que había que tener para acechar. En cambio, yo siempre me había negado a coger el rifle, feliz de poder decepcionarlo.

Luego Dalia, tal vez celosa de cómo el otro animal había acaparado toda mi atención, resopló con fuerza. El hechizo se rompió. El ciervo salió disparado, saltando por los matorrales con una velocidad y una agilidad sobrenaturales: una mancha blanca que no dejó nada que indicara que alguna vez había estado allí, salvo por unas hojas meciéndose.

Namuncura regañó a Dalia, mitad en español, mitad en su propia lengua, con un comentario que intuí que hacía referencia a que la carne de caballo era mejor que la de venado.

—¿De dónde ha venido el ciervo? —pregunté cuando recuperé el aliento.

—En los viejos tiempos, don Guido traía estos animales. Él y sus amigos los cazaban. En manadas, como los lobos. —Se estremeció—. Eran hombres malvados.

—Pero ¿nadie los caza ahora?

—No —dijo con la voz ronca—. Este es el único.

—Me alegra oír eso.

—No es habitual verlo.

—Entonces, hoy hemos sido bendecidos —dije, y volví a montar a Dalia.

—¿A dónde va, señorita?

—A cabalgar, por las Pampas.

El anciano adoptó una expresión de preocupación.

—No debe ir sola.

—¿Usted me acompañará? —Solté una risa, aunque sin sorna.

—No.

—Entonces cabalgaré sola. Estaré más que bien, gracias. —Dalia siguió caminando y ganando velocidad con rapidez—. Conozco el camino.

En respuesta, Namuncura me llamó, pero no escuché nada de lo que dijo, puesto que su voz era débil y Dalia ya había arrancado con un galope ruidoso.

La cantera y el niño

Cuando llegué a la puerta principal, que estaba abierta de par en par y recién pintada por Latigez, sentí que Dalia tenía muchas ganas de correr, aunque salimos de la cobertura de los árboles a medio galope.

Después de abandonar el bosque, cabalgamos hacia las afueras, no en la dirección por la que había llegado la primera vez, porque no quería volver a ver los campos de maíz carbonizados y un tanto desalentadores, sino hacia el oeste, debajo de las nubes que en ese momento ocultaban el sol y lo poco que se veía del cielo azul; nubes abultadas y bien oscuras que estaban cargadas de lluvia. Dejé que la yegua me llevara a donde quisiera, ya que las Pampas se extendían en todas direcciones y nos atraían con su inmensidad. El viento me azotó la cara y me sacudió el cabello, de modo que algunos de mis mechones de un intenso color rojo volaban al viento. Inspiré bocanadas de aire frío y me sentí como un minero al regresar a la superficie de la Tierra después de un largo período bajo tierra. Estaba eufórica. Liberada. Hice más fuerza con los talones para espolear a Dalia hasta que alcanzamos su galope más rápido, a tal ritmo que invoqué la voz de mi madre en mi cabeza advirtiéndome que si me caía a esa velocidad, seguramente me iba a romper el cuello. Perdí toda percepción del tiempo, hipnotizada por el tamborileo de los cascos de Dalia contra el suelo. Sus resoplidos ocasionales de alegría y júbilo eran como los míos.

De pronto, Dalia giró bruscamente a la izquierda. Lo hizo con tal violencia que necesité toda mi fuerza, apretando los costados del animal con las piernas, para no salir disparada.

Dalia se detuvo en el momento preciso. Oculto por las ondulaciones del césped, había un cráter gigantesco y profundo. No había ninguna señal de advertencia, ni indicios de ningún tipo que alertaran que el suelo terminaba de una forma tan repentina.

Desmonté y me quedé en el borde mirando hacia abajo, muy perturbada.

—Gracias, mil gracias —le susurré a la yegua, acariciándole los flancos que brillaban por el sudor. Si no se hubiera desviado, lo más probable es que ambas hubiéramos muerto. Busqué mi petaca de mate y bebí un trago largo y profundo. La amargura caliente de la infusión se extendió por mi cuerpo y me calmó los nervios.

Después de varios minutos, cuando me calmé lo suficiente, examiné más de cerca el enorme hueco debajo de mis pies, incapaz de imaginar qué fuerza de la naturaleza había podido causar una grieta tan calamitosa, antes de darme cuenta de que probablemente era un producto del hombre. Tenía laderas de roca negra, empinadas y escarpadas, y se me vino a la mente un pozo minero a cielo abierto. Puede que hubiera estado casi en lo correcto, porque la piedra negra era del mismo material que el del muro que rodeaba el jardín. Debían de haber excavado el mineral ahí para luego transportarlo a la casa. Me maravillaba el gran trabajo físico que exigía un proyecto así, uno que habría enorgullecido a un faraón. De todas formas, me llamó la atención algo más. Contra las piedras negras había unos brillantes ramilletes de color carmesí: matas de esa especie que había visto en mi viaje a Las Lágrimas, las que Rivacoba llamaba «flores del diablo», y que había querido estudiar más de cerca luego de pensar que eran unos iris.

El cielo seguía oscureciéndose mientras el aire prometía truenos; podía sentirlo en las nubes. Sin embargo, estaba segura de que si era ágil, iba a poder recoger una muestra de la flor y seguir mi camino antes de que se pusiera a llover.

Dalia, cansada de tanto galopar, masticaba la hierba con satisfacción, por lo que pude dejarla suelta. Divisé el único punto práctico de
acceso a la cantera, a través de una pendiente empinada, la cual bajé
para luego llegar a salvo al fondo desde donde el paisaje de las Pampas había quedado completamente oculto. Era como estar de pie en la
base de un pozo; podía ver el cielo plomizo y nada más. Las flores
carmesíes eran abundantes, incrustadas en el suelo rocoso y en muchas grietas. Corté una para inspeccionarla en detalle y me complació
descubrir que había estado en lo cierto. Era un iris, aunque tenía una
forma que nunca antes había visto: los pétalos de un fuerte color carmesí rodeaban un corazón rojo oscuro. Como ya estaba satisfecha,
sentí curiosidad por mi entorno, porque si eso era realmente una cantera, entonces era una poco común.

No había rastro de ningún equipo de minería. Nada de picos ni
máquinas abandonadas, ni siquiera viejas estructuras de madera deja-
das a la intemperie. De hecho, no había indicios de que alguna mano
humana hubiera tocado la piedra en muchos años. Sin embargo, eso
me generó otra curiosidad: si la cantera había estado a la merced de
los elementos durante tanto tiempo, ¿por qué la piedra estaba tan limpia y para nada afectada por los procesos naturales? Porque, a excepción de los iris, no había líquenes, ni malezas insignificantes (pero
resistentes) sobresaliendo. A decir verdad, no había ninguna de las
primeras manifestaciones de vida vegetal adheridas a la tierra con el
propósito de colonizarla. Supuse que quizás el viento mantenía limpias las piedras. Sin embargo, estando ahí abajo, me sentía segura y
protegida del clima implacable de arriba.

Escuché el ruido de un trueno, y Dalia, a quien no podía ver, relinchó.

Lo interpreté como una señal para marcharme de ahí, así que cogí
varios iris más que, para mantenerlos seguros, los metí dentro de los
planos de sir Romero. Dalia relinchó de nuevo. Esa vez me pareció oír
preocupación en la yegua.

Eché un vistazo hacia arriba. Parado en el borde del cráter, mirándome, había un niño.

Se veía más que nada la silueta contras las nubes grises, con los rasgos oscurecidos, pero fue suficiente para discernir que tenía unos once o doce años y que parecía medio muerto de hambre. No podía creer que hubiera encontrado a alguien más en un lugar tan remoto, y mucho menos a un niño, pero me repuse y levanté una mano para saludarlo, mientras mi cerebro trataba de elaborar explicaciones de por qué estaba ahí. Debía de estar con sus padres, pues, hasta donde sabía, ese era un sitio popular para salir a cabalgar los domingos y donde los lugareños hacían pícnics. Pero me concentré en unos pensamientos contradictorios que eran más convincentes. Estaba en el medio de las Pampas, sin lugareños a la vista, y había algo en ese lugar —la negrura estéril de las piedras, además del ambiente agobiante y la soledad— que daba a entender que ninguna persona sensata lo hubiera elegido para ir a almorzar. Más que un paseo de fin de semana, lo que ese niño débil necesitaba era una alimentación adecuada.

—¡Hola! —exclamé.

De golpe, el niño retrocedió. *Hola*, gritó en respuesta. *Hola. Hola...* antes de darme cuenta de que lo que estaba escuchando era el eco de mi propia voz, resonando en las paredes de la cantera.

Dalia volvió a emitir un relincho con miedo, y a mí me asaltó el repentino temor de que el niño tuviera la intención de robarla. Trepé por la pendiente con el ruido de guijarros a mi alrededor, resbalando a menudo y aterrorizada de que pudiera haberme quedado atrapada.

Llegué a la cima. Por encima de mi cabeza, el cielo parecía tinta.

Allí estaba Dalia, sacudiendo su crin, resoplando por la agitación y escarbando el suelo con su casco... pero, por suerte, no había sido robada. Una gruesa gota de lluvia aterrizó en mi mejilla. Una gota, ni una sola más. Me di la vuelta, buscando al niño en el paisaje. Alcanzaba a ver kilómetros en todas las direcciones, con la hierba plana e intacta extendiéndose hasta el horizonte. No había rastro de él. Era posible que estuviera escondido o que hubiera huido por tenerme miedo a mí y que el paisaje lo hubiera ocultado sin querer. Sin embargo, por más que traté de convencerme, no sirvió de nada: se había desvanecido.

Nerviosa, volví a sacar mi petaca de mate para calmarme y tome un largo trago. Esa vez no experimenté una sensación reconfortante de calor. El líquido estaba helado, tan asqueroso y rancio como el agua de una zanja. Tuve arcadas y lo escupí todo.

Luego, el cielo estalló.

Detrás de la puerta

No tenía ni un solo mechón seco cuando llegué a los establos, por lo que mi cabello era una maraña rojiza cayendo con fuerza sobre mi espalda. Lo estrujé lo mejor que pude, y luego acaricié a Dalia. También me aseguré de que tuviera suficiente forraje, y me dirigí al interior. Al entrar en la casa, me sorprendió la música, el sonido chirriante de una grabación de ópera (creo que era *Don Giovanni*), cuyas notas me llegaban desde el ala nueva.

Si esa hubiera sido mi propia casa, o incluso la de los Houghton, mi prioridad habría sido tomar un baño caliente. Sin embargo, la preocupación de repetir mi experiencia con Dolores hizo que a partir de ese momento solo visitara el baño durante las horas que me correspondían. Por eso fui a mi pequeña habitación, me sequé el pelo con una toalla, me cambié la ropa empapada y, con la comodidad de un cárdigan de lana sobre la blusa, procedí a almorzar. Me senté ante el único plato que había en la mesa y, después de esperar apenas un minuto, lo recogí y me dirigí a la cocina con la esperanza de encontrar a Calista. Aquella tarde, con las ventanas salpicadas por la lluvia y mis pensamientos aún afectados por culpa del niño que se había esfumado, no estaba de humor para sumirme en la formalidad sombría del comedor, ni para comer sola.

—No debería haber cabalgado tan lejos —aseveró Calista, observando mi cabello húmedo cuando encontré a la cocinera en su pequeña y acogedora sala privada. Estaba sentada a la mesa con una botella, su propia comida y una partida de solitario frente a ella. Aunque no había sartenes burbujeando en el fogón, de ahí se desprendía un calor agradable y constante, además del aroma de unos bollos con pasas.

—Estaba hecha una sopa —respondí.

—Entonces le vendrá bien un poco de esto. Para entrar en calor.

—Y de la botella, que vi que era aguardiente de caña, una variedad de ron local, me sirvió una medida generosa que me bebí de un solo trago. Era muy fuerte y me dejó una sensación reconfortante y caliente en la garganta.

Calista enarcó las cejas con diversión y sorpresa antes de soltar una risa ronca.

—Es un truco de mi abuelo —dije, haciendo una mueca, y dejé que me sirviera un segundo vaso, aunque me tomé mi tiempo para beberlo.

La comida consistía en una tarta de pollo y huevo servida fría con una ensalada de rodajas de patatas y cebollas condimentada con aceite y vinagre, y después una compota de membrillo con crema batida. Era una velada agradable, y me atrevo a decir que se vio favorecida por el aguardiente, pues Calista me rellenaba el vaso en todo momento, casi como si quisiera emborracharme. La cocinera habló con picardía de su juventud; había nacido en el norte tropical de Argentina y había sido criada, al igual que yo, por una abuela, en su caso la madre de su madre. Más tarde, compartió una o dos historias sobre la doña que, según se dice, parecía una mujer sumamente encantadora. Tenía muchas ganas de conocerla, y creía que era posible que floreciera una amistad entre nosotras. Sin embargo, Calista no me hizo muchas preguntas sobre mi propia vida, por lo que no sabía si su actitud era de discreción o indiferencia (aunque, para darle el beneficio de la duda, nos permitimos una digresión vivaz sobre el sufragio).

Hacia el final del almuerzo, mi mente se desvió hacia el niño de la cantera. En ese momento parecía más un producto de mi imaginación que una experiencia del mundo real.

—Calista, ¿cuántos años tenía el hijo de don Guido cuando murió?

—¿Por qué lo pregunta?

—Tengo curiosidad.

Me miró como si supiera que había algo detrás de mis palabras.

—¿Solo curiosidad?

—Sí.

—Creo que tenía doce años más o menos.

No hice ningún otro comentario al respecto, mientras asimilaba esa información y me preguntaba qué diferencia habría, si es que existía alguna, en lo que había visto esa mañana. O que imaginé haber visto.

Calista encorchó el aguardiente y comenzó a levantar los platos mientras yo seguía sentada en silencio, excepto por el execrable chirrido proveniente del ala nueva. Me recordaba a las «Noches musicales» de mi abuelo, cuando se hizo evidente lo sordo que estaba.

—¿Qué es ese ruido? —inquirí.

—El gramófono del señor Moyano.

—No parece un aficionado de la ópera.

—Solo cuando está sumido en esos estados de ánimo oscuros... en cuyo caso, todos tenemos que sufrir como él. Es lo único que hará durante el resto del día.

—Si le pido que haga silencio, ¿me hará caso?

—No.

Me imaginé en mi estrecho dormitorio, tratando de trabajar en los bocetos para don Paquito o tal vez leyendo, cada vez más distraída y furiosa a medida que pasaban las horas y la música me atormentaba los oídos.

—En ese caso, creo que pasaré la tarde en la cabaña.

—Junto a los espíritus. ¿Su abuelo le enseñó a jugar a las cartas? —preguntó Calista.

—Jugábamos de vez en cuando.

—¿Le apetece una partida?

—Sí —respondí con cautela, porque me hubiera gustado estar sola durante las próximas horas.

—Entonces la buscaré más tarde —dijo la cocinera—. Aquí no hay nadie con quien jugar, excepto el señor Moyano y el señor Latigez, y a ambos les encanta hacer trampa.

La lluvia solo empeoró a medida que avanzaba el día. Llenaba las canaletas hasta desbordarlas, y en todas partes se oía el ruido del agua, como si alguien estuviera vaciando una jarra sobre las piedras. Encontré un paraguas y, tras esconder mis libros debajo de mi abrigo, corrí a la cabaña por debajo de los árboles para evitar lo peor del aguacero. No había ningún tipo de protección cuando llegué al prado. Ahí el agua caía de forma torrencial, impulsada por las ráfagas más feroces, de modo que el lago era apenas visible. Completé el último tramo a toda velocidad, luchando contra el viento sobre el paraguas, hasta que por fin llegué a la cabaña con un grito de alivio. En el interior no había luz y olía como cualquier otro lugar que ha estado cerrado durante años. Pasé el siguiente minuto ocupándome de las lámparas, antes de prepararme para enfrentar la tormenta de nuevo y buscar algo de leña para el fuego. Una mujer mejor organizada podría haberlo hecho con anticipación. Pero en ese momento noté una cesta junto a la chimenea, llena de leños bien secos. No recordaba haberla visto antes, pero me sentí agradecida de no tener que salir corriendo a buscar leña. Me arrodillé y formé una pirámide de leños. Me hubiera gustado haber guardado algunos de los recibos del cofre, porque habrían sido ideales para encender el fuego. Dio la casualidad de que las llamas surgieron con bastante facilidad, así que amontoné los leños, que liberaron un aroma intenso y especiado, no muy diferente al incienso, y que me resultaba familiar por el olor que Moyano tenía impregnado en su cuerpo.

Cuando el fuego empezó a irradiar calor, me senté satisfecha para mirar a mi alrededor. En la pared opuesta colgaba un antiguo retrato en daguerrotipo, y los modelos parecían ser una madre junto a su hijo pequeño; supuse que eran los ocupantes de la cabaña en algún momento del pasado, pero cuando me puse de pie para examinar la imagen, me di cuenta de que no tenía fecha. Se veían felices, con los rostros rústicos y bastante regordetes. Fruncí el ceño, preocupada por no haber registrado esa imagen antes, ni la cesta para guardar leña, y eché un vistazo al lugar por si había otros artículos que había pasado por alto.

En la ventana, había un rostro mirando al interior.

Retrocedí, y se me escapó un grito. Cuando volví a mirar, la ventana estaba vacía, tan vacía como seguramente había estado todo ese tiempo, porque ¿quién iba a estar parado afuera en una tarde como esa? No era Moyano, quien estaba absorto en su ópera, ni Latigez, a quien, por suerte, no había visto en los últimos días, ni Dolores ni Calista, pues el rostro que había imaginado era claramente el de un hombre, con las gotas de lluvia rebotando en su frente mientras presionaba una mano grande contra el cristal. Tuve que hacer un esfuerzo consciente para recuperar el sentido común, por lo que me obligué a acercarme a la ventana hasta casi tocarla con la nariz. Mi aliento empañaba el cristal. No había nada que indicara que alguien había estado allí. Me arrepentía de haber bebido tanto ron.

Dejé el remordimiento atrás y pasé los siguientes minutos reorganizando la cabaña para satisfacer mis necesidades. Arrastré la cómoda hasta un rincón donde no iba a estorbar, y luego coloqué la mesa debajo de la ventana para usarla como escritorio y donde, en una tarde diferente a la de ese día, la luz iba a ser mejor. Después de acomodarla en su nuevo lugar, y pese a mis corazonadas más prudentes, no pude evitar comprobar la ventana una vez más. Como antes, no había nadie. Es más, mi experiencia de ver un rostro asomándose no era algo que se repetía, sin importar las veces que mis ojos se desviaban en esa dirección. Al final, y para poner fin a esa obsesión, me obligué a mirar el daguerrotipo cada vez que mi mirada vagaba, ya que prefería las sonrisas campesinas de la madre y su hijo al cristal salpicado por la lluvia. En el caso de los dos sillones, ya posicionados junto al fuego, no tenía que moverlos porque estaban en el lugar perfecto para leer y para que Calista y yo jugáramos a las cartas, aunque para eso último íbamos a necesitar una mesita donde pudiéramos apoyar las cartas y, de esa manera, facilitar nuestras partidas. No había ningún mueble así en la cabaña hasta que, en un momento de inspiración, recordé el cofre en el que había almacenado los recibos. Se me ocurrió que podría ser un sustituto improvisado.

Fui a la segunda habitación, pero tuve que forzar la puerta. Cuando entré, y para mi desgracia, vi que los armazones que había quitado de en medio la tarde anterior se habían vuelto a caer. Los levanté con dificultad, y luego dirigí mi atención al cofre. Pude levantarlo (al estar vacío, era fácil de maniobrar) y arrastrarlo hasta la chimenea de la sala principal.

Entonces sucedieron dos cosas.

Detrás de mí, la puerta de la segunda habitación se cerró de golpe con una violencia aterradora. Fue tanta la fuerza que las paredes temblaron y el daguerrotipo saltó en el lugar donde estaba colgado. Al mismo tiempo, el cofre que sostenía en los brazos, lo suficientemente liviano como para haberlo llevado hasta ese punto, se convirtió en un peso muerto en un instante.

Me desplomé, y el baúl se me cayó de las manos. Vi el momento en el que se abrió la tapa cuando impactó contra el suelo. Del interior, con un olor a humedad típico de los papeles que están descomponiéndose desde muchos años, se desparramaron miles y miles de facturas amarillentas.

Unos pinchazos de dolor se dispararon por mi espalda. Aterricé de cara contra el duro suelo de ladrillo, sin atreverme a enderezarme porque, como sentía la columna tan frágil, temía hacer el más mínimo movimiento y que eso me partiera en dos. Mi respiración se convirtió en jadeos cortos e irregulares. A mi alrededor, los recibos seguían revoloteando y propagándose, cada uno con el nombre de la empresa, BERGANZA E HIJOS, y el detalle de la compra de un árbol joven entre los años 1873 y 1877.

Una ráfaga de viento atravesó la cabaña y sacudió la ventana antes de desvanecerse en algún punto lejano.

En el silencio subsiguiente, se oyó el ruido de unos pasos arrastrándose detrás de la puerta cerrada cuando tenía la certeza de que esa habitación no albergaba ningún ocupante.

Uno, d-o-s. Uno, d-o-s.

De un lado a otro por el suelo de esa habitación estrecha y vacía. El paso pesado de un hombre que cojeaba. A pesar de mis lesiones, era consciente de cómo se me erizaban los finos vellos del cuello.

Los pasos se detuvieron. Escuché un jadeo laborioso… luego el choque del metal y el tintineo de los resortes cuando uno de los armazones fue arrojado al suelo con una ola de emoción, cayendo sobre mí casi como si fuera una entidad física. Una ola de rabia espeluznante. El terror se apoderó de mí, y me olvidé de la agonía de mi columna. Mi respiración era tan fuerte y dificultosa que estaba convencida de que quienquiera, o *lo que sea*, que estuviera en esa segunda habitación seguramente iba a escucharme y venir a investigar. No soportaba la idea de ver esa puerta abriéndose.

Se escuchó otro golpe metálico cuando el segundo armazón golpeó el suelo. Y el tercero.

Luego, el chirrido del hierro contra el ladrillo, cuando alguien arrastró las tres camas hasta colocarlas en su posición original.

Me quedé congelada en el suelo, escuchando, a la espera de lo que vendría a continuación.

Silencio.

No se escuchaba nada más que la constante lluvia que caía.

El remedio y el relato de Calista

Por alguna oscura razón, Gil se coló en mis pensamientos. Me imaginé su repugnante cara llena de alegría mientras agitaba mi contrato con los Houghton frente a mí. Una ira asesina me poseyó el alma. Quería que ese hombre fuera expuesto a todo el mundo por lo que sabía que era. Un hipócrita y un villano. Quería corearlo en los bulevares de Buenos Aires, de la misma manera que había querido huir de la oficina del abogado en Cambridge para gritar en las calles después de mi pérdida. Volví a escuchar el tono severo de mi padre, casi como un eco en la cabaña: «No. No pagaré estas deudas. Es por tu propio bien, mi niña. Un jardín no sirve de nada. Ahora tu lugar está con nosotros, en casa».

De todos modos, el rencor se fue tan rápido como llegó.

No podía moverme por el intenso dolor de mi columna. A través de la ventana, vi que la luz del día se estaba apagando. El fuego comenzó a extinguirse, con los leños convirtiéndose en brasas rojas, y el olor a humo desvaneciéndose. Me quedé allí, cada vez más fría, inconsciente del tiempo que había pasado, cuando escuché un golpe desesperado en la puerta. De pronto, el corazón me latía con fuerza de nuevo. La puerta se abrió y Calista entró vestida con un sombrero y una capa chorreando agua, acompañada por una de las pastoras alemanas. La perra se sacudió y trajo la fría humedad de la tarde al interior de la cabaña. Al verme postrada en el suelo, Calista corrió a mi lado. Me aferré a ella para atraerla torpemente hacia mí, con la fuerza suficiente como para oler su aliento a clavo y naranja; nunca en mi vida había anhelado tanto la comodidad física de otra persona. Cuando empecé a aplastarla, ella se apartó.

—¿Está herida? —me preguntó.

—Me he hecho daño en la espalda —respondí entre sollozos.

—¿Qué ha sucedido? ¿Puede moverse?

Lola, porque ahora podía ver cuál de las dos perras era, me dio un empujoncito en la cara mientras la calentaba con lengüetazos. No hice nada para alejarla, y le indiqué a Calista el origen de mi dolor. Sentí cómo la cocinera palpaba la longitud de mi columna con sus dedos hábiles, presionando cada vértebra hasta que una me hizo sisear como un gato.

Calista habló con seguridad:

—La madre de la doña sufría dolores en la espalda que, a pesar de todos sus médicos costosos, solo yo podía atender. Conozco los remedios, si me lo permite. —No la disuadí—. He traído esto para que bebamos un poco más. —Apoyó dos vasos y la botella de aguardiente—. Servirá para lo que voy a hacer.

Calista me ayudó a quitarme el cárdigan, luego me levantó la tela de la blusa y, mientras se disculpaba, me aflojó la cintura de la falda para exponer un poco más de mi columna. En algún momento debo haber mirado por la ventana porque, malinterpretando mi inquietud, me dijo:

—No tiene que preocuparse ni sentir pudor, Ursula. No hay nadie afuera con este tiempo.

Cogió uno de los recibos, lo arrugó en una bola y lo acercó al fuego para que uno de los bordes se encendiera.

—¿Qué va a hacer? —pregunté, con voz trémula.

—Pondré la llama en el vaso, y el vaso contra su espalda. ¡No se alarme! No se va a quemar. Cuando se agote el aire del interior, se producirá una succión que le liberará los huesos.

—¿Me dolerá?

—Todo depende de lo delicada que sea.

Hizo lo que me había explicado. Sentí el borde del vaso presionado contra mi piel y una repentina punzada de calor… y nada más.

Calista repitió el tratamiento y, en la segunda aplicación, escuché un chasquido audible en mi columna. El resultado fue una gran liberación, que me hizo soltar un gemido de alivio.

—Durante los próximos días tendrá una marca donde la tocó el cristal —aclaró Calista, ayudándome a ponerme de pie—. Pero nadie la verá... a menos que se olvide de cerrar la puerta del baño con llave. —Estaba bromeando para suavizar el ambiente, pero no pude evitar pensar en Dolores y en si había contado algo. La cocinera me acomodó la ropa con cuidado—. Ahora, debe seguir moviéndose. Para relajar las articulaciones.

Y así, según indicación médica, mientras Calista avivaba el fuego, servía dos vasos abundantes de aguardiente y se sentaba en uno de los sillones, yo deambulé por la habitación, con languidez y extenuación, y rechacé la oferta del ron, porque la cabeza me seguía dando vueltas desde el almuerzo. El tamborileo hueco de la lluvia en el techo no cesaba; desde las lejanías de las Pampas, llegaban los rugidos ocasionales de los truenos. Lola se había instalado junto a la chimenea, con el hocico apoyado en las patas, y los ojos siguiendo cada recorrido que hacía.

Calista vio los recibos esparcidos por el suelo.

—¿Qué estaba haciendo?

—Quería una mesa para jugar a las cartas con usted, así que moví el cofre. Me caí.

—Debería haberlo vaciado primero.

Durante un largo rato no respondí. En lugar de eso, me concentré en caminar con rigidez para completar las vueltas, pero empecé a sentir la presión de querer contar lo que había sucedido, una sensación que era incontenible en mi interior.

—Ayer por la tarde quemé estos papeles, hasta el último de ellos. O al menos pensé que lo había hecho. Yamai lo hizo por mí, aunque debo decir que no fui testigo del momento exacto. Tal vez no entendió mis instrucciones y terminó encendiendo la hoguera con algo más. Tal vez pensó que las facturas eran importantes y las volvió a guardar en el cofre. —Nada de eso explicaba cómo en un momento había sido fácil de levantar, y al siguiente se había convertido en un peso muerto. Tampoco explicaba lo demás: los pasos, los sonidos de los armazones moviéndose; el mero hecho de pensar en ello me producía escalofríos.

Calista estaba sentada con una pose regia y le dio un sorbo a su aguardiente.

—No le he dicho esto a nadie, ni siquiera a mi señora. —Dudó, y me pregunté si había cambiado de parecer con respecto a lo que estaba a punto de confiarme—. Cuando limpié el invernadero por primera vez, encontré algunas macetas. Cosas toscas, llenas de tierra negra en la que no crecía nada.

—Las he visto.

—Quería deshacerme de ellas, así que las vacié y las arrojé a la pila de basura. A la mañana siguiente, allí estaban de nuevo, exactamente en el mismo lugar, llenas de tierra hasta el borde. Al principio creí que la culpa la tenía Maurín, su predecesor, pues por aquel entonces ya estábamos en desacuerdo. Hice lo mismo que antes y cuando volvió a suceder lo mismo, decidí enfrentarlo. Él negó haberlas tocado, pero no le creí, más aún cuando todas las mañanas ocurría lo mismo. —Acarició el pelaje de Lola—. Cuando finalmente nos dejó, saqué las macetas por última vez, las hice pedazos y le pedí al señor Latigez que esparciera la tierra.

Había escuchado todo el relato con un interés temeroso.

—¿Y qué sucedió?

—¿Necesita que se lo diga? —Se estremeció—. No las he tocado desde entonces.

—Pensé que esta era la razón por la que doña Javiera quería que usted estuviera aquí. ¿Por qué no le ha escrito?

—Su esposo no abandonará todos sus planes, sueños y ambiciones tan a la ligera. No por culpa de unas cuantas macetas.

—Y ahora se han sumado estas facturas —añadí. Mientras hacía mis circuitos, me había asegurado de no pisarlas.

—El don no es un hombre que sufra asuntos triviales.

—Eso no es todo —proseguí—. Esta misma mañana vi cómo un niño se esfumó ante mis ojos cuando no era posible, y antes de eso vi a un hombre que cojeaba. Un hachero. Pensé que se trataba de un vagabundo, escondido en la estancia, pero lo escuché hace un momento en la otra habitación cuando en realidad estaba completamente vacía.

—Ha visto y oído... pero ¿qué pruebas... —La palabra no sonaba como algo que ella diría, sino como una pregunta que habría hecho su señora—... puede presentar?

—¿Moyano no puede hablar con nosotras? Con excepción de los mapuches, él es el que ha vivido aquí más tiempo. Seguramente debe haber sentido lo que sea... que acecha este lugar.

—Se rehúsa a tener esa conversación porque piensa que no es más que el parloteo de unas mujeres que buscan llamar la atención de un hombre. Moyano no cree en nada de esto, y *nunca* lo hará.

—¿No podríamos al menos intentarlo?

—Si habla del tema... la despedirá. No le lleve la contraria, Ursula. Es un hombre vengativo. Nunca olvidaré cómo Maurín soportó su ira.

Me detuve en el punto más alejado de la cabaña, lo más lejos posible de la otra habitación sin la necesidad de estar afuera bajo la lluvia. El recuerdo de los ruidos del interior y mi pavor absoluto de que la puerta se abriera permanecieron vívidos en mi mente.

—¿Y si estamos en peligro? —pregunté.

Calista tardó en responder.

—No creo que lo estemos. —Miró fijamente los leños quemándose. Cuando volvió a hablar, lo hizo en voz baja, y más bien de mala gana—. Son los Agramonte los que deberían tener miedo, no nosotras, las empleadas.

Como su contestación no calmó mi ansiedad, decidí insistir en el asunto.

—En mi viaje por las Pampas, conocí a los constructores del ala nueva.

La cocinera parecía nerviosa mientras cambiaba de posición en su asiento.

—Sí.

—Uno de ellos estaba enfermo. Enfermo de miedo, así es como lo describiría.

LA MALDICIÓN DE LAS LÁGRIMAS 167

—Sí.

—¿No corremos el riesgo de sufrir lo mismo?

—Estaba borracho, y salió. Los otros lo encontraron al día siguiente.

—Pero ¿qué le pasó?

Me miró con sus ojos pardos. Nunca supe si estaba ocultando más información, porque después se quedó en silencio.

—Se metió entre los árboles.

* * *

Hay algo más que debo contar de ese domingo lleno de incidentes.

El remedio de mi abuelo para los dolores de espalda, uno que había aprendido en los navíos, era más elemental que el de Calista. Cuando envejeció, confiaba ciegamente en él, pues en su época se había lastimado la zona lumbar de tanto cavar. «Evita las hamacas, osita», me decía, «y elige bien el suelo».

Debido a eso, esa noche dispuse unas almohadas y unas mantas en el suelo de mi habitación y me acosté soñolienta, con la cabeza pesada y dándome vueltas. Calista me había ayudado a salir de la cabaña y a caminar a través de la lluvia y el crepúsculo morado hasta la casa, donde hizo unos huevos de chorlito revueltos para la cena y, más tarde, me preparó un baño caliente. Me quedé allí, con la boca a unos centímetros de la superficie, luchando contra el miedo que me había sobrecogido y, al hacerlo, empezó a tomar forma la idea de que tenía que irme de Las Lágrimas. Si desconfiaba de mi capacidad para supervisar un jardín tan grande, al menos no sería vergonzoso renunciar por temor a una amenaza sobrenatural. Sin embargo, pese a que la idea empezó a fraguarse en mi cabeza, la parte más racional de mi cerebro se estaba esforzando demasiado, pues seguramente tenía que haber una explicación lógica para los extraños sucesos del día.

El calor del agua le dio un respiro adicional a mi espalda. Después, Calista me acompañó a mi habitación con sumo cuidado y trajo un brebaje que ella misma había preparado.

—Le aliviará el dolor —dijo mientras yo bebía el jarabe agridul-
ce—, y le ayudará a dormir.

El somnífero no tardó en revelar su efecto. Tumbada en el suelo,
los acontecimientos del día se escaparon de mi mente y, al menos en
ese momento, no me volvieron a perturbar. Mis extremidades y mi
columna se aflojaron y se volvieron esponjosas, mientras que mis párpados estaban demasiado pesados como para mantenerlos abiertos,
de modo que era consciente de que me estaba hundiendo en una oscuridad densa y soñolienta.

Fue en ese estado cuando oí a alguien en el pasillo, la tenue vibración de pasos en los tablones del suelo a medida que se acercaba el visitante a mi puerta. Al principio pensé que era Calista, que solo venía a
controlarme una última vez antes de retirarse, pero no escuché ningún
golpeteo suave en la puerta, ni tampoco los susurros de alguien llamándome. De hecho, los pasos se detuvieron al otro lado de la puerta, y la
persona se quedó allí parada en silencio, inquietantemente silenciosa,
como había sucedido la noche de mi primer baño, como si alguien estuviera escuchando para determinar si me había quedado dormida o no.
Sentí una leve punzada de inquietud, pero estaba demasiado drogada
como para reaccionar, lo cual dio paso a un pensamiento fugaz sobre la
mansión quemada. ¿Y si esa noche había un incendio en esa casa? ¿Sería
capaz de despertarme con el tiempo suficiente para escapar? Recordé
cómo Namuncura se había restregado la cara para explicarme las quemaduras de la mujer de don Guido.

Después de una larga pausa, durante la cual puede que me hubiera quedado dormida, percibí el sigiloso roce de la ropa. No escuché
ningún otro sonido, ni siquiera el crujido de la madera, solo la ondu-
lación de los tablones del suelo cuando quienquiera que había estado
afuera reanudó su viaje nocturno, a lo largo del pasillo hasta alcanzar
el extremo más lejano. Si hubiera sido una noche diferente, me habría
levantado para investigar. Como estaban las cosas, me sumergí más
en el olvido y, con una última oleada de aprensión, no supe nada más
de ese día.

¿Regalo o advertencia?

Alguien llamó a mi puerta con un golpeteo persistente, fuerte y hueco. El golpeteo de una persona que, al temer por su vida, trataba de escapar del pasillo, aporreando mi puerta con los puños en un intento desesperado de que le permitieran entrar. Me costó despertarme, y me pregunté qué clase de emergencia exigía semejante alboroto. Quizás mi especulación se había convertido en una profecía y, incluso mientras dormía, la casa se había incendiado y se estaba llenando de humo...

Emergí de las profundidades, pero no me topé con la oscuridad, sino con la brillante luz del día, tan intensa que resultaba dolorosa a la vista. Durante un largo, largo momento, no pude recordar por qué estaba envuelta en mantas en el suelo. Tampoco tenía ni idea de cuánto había durado mi sueño: creía que había cerrado los ojos apenas unos minutos antes, y a la vez, sentí que mis miembros poseían el letargo que se suele asociar con los días que uno pasa enfermo en cama.

¡Y no paraban de llamar a mi puerta!

Como ya estaba más espabilada, me percaté de que era un sonido tímido y no desesperado, un *tap-tap* sin entusiasmo para despertarme. Me esforcé para ponerme de pie y mi columna emitió un crujido implacable. Sentía las articulaciones oxidadas, la cabeza pesada y la boca seca. Me acerqué con pesadez a la puerta y la abrí unos centímetros hasta que vi a Dolores al otro lado. Su mirada me recorrió de arriba abajo, primero con preocupación, y luego con una mueca burlona en los labios (o eso pensó mi cerebro adormecido).

—Me ha enviado Calista. Dice que el señor Moyano la está buscando.

—¿Qué hora es?

—Ya es mediodía.

Experimenté una sacudida de consternación. Si había algo que no quería que me consideraran, era una holgazana.

—¿Sabe que todavía estaba acostada?

—No se lo he dicho. —Trató de echar un vistazo detrás de mí, como si esperara ver a otra persona escondida detrás de los muebles o, lo que era más penoso, entre las sábanas. En su voz había un extraño rastro de satisfacción—. ¿Calista le ha dado una de sus pociones?

Asentí y le pedí a la criada que me trajera un vaso de agua mientras me vestía. Luego, aturdida, recogí las mantas y me puse mi ropa de montar del domingo, que estaba salpicada de lodo, un subterfugio que esperaba que convenciera al señor Moyano de que había estado trabajando toda la mañana. Dolores regresó con mi agua y un pedazo de pan, que comí con el estómago revuelto antes de bajar corriendo las escaleras y meterme a hurtadillas en el jardín, donde me llené los pulmones de oxígeno para despejarme la cabeza. Arriba, las nubes estaban dispersas y sin rumbo, exhaustas por la lluvia, y el sol tenía el mismo tono amarillo pálido de los primeros heliantos.

El efecto de la luz y el aire, sin mencionar la rapidez de mi modo de andar, me hizo sentir más lúcida que la noche anterior. A decir verdad, los acontecimientos en la cabaña me parecían irreales. Busqué a tientas algo que me sirviera para resolver la cuestión. Había bebido demasiado del ron de Calista; el ambiente del lugar había sido sombrío y opresivo. ¿Era extraño que hubiera sucumbido a las imaginaciones más macabras? Además, sentía que había presionado a Calista. Como ella misma me había dicho, ¿qué «evidencia» real tenía? Fue entonces que crucé la entrada del muro negro, tras haber recuperado algo de sentido común, aunque una parte de mí aún no estaba del todo segura.

No había penetrado mucho en la maleza cuando me encontré con los dos mapuches, conversando en voz baja mientras trabajaban. Al verme, se quedaron en silencio y se apoyaron en los mangos de las guadañas, mirándose el uno al otro, antes de que Yamai decidiera hablar.

—No fuimos nosotros, señorita.

Noté que ambos se estaban comportando de forma extraña.

—Me temo que no entiendo.

—El jardín del tesoro. Ayer estuvimos con nuestro padre, resguardándonos de la lluvia. No fuimos nosotros.

No tenía sentido lo que decía, y se lo señalé. Epulef le masculló algo a su hermano, y ambos tuvieron un pequeño intercambio en su idioma nativo antes de darse cuenta de que yo no entendía nada.

—No puedo explicárselo —dijo Yamai—. Debo mostrárselo.

Me condujo por los «Parterres centrales», y no dimos más de dos docenas de pasos antes de ser engullidos por la maleza. A pesar de sus esfuerzos de la semana anterior, los mapuches habían despejado solo una zona insignificante. La vegetación que nos rodeaba goteaba por el diluvio del día anterior. Más adelante, Yamai aminoró el paso y vi cómo tensaba la amplia extensión de sus hombros. Por primera vez, me di cuenta de que el terreno de más allá estaba agitado por el canto de los pájaros, como si se tratara de una charla inquieta y estridente.

Yamai se detuvo al borde de la maleza y se negó a dar otro paso.

—No fuimos nosotros —repitió.

Miré a su alrededor mientras me protegía los ojos de la luz del sol. El sábado, había dejado el Jardín del tesoro en su mayoría en un estado salvaje. Ese lunes por la tarde, estaba despejado. Completamente despejado y vacío.

Los matorrales y las ortigas que había pasado días cortando en vano habían sido arrancados del suelo, con raíces y todo, de modo que el diseño del parterre fue revelado como lo había previsto sir Romero. Los parterres parecían haber sido arados con un motocultor, dejando la tierra friable y negra, mientras que los caminos habían sido renovados con grava blanca. En el centro del jardín, la figura que anteriormente había estado escondida debajo de una enredadera de Virginia, en ese momento estaba expuesta, por lo que se podía apreciar una fuente escalonada con hermosas ornamentaciones. A pesar de que no tenía cascadas ni chorros de agua, pude ver que los cuencos rebosaban por el reflejo del cielo azul pálido. En todo el perímetro, los tejos estaban podados a la perfección y daban la impresión de ser unos centinelas altos y oscuros que custodiaban el espacio.

Me dispuse a avanzar, pero Yamai extendió una mano para detenerme.

—No camine por aquí, señorita.

Después de un poco de vacilación, me abrí paso, mientras mis botas producían un extraño crujido al cruzar el camino de grava.

—¿Cómo es posible?

Yamai, por supuesto, no podía darme ninguna respuesta y se quedó allí mirándome en silencio, preocupado por cada uno de mis movimientos. Yo iba y venía por los caminos abiertos hasta que me impacientó su nerviosismo, momento en el que tomé la decisión de enviarlo de vuelta con su hermano. Caminé de un extremo al otro del Jardín del tesoro; en una ocasión, me incliné para pasar los dedos por la tierra limpia (tenía un olor dulce y fecundo), y en otra, recogí un pedazo de grava del camino y lo examiné como si fuera una joyera con una piedra preciosa. Mis emociones se descontrolaron mientras intentaba encontrarle sentido a lo que estaba viendo y, cuando llegué al otro extremo, no me quedé quieta, sino que seguí caminando para poner distancia entre el jardín y yo. Seguí avanzando hasta atravesar la maleza y llegar al Muro de los Lamentos, que emitía plañidos y silbidos escalofriantes. Caminé debajo de la mampostería negra y descubrí en un lugar que la lluvia del día anterior había tenido la fuerza suficiente como para arrancar una pequeña parte de los cimientos.

Traté de ordenar mis pensamientos. Estaba conmocionada, sin lugar a dudas, y la parte sensata de mi cerebro estaba en retirada e invadida, una vez más, por un miedo a lo que no era creíble. Tal vez el lector se sorprenda al saber que yo también me sentí engañada, pues aunque me había acostado con la intención medio decidida de dejar Las Lágrimas, aún lo consideraba *mi jardín*, y tenía que restaurarlo; quería hacerlo con mi sudor, mi esfuerzo, las ampollas de mis manos y el dolor de mis extremidades, porque no hay nada más satisfactorio que estar agotada tras un día de trabajo duro al aire libre. Sin embargo, sabía que me estaba dejando llevar por mis sentimientos y los recuerdos de trabajar en el jardín con mi abuelo, porque no sentía esa satisfacción en Las Lágrimas. Ahí terminaba el día con el mismo temperamento con el que Sísifo concluía el suyo.

No obstante, aún me sentía engañada, con una intensidad que no era del todo habitual en mí.

Desde algún lugar de las inmediaciones, oí el llamado de Moyano y los ladridos emocionados de Vasca y Lola. Me vino a la mente un fragmento olvidado de la noche, cuando me desperté momentáneamente para escuchar, como en ocasiones anteriores, los aullidos de unos perros. Me encaminé hacia el capataz, atraída por sus gritos, y lo encontré junto a la fuente ornamentada, donde las perras olisqueaban con ganas alrededor de la base. Moyano tenía una expresión de júbilo, como un padre en presencia de su recién nacido, y en un momento de descuido me abrazó y su mejilla rozó la mía. Como me pilló desprevenida, o quizás porque todavía seguía aturdida por el somnífero, me entregué a su contacto durante un brevísimo instante, antes de que ambos nos alejáramos de inmediato.

—Debo confesarle, Ursula... disculpe, señorita... que tenía dudas sobre si debía contratar a una mujer. Me ha demostrado que estaba equivocado.

No dije nada. Parecía que no había ninguna respuesta posible, porque no podía confesarle la verdad. Tampoco había olvidado lo enfática que había sido Calista en la cabaña cuando me advirtió que corría el riesgo de ser despedida si hablaba de fuerzas sobrenaturales con Moyano. Porque si renunciaba a mi puesto, mi orgullo dictaba que tenía que ser por decisión propia, no porque alguien me hubiera echado. Le dediqué una leve sonrisa de aceptación, con la esperanza de que considerara mi reticencia como modestia.

Moyano no pareció darse cuenta, pues había algo en la fuente que le había llamado la atención.

—¡El don estará encantado! —dijo entusiasmado—. Más aún si Farrido puede hacer que esto funcione.

Se asomó para ver el agua del cuenco más bajo, luego se arremangó, dejando al descubierto un antebrazo musculoso con vellos brillantes, y hundió la mano hasta que el agua le llegó a la altura del codo.

—Está fría —declaró con una profunda inhalación antes de recuperar un objeto que luego sostuvo frente al sol. Era una moneda de plata que brillaba y parpadeaba bajo la luz—. Para sumar a mi colección.

—¿Tiene otras?

—Están por todas partes en la estancia, si está atenta.

—He visto algunas, pero no sabía que se encontraban con tanta facilidad.

—Don Guido era un anfitrión generoso que esparcía sus riquezas como un emperador que arrojaba rosas. Regalos para que sus invitados encontraran. O al menos, eso es lo que me han dicho. —Se secó y se guardó la moneda de un peso en el bolsillo—. Veo que no está de acuerdo, señorita.

—No.

—¿Con Guido Agramonte? ¿O conmigo por juntar las monedas?

—Los mapuches dicen que atraen el mal.

—Entonces debo ser una persona realmente malvada. —Se rio. Cuando se dio cuenta de que a mí no me hacía gracia, continuó con mordacidad—: Es solo una superstición nativa. Deberían tener cuidado con sus lenguas. Se les ha permitido mantener su hogar aquí gracias a la caridad de don Guido.

Se bajó la manga. Mientras lo hacía, vislumbré su muñeca, ese lugar que siempre se frotaba, la piel alrededor surcada por cicatrices pálidas como si se hubiera cortado. Le di algo de crédito a Calista, pues en una charla me comentó que una vez había tratado de quitarse la vida.

Antes de abandonar el Jardín del tesoro, Moyano lo inspeccionó por última vez con gran satisfacción. La ausencia de cualquier cultivo intensificó la austeridad del terreno.

—Calista me ha dicho que se ha lastimado la espalda.

—No es nada.

—Espero que no. Si necesita algo, no dude en avisarme. —Hizo una pausa, estudiándome con la mirada—. Por sus dolores aquí, señorita Kelp, estoy en deuda.

* * *

El resto de la tarde la pasé en un estado de confusión, agravado por el fervor de Moyano, sin saber qué pensar de los acontecimientos, consciente de que mi perspectiva de Las Lágrimas se había transformado en el transcurso de una noche. El día anterior, tenía solo decepciones y excusas para presentarle a don Paquito cuando llegara; en cambio, de ese día en adelante, había logrado lo que me había pedido. Sin embargo... esa hazaña se lo debía a fuerzas invisibles, *desconocidas*, cuyos motivos no podía adivinar.

¿Me habían otorgado un regalo? ¿O, sin hacer caso omiso de mis experiencias en la cabaña, una advertencia más?

Me puse a trabajar junto a los mapuches, pues el Jardín del tesoro ya estaba despejado, y mientras esperaba la primera entrega de las plantas, tenía sentido que los ayudara con los Parterres centrales para completar mi plan. También eran compañía, porque no me emocionaba la idea de trabajar sola ese día, incluso si Epulef, sospechando de mi camaradería, me miraba continuamente con sus ojos cautelosos. A las tres, Dolores llegó con la comida: mate y unos lomitos, rebanadas de bistec servidas en un panecillo dulce. También había pastel de frutas y gajos de naranja, recogidas y peladas esa misma tarde. Para el asombro de los mapuches, compartí mi comida con ellos. Después del pequeño pícnic, parecieron más cómodos con mi presencia, y en un momento se pusieron a cortar y cavar al ritmo de un canto nativo. Eso, al igual que el tentempié y el tiempo (había estado soleado todo el día, con el viento fresco, pero vigorizante), me levantó el ánimo. Seguí cortando las malas hierbas, porque mi espalda también había mejorado, hasta que un rubor se extendió por mis mejillas y un bienestar inesperado se adueñó de mi cuerpo. Ese era mi estado de ánimo cuando apareció Vasca, empujándome con el hocico para llamar la atención y olfateando la tierra recién removida bajo mis pies. Me alegraba el corazón ver cómo llegaban las perras, llenas de curiosidad y cariño. De pronto, supe lo que tenía que hacer. No podía tomar ninguna decisión sobre mi futuro en Las Lágrimas sin volver a enfrentarme a la cabaña.

Animé a la pastora alemana a que me siguiera hacia los establos, donde busqué un pedazo de cuerda, para convertirlo en una correa, y un ladrillo, para usarlo como tope de puerta. Luego de conseguir ambos, me dirigí a la cabaña con Vasca trotando alegremente a mi lado, sin preocuparse por estar atada. Vi que el cielo palidecía, pero aún estaba claro (porque no creo que me hubiera metido ahí si empezaba a anochecer). El único indicio de la puesta de sol eran unas pocas nubes del color de un clavel rosa que flotaban hacia el oeste. En ese instante, noté una presión dentro de mi caja torácica que crecía a medida que nos acercábamos al edificio.

Mi propósito se mantuvo firme.

Abrí un poco la puerta y, cuando me asomé, volví a sentir un ligero olor a humo. Todo estaba en silencio, y el ambiente en el interior era sereno. No había ninguna presencia, al menos ninguna que yo hubiera molestado. Coloqué el ladrillo entre la puerta y la jamba, de modo que no hubiera posibilidad de que la primera se cerrara de golpe. Luego, con la correa de Vasca bien ajustada, enrollada varias veces alrededor de mi mano, entramos. Todo estaba como lo habíamos dejado Calista y yo la tarde anterior: la cómoda en el rincón, la mesa debajo de la ventana, la madre y el hijo alegres colgados en la pared y los dos sillones junto a la chimenea.

Todo, excepto el cofre y los recibos desparramados. No estaban por ninguna parte.

Caminé hacia la segunda puerta antes de perder el coraje, porque no había duda de que tenía el corazón acelerado, y la abrí de par en par, con Vasca a mi lado. Ahí también todo estaba en calma, salvo por mi respiración y el resoplido de la perra. Los armazones estaban en el lugar donde se habían colocado el día anterior (me estremecí al recordarlo), y en el otro extremo de la habitación estaba el cofre. Levanté la tapa, las bisagras emitieron un leve chirrido, y me recibió el familiar olor a moho y encierro. Alguien había vuelto a guardar las facturas y, con suma prolijidad, había atado los fajos con una cinta morada y los había apilado con precisión, como si fueran billetes en una caja fuerte. Me pregunté qué diría el señor Berganza al respecto (después de todo, eran de su empresa) y si los papeles ofrecerían alguna explicación sobre el incidente del día previo. Tomé la decisión de interrogar al viverista cuando nos visitara.

Con suavidad, cerré la tapa. Vasca me miró con sus ojos de colores desparejos, uno verde, el otro azul, y la llené de caricias, palpando dónde se había roto y deformado la pelvis. El ambiente en la cabaña se mantuvo tranquilo, como la calma que viene después de una fuerte tormenta, cuando ya se han terminado todos los truenos.

—Vamos, chica —le dije. Y nos fuimos.

Regresé pensativa a la casa, y dejé libre a Vasca cuando nos estábamos acercando a los establos. La noche anterior no estaba segura de si presentar mi renuncia o no. El sentido común lo avalaba: había tenido muchísimo miedo y no sabía qué desgracia me habría acaecido si la puerta se hubiera abierto. Fue una experiencia que no tenía ganas de repetir, pero tal era la tranquilidad en la cabaña en ese momento que ya me parecía una anomalía. ¿Qué me había hecho sufrir con exactitud? Unos cuantos ruidos horrorosos, un sentimiento de rencor, pero, a la luz del día, nada de eso parecía tan aterrador como recordaba. ¿Todas esas cosas, o incluso el jardín despejado, eran motivo suficiente para abandonar la vida que estaba haciendo aquí? Calista no creía que estuviéramos en peligro. Ella era una mujer perspicaz y, aparte de esas horribles macetas, había vivido en la estancia sin ningún problema durante los últimos meses. Al permanecer en el puesto, podría advertirles a los Agramonte que estuvieran más atentos de lo que les permitía el escepticismo del don.

Además, si renunciaba, ¿a dónde iba a ir? ¿Qué iba a hacer con mi vida? Encontrar otro puesto, uno de prestigio comparable, era poco probable. Al mismo tiempo, estaba preocupada porque si mis opciones se volvían cada vez más escasas y yo perdía el poder de decisión, inevitablemente iba a tener que volver con mi familia y, peor aún, con el pretendiente que mi madre me hubiera asegurado. Supongo que podría partir y seguir parte de la ruta que había hecho mi abuelo a través del continente, pero en mi corazón sabía que no lo haría para viajar, sino para huir.

Pensé en mis hermanas. Si hubieran sido ellas las que estaban en la cabaña, escuchando las pisadas, habrían huido en un instante, gritando a las copas de los árboles. (Preferí ignorar el hecho de que yo habría hecho lo mismo si no me hubiera lastimado la espalda). Acobardarme, o incluso considerar la idea de volver con mi familia, significaba decepcionarme a mí misma de la peor manera. *Deborah*, podía oírlos reír, porque solo me llamaban por el nombre de mi bautismo. *Deborah, que nos dejó por una vida como jardinera, como mujer trabajadora, y ahora regresa con un ataque de nervios.*

Incluso mientras imaginaba sus voces, sentí que un nuevo propósito nacía en mi interior.

De forma inesperada, recordé una de las expresiones favoritas de mi abuelo, su incentivo en tiempos de adversidad: «¡tensad los nervios y congregad la sangre!». No sé por qué no se me había ocurrido antes.

Continué el camino hacia la casa, con la tarde brumosa, rosada y dorada, Vasca dando saltos a mi alrededor y mi corazón cada vez más fuerte. Juré que, como había partido de Gran Bretaña para seguir mi propio camino, ahora iba a ser la dueña de mis miedos. Iba a aguantar toda mi estadía en Las Lágrimas.

Iba a crear un jardín digno de mis talentos.

Tesoros... y una sorpresa

El resto del día transcurrió sin ningún otro acontecimiento fuera de lo común, por lo que pude aplacar aún más mis nervios. El día siguiente, el 26 si no me equivoco, amaneció con otro cielo despejado y esmaltado, además del viento frío y constante, silbando entre las hojas. Fue a media mañana cuando escuché el sonido de un claxon en el camino de entrada. Berganza había llegado.

Había estado trabajando, sola y con las mejillas sonrosadas, para despejar ese espacio salvaje entre el Jardín del tesoro y el Muro de los Lamentos. Clavé la horca en el suelo y salí en dirección a la casa, mientras me acomodaba el pelo como podía. En el frente había dos camiones aparcados que tenían las partes traseras cubiertas de lona. A su vez, había unas letras doradas estampadas en la superficie, y también pintadas en las puertas de las cabinas de los conductores, que formaban las palabras: LAUTARO BERGANZA E HIJOS, TANDIL. Media docena de hombres, vestidos con ropa negra, con cuellos y sin corbatas, habían descendido de los vehículos y estaban merodeando a la espera de instrucciones, con un aspecto similar a un grupo de portadores de féretros fornidos. Me siguieron con la mirada a medida que me acercaba, con una mezcla de curiosidad y en algunos, sin lugar a dudas, hostilidad. Moyano estaba inmerso en una conversación con un individuo que llevaba un abrigo bermellón que se le abultaba a la altura del estómago. Tenía el pelo grueso y rizado y una mata de barba, ambos tan negros como los uniformes de sus hombres, tan negros que sospechaba que estaban teñidos, porque las marcas que tenía alrededor de los ojos indicaban que se trataba de un hombre cerca de los cincuenta años.

Moyano se alejó de la conversación y me hizo una rápida inspección de pies a cabeza para asegurarse de que estuviera presentable.

—Ella es la señorita Kelp, de Inglaterra… Ursula, aunque ninguno de nosotros tiene permitido llamarla así. Es la nueva jefa de jardineros.

El otro hombre me agarró de la mano y se la llevó a los labios, los cuales eran carnosos y húmedos.

—Mucho gusto —dijo, y su voz retumbó—. Soy Berganza.

Al retirar los dedos, fui lo más discreta posible y, cuando vi que nadie me estaba observando, me los limpié en la parte trasera del vestido.

—¿Padre o hijo? —pregunté.

Se hinchó, como una rana toro gigantesca, y enganchó los pulgares debajo de las axilas.

—¿A usted qué le parece?

—Mm. ¿Padre?

Soltó una carcajada simpática.

—Hijo. El vejestorio ahora es fertilizante.

—Lamento oír eso.

—No se preocupe. Bebió hasta morir y casi se lleva el negocio a la tumba. Aunque fue afortunado de proveer plantas para esta estancia. Tengo muchas ganas de volver a ver Las Lágrimas después de todos estos años. —Era una persona incapaz de hablar en voz baja, pues pronunciaba cada palabra como un bramido—. Ahora, mire los tesoros que le he traído, señorita Kelp.

Me condujo a uno de los camiones, con el interior repleto de plantas y arbustos de vivero. Una parte estaba a raíz desnuda, pero el resto estaba en macetas individuales de terracota: una práctica bastante innecesaria y costosa en mi opinión. Eché un vistazo y, en primer lugar, vi amapolas orientales y setos, luego nepetas, acantos y geranios, mientras nombraba las especies en voz alta con sus nombres científicos (*Papaver orientale*, *Buxus sempervirens*, entre otras). A decir verdad, era infantil por mi parte, pero quería impresionar a Berganza. Una concentración de follaje dulce, ceroso y resinoso (el mismo olor por el que soy jardinera) me envolvió y me llenó el alma con tanto placer que lo único que pude hacer fue quedarme quieta y respirar profundamente el aroma.

Berganza me lanzó una mirada de aprobación, aunque no sabía si era por mi inhalación o por mi latín.

—Es la sal de nuestras vidas, ¿no es así, señorita? Puede tener lujosos perfumes franceses, pero le juro que no hay nada en este mundo que huela mejor. —Se llenó los pulmones y miró a Moyano, que estaba atento, pero tan indiferente como habrían estado mis padres—. Solo nosotros, los jardineros, lo sabemos.

—¿Qué son estas plantas? —pregunté.

—Las ha pedido don Paquito.

—Deben haberle costado un ojo de la cara. —Eso explicaba el uso ostentoso de macetas, el cual desaprobaba.

—En el otro camión hay más especies. Y también le he traído una sorpresa.

En el fondo, medio oculto por un laurel decorativo, estaba mi equipaje de Chapaleofú, que habían llevado en tren a Tandil, donde luego Berganza lo había recogido. Llamaron a Dolores, quien mantuvo la mirada fija en el suelo mientras los hombres de Berganza la miraban y susurraban sobre ella, para que me ayudara a llevar las maletas a mi habitación. La criada estaba dispuesta a deshacer el equipaje en ese momento, pero le pedí que se fuera para salir al exterior y supervisar la descarga de los camiones.

Las plantas que tenían la resistencia suficiente, las llevé al interior del jardín y las coloqué al socaire de la pared; en cambio, las que consideré demasiado frágiles como para dejarlas a la intemperie, las envié al invernadero cerca del huerto, con el consentimiento de Calista (otorgado con gracia). No permití la entrada de los hombres de Berganza al recinto de cristal, y me atrevo a decir que me consideraban una rigorista, pero lo primero que me llamó la atención al cruzar la entrada fue ese montón de desagradables macetas negras. No quería molestarlos de ninguna manera, así que les pedí a los hombres que llevaran el cargamento solamente hasta el umbral, después de lo cual, sin importar el peso o la dimensión de la planta, lidié con todo sola, con mi espalda quejándose de vez en cuando. En poco tiempo, el invernadero estaba repleto y los cristales, empañados por mi esfuerzo. Había hecho bien en ocultar mi agravio al ver la abundancia en el interior de los camiones. Sabía que don Paquito, naturalmente, iba a estar metido en todo lo referente a su jardín. Sin embargo, mi gran deseo era que, como jefa de jardineros, yo fuera quien decidiera los especímenes y seleccionara los tipos y la paleta de colores; la realidad era que Berganza había llegado con cientos de plantas, y cada una era una elección que me habían arrebatado.

En lugar de comerme la cesta de comida al aire libre, almorcé con Moyano y Berganza en el comedor. El viverista se puso cómodo y demostró un buen apetito, tan bueno como insinuaba su corpulencia, mientras bebía una botella de vino tinto de calidad (Moyano bebió la mitad de una segunda botella y yo, una sola copa) y charlaba bulliciosamente. Había sopa de ajo asado y un costillar de ternera, con patatas y zanahorias como acompañamiento, y después budín de pan con una salsa de ron de sabor misterioso del que Berganza se sirvió dos porciones para saciar su gula. En mi caso, comí la mayor parte en silencio mientras escuchaba lo que supuse que eran las eternas anécdotas de Berganza: sobre la vida en Tandil, el negocio de la horticultura y varios personajes locales. El único tema que me generaba más curiosidad, es decir, la historia de su familia con Las Lágrimas, no se mencionó. Era un fanfarrón, sin duda, pero su presencia ruidosa me resultaba tranquilizadora, pues me hacía apreciar lo calmada y opresiva que podía ser la casa el resto del tiempo. Incluso antes de que hubieran recogido los platos del budín, nos mostró una caja de cigarros delante de nuestras narices; Moyano aceptó la oferta, pero yo no participé. Los dos hombres no tardaron en quedar envueltos por el humo.

—Tengo que hacerle un recorrido del jardín —anunció Moyano—. No va a creer el milagro que la señorita Kelp ha logrado estos días.

—Siempre y cuando sea rápido. Les juré a mis hombres que nos iríamos lo antes posible.

—Si es posible —Me aclaré la garganta y miré a Berganza—, me gustaría tener el honor de mostrárselo yo a nuestro invitado.

—Claro. —Esa fue la respuesta siniestra de Moyano—. Pero los acompañaré.

Tuve la clara sensación de que no quería que me quedara sola con el viverista que, por suerte, intervino.

—Juan, usted y yo hemos tenido toda la mañana para hacer planes. Es mejor que la jefa de jardineros sea mi guía —dijo con decisión—. Esa era la tradición cuando mi padre estaba vivo.

Poco después, se levantó de la mesa y me ofreció su enorme y húmeda mano. Así, el asunto quedó zanjado.

La historia de Berganza

S u primera sorpresa fue el muro.

—¡Madre mía! —dijo, ahogándose con el humo del cigarro—. Por favor, dígame que no es la responsable de esta monstruosidad.

—Me han dicho que está aquí desde la época de don Guido.

—Para nada.

—¿Frecuentaba Las Lágrimas con su padre?

—Cuando era niño, venía a menudo. Y definitivamente no había ningún muro. Debería haber visto el jardín en ese tiempo, Ursula. —Empezó a llamarme así durante el almuerzo y yo no puse reparos. Cada vez que pronunciaba mi nombre, la boca de Moyano se tensaba.

Lo conduje a lo largo del muro, más allá de la puerta de madera cerrada, hasta llegar a la otra entrada. Berganza se metió en el agujero y yo lo seguí. Desde ahí, nos adentramos en la maleza.

—Cuénteme —dije—. ¿Cómo era por aquel entonces?

—Era el jardín más hermoso que jamás haya visto, y se extendía desde la casa hasta el lago y más allá de las Pampas. No había ningún color o tono que no se encontrara en los parterres herbáceos. Y el Jardín de los perfumes. —Dejó caer el cigarrillo, lo aplastó con el pie e inhaló hondo—. Hasta el día de hoy puedo olerlo. ¡Los guisantes de olor! ¡Las rosas! Cada vez que mi padre venía a la estancia, yo le suplicaba que me llevara. En verano, pasábamos varias noches y a nosotros, los niños, nos permitían dormir en la casa del árbol. —Estaba en un trance de placer—. Era la mejor parte.

—Cuesta creerlo hoy en día.

Al salir de su ensoñación, Berganza miró a su alrededor con desilusión, un estado que se intensificó a medida que caminábamos.

—Se me rompe el corazón —dijo con la voz suave por primera vez—. Usted es demasiado joven para apreciarlo, Ursula, pero esto es como visitar a una antigua amante en su viudez, que ahora está cansada y canosa.

A medida que avanzábamos, debatimos sobre las plantas adicionales que yo quería encargar, y Berganza, después de sacar una libreta de su bolsillo, anotó mis solicitudes, a veces con un grito de aprobación o comentarios como «excelente elección» o «su conocimiento es impresionante, Ursula». Entre nosotros, hablamos mucho sobre las plantas anuales antes de llegar al Jardín del tesoro recientemente despejado. Habíamos dado los primeros pasos sobre la grava, cuando un ataque de nervios se apoderó de Berganza. Se quedó inmóvil, con el rostro pálido y el cuerpo encogido, y se giró hacia la avenida Imperial, donde las copas de los ombús apenas eran visibles desde nuestra posición, como si algún terrible suceso reclamara su atención.

—¿Le molesta algo, señor Berganza?

—Ese sonido. —Su voz parecía un canto fúnebre.

—¿Qué sonido? —No he oído nada—. ¿Señor?

No respondió. Solo se escuchaba el viento en los árboles, como si se tratara del mar arrastrándose sobre una playa de guijarros.

—¿Qué sonido? —repetí y luego, con la mente en un estado de intranquilidad y especulación porque la preocupación de Berganza era contagiosa, me arriesgué a decir—: ¿Puede ser un hacha, señor? ¿El sonido de alguien talando un árbol?

Su respuesta fue inesperadamente severa.

—¿Por qué dice eso?

—Solo es una suposición, pues a veces escucho hachazos.

—No es nada —dijo por fin, envolviéndose en su abrigo. Su porte era la viva imagen del desconcierto—. Mi esposa siempre me regaña por beber tanto a la hora del almuerzo. Ya estoy harto de este lugar. Vamos, Ursula, lléveme de vuelta a la casa.

—Hay algo que me gustaría mostrarle primero.

Recorrimos el prado e intercambiamos unas pocas palabras. La exuberancia que Berganza había demostrado en la mesa del comedor, lo que interpretaba como su estado natural, había desaparecido casi por completo. Las piernas le empezaron a flaquear cuando la cabaña quedó a la vista.

—La antigua vivienda de Tarella —espetó el viverista—. ¿Por qué diablos me ha traído aquí?

—Tarella. —Estaba segura de que esa era la palabra que Yamai me había dicho cuando descubrimos el edificio por primera vez—. ¿Quién es Tarella?

—Silvio Tarella. Uno de sus predecesores. Fue el jefe de jardineros en la época de don Guido. Mi padre hizo muchos tratos con él. —Ocultó un eructo detrás de la mano—. Un tipo amable. Me regalaba puñados de cerezas del huerto.

—Ahora uso la cabaña.

—Espero que no como dormitorio. —Estaba muy sorprendido.

—Como oficina, o al menos esa era mi intención. Lo que quiero mostrarle está en el interior.

Abrí la puerta y experimenté esa sensación de haber molestado a alguien al instante, aunque el interior estaba vacío y lúgubre. Tal fue la intensidad del sentimiento que sentí cómo se formaba una disculpa en mis labios. Un vistazo a Berganza fue suficiente para darme cuenta de que le pasaba algo parecido. Cuando vi que no sucedió nada, lo llevé al cofre y le entregué uno de los fajos de recibos.

—¿Qué puede decirme de estos?

Se ensalivó unos de sus dedos con forma de salchicha y hojeó la primera docena antes de caer en la cuenta de lo que le había dado, o al menos eso parecía. Su rostro, ya bastante pálido por el sonido que había oído, perdió aún más color, y me devolvió las facturas.

—¿Sabe qué es este lugar? —preguntó, a modo de distracción.

Su falta de franqueza me resultaba frustrante.

—El señor Moyano —contesté con brusquedad— me ha dicho que esta fue la primera casa de la estancia, construida por el capitán Agramonte.

LA MALDICIÓN DE LAS LÁGRIMAS 187

—La casa del capitán era la antigua mansión, la que quedó destruida en el incendio. No, esto era una prisión.

Estaba segura de que lo había oído mal.

—Creí que dijo «una prisión».

—Es exactamente lo que he dicho. ¿Nadie se lo ha contado? —Sus ojos vagaron con inquietud por el lugar, y me percaté de que quería irse de inmediato—. Durante la Campaña al Desierto, es decir, la guerra para arrebatarle estas tierras a los nativos, hubo una fortaleza aquí, supongo que por la cercanía del pozo. Este edificio era una prisión. Varios mapuches pasaron sus últimos días aquí, pero era principalmente para los desertores. De ahí viene el nombre de la estancia: Las Lágrimas.

—Moyano me ha asegurado que cuando el capitán encontró este lugar, derramó lágrimas por su belleza.

—Asumo que está al tanto del castigo que sufrían los soldados que se negaban a luchar, ¿verdad? Sus esposas y sus madres venían a pedir clemencia, solo para descubrir la profunda indiferencia del capitán, a quien no le importaba lo mucho que suplicaran. Además, el capitán tampoco era un hombre que desperdiciara pólvora en los condenados, pues para él matarlos de hambre era suficiente. Y así las mujeres lloraban sin parar. Sus lamentos se extendían por todas partes, al igual que el viento de las Pampas. Después de la guerra, al capitán le dieron estas tierras por sus servicios.

—Prefiero la historia de Moyano.

—Querida, si fuera usted, tendría cuidado de confiar demasiado en lo que dice Moyano.

Volví al tema de los recibos.

—Como puede ver, son de su empresa.

—Y de mucho antes de que yo tomara el mando.

—Pero no antes de que lo hiciera su padre.

—¿Qué es lo que realmente quiere saber, señorita?

Expuse mis argumentos con valentía.

—Creo que Las Lágrimas está maldita, embrujada, y que los recibos pueden ofrecerme una pista de por qué. Quiero saber si estoy a salvo aquí.

—Mi padre hablaba de fantasmas —explicó—. Lo demás son viejos rumores, y no voy a llenarle la cabeza con eso.

—Si sabe algo, por fantasioso que sea, deje que sea yo quien lo juzgue.

Reflexionó sobre mis palabras mientras se mordía el labio inferior cubierto de barba. Durante un instante, pareció estar a punto de revelarme algo, pero luego se arrepintió.

—No hay nada que decir.

—¿Ni siquiera de los recibos?

—Son solo las facturas de los árboles del bosque —repuso.

—Los que plantó don Guido. Eso ya lo suponía.

—¡Don Guido no! Si alguna vez existió un hombre que pensaba que ensuciarse las manos era una tarea indigna de su posición, era él.

—Entonces, ¿quién?

Apartó el rostro de mí y posó la mirada en los armazones de hierro.

—Fue Tarella.

Volvió a guardar silencio, cuya razón luché por determinar. ¿Sería miedo lo que detecté? ¿Culpa? ¿O era solo una falla en su conocimiento de los hechos? Insistí para que continuara hablando.

—¿Qué quiere que le diga? —Resopló—. Don Guido era de los que no se ensuciaban las manos, pero también era un hombre vanidoso, un hombre que deseaba la estima de los demás. No, no la estima. La envidia. Como los jardines estaban de moda en esa época, quería que su estancia tuviera el más grande de todas las Pampas. Por eso le encomendó a un famoso diseñador la creación de una obra maestra...

—Romero Lepping.

—Lepping, sí, me había olvidado de su nombre. Fue él quien diseñó el jardín y el bosque, una maravilla que fue debidamente admirada, pero nunca terminada. Porque, para sumar a los pecados del don, era bastante tacaño... no con los parásitos que lo seguían, sino con aquellos que trabajaban para él.

—No parece un hombre muy agradable.

—Y eso no es todo. En su juventud, siempre atrapaba a los cazadores furtivos o incluso azotaba a su propio personal. —Meditó sobre esto—.

Algunos nacen malos. Se adueñó de los planos de Lepping y lo despidió sin pagarle su indemnización completa. En cambio, recurrió a Tarella, su jefe de jardineros, para completar el trabajo. Tarella era un hombre de las Pampas, un simple trabajador, pero poseía tales dones que debía tener magia en sus manos de jardinero. Como de costumbre, don Guido exigió que terminara el trabajo de inmediato, pero la naturaleza no obedece a cualquier hombre, sin importar sus riquezas. Y así, debido a su impaciencia, el don viajó al Viejo Mundo y le dejó la empresa a Tarella, con la expectativa de que todo estaría listo cuando regresara.

»Tarella no tenía intención de decepcionar a su patrón, así que comenzó con la plantación, orgulloso de que le hubiera confiado una tarea tan prometedora. Todo el día, todos los días: ¡árboles! En medio de tormentas y vientos huracanados, en esos días en los que la niebla llega desde las Pampas, o en pleno verano cuando el sol es capaz de quemarle la espalda a un hombre. Año tras año, a pesar de que su esposa le rogaba que no trabajara tanto. Ella temía que todo el esfuerzo lo destruyera.

—¿Su esposa?

—Vi su retrato en la otra habitación.

—¿Se refiere al de la madre con su hijo?

Berganza asintió.

—Eran una familia feliz. La señora Tarella era más astuta y experimentada que su marido. Cuando vio cómo don Guido había tratado a Lepping, insistió en que firmaran un contrato. Sospecho que ella fue quien conservó estas facturas. —Con la bota, le dio un golpecito al cofre—. Cada una representa un árbol, y todos fueron plantados por la propia mano de Tarella.

—Esto sucedió, ¿qué? Hace cuarenta años —intervine.

—Sí.

—Usted tiene experiencia con las plantas —continué—. Debe saber que los árboles son mucho más antiguos que eso.

—Cuando visité la estancia por primera vez, el lugar no era más que una llanura. En el transcurso de una temporada, ya había árboles. Luego, cuando mi voz empezó a cambiar, un bosque se había apoderado de la zona. No puedo darle ninguna otra explicación, porque todo lo que le he dicho es la verdad.

Me invadió un presentimiento frío y espantoso, como si me hubiera tragado un puñado de hielo, porque se me había metido una idea en la cabeza. Si esa había sido la cabaña de Tarella, entonces habían sido sus pasos fantasmales y cojos los que había oído. Mi voz sonó forzada cuando pregunté:

—Y Tarella... ¿qué ha sido de él y su familia?

Berganza formuló su respuesta con cuidado.

—No estoy al tanto de lo que les pasó. Con el tiempo, don Guido regresó de Europa, ahora con una belleza castellana de esposa y un joven heredero. Guido nunca fue un hombre con un corazón sensible, pero adoraba a ese chico. Poco después, nació un segundo hijo, Paquito... su empleador.

—¿Y?

—Y esa, querida —dijo con seriedad—, es toda la historia.

Sabía que me estaba ocultando información, pero su expresión me decía que no me iba a contar más nada al respecto.

—Entonces, ¿no cree que existe una maldición?

—Una maldición... o simplemente una coincidencia. ¿Quién sabe? El hijo de don Guido se ahogó...

—No sabía que se había ahogado.

—... y la antigua mansión se incendió. Las tragedias afectan a todas las familias. Años después, mi hermano murió en un accidente de caza. ¡Hasta el hermano de su propio rey murió!* —enfatizó—. ¿Él también estaba maldito, señorita?

El viverista se sumió en sus pensamientos antes de espabilarse y mirar su reloj de bolsillo.

—¿En serio ya es tan tarde? Debería marcharme. —Adoptó una falsa cordialidad—. Mis hombres querrán más dinero.

Salimos de la cabaña de Tarella y nos dirigimos hacia la casa. Debajo de los árboles todo estaba en silencio, salvo por los chillidos

---

* Jorge V (quien reinó entre los años 1910 y 1936) ascendió al trono después de la inesperada muerte de su hermano mayor, Alberto, a causa de una neumonía.

irregulares de algún pájaro. El presentimiento que había sentido necesitaba que le hiciera una última pregunta.

—Señor, ¿cómo era Tarella?

—Han pasado cuarenta años, Ursula.

—Algo debe recordar.

—Era un hombre como cualquier otro, ni bajo ni alto. Tenía el cabello bien grueso y negro, según lo que recuerdo. Negro azabache.

—¿Y su pierna? ¿Estaba lisiado? ¿Cojeaba?

—Creo que habría recordado un detalle así.

Eso, al menos, disipó algunos de mis miedos.

* * *

Cuando llegamos a los camiones, los hombres de Berganza estaban esperando, ansiosos e impacientes. El viaje de regreso a Tandil era de noche y querían estar fuera de los terrenos de la estancia antes del anochecer. El viverista se despidió luego de recuperar algo de su personalidad jocosa, aunque me di cuenta de que solo era para aparentar. Fuera cual fuera el sonido que había escuchado, aparte de los asuntos de los que hablamos después, lo habían dejado en un estado de abatimiento, despojado de toda la alegría que lo caracterizaba. Compartió unas últimas palabras con Moyano, y luego extendió el brazo para estrecharme la mano.

Cuando la cogí, me incliné y en voz baja le pregunté:

—¿Estoy a salvo aquí? Prométamelo.

—Todo eso sucedió hace mucho tiempo —contestó—. Y usted no está involucrada en ningún aspecto.

Al darse cuenta de que había hablado con imprudencia, y para evadir más preguntas, trepó de inmediato al camión que estaba adelante y dio la orden de que pusieran los vehículos en marcha. Se alejaron por la avenida Imperial, mientras dejaban un hedor a petróleo a su paso.

—¿De qué estaban hablando? —inquirió Moyano, sin ningún tono en la voz.

Como estaba sufriendo uno de sus estados melancólicos, decidí responderle con la debida cautela.

—Me ha deseado suerte con el jardín.

—¿Y qué tal el *recorrido*? —Esa última palabra la pronunció con todo el rencor posible.

—Hemos hablado más que nada de plantas. Y he hecho un nuevo pedido. Espero que cuente con su aprobación. El señor Berganza hará la entrega el próximo mes.

—Su presencia ha traído malas noticias.

Los camiones giraron en la curva y desaparecieron de mi vista. Escuché cómo disminuía el ruido de los motores entre los árboles.

Moyano se sacó un sobre del bolsillo y lo sacudió delante de mí.

—Noticias de don Paquito. —Su aliento apestaba a cigarrillos viejos—. Está cansado de esperar en Buenos Aires, así que ha tomado la decisión de venir antes de lo previsto.

—¿Cuánto antes? —indagué, horrorizada por el trabajo que aún quedaba por hacer en el jardín.

—Llega la semana que viene.

La luz en los árboles

El sueño me visitó tarde esa noche. Ojalá pudiera decir que fue porque me llevó mucho tiempo deshacer las maletas; a decir verdad, mi mente estaba demasiado inquieta como para descansar. Mientras Dolores servía la cena, se ofreció de nuevo a ayudarme con mi equipaje. Parecía tan dispuesta a colaborar que no quería llevarle la contraria y convertirme en una aguafiestas. También era una excusa para levantarme de la mesa y alejarme de la compañía de Moyano, quien estaba malhumorado y poco comunicativo.

En mi habitación, la criada solo quiso echarme una mano con la ropa. Sacaba las prendas y se colocaba las más elegantes sobre su uniforme negro antes de guardarlas en el armario con una actitud aduladora y, a mi parecer, un tanto indecente. Se probó mis guantes y mis sombreros, a escondidas al principio, luego con atrevimiento, y al final llegó al punto de preguntarme si podía tomar prestada una de mis blusas abullonadas favoritas.

—Es demasiado grande para usted —señalé.

Mi temperamento finalmente estalló cuando comenzó a hurgar en mi ropa interior.

—Puedo terminar sola, gracias.

—No es ninguna molestia, señorita.

Fui a la puerta y la abrí.

—Buenas noches, Dolores.

Hizo una reverencia, pero su expresión era indescifrable cuando pasó a mi lado.

Luego de terminar con la ropa, guardé mis libros en las estanterías y los alineé con orgullo. A su vez, fui dejando mis artículos personales y chucherías por la habitación. Por primera vez desde mi llegada, el lugar tenía algo de mi propio carácter, lo que servía únicamente para resaltar lo poco hogareño que era el resto. Parecía más estrecho que antes, al punto de hacerme sentir claustrofobia; y anticuado, con los muebles voluminosos, la tela de las cortinas sucia y la alfombrilla de la chimenea carcomida por las polillas. Me resultaba extraño que, a lo largo de mis días aquí, nunca se me hubiera ocurrido lo lúgubre que realmente era el lugar. En consecuencia, mi ánimo empeoró, así que dejé de lado lo que estaba haciendo y me metí en la cama.

Mi columna, aunque mejoró mucho y no merecía otra noche sobre los tablones del suelo, no lograba encontrar una posición cómoda, sin duda agravada por haber movido tantas macetas en el invernadero. Las cosas que me había dicho Berganza me rondaban por la cabeza. Seguí haciendo un esfuerzo deliberado por olvidarlas, pero cada vez que lo hacía, encontraban nuevas e insidiosas formas de penetrar en mis pensamientos. Imaginé a Tarella plantando árboles en medio de aguaceros y vientos tormentosos...

Excepto que no era Tarella con su cabello «negro azabache» lo que imaginé, sino la figura demacrada y lampiña del hachero.

Fue en este estado de cansancio y agitación —al borde del sueño, pero sin cruzar el umbral del todo— cuando llegué a pensar que escuché unas pisadas suaves acercándose y deteniéndose frente a mi puerta, como si alguien estuviera allí parado en silencio y esperando que me durmiera. No pude deshacerme de esa idea, y se extendió por mi mente de forma siniestra, hasta que se convirtió en nada más y nada menos que una convicción. Antes, había tenido la excusa del somnífero de Calista, pero esa noche tenía la mente despejada. Mi corazón se aceleró al ritmo de un tambor, y mis sentidos estaban alertas y temerosos. Traté de recordar si había cerrado con llave después de que se hubiera ido Dolores, y pensé cuál iba a ser exactamente mi plan de acción en caso de que se abriera la puerta.

Pasaron los minutos. Aun así, seguía convencida de que había alguien al otro lado.

Al final, como no sucedió nada, terminé levantándome de la cama. Solo había una manera de estar segura, puesto que la alternativa era una noche de alerta máxima y sin dormir. El tamborileo en mi pecho se intensificó, pero tomé el pomo de la puerta y la llave con ambas manos, me preparé... y giré ambos al mismo tiempo.

En el pasillo, todo estaba completamente oscuro y silencioso.

Avergonzada, volví al refugio de mis mantas que moví de un lado a otro. Me negaba a seguir siendo prisionera de mis especulaciones macabras y, en lugar de eso, decidí preocuparme por la llegada prematura de don Paquito. En su carta se informaba que él, su familia y un contingente de trabajadores iban a partir de Buenos Aires la mañana del domingo 30 de agosto para llegar a la hora del almuerzo del primer día del nuevo mes. Además, el hombre expresó su interés por ver los avances de la casa y, sobre todo, del jardín (no solo del Jardín del tesoro, sino de toda la obra), e incluso me mencionó por mi nombre, un detalle que me hizo estar segura de que mi progreso iba a ser objeto de un escrutinio inmediato. Dado el tiempo y el trabajo limitados que me habían dado, no parecía razonable que tuviera expectativas demasiado altas (esperaba que no hubiera heredado la impaciencia de su padre); sin embargo, tuve la inteligencia suficiente para comprender que el sentido común y las expectativas no siempre iban de la mano. En el caso de que el don estuviera inconforme, estaba convencida de que Moyano no me iba a defender. Lo único que podía hacer era darle las gracias a aquellas fuerzas que me habían ayudado con el Jardín del tesoro... lo que me llevó a pensar en lugares a los que preferiría no volver.

Dejé escapar un profundo suspiro y rodé sobre mi estómago. ¡Las Lágrimas no era el lugar ideal para tomar una cura de descanso! Encendí la lámpara de mi mesita de noche y busqué mi ejemplar de *Nostromo*. Avancé unas cuantas páginas antes de empezar a distraerme, cada vez me resultaba más difícil concentrarme en el significado de lo que estaba leyendo. Cerré el libro y apagué la lámpara.

Casi al instante, algo me arrancó de mi ensoñación.

Solo percibí oscuridad y silencio, pero estaba segura de haber escuchado un ruido idéntico al que me había perturbado durante esas primeras noches en Las Lágrimas. El llanto de un niño. Aunque, para que quede claro, no era como un lloriqueo, sino más bien un tormento amortiguado. Ya sé que no sabía si lo había soñado, pero al menos tenía la certeza de que estaba completamente alerta para lo que escuché a continuación.

Se oyó otro lloriqueo, y luego el sonido de una puerta cerrándose con fuerza. Durante mi desasosiego, había entrelazado las piernas con las sábanas y, mientras luchaba contra ellas, escuché un rápido repiqueteo de pasos que iba desde un otro extremo del pasillo hasta el otro, pasando justo delante de mi habitación. Antes de que me arrepintiera, di un salto hacia la puerta y la abrí de golpe. Dejando de lado el tenue haz de luz de luna, el pasillo estaba como lo había encontrado media hora antes.

—¿Quién anda ahí? —pregunté en voz baja y, al no recibir respuesta, grité los nombres de las perras por si se habían metido en la casa y estaban haciendo alguna travesura. No escuché resoplidos ni jadeos. No puedo decir con seguridad qué fue lo que me impulsó al pasillo porque en realidad debería haberme escondido en mi dormitorio hasta el amanecer; no obstante, agarré un chal de la pila de ropa recién llegada y salí.

El aire parecía agitado, como si alguien realmente hubiera estado corriendo, y en el ambiente persistía el olor a una flor, que me recordaba a la que había olido en la capilla. Escuché. El azote del viento proveniente de los rincones de la casa, las ráfagas que entraban por las chimeneas y, si me concentraba con el fervor suficiente, ese gorgoteo extraño, apenas perceptible, que llegaba de vez en cuando a mis oídos, como la corriente de agua en una caverna, excepto que no era el caso. Luego de eso, no pude distinguir nada más y estaba a punto de volver a la cama cuando, a lo lejos, registré el sonido de unos pies deslizándose en el suelo. Me moví con rapidez hasta las escaleras, porque allí era donde el sonido se había originado, y observé tanto hacia arriba como hacia abajo. No había ninguna figura escondida en las sombras, ni ningún indicio de que alguien hubiera pasado por ahí, salvo por ese olor floral casi imperceptible. Arriba solo estaban las habitaciones del ático, donde tal vez podría llamar a la puerta de Dolores y preguntarle si algo la había perturbado como a mí. La imaginé parpadeando confundida después de despertarla y lanzándome una sonrisita de desprecio antes de decirme que no había oído nada. En realidad, si había alguien por fuera a esa hora (aunque con cada momento que pasaba estaba menos convencida de eso), lo más probable era que solo hubiera una dirección que tomar.

Debería haberme puesto las pantuflas, pues estaba descalza, y debería haber llevado una lámpara, pero sabía que si volvía a mi habitación, mis nervios iban a flaquear. Por eso bajé las escaleras y me detuve en la parte inferior para volver a escuchar atentamente, con la esperanza de captar un sollozo medio ahogado o el sonido de alguien escabulléndose en la oscuridad; en síntesis, algún ruido que me indicara que no estaba sola. Al no escuchar ninguno, recorrí toda la planta baja de la antigua casa para revisar las habitaciones y los recovecos oscuros. Mis esfuerzos fueron en vano; todo estaba en orden. En la sala de trofeos se sentía un frío aplastante en el aire, y la poca luz que entraba por las ventanas se reflejaba en los ojos de los ciervos blancos de una manera tan extraña que casi esperaba que pestañearan.

Debajo del camisón, se me puso la piel de gallina. Me retiré rápidamente, decidida a abandonar mi búsqueda infructuosa y volver a la planta de arriba para enterrarme bajo las mantas hasta que entrara en calor y estuviera dormida.

Me dirigí de nuevo hacia las escaleras, pasando por los numerosos retratos, decidida a ignorar los rostros que parecían mirarme y preguntarse por qué una inglesa rara estaba dando vueltas a esa hora de la madrugada. A través de los cristales de la puerta de entrada, pude ver el césped y la avenida de ombús, plateados bajo la luz de la luna, con los troncos entrelazados tan suaves como columnas de alabastro. En la base, cerca del lugar donde faltaba uno de ellos, había colgada una única esfera de luz, suspendida a la altura de un hombre, sorprendentemente brillante en contraste con la oscuridad.

Una segunda luz apareció para unirse a la primera. Luego una tercera y una cuarta, multiplicándose como luciérnagas, hasta que hubo una docena como mínimo.

Me acerqué a la puerta principal con una especie de ingravidez y, aunque no me atrevía a abrirla, presioné la frente contra el cristal para poder ver mejor. Las luces eran faroles anticuados, con velas de sebo encendidas en el interior, sostenidos en alto por varios hombres. Gracias a su parpadeo, pude vislumbrar algunos detalles: una nariz o barbilla afilada; bigotes retorcidos y las malvadas curvaturas de los labios; ropa de tela bien oscura, de un estilo que estaba fuera de tono para el presente. La mayoría de ellos estaban armados con carabinas, mientras que otros llevaban bastones pesados. Los hombres eran imprudentes y estaban bastante eufóricos; parecían estar deliberando entre ellos, como si estuvieran en un partido importante, pero no emitían ni un solo sonido, porque todo lo que estaba presenciando sucedía en un silencio absoluto. Fue ese hecho, más que nada, lo que me convenció de que esos hombres habían surgido de las sombras y no eran reales en ningún sentido corporal. Sentía que estaba viendo el eco de un acontecimiento de hacía mucho tiempo, cuyo significado o propósito aún no podía llegar a comprender. Tragué saliva con dificultad y percibí un indicio de algo, como cuando uno se pincha un dedo con un rosal y se chupa la herida hasta dejarla limpia.

Entonces, en medio de ese silencio místico, llegó una voz suplicante. No supe si venía de fuera, del interior de mi cabeza o si era incluso un susurro detrás de mí, porque, cuando la escuché, sentí una mínima perturbación en el pasillo. De lo único que estaba segura era de las palabras.

¡Corre! Aléjate de aquí.

Las mismas palabras que había oído el día de mi llegada. Un instante después, todas las luces se apagaron.

Conversación con Latigez

C uando la interrogué en el desayuno, Dolores estaba segura de que no había sido perturbada en su habitación del ático ni por pasos, ni por luces, aunque no pude evitar preguntarme si había tenido alguna pesadilla, porque tenía ojeras muy pronunciadas que hacían que sus ojos parecieran más oscuros en contraste con la palidez de su rostro. Lo más probable era que estuviera tan preocupada por la llegada de don Paquito como yo, sabiendo que dejaría de tener un puesto tan importante cuando llegara el personal principal y que, posiblemente, sería despedida, como había insinuado Moyano. Para calmar mis propias preocupaciones, me mantuve ocupada todo el día: hostigando a los mapuches para que podaran más rápido, mezclando una apestosa cuba de sangre, pescado y huesos, transportando las plantas de boj de la entrega de Berganza y luego rastrillando la tierra del Jardín del tesoro para plantar al día siguiente. Mientras trabajaba, pensé en mis sentimientos sobre las imágenes y los sonidos que me habían mantenido despierta y me sentí particularmente orgullosa de mi conducta. Porque, a pesar de mi latido desbocado y del hecho de que nada en este mundo me hubiera inducido a salir para confrontar a esos hombres, no grité ni hui. Mi determinación era firme. En mi interior estaba creciendo la confianza de que, aunque en Las Lágrimas podía experimentar muchas situaciones alarmantes e insondables, tenía la valentía suficiente para enfrentarlas.

Más tarde, como el relato de Berganza no había satisfecho completamente mi curiosidad por Tarella, visité la mansión quemada para

buscar a Namuncura. El hombre había trabajado en la estancia durante los días de don Guido, y quería hacerle más preguntas sobre el antiguo jefe de jardineros. Pero, cuando llegué a la casa, no había ni un
alma allí, así que regresé sin saber nada. Como esa noche era miércoles,
tomé un baño caliente y me acosté temprano, limpia y preocupada,
con los oídos atentos al mínimo sonido de algún paso en el pasillo. A
su vez, había decidido no correr las cortinas del todo para ver si regresaban las luces de los árboles. Sin embargo, antes de que pasara un
cuarto de hora, y agotada por las actividades del día, me sumergí en
un sueño tranquilo, sin el tormento de ninguno de los dos.

* * *

Al día siguiente, mi estado de ánimo y el clima estaban en armonía
porque, pese a que en el cielo había algunas nubes esponjosas y pa-
sajeras, nunca había sentido el sol tan cálido desde mi llegada, ni el
día tan lleno de promesas. El viento era escaso, fresco y animado por
el canto de los pájaros. No importaba el rencor que le tenía a don
Paquito por haber elegido las plantas solo, pues ese día iba a tener la
satisfacción de colocarlas en la tierra… mi primera plantación en Las
Lágrimas.

Hice que los mapuches trajeran una carretilla de estiércol desde
los establos hasta el Jardín del tesoro, y luego los envié a una parte
distante del jardín para continuar con nuestra batalla contra las malezas. Estoy segura de que estaban decepcionados, porque Epulef se
quejó con una o dos frases en su idioma nativo, pero no confiaba en
ellos para la plantación y, para ser sincera, quería disfrutar del momento yo sola, por puro egoísmo. De todos modos, el momento se vio
inmediatamente amenazado cuando llegó Moyano, preocupado por
las plantas, sus ubicaciones y muchos detalles más. Más de una vez lo
pillé mirándome, como si se preguntara si yo estaba a la altura del
trabajo, o si había tomado la decisión correcta al haber confiado en mí.
Tampoco había olvidado su comentario sobre mi apariencia «llamativa». Desde ese momento, no he podido dejar de pensar que, si yo

hubiera sido más sosa, regordeta o hubiera usado gafas, probablemente él no habría tomado la misma decisión en el Café Tortoni. Fue esto, tanto como mi creciente impaciencia a punto de estallar, lo que me hizo hablar con tanta brusquedad.

—Señor Moyano —dije con seguridad, como la voz de Lady Bracknell—. ¡No necesito que nadie me controle! A menos que *usted* prefiera ser el jardinero y que *yo* dirija la estancia.

Me miró fijamente y se retiró poco después.

Junto a la carta, don Paquito había enviado un boceto de cómo quería que se llevara a cabo la plantación en el Jardín del tesoro, con los caminos y los parterres decorados con bojes en los bordes, del mismo modo que sir Romero lo había visualizado por primera vez y, supuse, un facsímil de cómo el don recordaba el jardín de su infancia.

Empecé con el camino más cercano, primero en el lado izquierdo hasta llegar a la fuente antes de seguir trabajando en el lado derecho. Mi primera tarea era utilizar una plomada (porque es importante que los bojes estén rectos) para colocar las plantas sobre la grava, con una distancia de veintitrés centímetros entre ellas. Luego me arrodillé y comencé a cavar con la pala, un propósito lleno de felicidad y paz. El mismo propósito que mi abuelo había compartido conmigo cuando me enviaron con él por primera vez, uno que me cautivó desde el principio, porque si la jardinería representaba algo para mí, tenía que ver con la absorción, el compromiso y el milagro. La erupción de colores, aromas y sustentos por el simple acto de presionar una semilla en la tierra. «Somos magos, osita», solía decirme. ¿Era de extrañar que estuviera tan embelesada, o que sus otras creencias, y su esperanza de que yo pudiera pensar sin costumbres ni restricciones de por medio, se asentaran con el tiempo?

No hacía mucho que había empezado, y todavía estaba pensando con cariño en mi abuelo cuando el sonido de un hacha cortó el aire.

Se me aceleró el corazón… pero al escuchar con más atención, me di cuenta de que no era un hacha lo que estaba interrumpiendo la paz de la mañana, sino la reverberación de una herramienta más sólida y más desafilada.

Era un martillo.

Haciendo más hincapié en su origen común, no tardó en ser reemplazado por una sierra, cuyo sonido provenía de la esquina sudoeste del jardín.

He descubierto que la tranquilidad que ofrece la jardinería rara vez se ve mejorada por el ruido de la carpintería. Trabajé diez minutos más antes de que la impaciencia, y también la curiosidad, me vencieran. Seguí el ruido, atravesando todas las zonas que seguían cubiertas de malezas, hasta ese espacio abierto que se describía en los planos como «Sector de pícnic», aunque el césped aún me llegaba a la altura de los muslos y estaba atestado de colas de caballo y acederas. En la parte desnuda en la base del enorme cedro estaba sentada Lola, royendo un hueso con satisfacción, y contra el tronco había varios tablones de madera apoyados. Divisé el bolso de herramientas de Latigez y, al mirar hacia arriba, encontré al mismísimo patán posado en las ramas junto a la casa del árbol, sujetando una sierra de mano. Había estado observándome mientras me acercaba, y solo desvió la mirada cuando la mía se encontró con la suya. Desde el suelo podía oler el sudor de su trabajo y estaba segura de que evitaba el agua y el jabón a propósito para tener mal olor.

—Buenos días, señorita —dijo, pero su voz me indicaba todo lo contrario—. ¿Y cómo estamos hoy, «Deborah»?

—¿Cómo sabe eso? —Sentí una oleada de calor en el rostro—. ¿Ha hablado con Moyano?

Señaló mi vestido y me sorprendió con lo que dijo a continuación.

—Veo que ha aprendido una lección de Dolores.

—¿A qué se refiere?

—Ella es rápida para arrodillarse. —Su tono era íntimo y desagradable, y luego sumamente correcto cuando continuó—: Y rezar.

Me miré la falda y me encontré con dos manchas de tierra donde me había arrodillado para plantar. Ignoré su comentario y, tras recuperarme, le exigí que me dijera cuánto tiempo más iba a estar haciendo ese maldito ruido.

—Hasta que termine el trabajo. Tengo órdenes importantes del señor Moyano. Llegaron por carta, escrita por el propio don Paquito.

Debo reparar la casa del árbol para sus hijos.

—Y supongo que eso significa que no puedo pedirle ayuda en el corto plazo.

—Si quiere un consejo, azotaría a sus amiguitos rojos. A modo de venganza.

—Debería darle vergüenza no tener la misma diligencia que ellos.

Disfrutó de mi réplica.

—Tengo un látigo si quiere, señorita. Incluso puedo mostrarle cómo usarlo.

Me alejé de él disgustada, en particular conmigo misma porque había dejado que sus provocaciones me afectaran. Mientras caminaba, chasqueé la lengua para llamar a Lola, pues no quería que estuviera cerca de ese hombre detestable. La pastora alemana abandonó el hueso y trotó detrás de mí.

—Perra traidora —gritó Latigez, riéndose de forma desagradable, y al instante reanudó el martilleo, más fuerte que nunca.

Sobre el Muro de los Lamentos

L a luz matutina sobre mi rostro, un poco de excavación enérgica y la sensación de la tierra entre mis dedos, fértil y margosa, contribuyeron en gran medida a que olvidara la bestialidad de Latigez mientras trabajaba, incluso si el ruido del martillo y la sierra continuaba. También tuve la satisfacción de ver, planta por planta, cómo el borde del camino pasaba de ser una línea clara a otra suavizada por el verdor erizado de los bojes. Lola se acostó cerca de mí y parecía contenta. De vez en cuando gritaba «¡la rata!» para molestarla, y ella se sobresaltaba y movía la cola. Tenía que hacerle cosquillas detrás de la oreja para que se relajara de nuevo y le brillaran los ojos. Había olvidado lo sociables que podían ser los animales y el efecto que provocaban en el espíritu de una persona, por lo que me comprometí a pasar más tiempo con las perras, no solo por mi propio bien, sino para asegurarme de que no se acercaran a Latigez, quien nunca iba a tratarlas tan bien como yo (aunque lo cierto era que no había pruebas de lo contrario).

Ya había terminado de plantar el lado izquierdo del camino, hasta el cruce con la fuente, y había comenzado por el derecho, cuando unos pasos sobre la grava anunciaron la llegada de Dolores con mis provisiones. La joven estaba emocionada de ver a Lola y le dio un abrazo, después de lo cual robó un pedazo de carne de la cesta, lo enrolló y se lo metió en la boca como si fuera un cigarrillo. Acto seguido, se inclinó con delicadeza sobre Lola, quien se tensó, ¡y luego se lo arrebató directamente de entre los labios! La criada chilló de alegría.

—¿No debería tener cuidado? —dije.

—En absoluto —replicó, enrollando otra rodaja—. Es bastante seguro. Epulef me lo ha enseñado.

—No sabía que conocía a los mapuches.

—Solo a Epulef, a veces recogemos los huevos juntos. Su hermano no es tan amigable —añadió, lo que me hizo preguntarme si había confundido sus nombres.

Dejó que Lola le arrebatara otro bocado y luego declaró:

—Algún día, tendré mis propios perros, señorita. Al menos tres. Quiero unos chihuahuas que se sienten en mi regazo, ataviados con moños y rubíes.

—¿Cuándo será eso?

—Cuando sea la doña de mi propia estancia.

Me temo que me reí de ella, a lo que respondió con furia:

—Me lo han prometido. ¡Ya verá! Voy a ser rica.

—¿Y quién le ha hecho esa promesa?

—Rica y holgazana, como doña Javiera. —Dicho eso, se fue.

Almorcé y le compartí algunos bocaditos a Lola (aunque fui sensata y se los di con la mano). También especulé si en las palabras de la criada había algo más aparte del hecho de darse aires de grandeza, pues cada vez que estaba en compañía de Dolores, no podía sacarme de la cabeza la imagen de su espalda lacerada.

Cuando sacié el hambre, pues el trabajo duro de la mañana me había dado un buen apetito, reanudé mi labor, avanzando continuamente hacia la fuente. El día mejoró aún más cuando Latigez finalmente dejó de hacer ruido. Por cada boj, excavaba un agujero generoso y le agregaba estiércol y un poco del fertilizante de sangre, pescado y huesos que había preparado el día anterior. Puede que el trabajo fuera estimulante, pero claramente no el más fragante. Luego, coloqué el boj en la tierra y rellené el agujero antes de enderezarlo bien. De momento, quedaba un espacio entre las plantas, pero con el paso de las estaciones se iban a unir y formar un seto perfecto y bajo. Y así continué, en esa tarde brillante —la brisa persiguiendo las nubes a través del cielo azul, con el canturreo de los pájaros de fondo—, haciendo un buen trabajo, hasta que…

De la nada, me asaltó un miedo.

En un momento, estaba absorta en mis pensamientos mientras cavaba, con la calidez del sol en mi cuello; al siguiente, tenía el corazón acelerado y la respiración entrecortada, como si hubiera corrido un kilómetro. Miré a Lola y vi que tenía los pelos del pescuezo erizados y los labios retraídos para dejar sus colmillos al descubierto. La perra estaba observando un punto detrás de mí en dirección a la casa, donde terminaba el Jardín del tesoro y las malezas permanecían firmes, sin haber sido podadas por los mapuches. Caí en la cuenta de que no tenía el valor de seguir su mirada. Escuché el crujido de unos pasos sobre la grava, un caminante solitario que se dirigía hacia mí. El modo de andar era demasiado pesado para que se tratara de Dolores de nuevo, y tampoco lo asocié con ningún miembro del personal masculino, pero aun así alcé la voz, forzada y débil:

—Señor Moyano, ¿es usted? ¿Señor Latigez?

Los pasos se detuvieron.

Lola se agachó como si se estuviera preparando para dar un salto y se le escapó un gruñido bajo de advertencia. Los pasos continuaron, pero ya no eran el crujido constante y regular de un pie tras otro, sino el sonido de una bota pesada, con la otra arrastrándose detrás. Traté de ponerme en pie, de huir, pero mis piernas eran como dos tallos de paja. Mi mirada permaneció fija en el agujero que había estado cavando. Apreté la pala con tanta fuerza que sentí un ardor en los dedos. Lola parecía tan paralizada como yo.

Los pasos estaban cada vez más cerca, y no tenían ninguna intención de detenerse. Cuando respiraba, sentía el sabor acre de las hojas podridas en el fondo de la garganta. No me atreví a mirar a mi alrededor, pero sí llegué a ver la silueta de una figura demacrada y tambaleante tapándome la luz delante de mí. Sentí un escalofrío, como si alguien me estuviera arañando la nuca con escarcha.

Sentí las pisadas a mi lado… hasta que se detuvieron por segunda vez.

Reinaba una quietud profunda, fantasmal, que no se vio interrumpida ni siquiera por el canto de los pájaros, durante la cual encontré la fuerza de voluntad para ladear la cabeza. El camino estaba vacío, la grava nivelada e inalterada, sin indicios de que algo hubiera sido arrastrado por ahí. Cuando los pasos volvieron a reanudarse, lo hicieron a cierta distancia, al otro lado de la fuente, donde vi a la figura oscura del hachero; aunque no tenía esa herramienta, el cuerpo consumido, la cabeza calva y las manos enormes no podían pertenecerle a nadie más, ni tampoco el pestilente poncho negro.

Una rabia malévola emanaba de él.

Mi corazón, mis pulmones, mi piel... todo se estremeció. Experimenté un terror como nunca antes, como si una fuerza física me envolviera. Y me aplastara.

Observé cómo avanzaba con pesadez con cuerpo clavado en el sitio, mientras la figura cojeaba hasta el final del Jardín del tesoro, en dirección al espacio salvaje que conducía al Muro de los Lamentos, donde se detuvo una vez más. El hachero se llevó los dedos a los labios como si estuviera a punto de silbar, pero no se escuchó nada. Su rostro permaneció inescrutable, sus facciones demasiado borrosas y ocultas como para descifrar. Y entonces, sucedió lo más inexplicable de todo.

Desapareció.

No era como ver a un *djinn* en una ingeniosa representación teatral en la que una nube de humo disfraza la caída del actor a través de una trampilla. Tampoco fui testigo de cómo su cuerpo se desmaterializaba como tal. Es difícil describirlo adecuadamente con palabras. En un momento estaba presente, y al siguiente no lo estaba, como si el abrir y cerrar de mis ojos fuera una oscura e interminable eternidad para él, en la que podía desaparecer de la vista de todos. Sin embargo, no fue del todo instantáneo, ya que quedó, por breve que fuera, un eco o residuo del contorno de su silueta.

Fuera cual fuera el método de su desaparición, el efecto fue inmediato. El frío mortal abandonó mi piel; mi respiración volvió a la normalidad, como si unas manos me hubieran agarrado de la tráquea para asfixiarme y de repente me hubieran soltado. Lola también fue liberada. Sin apenas descansar, se fue tras el rastro del hachero y, poco después, desapareció entre las malezas. La única señal de su presencia era cuando las hierbas más altas se balanceaban a su paso. Le grité que se detuviera y, como no me hizo caso, me vi obligada a perseguirla, con sus furiosos ladridos a modo de guía. Me sumergí en el matorral, donde las espinas se me engancharon en la falda y las ortigas me produjeron un escozor en las manos. Cuando llegué a una parte despejada, vi que Lola ya estaba en la base del Muro de los Lamentos. El instinto la había llevado al lugar donde la lluvia había expuesto los cimientos, y estaba cavando allí de forma frenética. Removía la tierra con las patas y se hundía cada vez más, mientras emitía un gemido agudo de desesperación. Traté de detenerla en vano, pues me di cuenta demasiado tarde de que había logrado hacer un agujero para cruzar al otro lado. De hecho, cuando me abalancé para sujetarla, sus patas traseras y su cola desaparecieron por debajo de las rocas negras del muro. La llamé en un tono suplicante antes de acercarme a uno de los huecos en el muro para ver al otro lado, asustada porque no sabía dónde estaba a punto de meterse.

Lola ya estaba corriendo por el prado. De pie a cierta distancia, demasiado lejos como para que hubiera caminado solo con la velocidad de sus piernas (aunque en ese momento estaba quieto, como si estuviera tallado en madera), estaba el hombre del hacha.

La perra lo alcanzó.

De la nada, sacó un látigo y entró en un frenesí, azotando a la pastora alemana con una brutalidad que habría hecho que el corazón más cruel de todos suplicara clemencia. Lola se encogió a sus pies, aparentemente incapaz de moverse otra vez, incluso mientras el cuero le dejaba el pelaje marcado y ensangrentado.

Sin pensarlo dos veces, y sin haber ideado ningún plan sobre lo que iba a hacer, comencé a escalar el muro, con las grietas entre las piedras como puntos de apoyo para las manos y los pies, y subí con una agilidad que no hubiera creído posible. En cuestión de segundos, me impulsé hasta la cima, desde donde tenía un panorama imponente de la pradera, del lago y del cielo despejado. En el paisaje no se veía ningún ser vivo. Sin embargo, a pesar de que no podía ver a Lola, sus aullidos y gimoteos resonaron por todas partes.

Empecé a descender por el otro lado, y lo cierto es que la bajada fue mucho más complicada. Casi de inmediato, las suelas embarradas de mis botas no lograron aferrarse al muro. Me resbalé y caí, y luego aterricé con tanta fuerza que se me salió el aire de los pulmones. Luché por ponerme de pie y corrí, pasando la cabaña de Tarella y de vez en cuando trastabillando en el césped irregular, hasta que, no muy lejos de la orilla del agua, encontré a Lola.

Estaba sola, dolorosamente herida y en un estado de considerable agitación, mientras se perseguía la cola y lanzaba mordiscos y patadas al aire, como si un enjambre de avispas invisibles estuviera atacándola. Tal era su violencia que tuve que acercarme con precaución.

—Quieta, quieta —dije en mi tono más persuasivo.

De esa manera, susurrándole y arrullándola, pude extender una mano lentamente y, cuando estuve segura, atraerla hacia mí, momento en el que la perra se entregó a mi abrazo. Mientras seguía tranquilizando al animal y calmando mi propio pulso, aproveché para mirar a mi alrededor. No había rastro del hachero. Sin embargo, no iba a descansar hasta que Lola y yo estuviéramos a salvo dentro de la casa. La perra lloriqueaba como una cachorra y, con un horrible presentimiento, me pregunté dónde estaba su madre, pues no había visto a Vasca en todo el día. Me puse de pie y, desde el prado, llamé a Lola para que me siguiera.

Una nube pasó frente al sol con rapidez y, mientras observaba, el lago se cambió inmediatamente al color del alquitrán. De pie junto a la orilla, con los dedos gruesos y sucios de vuelta en los labios emitiendo un silbido silencioso, estaba el hachero, su furia tan negra como el agua, con la maldad de sus intenciones evidente. Allí había un alma hirviendo de odio.

El corazón me dio un gran vuelco, y luego me saltó a la garganta.

Lola perdió los estribos y no pudo evitar aullar, gruñir y mostrar los dientes amarillos. Como me estaba enfrentando a una demostración tan feroz de parte de la perra, mi mano no fue lo suficientemente firme y, cuando salió corriendo, su ritmo fue demasiado poderoso como para atraparla. Se lanzó hacia el lugar donde había estado el hachero, aunque en ese momento solo había aire, y se metió en el agua de un salto, donde perdió el equilibrio y se hundió. Me acerqué a ella tambaleándome y dando tumbos, primero con el agua a la altura de las rodillas y luego, antes de que tuviera la oportunidad de recuperar el equilibrio, a la altura del pecho, porque aunque estábamos en la orilla del lago, no parecía haber nada más que profundidades traicioneras debajo de mí.

El agua estaba fría, tan fría como el formol, como si un minuto de luz solar nunca la hubiera templado, y estaba llena de malezas acuáticas enredadas que me se enroscaban alrededor de las piernas y que, combinadas con el peso de mis faldas, me arrastraron hacia abajo. Empecé a luchar por mantener la boca por encima de la superficie, con el pelo apelmazado alrededor del rostro; sin embargo, cuanto más luchaba, más desesperada se volvía la situación, hasta que me hundí y se me llenó la nariz y la boca de agua. Mientras trataba de liberarme a patadas, con la garganta a punto de explotar por la falta de oxígeno, un pensamiento surgió desde los oscuros recovecos de mi mente: *¿este es el destino al que se enfrentó el hijo de don Guido?*

Alguien agarró el cuello de mi vestido y me arrastró a la superficie antes de arrojarme bruscamente al suelo seco.

—¡Estúpida!

Balbuceando y sollozando, me separé el cabello para ver a Latigez de pie junto a mí.

—Encuentre a Lola —atiné a decir.

Se metió en el agua y desenfundó su facón para cortar las malezas mientras silbaba y llamaba a la perra por su nombre hasta quedar ronco. Una ráfaga de viento fuerte serpenteó desde las Pampas, la cual me hizo, con mi ropa empapada, temblar incontrolablemente.

No sé cuánto tiempo buscó a Lola, pues la concepción del tiempo se había vuelto confusa, pero al final tuvo que admitir la derrota y regresar a la orilla.

—Tenga cuidado ahora, Ursula —dijo Latigez con una ternura inesperada, apoyándome una mano en el hombro—. ¿Está herida?

Sacudí la cabeza, incapaz de formular una respuesta, incapaz de dejar de temblar.

—Escuché un silbido —explicó—, y la vi a usted y a la perra desde la casa del árbol. ¿En qué estaba pensando? Trepé y salté directamente del muro.

—Entonces, ¿lo ha visto?

—¿A quién?

—Al hachero.

—La vi a usted y a Lola lanzándose al agua como si se hubieran vuelto locas y quisieran ahogarse.

—¿A nadie más?

Su brusquedad volvió.

—No.

—Tiene que haberlo visto.

Mientras yo seguía protestando, él se sacó la chaqueta a regañadientes, maloliente por el sudor y el serrín, y me la colocó sobre los hombros temblorosos.

—Ha sufrido una conmoción —dijo—, está confundida. Usted era la única persona en el campo.

—Había un hombre, lo juro. —Tenía ganas de llorar—. ¿A quién cree que estaba persiguiendo Lola?

—Ella ya no está. Ahora usted tiene que volver a la casa, antes de que coja un resfriado.

Aparté el rostro para mirar el lago, y me negué a seguir escuchándolo. Observé las últimas ondas en el agua, los últimos indicios de la lucha de Lola, mientras estas disminuían y la superficie se volvía a nivelar hasta convertirse en una extensión de vidrio, sombría y completamente quieta.

Aviso de renuncia

Dejé que el agua me quemara, negándome a la idea de abrir más el agua fría, y mi piel se puso escarlata en cuestión de segundos. Puede que fuera sido un acto de practicidad, para descongelar mi cuerpo helado, pero en gran parte lo tomé como uno de resistencia: para aliviar la horrible culpa que me estaba consumiendo. Y mientras yacía en el baño, mareada por el calor, supe lo que tenía que hacer.

Los momentos finales de Lola se repetían en mi mente, así como una serie de alternativas menos desgarradoras. Si la hubiera sujetado mejor, a pesar de sus mordiscos, antes de que se dirigiera al agua; si hubiera sido más rápida en escalar el muro; si… y esto me causó una terrible angustia… si hubiera dejado de lado mi disgusto personal por Latigez y hubiera permitido que la pobre perra se quedara con él, masticando tranquilamente su hueso debajo de la casa del árbol. Porque la única conclusión que podía sacar era que Lola había muerto y que era culpa mía, aunque fuera de modo indirecto. Fue la repetición de estos pensamientos, junto con el recuerdo de cómo las algas se habían enrollado alrededor de mis piernas como si fueran un ente vivo empeñado en convertirme en una Ofelia y en arrastrar mi cuerpo hasta el fondo fangoso, lo que me obligó a confrontar la realidad.

Calista se había equivocado. Berganza se había equivocado.

Antes de esa tarde, había tenido la determinación necesaria para cumplir mi labor en Las Lágrimas, convencida de que, independientemente de los dramas inquietantes e inexplicables de la estancia, nada iba a dañar mi integridad física. Como Lola ya no estaba y yo casi me había ahogado, sabía que ese no era el caso. No podía explicar por qué el hachero era el culpable de la maldición, aunque no marcara mucha diferencia, pues solo había una cosa de la que estaba segura.

¡Debía actuar con firmeza!

Encontré a Moyano en la sala de trofeos, sentado en un sillón orejero debajo de las cabezas de los ciervos, fumando una de sus panatelas, con el porte de un hombre que está muy complacido consigo mismo, como si hubiera encontrado un monedero lleno de monedas de plata. En la habitación se sentía ese permanente aire frío, con los animales disecados listos para ser testigos silenciosos del anuncio que planeaba hacer.

El capataz se puso de pie en el momento en el que entré.

—Me he enterado de que se ha llevado un susto terrible en el lago. —Notó mi piel aún enrojecida por el baño—. ¿Ha pensado en pedirle a Calista alguno de sus remedios, para calmar los nervios?

—Señor Moyano. Quiero presentar mi renuncia.

Volvió a sentarse y se acomodó el pelo. Me percaté de que se había puesto pomada recientemente, aunque eso no ocultaba del todo el perpetuo olor a humo.

—¿Se puede saber por qué? —Su tono era tan gélido como la habitación.

—Temo por mi bienestar.

—¿Latigez la ha… *molestado* de alguna manera?

—¿Por qué lo menciona?

—Dolores se quejó de su comportamiento una vez. Tiene el mérito de ser un buen trabajador, pero su conducta no siempre es apropiada.

—No tiene nada que ver con ningún miembro del personal.

—¿Y cuál es el problema?

—Prefiero no decirlo.

—Don Paquito llega en cinco días. —Se rascó la piel debajo de los puños—. No me parece justo que mi jefa de jardineros renuncie en ese intervalo sin una explicación.

—Las Lágrimas está embrujada.

Ahí, por fin lo había dicho, las palabras se quedaron flotando entre nosotros. Y supe que nunca debería haberlas pronunciado, pues la percepción que tenía de mí ahora había cambiado para siempre.

En el caso de Moyano, los estados de ánimo que mejor conocía eran su carisma y su bonhomía insoportable, al igual que sus episodios de melancolía, pero esa noche lo hice experimentar una ira incontrolable.

—Maurín, su predecesor, dijo lo mismo. ¿Por qué no puedo encontrar a un jardinero que no tenga la mente llena de esas tonterías? —Antes de que pudiera formular una respuesta, continuó, prácticamente gritando—: Sea clara, señorita Kelp, no existen los fantasmas.

—¿Qué diría si le afirmara que he visto uno? Esta misma tarde.

—Le diría que se interne en un manicomio.

Me tomó por sorpresa la rapidez y mordacidad de su réplica, al igual que la profunda antipatía hacia mí; ni siquiera Gil había recurrido a una situación tan desagradable.

—Se lo juro, señor Moyano, un espíritu acecha la estancia y sus intenciones no son buenas. Casi me cuesta la vida hoy. En todo su tiempo aquí, debe de haber visto algo. Algo que le haya generado la más mínima duda. —Insistí en mi argumento—. Usted mismo me ha dicho que lo ha poseído un estado de ánimo sumamente extraño en este lugar.

Cuando dije eso, sus ojos brillaron de forma siniestra.

—Por fin he logrado cambiar la mala fortuna de mi vida —replicó—. Y el don estará agradecido por todo lo que he logrado; no dejaré que una persona como usted lo arruine. Rechazo su renuncia.

—¡No puede retenerme aquí!

—No. —Apagó la panatela con fuerza—. Tampoco tengo la obligación de brindarle un caballo o provisiones, si es que realmente comete la imprudencia de irse. Le advierto que no intente llevarse nada, señorita Kelp. De lo contrario, será considerada una ladrona y tendré el derecho de detenerla.

—¿Entonces soy una prisionera?

—Usted es mi jefa de jardineros. Espero verla trabajando mañana a primera hora. Si no le gusta mi decisión, discútalo con don Paquito cuando llegue.

* * *

Tomé una decisión en cuanto me alejé de Moyano: me iba a ir a escondidas de la estancia al día siguiente. Caminé hacia mi habitación a toda prisa y empaqué las pertenencias que consideré esenciales en una pequeña alforja. Elegí mis botas Ayres & Lee (las más resistentes que tenía) y la ropa más abrigada, y del armario saqué el poncho de Rivacoba para ponérmelo encima de todo lo demás y protegerme de las peores condiciones climáticas. El olor que tenía la prenda, a caballo y fogata, me resultó extrañamente reconfortante. Luego me acosté en la cama. Mi plan era levantarme antes que Calista para asaltar la cocina en busca de provisiones y después salir por la puerta principal justo para el amanecer. Iba a hacer el viaje a pie, ya que por mucho que hubiera querido montar a Dalia, era más probable que la echaran en falta, mientras que en mi caso, si tenía suerte, nadie iba a sospechar que me había ido hasta que no me vieran en la cena, lo cual me iba a dar un día de ventaja.

Con esas medidas tan prácticas, sumadas a la voluntad renovada que sentí al tomar la decisión de irme, el horror del día comenzó a perder fuerza. Aun así, el sueño no llegó con facilidad. El viento soplaba con suavidad en los árboles, apenas un susurro, pero no eran los elementos del exterior lo que me perturbaba, sino la agitación del interior: la vista del hachero, la escena con Moyano. Fue en este estado de inquietud, cerca de la medianoche, cuando percibí un crujido en las escaleras y experimenté la sensación, ya demasiado familiar, de que había alguien al otro lado de la puerta, escuchando para confirmar si estaba durmiendo. Contuve la respiración, mi cuerpo tan quieto como una efigie, hasta que escuché a la presencia retirándose, con el sonido de su ropa rozándose. En ese momento, me levanté de la cama. Sentí cierta turbación, y también una furiosa curiosidad, pero no el miedo que se había apoderado de mí en el Jardín del tesoro. Abrí un poco la puerta.

Vi una presencia sombría con una vela en la mano alejándose de mí, y como la débil luz bailaba en las paredes, la figura parecía flotar;

sin embargo, mis sentidos superiores me dijeron que era testigo de algo corpóreo y no sobrenatural. La figura se detuvo delante de una puerta al final del pasillo, la golpeó sin hacer ruido y se le permitió la entrada de inmediato. Al principio pensé que se había metido en el baño, pero me di cuenta de que ese se encontraba en la puerta de la derecha, la que antes había estado cerrada con llave. El olor que salió del interior era como un elixir soporífero, tan embriagador como la flor de cananga, y no tardó en alcanzarme. Durante un momento me quedé quieta e indecisa, pero luego me arrastré hasta donde había entrado la figura y, de pie en la oscuridad total, apoyé la oreja contra la puerta. Debía de ser gruesa, más gruesa que la mía, porque los ruidos del interior apenas se escuchaban. Tenía la sensación de que había al menos dos personas, aunque era imposible descifrar el propósito exacto de su conversación. De lo que sí estaba segura era de que estaban en medio de una negociación conspirativa. Un mueble fue recolocado, seguido de un silencio de tal duración que me pregunté si había alguna otra salida secreta en la habitación por donde pudieran haberse escabullido los ocupantes; de todas formas, con el tiempo llegaron otros sonidos, silenciosos al principio, pero que fueron *in crescendo*: el rebote de unos resortes, unas súplicas desesperadas, un grito ahogado de éxtasis.

Me aparté, con la oreja ardiendo.

A pesar de ser inexperta en tales asuntos, entendí lo que estaba escuchando bastante bien. Un calor pecaminoso me subió desde el pecho hasta la garganta y las mejillas. Me apresuré a regresar a mi habitación, y cuando crucé casi la mitad del pasillo, mis pasos vacilaron. Estaba claro que no debía estar husmeando, pero una parte censurable de mí tenía curiosidad por saber más. Era demasiado arriesgado permanecer pegada a la puerta, ya que podría abrirse en cualquier momento y exponer mi fisgoneo. Sin embargo, nadie podía cuestionarme o reprenderme por usar el baño contiguo, así que me deslicé en esa habitación oscura y, no del todo conforme conmigo misma, presioné la oreja contra la pared.

Lo primero que detecté fue ese gorgoteo extraño que sonaba con ímpetu y penetraba los silencios de la casa. Cuando le presté la debida atención, me di cuenta de que provenía de las propias paredes, de la estructura misma del edificio. En otra ocasión, eso podría haber estimulado mi curiosidad, pero de momento estaba más interesada en lo que podía escuchar más allá. La urgencia animal de unos momentos atrás había sido reemplazada por un sonido diferente, agudo y entrecortado, interrumpido por unos gritos ahogados. No pude identificarlo del todo, pero el ritmo me hizo acordarme de los hachazos incesantes contra los árboles. Por más que forzara el oído, no pude determinar a quién estaba escuchando.

Me dejé llevar por mi lascivia varios minutos más, antes de que el remordimiento finalmente se apoderara de la mayor parte de mi carácter y me diera la orden de regresar a mi habitación. Allí encendí una lámpara, me envolví en mi bata y, sentada en el borde de la cama, esperé para enfrentarme a quienquiera que se escabullera en plena madrugada y pasara frente a mi puerta. Confiaba en que no iba a tener que mantener el estado de vigilia toda la noche, ya que, a pesar de ese giro inesperado, todavía tenía la intención de levantarme temprano y fugarme.

Sentí que transcurrió un período prolongado. La somnolencia empezó a dominarme; necesitaba una gran fuerza de voluntad para permanecer despierta. En una ocasión debió de vencerme, porque el aullido lastimero de una jauría de perros me hizo volver a la realidad, aunque, mientras sacudía la cabeza y parpadeaba, solo el silencio llenaba mis pensamientos.

Finalmente, escuché el leve sonido de un cerrojo abriéndose.

En un instante estuve alerta y me preparé para mi visitante nocturno, esperando y conteniendo la respiración a medida que se acercaba, el ambiente era silencioso excepto por el inusual chirrido de un tablón del suelo, hasta que la persona estuvo justo fuera de mi puerta. Luego, sosteniendo la lámpara en alto para que no hubiera ninguna posibilidad de esconderse, abrí la puerta y salí al pasillo boquiabierta.

No sé cuál de las dos estaba más sorprendida. Dolores se había detenido en seco y temblaba delante de mí. Gracias a la luz de su vela, vi que tenía los labios y el rostro pálido enrojecidos de tanta actividad.

Apretada contra su pecho agitado y raído, como si su vida dependiera de ello, había una llama de juguete tejida en lana.

La criada fue la que se movió primero.

Sopló la vela y salió disparada entre las sombras, con el olor acre de alguna flor detrás de ella. La perseguí, pero ella era más rápida y conocía mejor la ruta, sobre todo en la oscuridad. Subimos corriendo las escaleras, una detrás de la otra, golpeando los escalones con los pies, hasta llegar a las habitaciones del ático donde ella atravesó la puerta de su dormitorio a toda velocidad antes de que pudiera atraparla. La cerró de golpe, el ruido reverberando a lo largo de la casa silenciosa, y la trancó.

—¡Dolores! ¡Abra de inmediato!

Golpeé la madera con la palma de la mano e inmediatamente lamenté mi arrebato.

—No estoy enfadada con usted —le dije en un tono más mesurado—. No se lo diré a nadie. Solo quiero entender.

Escuché unos jadeos y una risita medio contenida, como la de una pilla de la calle que acaba de eludir a un agente de policía, pero no obtuve ninguna respuesta.

Después de unos cuantos minutos, tuve que reconocer que Dolores nunca iba a abrir la puerta mientras yo estuviera ahí. Sin embargo, la criada no era la única persona a la que podía exigirle una explicación.

Caminé sigilosamente hasta la planta de abajo, hasta el final del pasillo, con mi determinación vacilando a medida que me acercaba, mientras me preguntaba cómo podía explicar mi conocimiento de los eventos en la habitación, un asunto completamente íntimo, sin tener que confesar también que estaba escuchando a escondidas. ¿Podría el culpable echármelo en cara? No, mi defensa era sólida, y mi obligación de intervenir estaba totalmente justificada, porque Dolores era influenciable y apenas había pasado la niñez, y yo, una mujer respetable sin ningún deseo de ser asociada con un comportamiento tan escandaloso. Iba a descubrir la identidad del individuo que se había aprovechado tanto de Dolores y se lo iba a informar de inmediato al señor Moyano.

La puerta estaba cerrada, pero no con llave.

La abrí y me golpeó una mezcla desagradable de sudor y flores, un olor que era todo lo opuesto a la primavera. Los cristales de las ventanas goteaban por la condensación, al igual que una botella de ron a medio terminar en el alféizar. No había nadie en la habitación. Pensándolo mejor, no tendría que haberme sorprendido, porque quienquiera que estuviera con Dolores sin duda se habría percatado de mi presencia cuando yo había empezadp a perseguirla y, por lo tanto, ya se había marchado. En el apuro, no había ni siquiera intentado acomodar el lugar, porque todo era un sórdido desorden, las sábanas de la cama rasgadas, la ropa interior de Dolores hecha jirones y tirada en el suelo, mientras que al lado yacía un látigo. Un látigo idéntico al que había usado el hachero para golpear a Lola, con el cuero salpicado de sangre.

Calista está ofendida

Durante la noche hubo un cambio en el tiempo. Ese anticipo de la primavera que la naturaleza nos había regalado desapareció, y en su lugar llegó un aire fresco, húmedo y un tanto lúgubre, que lo sentía tanto en los huesos como en el rostro, y me recordó un noviembre inglés, cuando los jardines descansan y la gente rastrilla las hojas. A la mañana siguiente, era temprano cuando llegué a la puerta principal y levanté la cabeza hacia las Pampas para ver un cielo uniforme lleno de nubes grises como el hollín, por donde el amanecer luchaba por penetrar. La verja, que estaba recién pintada por Latigez la última vez que la crucé, estaba inexplicablemente oxidada de nuevo, y sentí la aspereza del metal cuando la abrí. Partí, con la confianza suficiente y cómoda con el poncho de Rivacoba, mientras la alforja en mi hombro hacía ruido por culpa de los alimentos enlatados que había sacado a escondidas de la cocina una hora antes.

No obstante, en cuestión de minutos, la realidad de lo que se avecinaba —la infinitud del paisaje, la inmensidad del cielo, *la gran distancia que debía recorrer*— me paralizaron de la manera más preocupante.

Lo que me había parecido una decisión racional la noche anterior, en ese momento parecía una locura, ya que había dejado de lado algunas consideraciones sobre cómo iba a orientarme (¡ni siquiera tenía un mapa!) o cuán desafiante iba a ser el viaje a la civilización. ¿Y si me perdía? ¿Y si el clima se volvía en mi contra con más furia que ese domingo que había salido a cabalgar con Dalia? ¿Y si me resbalaba y me torcía el tobillo (o algo peor)? Cualquiera de esas posibilidades podía transformarse en un peligro mortal en un abrir y cerrar de ojos. Tampoco, por improbable que pareciera, me agradaba la idea de volver a toparme con el niño de la cantera. Luego estaba Moyano: cuando descubriera mi ausencia, probablemente emprendería una persecución; otra situación que era capaz de generar aún más antagonismo en nuestra relación. E incluso si de milagro llegaba sana y salva a Chapaleofú, el viaje a pie me iba a llevar más que los cuatro días que faltaban para que llegara don Paquito, momento en el que iba a poder hablar con él y renunciar de una manera más sensata.

No, cruzar las Pampas representaba una amenaza tan grande, si no mayor, para mi bienestar como el hecho de quedarme esperando, porque al menos en la estancia tenía la seguridad de cuatro paredes, comida abundante y la compañía de Calista. De ahí en adelante, iba a estar atenta a la más mínima señal de cualquier aparición y, al primer indicio, iba a salir corriendo de inmediato. Si necesitaba más razones para que me convencieran de abandonar mis planes, también estaba el asunto de Dolores. Puede que fuera una muchacha insolente y desaliñada, pero no podía dejarla sola con su torturador y convertirme en una cómplice de su explotación.

Le di la espalda a la inmensidad de las Pampas y a las enormes nubes apresuradas en el cielo, cerré la verja detrás de mí y regresé a la casa antes de que alguien se enterara de que había intentado fugarme.

Fui primero a los establos para buscar a Vasca. Era consciente de que las perras poseían una gran sensibilidad al fantasma y, si quería estar alerta durante los próximos días, mi intención era mantener a la pastora alemana conmigo en todo momento, como si fuera un canario en una mina de carbón, por así decirlo (una metáfora que tal vez no era muy apropiada, pues estaba decidida a no perderla como a Lola). A Vasca le gustaba que la alimentaran temprano, pero aunque la acaricié y le hice mimos, no era la de siempre. Tenía la cabeza gacha, además de los ojos desparejos llenos de tristeza y reproche, como si entendiera demasiado bien el terrible destino de su cachorra. La perra caminaba lentamente detrás de mí mientras yo me abría paso por el jardín hasta el agujero en la base del Muro de los Lamentos por donde Lola había escapado. Con seriedad, lo tapé, moviendo piedras con mis propias manos y llenándolo de tierra, hasta que me cercioré de que estaba bloqueado. Mientras tanto, mi trabajo fue observado por un solitario y feo chimango posado en lo alto que emitía gritos ocasionales y desdeñosos. Luego avancé hacia el Jardín del tesoro para comenzar el trabajo del día; mi objetivo era seguir plantando los setos de bojes en esa sección del camino que estaba al otro lado de la fuente. Cuando llegué, todo estaba sereno, y mis herramientas se encontraban justo en el mismo lugar donde las había dejado la tarde anterior. Estaban húmedas por haber permanecido a la intemperie toda la noche y mi primera tarea fue limpiarlas, y luego evalué rápidamente lo que había hecho el día anterior. Una vez más, todo estaba como debía estar, excepto por un detalle. Mientras examinaba los bojes que había plantado, vi que el follaje que daba al camino estaba ennegrecido y quebradizo. Me recordó a la vez que se marchitaron los setos de mi abuelo unos años atrás, cuando la primavera fue interrumpida por una ráfaga de aire invernal.

Comencé a trabajar, y Vasca se conformó con recostarse cerca. A pesar de que seguía sensible, a menudo mirando a mi alrededor, con mi oído atento a los posibles sonidos de pasos, no me sentía para nada nerviosa. De hecho, mi temperamento tampoco se vio afectado por las nubes oscuras y la luz tenue. No tardé en encontrar un ritmo de trabajo y en quedar absorta en la plantación. Solo me sobresalté una vez cuando escuché un gruñido bajo de Vasca. Estaba mirando fijamente la fuente, con el pelaje erizado. Me preparé para correr. Sin embargo, un momento después, el animal bostezó y rodó para mostrarme su barriga.

—Perra tonta —dije, haciéndole cosquillas, pero sentí una oleada de alivio.

Al mediodía, Calista me trajo la cesta, no Dolores. Me explicó que la criada se había acostado porque estaba enferma y luego me preguntó:

—¿Ha sacado algo de la despensa?

—¿Por qué lo dice? —respondí con cuidado.

LA MALDICIÓN DE LAS LÁGRIMAS 223

—El señor Moyano me ha pedido que la vigile por si roba comida.

Cogí mi alforja que, como no había regresado al interior de la casa en toda la mañana, seguía conmigo en el jardín.

—Tenía la intención de irme de la estancia y necesitaba provisiones para cruzar las Pampas. —Desabroché la parte de arriba y le enseñé las latas—. Espero que no se lo cuente al señor.

Se acercó a mí y, con sus dedos cálidos, me apretó la mano.

—Su secreto está a salvo. Y me alegra que haya cambiado de parecer. Es mejor enfrentarse al mal genio de Moyano y no a las Pampas. Si las cruzaba sola... dudo que pudiera haber terminado bien. ¿Qué la ha llevado a tomar una decisión tan imprudente?

Le relaté lo ocurrido el día anterior, y cuando terminé de contarle lo de Lola, el hachero y el desplante de Moyano (con el consuelo de estar desahogándome), pasé a hacerle un resumen de cómo había pillado a Dolores en el pasillo.

La cocinera pareció conmocionada por esa última revelación y por no haber estado al tanto de tales sucesos.

—¿Quién pudo haberla corrompido? —preguntó—. El señor Moyano no. Puede que hable poco de su esposa y su hijo, pero es fiel a ellos. Y Farrido solo tiene ojos para el alcohol.

—Tengo mis propias sospechas.

—¿Uno de los mapuches? Nunca he confiado en los de su raza.

—El señor Latigez.

El color abandonó el rostro de Calista, excepto por dos manchas moradas en las mejillas.

—¿Qué le hace pensar eso? —exigió enfurecida.

—Ciertas cosas que ha dicho, ciertas cosas que he observado. Es una intuición.

—No me interesan sus intuiciones. —Me arrebató la cesta del almuerzo—. Si le menciona esta calumnia al señor Moyano —dijo entre dientes—, juro que le diré que sus manos largas estuvieron en mi despensa.

Pensé que me iba a lanzar un escupitajo a los pies. En lugar de eso, Calista se alejó hecha una furia sin siquiera mirar atrás. La llamé, implorando, haciendo todo lo posible para disculparme, sin saber cómo la había insultado, pero no quiso escucharme.

El resto de la tarde seguí trabajando duro, totalmente ensimismada y sumida en un estado de desconcierto e inquietud por el comportamiento de Calista. No entendía por qué se había ofendido tanto por mi opinión sobre Latigez, pues mis sospechas tenían fundamentos con los que ella podría haber estado de acuerdo si se hubiera quedado a escucharlos. Además, estaba segura de que no albergaba ningún sentimiento no correspondido hacia el hombre. Fue en ese estado de agitación, cavando con fuerza y con la mente llena de interrogantes, cuando experimenté una aplastante confusión, inmediatamente reemplazada por la dulzura de las violetas y las madreselvas, esa misma fragancia difícil de conseguir de un jardín en pleno verano que ya había inhalado antes. A su vez, unos versos se abrieron paso en mis pensamientos: «podéis romper, podéis destrozar el jarrón de rosas, si queréis, / pero el aroma seguirá estando por mucho que lo intentéis». Eran las palabras (de un poema de Thomas Moore) que mi abuelo había pedido en su lápida, pero mi madre se había negado a cumplir su deseo y yo, para mi eterna vergüenza, había estado demasiado afligida como para insistirle. De pronto, con una gran intensidad que me hizo estremecer, tuve la sensación de que estaba frente a un desastre inminente y, en el mismo instante, me di cuenta de que Vasca ya no estaba a mi lado.

No estaba en ninguna parte del Jardín del tesoro ni, cuando busqué en los sectores despejados del terreno, en ningún otro lugar cercano. Corrí hacia la pared y fue un alivio ver que el agujero que había bloqueado antes seguía siendo inaccesible. Grité el nombre de la perra y cuando no vino, consciente de que había roto mi regla de tener a Vasca cerca para advertirme de los peligros, recogí mis herramientas con rapidez. El olor del verano había desaparecido.

En ese momento regresó Vasca, lamiéndome las manos en un frenesí de placer, como si hubiera estado lejos una eternidad.

—¿Qué es esto? —pregunté mientras la acariciaba y la felicitaba.

Le habían atado un collar de material púrpura alrededor del cuello, donde había un papel doblado que terminé cogiendo. Tenía un mensaje escrito con una letra grande y un tanto puntiaguda, como la de un niño perturbado. Estaba sin firmar:

Por favor. Vaya al Huerto, a la Puerta en la Pared del fondo. Luego siga las Cintas. Vasca conoce el Camino. Tengo que explicarle lo de Anoche.

Suspiré con impaciencia y cansancio por ese último giro de los acontecimientos. Cualquiera de mis hermanas se habría emocionado al recibir una nota de procedencia misteriosa, con la promesa de una aventura llena de pistas y una revelación al final del camino; siempre me reprochaban mi falta de «diversión». Esa tarde, tenía menos ganas de jugar que de costumbre; sin embargo, no podía negar que me generaba cierta intriga, algo en lo que el remitente del mensaje sin duda dependía.

—De acuerdo, en marcha —le dije a Vasca, suspirando de nuevo. Luego de asegurarme de que la perra permaneciera cerca de mí, empecé a andar para dar inicio a mi búsqueda del tesoro, dejando el jardín solo bajo una deprimente luz grisácea.

Nunca una rosa inglesa

Antes de llegar al huerto, empezó a caer una llovizna silenciosa y penetrante. No pasó mucho tiempo hasta que el pelaje de Vasca y mi poncho quedaron empapados. Más que nunca, me pareció prudente no haberme embarcado en un viaje a través de las Pampas.

El huerto en sí estaba vacío y bastante deprimente: había que recoger la cosecha del día, y los cristales del invernadero reflejaban el cielo de forma opaca. Caminé con pasos largos hacia el arco de la pared del fondo y descubrí, como me habían dicho, una cinta morada atada al pomo de la puerta, idéntica a la que llevaba Vasca alrededor del cuello. En cuanto empujé la puerta, la perra trotó a través de ella para llevarme al límite del terreno donde, en la rama más baja de una acacia negra, había otra tira de esa tela. La acacia (*Acacia mearnsii*) estaba al principio de un camino que desaparecía entre los árboles. Consideré qué hacer a continuación mientras desataba la cinta mojada sin prestarle mucha atención. A pesar de mi irritación inicial, el rastro de «pistas» había logrado despertar mi curiosidad, pero mis piernas se resistían a llevarme al bosque, pues recordaba mi experiencia previa con el hombre del hacha. Al final, fue la intrépida Vasca la que tomó la decisión, ya que siguió trotando como si estuviera regresando por una ruta que recordaba bien, mientras yo aceleraba para mantenerle el ritmo. Debajo de las copas de los árboles, al menos tenía la ventaja de estar seca, incluso si la luz era más tenue, y las sombras y los troncos torcidos estaban lejos de ser acogedores. Pensé en lo que me había contado

Berganza sobre los árboles y la plantación en manos de Tarella, mi predecesor. La experiencia indicaba que era inhumano que un individuo hubiera creado semejante bosque, y me pregunté, como lo había hecho varias veces desde entonces, qué le había sucedido a Tarella, ya que la breve elaboración de Berganza cuando lo presioné para saber más sobre el jardinero, sumado a su misterioso comentario en voz baja antes de partir, me hacían pensar que había algo más. O eso era mi conjetura.

A intervalos, el camino, que parecía haber sido transitado, se dividía en dos y en cada bifurcación había otra cinta morada que me señalaba la dirección que debía tomar. Después de la tercera o la cuarta, comprendí mi error al haberlas desatado sin siquiera pensarlo, porque, al hacerlo, me había quedado sin una ruta de regreso. Me sentía muy perturbada por estar en las profundidades del bosque, pues en la oscuridad a mi alrededor reinaban un silencio y una calma absolutos, y reconocí que dependía de quienquiera que estuviera esperándome para que me llevara a la casa sana y salva. Un extraño presentimiento se estaba formando en mi pecho. Por suerte, no había mucho más por recorrer.

Había pasado otro desvío en el camino cuando los troncos comenzaron a volverse más delgados, y el aire estaba cargado con el olor a humo de leña. Vasca lanzó un ladrido y siguió avanzando mientras retozaba por el suelo. Yo la seguí, de vuelto bajo la llovizna, hasta llegar a un claro inesperado, en cuyo centro había una pequeña y pulcra cabaña, no muy diferente a las ilustraciones de los libros de cuentos de hadas, ya que tenía ventanas redondas y aleros de jengibre. Por la frescura de los ladrillos y las tejas, supuse que era una construcción reciente, mientras que el jardín no era más que tierra removida y negra como la turba. Me imaginé los arbustos de lavanda, los lupinos y las malvarrosas que habría plantado si el lugar fuera mío. Clavada en la puerta estaba la última cinta morada.

Me acerqué y llamé a la puerta.

Como no me atendió nadie, eché un vistazo a través de una ventana —el marco tenía olor a creosota fresca—, y al ver que no había ningún ocupante, me moví para explorar la parte trasera de la cabaña. La escena allí contrastaba con el agradable frente: todo lo que había alrededor eran los desechos del trabajo de construcción, mientras que la línea de árboles estaba oscura y mucho más cerca, lista para engullir el claro a la más mínima la oportunidad. También había un edificio anexo en ruinas que fui a investigar. Atada en el interior estaba la yegua, Dalia. Acerqué mi nariz a la suya y le pasé los dedos por la crin gruesa y sedosa.

—Temía que se escapara esta mañana —dijo una voz detrás de mí—, así que la traje aquí.

Era Moyano.

—Para que lo sepa, puedo montar otros caballos —respondí cortante.

—Disculpe el numerito que he montado con Vasca y las cintas —continuó Moyano—, pero anoche quedaron las cosas mal entre nosotros y pensé que era la única forma de que me escuchara. Me gustaría que entráramos y tuviéramos una conversación más civilizada.

—Como no le contesté, añadió, con lo que consideré un dejo de impaciencia por no haber accedido de inmediato—: Quiero reparar el daño causado por mi conducta, señorita.

Le di un último abrazo a Dalia y, con cierta cautela y resignación, dejé que Moyano, quien parecía tener muchas ganas de hacer las paces, me acompañara hasta la puerta de la cabaña. Antes de que el capataz me permitiera entrar, señaló mis botas embarradas y me pidió que me las quitara, lo cual hice antes de seguirlo hasta la calidez del interior. En el aire se sentía un aroma especiado, no muy diferente al incienso, que me resultaba familiar y provenía de la chimenea.

—¿Qué es ese olor? —pregunté.

—Madera de ombú —respondió—. Debe haber visto el árbol faltante en la avenida principal.

—¿Usted lo taló?

—Lo talaron en la época de don Guido y dejaron que el tronco se secara. Las vigas de este edificio están hechas con esa madera; lo demás lo uso como leña. —Respiró hondo, saboreando el aroma—. Me encanta.

El techo de la cabaña era más bajo de lo que sugería el exterior y le otorgaba a la sala un ambiente íntimo, acentuado aún más por los leños apilados en la chimenea, las cortinas corridas y las lámparas encendidas. Además de eso, el lugar daba la sensación de ser ocupado de forma irregular. Los muebles eran de pino, nuevos y funcionales, las paredes lisas y con un olor a yeso parecido al del ala nueva en la casa principal. No había alfombras, cojines, ni otras telas suaves (aparte de las cortinas), lo que intensificaba mi percepción austera del lugar, mientras que los únicos objetos de interés eran una gran fotografía profesional enmarcada sobre la chimenea... y unas cabezas. Las cabezas de ciervos y otras bestias salvajes, algunas a la espera de ser adheridas a las placas, otras con el relleno colgando de la parte trasera, y otras —lo que era más inquietante— sin ojos en las cuencas.

—Uno de mis pasatiempos —explicó Moyano—. Estoy arreglándolas para llevarlas a la sala de trofeos. —Cogió mi poncho y lo colgó cerca del fuego para que se secara. Luego, señaló una mesa donde había una tetera, sándwiches y un soporte de tarta—. Calista ha estado ocupada en la cocina —dijo, apartando una silla para mí—. Sé que los ingleses disfrutan del té de la tarde.

Si hubiera tenido otro estado de ánimo (o mejor dicho, estomacal), habría preferido quedarme de pie, escuchar al capataz y volver a la casa lo antes posible, pero esa mañana no había desayunado y Calista me había confiscado el almuerzo; en resumen, estaba famélica. Las filas ordenadas con los generosos sándwiches de chorizo; las delicadas tartas de crema pastelera; el bizcocho con más de un centímetro de crema y una capa reluciente de mermelada... todo me resultó sumamente tentador. Me senté y comí con ganas, mientras Moyano mordisqueaba un sándwich y le arrojaba la mayor parte del interior a Vasca, que había ocupado lo que parecía un lugar habitual junto a la chimenea.

—Hice mal en perder los estribos anoche —dijo Moyano con un tono suave—. Espero que me perdone, señorita. Fue la ira de un hombre que teme que le roben su última esperanza. Que teme por su familia. Pero no puedo permitirle que renuncie —prosiguió de forma exagerada—. Las Lágrimas necesita a su jefa de jardineros, y yo también.

Quise protestar, pero levantó la palma de la mano para pedirme silencio.

—Antes de hablar, primero póngase en mis zapatos. Me deshonraron en mi último puesto... sí, me deshonraron, me despidieron y me amenazaron diciéndome que no encontraría trabajo nunca más, en ninguna parte de Argentina. Mi vida no tenía futuro, así que fue solo una casualidad que me ofrecieran una segunda oportunidad. He conseguido un empleo y un hogar (esta hermosa y nueva cabaña) cuando ni siquiera tenía la expectativa de ninguno.

—¿Se podría decir que este edificio es la razón de sus ausencias?

—Talé los árboles yo mismo, y luego lo construí con mis propias manos. Al principio tuve la ayuda de los trabajadores del ala nueva y, últimamente, la de Latigez.

—Debido a eso, he tenido que trabajar el doble. Si el jardín es tan importante como dice, piense en la diferencia que podrían haber marcado sus esfuerzos.

—Lo admito, he sido muy irresponsable, señorita. Quería tener todo listo para el día que llegue mi familia.

Se levantó de la mesa y tomó el retrato que había sobre la chimenea.

—Esta es la razón —dijo, mostrándomelo. Moyano no estaba en la imagen. Se veía a una joven belleza (sé que era descortés de mi parte, pero me parecía demasiado joven), con una boca bien formada y rizos negros, y a un niño de unos ocho años, con el pelo de un color similar y los ojos de su padre. A su manera, la imagen me recordaba al daguerrotipo en la cabaña de Tarella, aunque ninguno de los modelos actuales parecía tan feliz como la madre y su hijo.

—Alfredo tiene una terrible enfermedad pulmonar —declaró el capataz, la angustia evidente en su voz—. Hay días en los que lucha por respirar.

No me esperaba para nada ese nivel de confianza.

—Lamento oír eso.

—Necesita el aire limpio de las Pampas. Si fracaso aquí, él es quien sufrirá más. Así que comprenda mi temperamento, señorita. No quiero que mi hijo perezca.

—Yo tampoco, señor.

—Juan Pérez. En mi casa, insisto en que me llame por mi nombre.

—Claro —respondí, después de lo cual evité dirigirme a él por completo—. Entiendo su postura. De verdad. Sin embargo, la mía no ha cambiado. —Le devolví el retrato familiar—. Quiero renunciar.

—Por culpa de un... —empezó a decir, pero no pude determinar si su tono era enfurecido o burlón—... «fantasma».

—Sí.

—Hay muchas historias de Las Lágrimas, en su mayoría rumores y habladurías de las mujeres para asustar a los niños. Pero en una noche oscura, sentados alrededor de una fogata y compartiendo historias, muchos son los gauchos que también se estremecerán. Que inspeccionarán la oscuridad antes de irse a dormir incómodos.

—Así que usted mismo lo admite. Hay una maldición.

Moyano habló con desdén.

—La tradición empezó con don Guido. Cuando se fue de la casa, se negó a pagarles a los vigilantes, así que difundió rumores de fantasmas y sucesos extraños. Fue la manera más sencilla para ahuyentar a los intrusos en una tierra repleta de historias. Créame, no es nada más que eso.

Sin embargo, a pesar de haber negado todos mis argumentos de forma rotunda, su voz sonó repentinamente extraña en mi oído, esa voz que a menudo he escuchado en las personas cuando desestiman algo no porque piensan que es falso, sino porque saben que lo contrario es verdad. Se me vino a la cabeza la idea de que Moyano estaba tan familiarizado con los fantasmas de Las Lágrimas como yo, o quizás más, pues había vivido ahí más tiempo.

—Entonces explíqueme lo que he visto —repliqué—. El hachero que se llevó a Lola. Un niño que estaba en la cantera y luego se desvaneció. Un grupo de hombres en los árboles. Hombres con faroles, vestidos como hace una era, que desaparecieron así. —Chasqueé los dedos—. Y señor, ¡no me diga que fue un efecto de la luz!

—Lo que ha visto usted *sola*. No yo. Ni Latigez, ni el señor Farrido...

—Calista me cree.

—No me ha dicho ni una sola palabra al respecto.

Estaba a punto de refutarlo, pero apreté los labios. ¿Qué iba a decirle exactamente? ¿Qué otra prueba iba a presentar en mi defensa que no fuera un acto de egocentrismo? Mi frustración estaba aumentando.

—Lola fue asesinada.

—Un accidente espantoso. La perra salió disparada hacia el agua, quedó atrapada en las malezas y se ahogó. Latigez me lo ha contado todo. Siempre he confiado en su palabra.

—Fue el hachero, el fantasma. La atrajo hacia el lago. Lo vi bien claro, tan claro como lo veo a usted ahora frente a mí.

Me respondió con amabilidad, como si estuviera hablando con una persona inválida:

—Señorita, ¿alguna vez ha considerado que su mente le está jugando una mala pasada?

—No.

—¿O que está en medio de una histeria?

—No —volví a contestar, con firmeza y calma.

—Ya se lo he advertido, Las Lágrimas es un lugar solitario, y usted está bajo mucha presión con todas las obligaciones en el jardín. Los efectos de ambos sobre los nervios pueden ser más incapacitantes de lo que cree. Pueden apoderarse de usted sin que lo sepa. Durante sus últimos días en el ala nueva, uno de los constructores perdió la cabeza... y eso que tenía la compañía de sus compañeros y las virtudes del temperamento masculino.

—Qué negligente de mi parte. He olvidado que no tengo esa ventaja.

Moyano no le hizo caso a mi comentario desdeñoso.

—Cuando estemos ocupados y llegue el personal completo, confío en que se sentirá mejor.

—No cambiará nada: la estancia está embrujada.

—No puedo permitir que le diga esas cosas al don.

—Debemos advertirle.

—Se lo prohíbo.

—El hijo del don está en peligro, no tengo dudas. Todos lo estamos. ¿Cómo puedo hacer que entre en razón?

El capataz estaba a punto de responderme, pero se detuvo porque un nuevo pensamiento parecía haber cruzado su mente. Una claridad le cambió la expresión, y su aire era el de un hombre que había logrado comprender lo que tendría que haber sido obvio todo ese tiempo. Se rascó la muñeca.

—A menos que el fantasma que ve no sea más que un síntoma, una «manifestación», de alguna otra emoción.

—¿A qué se refiere?

—Doña Javiera tiene inclinaciones como las suyas, de fantasmas y maldiciones. Sospecho que el don la consiente. Es su manera, la manera de una mujer, de cautivar a su...

No concluyó la oración, sino que se apartó de la mesa y se detuvo junto a la chimenea, donde volvió a apoyar la fotografía de su familia y luego avivó el fuego con un atizador; las llamas saltaron de la madera de ombú y cubrieron la habitación con un resplandor rojo. Mientras se fueron apagando, Moyano acarició a Vasca y se adentró más en la habitación, pegado a las sombras, lejos de mi línea de visión.

Me di la vuelta. Al principio, creí que había ido a buscar algún objeto; en lugar de eso, apagó varias de las lámparas, una tras otra, cada una con un soplo de aire corto y preciso, hasta que la habitación quedó en penumbras. En la última se detuvo, en contemplación de quién sabe qué, y luego cogió algo debajo del retrato familiar. Era una pila de las monedas de plata que tanto le entusiasmaba coleccionar. De alguna manera, no las había notado antes, ni tampoco las otras pilas similares que parecían contaminar todos los rincones de la cabaña. Moyano parecía un hombre que se había sometido a algún poder que estaba fuera de su control.

—Quizás no sea un fantasma lo que ve —reflexionó—. En realidad, lo que busca es llamar la atención.

—No es verdad —respondí con brusquedad, desconcertada por el giro de los acontecimientos.

—Eso dijo ella... una vez.

—¿Quién?

Su respuesta fue pasarse las monedas de un peso de una mano a la otra antes de enterrarlas en el bolsillo del pantalón.

La luz roja y oscura de la sala me presionaba, y el calor del fuego me sofocaba. Sentí la necesidad de ocupar mis manos con algo y calmar los nervios, así que me serví otra taza de té, aunque no tenía nada de sed. La comida que había consumido era como un bloque de hormigón duro y pesado dentro de mi estómago. Incluso mientras me llevaba la taza a los labios, fui consciente del acercamiento sigiloso de Moyano. Cuando habló, su voz era sugerente, o más bien inquisitiva; me pregunté a cuál se inclinaba más.

—Entiendo cómo me ha mirado, Ursula. Lo entiendo desde el principio, cuando me buscó en el jardín de Buenos Aires y luego en el café... aunque luché por negarlo. Era exactamente la misma mirada que noté en la hija de mi empleador anterior. —Me apoyó las manos sobre los hombros con suavidad, pero de forma deliberada—. Las mujeres siempre han sido mi debilidad.

Me quedé helada, sin saber qué hacer.

Moyano desplazó la mano izquierda hacia arriba hasta encontrar el punto sensible entre mi oreja y mi garganta. Sentí cómo sus dedos me acariciaban el cabello húmedo, y luego me sujetaban de las raíces y tiraban con cuidado hacia atrás, haciendo que mi cuello se arqueara. Se inclinó hacia adelante, de modo que su aliento me provocó un hormigueo en la piel, y se llevó un mechón de pelo a la nariz antes de murmurar algo, aunque el *pum pum pum* de mi corazón era tan ruidoso, y mi estado de confusión tan alarmante, que no estaba segura de haber entendido sus palabras del todo: «muchas son las flores que he disfrutado, pero nunca una rosa inglesa».

Durante otro largo, largo momento, no pude hacer ningún movimiento, pero luego retrocedí con tanta vehemencia que derramé la taza de té y me salpiqué el vestido, que se empapó y se me pegó a la piel. Me alejé de un salto y corrí hacia la puerta principal, donde me puse las botas y comencé a atarme los cordones tan rápido como me lo permitieron mis dedos temblorosos.

Trampa para hombres

A brí la puerta principal y salí, preparada para correr de regreso a la casa.

Y me detuve de inmediato.

La noche estaba a punto de asentarse por completo en la estancia. Por encima de los árboles, hacia el oeste, quedaba una franja de cielo, púrpura como las hojas de los árboles del humo. El resto era oscuridad. Había dejado de llover, y el aire húmedo me pesaba en los pulmones.

Dudé, antes de volver a posar la mirada en el interior de la cabaña y llamar a Vasca. Se levantó con pereza de su lugar junto al fuego, se estiró y se acercó a mí obedientemente.

—¡Bien hecho! —la animé.

Moyano bloqueó el avance de la pastora alemana. Estaba pálido por la indignación.

—La perra se queda conmigo —sentenció, con la voz más dura e implacable que nunca.

—¡No esperará que camine sola a través de la oscuridad! —atiné a responder.

Hizo caso omiso de mi petición.

Junto a la puerta había un perchero y sobre él, junto a otra pila de monedas, había una linterna. Antes de que Moyano tuviera la oportunidad de detenerme, la cogí y eché a correr a través del jardín vacío de su cabaña hacia los árboles, iluminando mi camino con su haz de luz.

Solo una vez miré por encima del hombro para ver qué estaba haciendo Moyano y vi que ya había cerrado la puerta.

Seguí corriendo a toda velocidad por el camino, el follaje a mi alrededor estaba tan enmarañado que no me dejaba ver mucho, excepto lo que caía brevemente en el haz estrecho y amarillo de la linterna. La movía hacia todas partes, buscando las últimas cintas a modo de guía que no había quitado de las ramas. De esa manera, la primera etapa de mi retirada la hice a un ritmo considerable hasta que, inevitablemente, llegué a una bifurcación en el camino que no estaba señalizada. Maldije mi estupidez por haber desatado los indicadores. Si hubiera sido de día, si mi mente y mis emociones hubieran estado más tranquilas, podría haber reconocido la dirección que había tomado antes, pero como no era el caso, tuve que confiar en la suerte... lo mismo en el próximo desvío... y en el siguiente, hasta que lo único que supe con certeza fue que había doblado en un camino equivocado y me había perdido, por lo que reduje la velocidad para continuar caminando. La noche estaba silenciosa, salvo por un susurro del viento entre las ramas más altas, mientras que entre los árboles todo seguía sumamente quieto, sin correteos de animales nocturnos ni crujidos de ningún tipo, como si la oscuridad misma estuviera tensa y anticipando algún evento. En poco tiempo aprendí los diferentes grados de esa oscuridad, porque aunque algunos de los troncos torcidos eran apenas visibles, en otros lugares había manchas negras, como si fueran las bocas de algunas cuevas, de las cuales me mantuve alejada. Y a medida que mi camino se hacía cada vez más inseguro, me invadió el impulso de volver a la cabaña, independientemente de Moyano; sin embargo, incluso si hubiera sucumbido a ese deseo, ya no estaba muy segura de cómo volver sobre mis pasos. Mi única esperanza era continuar y rezar para llegar a una de las arterias principales que conducían a la casa.

Los acontecimientos de la cabaña se arremolinaron en mi mente, por lo que me entraron unas repentinas y estúpidas ganas de llorar. Con toda la modestia, debo admitir que soy una jardinera hábil y, en los momentos de mayor confianza en mí misma, me aseguraron que me habían ofrecido el puesto de jefa de jardineros por mérito propio;

no obstante, en otras ocasiones no pude evitar especular si se debía solo a la reputación de Las Lágrimas y al hecho de que ninguna otra persona había sido tan imprudente como para asumir el desafío. Esa noche, se había presentado otra explicación: el malentendido de Moyano de que yo estaba de alguna forma enamorada de él, y de que la atracción era mutua. No me atrevía a pensar a dónde habría metido la mano, ni qué abominación habría ocurrido, si yo no hubiera salido de la cabaña en el acto, porque, en ese período previo a mi partida, Moyano se había convertido en un personaje diferente, un hombre que había dejado de lado las restricciones, incluso cuando la fotografía de su esposa nos miraba. ¿La culpa había sido mía? ¿Acaso yo lo había confundido de alguna manera, aunque hubiera sido de forma involuntaria? ¿Las miradas que le había dirigido, las que él había mencionado, habían insinuado algo indecoroso sin que yo me diera cuenta?

Antes de que tuviera la oportunidad de considerar esa posibilidad, la luz de la linterna hizo que algo en el suelo brillara. Me detuve... ¡y justo a tiempo!

Medio oculta entre las hojas caídas, a una distancia de solo uno o dos pasos más, había una trampa para hombres.

Las fauces estaban abiertas de par en par, listas para cerrarse de golpe sobre cualquier desafortunado que las pisara; me estremecí al imaginar las consecuencias en la carne y los huesos. Los dientes eran del tamaño de puntas de flecha, afilados de forma ingeniosa y el metal estaba prácticamente recién fundido, por lo que sospechaba que el artefacto había sido colocado hacía poco.

Moví la linterna a mi alrededor como si el culpable aún estuviera cerca... y el corazón me dio un vuelco. Luego, se aceleró de forma demencial. Todos los nervios de mi cuerpo parecían haberse despertado. A cierta distancia, la linterna reveló la silueta misteriosa de un hombre que bloqueaba el camino, una silueta que existía en el borde mismo de su iluminación, donde la luz y la oscuridad se fusionaban. Aunque podía determinar solo los detalles más abstractos de la figura, al hedor que me asaltó las fosas nasales (un olor a hojas podridas y a la tierra más inmunda) lo reconocí al instante. También a las cascadas de emociones que me invadieron de golpe: una ira y una gran indignación.

Di un paso atrás para alejarme del hachero que, a pesar de que nunca avanzaba, permanecía siempre en la periferia de la luz. Retrocedí un poco más, balanceando la linterna detrás de mí para iluminar el camino. En el instante en el que estaba apuntando en la dirección opuesta, sentí un movimiento rápido y furioso que se acercaba a mí desde la oscuridad, como si esas manos nudosas se estuvieran extendiendo para agarrarme del cuello, así que, con toda la rapidez posible, volví a poner la linterna en su posición original... y me di cuenta de que el hachero no estaba ni más cerca ni más lejos que antes. Seguí retirándome con pasos cuidadosos, sin apartar la linterna del hachero, pero con muchas ganas de iluminar mi propio camino, pues estaba desnivelado y temía tropezar y que la linterna se me cayera de las manos.

Me atreví a dar otro paso y tropecé con una raíz.

Extendí los brazos para ayudarme a no perder el equilibrio y, durante un breve segundo, apunté la luz detrás de mí para no resbalarme de nuevo. En ese momento, capté algo por el rabillo del ojo. Al principio no entendía lo que estaba viendo, pero luego se hizo evidente, con tanta claridad que mis sentidos flotaban mientras yo luchaba por no desmayarme.

Todo el terreno a mis espaldas, desde el lugar donde estaba expuesta hasta el límite de la luz de la linterna, y me atrevo a decir que más allá de su alcance e incluso en la oscuridad que venía después, estaba cubierto de trampas. Debía de haber centenares, y el hierro relucía con la luz amarilla, anhelando una doncella ensangrentada. Apunté la linterna a la izquierda y a la derecha con la esperanza de poder abandonar el camino de una vez por todas, pero, incluso aunque la oscuridad a ambos lados no hubiera sido tan absoluta, los matorrales eran demasiado densos y nudosos como para atravesarlos.

El corazón me latía de forma descontrolada y no sabía a dónde apuntar la linterna. Al final, la balanceé de un lado a otro, como un péndulo loco y tembloroso, con la esperanza de mantener a raya al hachero, mientras iluminaba el camino lo suficiente como para poder evitar las amenazas del suelo. Era una ruta más traicionera y mortífera que cualquier otra que hubiera conocido; pisaba los espacios entre las trampas que apenas tenían el tamaño suficiente para apoyar los dedos, pues iba andando solo de puntillas. Avancé paso a paso, muy consciente de que un solo error me iba a dejar con una pierna de palo o, si me resbalaba y caía de bruces, terriblemente herida, mucho peor que en mis imaginaciones más horripilantes. Sentía frío en el labio superior a causa del sudor. Tenía la sensación constante de esas manos flotando justo por encima de mis hombros, acariciándome el cabello.

Y luego, cuando estaba débil por la tensión y sentía que no podía soportar nada más sin que me estallara el corazón, llegó una sucesión de sonidos más horribles que cualquier otra cosa que hubiera escuchado antes.

Cerca del talón, escuché que una de las trampas se activaba y se cerraba de golpe, tan cerca que sentí la vibración del metal a través de los huesos. También hubo un grito, el grito más espantoso que jamás había escuchado, que se elevaba desde las profundidades de una garganta humana hasta convertirse en un sonido agudo, emitido con una agonía extrema. Sentí el sabor de la sangre y solo pude pensar que, en mi conmoción, me había mordido la lengua (aunque, cuando examiné mi boca más tarde, no había ninguna herida parecida).

Ya sin ser consciente, ni preocuparme por el peligro que corrían mis extremidades, eché a correr desesperada y aterrorizada, impulsada por la necesidad más primitiva de escapar de ese espantoso sonido, poseída por una fe ciega de que me iba a salvar de las mordeduras de las trampas, incluso cuando se cerraron, resonaron y saltaron a mi alrededor, como cajas de sorpresas.

El grito aún retumbaba en mis oídos cuando las trampas llegaron a su fin y el camino de enfrente no fue más que tierra y hojas desparramadas. No me detuve, sino que seguí corriendo, sin prestarle atención a mi forma de moverme, con el deseo de escapar de los árboles, estar en medio de luces brillantes y refugiarme en la compañía de otras personas. No apunté el haz de la linterna hacia atrás, sino que lo mantuve contra el suelo por temor a encontrarme con otro tramo de dientes de metal llenos de maldad. Por eso no vi a Moyano hasta que estuvo casi sobre mí, momento en el que nos chocamos con tanta fuerza que nos caímos.

Me ayudó a ponerme de pie. Envuelto en su brazo estaba mi poncho, y afirmó, con un sentimiento de remordimiento, que había venido a devolvérmelo. A pesar de los eventos que habíamos vivido en la cabaña, necesitaba con urgencia el contacto de otro ser humano (incluso el suyo), y aunque tenía la lucidez suficiente como para no abrazarlo, sí lo agarré de la manga con fuerza hasta que mis dedos encontraron el calor de su cuerpo.

Enfoqué su rostro con la linterna, de modo que la luz le diera desde abajo, lo que hizo que sus rasgos se vieran amarillos y proyectaran sombras largas e invertidas.

—¿Lo ha oído? —pregunté cuando por fin recuperé el aliento.

Me movió con cuidado para apartar la luz de sus ojos.

—¿Lo ha oído?

Al final, de muy mala gana, me respondió la pregunta, y supe que no iba a desestimar mis afirmaciones nunca más por creer que venían de una mujer que se estaba volviendo loca.

—Sí —admitió bruscamente, y se estremeció—. He oído un grito.

Metal antiguo y panal

Salimos de la casa al amanecer en grupo de tres. El día había continuado desde donde había terminado el anterior, y en ese momento las densas nubes parduzcas estaban bajas, de modo que las copas de los árboles habían quedado envueltas en la niebla. Todo lo que tocaba o rozaba con mis faldas estaba frío y húmedo.

—Qué hermoso día de primavera nos ha tocado —se quejó Latigez detrás de mí. En las ramas más altas se escuchaba el canto de las aves, aunque no vislumbré ningún pájaro ni una sola vez. Caminamos uno detrás del otro, con Moyano a la cabeza, quien nos llevó primero a su cabaña, donde recogió a Vasca, para luego recorrer los caminos que salían del edificio en un intento de volver sobre mis pasos de la noche anterior. Para prevenir pasos en falso perjudiciales y para evitar tropiezos en la oscuridad, el capataz había ordenado que esperáramos al amanecer para comenzar con nuestra investigación. No intercambiamos ni una sola palabra entre los tres mientras seguíamos una gran cantidad de pistas falsas.

Al final, fue la nariz de Vasca la que nos condujo al objeto que estábamos buscando.

Llegamos a un camino con un arco verde, formado por troncos y ramas, en cuyo centro había una sola trampa. No podía decirlo con certeza, porque la noche había sido muy oscura y yo había tenido las emociones a flor de piel, pero estaba segura de que esa era la primera de las trampas con las que me había topado. Estaba cerrada, como había oído la noche anterior, y atrapado entre sus malignas fauces de metal estaba el ciervo blanco. La bestia estaba echada, con la subida y la bajada de sus flancos apenas perceptibles; las piernas que no estaban atrapadas las tenía dobladas y torcidas en ángulos extraños, mientras que la sangre que había drenado de su herida había empapado un gran pedazo de tierra a su alrededor. El ciervo debía de haber estado allí toda la noche. Se movió un poco cuando vio que nos acercábamos, y de su garganta emergió un gimoteo desgarrador. Luchó por ponerse de pie antes de que sus extremidades cedieran y se desplomara en el suelo.

Me dolía mirar su pierna destrozada.

—Tenemos que ayudarlo —dije con la voz endurecida por la ira que me generaba el hecho de que hubieran lastimado a una criatura tan noble de esa manera cobarde.

—Solo hay una cosa que podemos hacer —contestó Moyano, haciéndole señas a Latigez—. Será mejor que no mire, señorita.

Latigez desenfundó su facón con arrogancia y, sin perder el tiempo, se dispuso a llevar a cabo su tarea. Moyano me sujetó del codo para alejarme. Me encogí de hombros para apartarlo y me arrodillé junto al ciervo antes de apoyar la mano en su caja torácica. Su piel era aterciopelada al tacto, y sentí los latidos finales de su corazón en la punta de los dedos.

—Hágalo rápido —le advertí a Latigez.

Miré a la distancia y la pantalla gris de los árboles. Los árboles de Tarella. La idea me cruzó por la mente de la nada, y su vehemencia fue suficiente para alarmarme. Latigez colocó el filo en la garganta del animal y comenzó a serruchar. Era un sonido violento y horroroso, como el de alguien rasgando una tela de arpillera, que seguía y seguía y que hubiera preferido no haber escuchado. Moyano habló por encima del ruido, supuse que para distraerme.

—Debe ser de la antigua manada de don Guido, aunque no creo que haya sobrevivido ninguno de los animales. En su momento, Las Lágrimas fue famosa por ellos. ¿Lo sabía? Eran el gran orgullo del don, pero siempre quería tener más. Si le llegaba la noticia de algún ciervo albino, era capaz de pagar un dineral para que trajeran el animal a la estancia. Luego, todos los años, el don seleccionaba el mejor espécimen para la caza de verano...

—Por favor —le supliqué—. Basta.

—La cacería siempre tenía lugar de noche, para realzar el deporte.

—Por favor.

—Era el tema de conversación de cada temporada...

En la periferia de mi visión, vi un charco brillante. El ciervo blanco tuvo una última convulsión... y luego se quedó inmóvil. Sentí una oleada de dolor, con una intensidad inexplicable, y la contuve de inmediato, porque no quería que esos dos hombres presenciaran ningún arrebato ni, en efecto, revelar la magnitud de mis emociones.

—¿Qué harán con él? —pregunté.

Latigez se puso de pie y sacó un trapo de su bolsillo.

—Estoy seguro de que el señor Moyano querrá la cabeza para el don. —Limpió el facón—. Y la señora Latigez detesta desperdiciar una buena carne.

Tal fue mi aborrecimiento ante la primera mitad de la respuesta que tuvo que transcurrir un momento antes de que absorbiera la revelación de la segunda.

—¿Está casado con Calista? —pregunté con incredulidad y sin ocultar mi repugnancia.

Asintió, observándome. Cuando el rubor se extendió desde mi cuello hasta mis mejillas, a él se le escapó una sonrisa. Pensé en las difamaciones que había pronunciado frente a su esposa y le comenté en voz baja que no estaba enterada. Latigez disfrutó de mi incomodidad un poco más antes de decir:

—Traeré una carretilla para llevarme el cadáver.

No soportaba la idea de caminar con él, pero tampoco quería quedarme sola en compañía de Moyano en ese pasaje lúgubre, así que le di un poco de ventaja a Latigez. Cuando hice ademán de seguirlo, Moyano alzó la voz.

—Señorita, tal vez tenga la amabilidad de concederme unos minutos.

Como no vi ninguna razón para hacerlo, me alejé sin responder.

—Lo de anoche fue un bochorno para los dos —prosiguió de todos modos—. Malinterpreté la situación. Ursula, si me hace el favor, tómeselo como un cumplido. Usted es una mujer hermosa...

—No soy hermosa.

—Y yo, un hombre que echa de menos el consuelo de su esposa.

Sus palabras me hicieron detenerme. La insinuación me impactó de inmediato, y me di la vuelta para enfrentarme al capataz. Se había estado rascando las cicatrices en la muñeca.

—Dolores —dije con la intención de acusarlo—. ¿Usted fue el que estuvo con Dolores?

—¿Qué tiene que ver ella?

—Estuvieron juntos, en la habitación cerca de la mía. Ahí es donde usted pasa las noches.

En su expresión se leía una gran confusión, pues tenía el ceño fruncido por el desconcierto. Me sentía humillada por haberlo acusado; a partir de ese momento, tomé la decisión de ser más cautelosa antes de señalar con el dedo.

—No estoy seguro de lo que está insinuando —respondió Moyano—. Paso las noches en la cabaña, terminando el trabajo que hace falta allí. —Hizo una pausa antes de continuar—: En cuanto a mi pequeño desliz de ayer, creo que es mejor si ninguno de los dos vuelve a mencionarlo. En particular al don.

A pesar de que seguía sintiéndome como una tonta, mi respuesta fue más hostil de lo necesario.

—Parece que hay muchas cosas que no quiere que le cuente.

—¿Realmente quiere hablarle de su «fantasma» después de esto? —Empujó el cuerpo del ciervo con la punta de la bota; su tono fue burlón cuando dijo—: Ahí está el grito.

—Vi su expresión anoche. Ambos escuchamos lo mismo. —Me estremecí ante el mero recuerdo—. Era el grito de un hombre, no el de un animal.

—Estaba alterada.

—Su rostro me lo dijo todo.

—Y usted me dijo que había otras trampas. —Miró a su alrededor—. Cientos, de hecho.

Sobre eso, innegablemente, tenía razón. Mientras que la noche anterior el camino había fluido como un río de hierro, esa mañana estaba vacío en ambas direcciones, no solo de trampas, sino también de hojas y de todo tipo de escombros, como si alguien hubiera barrido el suelo. Mis ojos buscaban alguna prueba de lo que estaba segura de haber visto. Más adelante, encontré las huellas de los dedos de mis pies, dispersas de forma aleatoria por el lugar donde había caminado entre las letales fauces de metal y, entre ellas, un segundo conjunto de huellas compuesto por la marca de una bota grande, seguida de un caminito en la tierra donde el hachero había arrastrado el otro pie.

—¡Ahí! —dije victoriosamente—. Ahí está la prueba.

Tras lo cual, Moyano apoyó su propia bota sobre la huella en el lodo; encajaba a la perfección.

—Creo que este es el lugar donde nos cruzamos.

Un coágulo de odio se alojó en mi garganta por culpa de ese hombre y su obstinación.

—¿Y si el ciervo hubiera sido yo? —exclamé—. ¿O usted, o cualquier otro miembro del personal? ¿Y si don Paquito hubiera quedado atrapado en la trampa? ¿Cómo puede haber permitido semejante barbaridad?

—No ha sido culpa mía.

—Entonces, ¿cómo es posible?

Vasca estaba olfateando el cadáver del ciervo, con la lengua afuera; la eché.

—Debe ser de hace muchos años —conjeturó Moyano—. Como todas las grandes estancias, en Las Lágrimas también hubo bastantes cazadores furtivos, y don Guido no tenía escrúpulos para esta clase de artefactos.

—Pero ¡la trampa es nueva!

—Me parece que no, señorita.

Hizo que dirigiera mi atención hacia el artilugio para que lo examinara. Le había prestado poca atención antes; en ese momento, al verlo más de cerca, me percaté de que la estructura y los dientes estaban moteados de naranja y marrón, oxidados por el tiempo.

—¿Y bien? —exigió Moyano.

Traté de pensar en una refutación, pero no se me ocurrió ninguna. En lugar de eso, y más patéticamente de lo que pretendía, le hice prometerme que quitaría la trampa y que no se llevaría la cabeza del ciervo como un trofeo.

Respondió después de un tiempo y con una paciencia estudiada.

—Se lo prometo… *además*, aceptaré su renuncia una vez que llegue el don, con la condición de que no hable de fantasmas ni de ningún otro asunto con él, ni con su esposa.

Pensé en su hijo y en la maldición; pensé en el terrible destino de Lola.

—¿Y si creo que es mi deber hacer lo contrario?

Respondió sin sentirse intimidado, su voz más dulce que un panal. Sin embargo, tenía esa mirada vacía, típica de sus estados melancólicos, con los ojos fijos en los míos.

—En ese caso, me aseguraré de que nunca abandone esta estancia.

Me ofreció la mano para estrechar la mía y cerrar el acuerdo. Me quedé mirándola, justo delante de mí, mientras sentía el ligero olor ahumado de la madera de ombú que emanaba de él.

* * *

Aquí, en el Hotel Bristol, inclinada sobre el escritorio, he escrito sin parar, sin salir de mi habitación en ningún momento y sin apagar las velas resplandecientes, ni siquiera durante las horas más brillantes del día. Las pocas comidas con las que me he alimentado, he pedido que me las traigan a la puerta y, después, he dejado los platos a medio terminar afuera en el pasillo para que me molesten lo menos posible. Ha habido ocasiones en las que, agotadísima por todo el trabajo duro, mis párpados se han vuelto más pesados que el plomo; se me empiezan a cerrar poco a poco, y todo mi cuerpo se desploma sobre el diario, con la tinta de mi pluma manchando la página, para entregarse al sueño…

Todas las veces, me he despertado casi al instante con las sacudidas más violentas, tirones en el corazón y la respiración tan agitada como si alguien me hubiera estado estrangulando.

Los últimos hechos narrados, sobre la trampa y el descubrimiento del ciervo, tuvieron lugar en el transcurso de la noche del viernes y la mañana del sábado 29 de agosto. Del resto de ese fin de semana recuerdo poco, sin duda porque la tragedia y el horror que ocurrieron después han hecho que me olvidara de esos días más triviales. Todos los de la casa estábamos inmiscuidos en un arduo trabajo, preparándonos para la llegada de los Agramonte. Por mi parte, trabajé en Jardín del tesoro y terminé de plantarlo todo, no solo los setos de bojes, sino también los espacios dentro de los parterres, una tarea aún más notable, dado que me aseguré de terminar y estar dentro de la seguridad de la casa mucho antes del anochecer. Estaba bastante contenta con mi trabajo, aunque se parecía mucho al boceto de un artista antes de aplicar el óleo: uno entendía el propósito, la promesa, pero en el resultado no había nada sensual, ni estimulante para las emociones. En los otros sectores, apresuré a los mapuches para que trabajaran con todo su empeño. Quitamos más zarzas de las que había creído posible, aunque no hubo suficiente tiempo para colocar nuevas plantas en su lugar. Esparcimos grava a lo largo de los senderos recién despejados hasta que quedaron tan blancos como huesos en contraste con la tierra negra. El resultado, al menos mucho más limpio, fue quizás demasiado demandante. Para que no se malinterprete que todo el jardín estaba en perfecto estado, lo cierto es que aún quedaban grandes franjas donde las malezas eran vigorosas y las ortigas seguían alcanzándome a la altura del pecho. A su vez, a pesar de todos nuestros esfuerzos, tampoco fue posible abrir la puerta sellada como había planeado.

La misma mañana en la que Latigez me reveló que Calista y él estaban casados, fui a ella sin demora y le ofrecí mis más sinceras y profusas disculpas por la acusación que había hecho contra su esposo. Aceptó mis palabras con gentileza, pero me entristece escribir que en esos últimos días sabíamos que había una cierta frialdad tácita en nuestras interacciones, algo que lamenté profundamente y que no se hizo más fácil cuando el fin de semana nos preparó un estofado de venado para cenar que olía delicioso, pero que no me atreví a tocar. En el caso de Dolores, debió haber solicitado que le asignaran otras funciones porque casi nunca la veía. Si de casualidad me topaba con ella, ninguna de las dos hacía mención de la noche en la que la había pillado en el pasillo. En cuanto a Moyano, cenó conmigo el sábado por la noche y me habló con toda la simpatía del mundo, sin parar de halagarme por mis habilidades hortícolas; una estrategia que percibí de inmediato. Cuando se dio cuenta de que no iba a dejarme engañar, se volvió distante y criticón, con su ira siempre presente, una actitud que prevaleció durante los días siguientes, acompañada de amenazas ocasionales, a las que me negué a someterme.

No obstante, a pesar de todo lo que se logró en el jardín, a pesar de que esos últimos días fueron ordinarios y aunque mis relaciones con el resto del personal se habían alterado, en mi interior sentía un temor creciente, como una presión en el pecho. Aunque no experimenté nada en el jardín que pudiera asustarme, ni vi figuras oscuras, ni escuché sonidos fantasmales (ni siquiera Vasca, quien se convirtió en mi compañera constante al aire libre, estaba inquieta) mientras cavaba y plantaba, sí tenía la sensación inquebrantable de que estaba frente a un mal inminente.

* * *

Mañana —u hoy, pues el amanecer ya se está colando por la ventana mientras escribo— terminaré este relato. Tengo los ojos cansados y arenosos. Me palpita la cabeza. Ahora debo revivir lo peor, la parte más repugnante y desgarradora de todas las cosas que me sucedieron. Retomaré el relato desde la víspera de la llegada de don Paquito, casi cerca de la medianoche, mientras preparaba mi carta de renuncia y echaba un vistazo a la oscuridad para observar, por segunda vez, las luces entre los árboles.

«Desde la muñeca hasta el codo»

Había sido mi intención, mi presuntuosa esperanza, obsequiarle a don Paquito mis bocetos del jardín y de cómo me lo imaginaba plantado, pues, a pesar de todo lo sucedido en Las Lágrimas, aún me sentía orgullosa y quería que me considerara una hábil jardinera para que viera mi renuncia como una pérdida. Así que, esa noche, después de otra exigua comida en la que volví a rechazar el venado de Calista, me senté en mi escritorio igual de exiguo, con el estómago gruñendo y la espalda tiesa por el trabajo del día, y seguí avanzando con los dibujos que había empezado algunos días atrás. Sin embargo, incluso con los planos de sir Romero como guía, fui incapaz de hacer un dibujo de la más mínima competencia, ya que mis intentos no parecían mejores que los garabatos de un niño particularmente torpe con las manos. Ofrecérselos al don sería avergonzarme a mí misma. Cada vez que apoyaba el plumín sobre el papel, mi cerebro confuso se bloqueaba como esas veces que trato de recordar un nombre o una palabra específica que tengo en la punta de la lengua, hasta que, indignada, abandonaba la idea.

Irritada, levanté los bocetos y los arrojé al fuego crepitante, mirando cómo el papel se doblaba, se ennegrecía y se consumía en las llamas, sintiéndome tentada, durante un instante, a arrojar los planos de Lepping también, aunque me resistí a llevar a cabo semejante acto de vandalismo.

Regresé al escritorio y miré por la ventana al jardín delantero y a la avenida de árboles, ambos de color peltre bajo la luna creciente, antes de volver a coger la pluma y escribir una breve carta de renuncia. No hice ninguna referencia a la maldición, ni al fantasma, ni a ninguna otra de mis experiencias escalofriantes, pues había decidido que era mejor explicarles esos asuntos al don y a la doña en persona y con más delicadeza. Cuando terminé, releí mis palabras, considerando si debía agregar una línea donde explicara que le había prestado la máxima atención al jardín, ya que temía que Moyano insinuara lo contrario. Al final, reconocí que no iba a marcar ninguna diferencia. Las esperanzas que me habían llevado en un principio a las Pampas ya se habían desvanecido.

Metí la carta dentro de un sobre y, sin ánimo, posé la mirada en la oscuridad del exterior y, al hacerlo, capté el fantasma de mi reflejo en la ventana. Mi cabello colgaba suelto y húmedo del lavado, pues aunque esa noche no me correspondía, Moyano me había dado permiso para bañarme (una autorización dada en el tono de voz más frío que había escuchado), de modo que estuviera limpia y fresca para la gran llegada del día siguiente. Incliné el mentón frente al vidrio, no para admirarme a mí misma, sino para estudiar mi rostro. Mi reflejo me devolvió la mirada, cetrina y ojerosa. En mis ojos se notaba que necesitaba un poco de alegría o, si no, al menos olvidarme de todo durante una hora o dos. No me había dado cuenta de lo cansada que estaba, no por el trabajo del día, que había sido bastante arduo, sino por la duración de mi estancia en Las Lágrimas: tenía los rasgos demacrados, los pómulos más evidentes que unas semanas atrás y la piel debajo de los ojos sombreada. No pude evitar pensar que eso sería lo que me pasaría cuando llegara a la mediana edad; además, si giraba la cabeza en cierta posición, podía vislumbrar a mi madre mirándome.

Ese reflejo tan autocompasivo, sobre todo el más literal, no era algo que quisiera soportar a la hora de dormir, así que me aparté del cristal. Tal vez porque quería dar una buena impresión al día siguiente, o porque mi madre ocupaba mis pensamientos, decidí seguir su ritual nocturno, uno que rara vez hacía, en el que me pasaba un cepillo por el cabello y me aplicaba un emoliente en el rostro. Había apagado todas las lámparas de la habitación menos una y estaba corriendo las cortinas, justo cuando miré al exterior a través del espacio entre las telas. Flotando entre los árboles de la avenida Imperial, de la misma manera que había visto antes, había una esfera de luz. Se sumaron una segunda y una tercera, y luego una multitud que emergía de la oscuridad. Como antes, parecían ser faroles sostenidos por hombres con ropa anticuada.

De pronto, el corazón me empezó a latir a toda velocidad, a pesar de que me sentía bastante segura y alejada del espectáculo. Luego escuché lo único que tenía el poder de dominar mi miedo e impulsarme a moverme.

Escuché a Vasca ladrando desde la misma dirección en la que se encontraban los hombres y sus faroles, como si estuviera atrapada en medio de ellos.

Al lector puede parecerle imprudente, pero, antes de que tuviera la oportunidad de considerar mis acciones, salí del dormitorio. Sabía que no había logrado proteger a Lola, y no quería cometer el mismo error con Vasca.

El pasillo de abajo estaba menos oscuro de lo que esperaba, ya que el origen de su iluminación era la sala de trofeos, que estaba abierta y de donde salía un débil resplandor. Por el momento, lo ignoré para poder cruzar la puerta principal y correr a través del césped iluminado por la luna. Escuché los gruñidos y aullidos profundos de otros perros, que eran una docena o más, y me los imaginé atacando a Vasca que, con su pelvis torcida, no iba a ser rival para la jauría… y yo tampoco. Lo único que pude hacer fue suplicar que la pastora alemana se alejara, y que las dos huyéramos para refugiarnos en la casa.

El viento estridente atravesó la avenida mientras agitaba y sacudía las copas de los árboles. Debajo de ellos, se habían materializado más faroles, colgados en la oscuridad como bolas de niebla fluorescente, y vi con claridad a los hombres con sus bigotes y bocas malvadas, algunos armados con carabinas, riéndose y burlándose, aunque, a diferencia de antes, era capaz de escuchar los sonidos de las voces, llenas de una maliciosa alegría. Algo les llamó la atención en el suelo, cerca de ese hueco donde faltaba el ombú, algo que no podía ver porque el ángulo de mi acercamiento hacía que los troncos de los árboles me impidieran ver. Por primera vez, observé que algunos del grupo llevaban correas y, tirando de ellas, estaban los perros que había oído. No eran animales del carácter moderado de Vasca o Lola, sino perros que habían pasado hambre y habían sido maltratados, cuyos dientes estaban al descubierto y desde donde les chorreaba baba. Estaban aullando con agresividad, frenéticos por ser liberados.

De Vasca no había ni rastro, a menos que, desde el principio, los únicos perros que hubiera escuchado fueran esos monstruos que no paraban de gruñir.

Cuando caí en la cuenta de lo que estaba pasando, me detuve en seco. Me estremecí ante la imprudencia de mi posición, con la respiración entrecortada escapando de mis pulmones en forma de vapor. Ninguno de los hombres parecía haberse percatado de mi presencia, pues su único interés era lo que estaba oculto frente a ellos. Una parte de mí anhelaba ver qué era lo que les llamaba tanto la atención, pero mi mayor deseo era retroceder antes de que me descubrieran. Un sabor salado y metálico me inundó la boca, además de una sensación de desesperanza. Luego escuché una voz estridente que, durante un instante, confundí con la de Berganza.

¡Mirad! Es el jardinero.

Eché a correr por el césped en la dirección por la que había venido, de vuelta a la casa, escuchando a los perros ladrar enloquecidos y rogando ser capaz de aventajarlos, sin atreverme a mirar por encima del hombro hasta que atravesé la puerta principal y la cerré de un portazo detrás de mí. Me apoyé en las rodillas, jadeando y bañada en sudor puro. Cuando finalmente volví a mirar hacia afuera, las luces se habían desvanecido.

No sé cuánto tiempo estuve allí esperando a que se me calmara el corazón y me dejaran de temblar las manos. Una parte infantil de mí quería buscar a Calista y entregarme a su abrazo como lo hacía con mi abuelo cuando era una niña y me acababa de despertar de una pesadilla. De todas formas, pensándolo mejor, mi miedo era curioso (y difícil de describir con exactitud), como si fuera algo más, como si una fuerza externa me estuviera aplastando. Sin embargo, en ese momento, escuché varios golpes y ruidos que se escapaban de la sala de trofeos, unos sonidos que definitivamente venían del mismo lugar. Como había observado cuando pasé la última vez, la puerta había quedado abierta. Una luz brillaba adentro, y en ese instante me estaba dirigiendo hacia ella, mientras los ojos pintados de don Guido, desagradables y ligeramente ridículos, me seguían.

Dentro de la sala de trofeos, me recibió un frío que me resultó familiar. No había nadie presente, aunque había quedado una lámpara encendida. Mis ojos vagaron por los mapas y las cabezas de los ciervos que sobresalían antes de posarse en la estantería. Había un palnel entreabierto, y vi que era un frente falso que ocultaba una puerta secreta. De ahí provenían los sonidos. Eché un vistazo al interior y descubrí un compartimento bajo y angosto sin más atributos que una abertura en el suelo por la que asomaban los peldaños superiores de una escalera. El resplandor de otro farol me llegaba desde las profundidades y, cuando me agaché junto al agujero, vi a Latigez debajo, arrastrando pedazos de chatarra vieja. En los últimos días lo había evitado, porque si bien Calista había tenido un gesto magnánimo ante mi acusación errónea, dudaba que la actitud de su esposo fuera igual de generosa.

—¿Se puede saber qué está haciendo? —dije.

Levantó la vista, al parecer lejos de estar sorprendido de verme.

—Otra vez tarde, Deborah. —Su voz sonó ronca por el catarro.

—¿Por qué me llama así?

—Es su nombre, ¿no?

Volvió a su trabajo.

—¿Y bien? —pregunté por segunda vez—. ¿No me va a decir nada?

—Baje y véalo usted misma.

Aunque no estaba segura de si sus palabras contenían un elemento de malicia, era obvio que sí había un tono desafiante, como cuando Gil me ofrecía una tarea no deseada y me retaba a abordarla. Fue eso, tanto como mi curiosidad por esa habitación oculta, lo que me convenció de bajar por la escalera. Descendí no más de una docena de peldaños antes de que el suelo estuviera una vez más bajo mis pies. Una frialdad subterránea me golpeó. Me vi obligada a encorvarme en esa cámara estrecha de paredes negras y rezumantes de humedad, cuyo único rasgo destacable era un cilindro de ladrillo que se elevaba desde el suelo, de siete u ocho hiladas de altura y de un diámetro similar. Habían colocado unos tablones pesados sobre la boca para taparlo y, por encima, habían apilado una serie de objetos incongruentes: trozos de madera rotos, tuberías de plomo e incluso una de las piedras negras con las que se construyó el muro del jardín. Latigez estaba poniendo esos artículos y construyendo una extraña pira subterránea. Se sentía un olor a podrido y humedad en el aire.

—Qué sitio tan encantador. ¿Qué es este lugar?

—El antiguo pozo —respondió Latigez—. Cuando el capitán Agramonte se asentó por primera vez en estas tierras, de aquí se sacaba el agua para la prisión. —Movió una de las tablas—. Compruébelo usted misma.

Un viento frío me golpeó en los ojos. Había una caída pronunciada que terminaba en un canal de agua oscura que fluía con rapidez, en cuya superficie ondulante se reflejaba la luz de la lámpara de Latigez. Parecía menos un pozo, y más una abertura que desembocaba en un río. El agua que corría y gorgoteaba reverberaba ruidosamente en los ladrillos y, me atrevo a decir, en los mismos cimientos y paredes de la casa, de modo que apenas debía oírse a lo largo de la parte antigua del edificio.

—Nada de esto explica lo que está haciendo —dije mientras volvía a colocar el tablón.

Su suspiro sonó tan cansado como histriónico.

—Mi última orden del día: asegurarme de que el pozo esté bloqueado y de que no exista *ninguna* posibilidad de que alguien pueda caerse en él.

Hasta el momento, pensaba que el hijo de don Guido (es decir, el hermano fallecido del don actual) había perecido en el lago, pero ahora todo tenía sentido.

—Aquí es donde se ahogó el niño.

Latigez soltó un quejido afirmativo.

—Cuando los constructores estaban trabajando en el ala nueva, nos llegó la orden de construir una pared falsa para ocultar este espacio. De parte de don Paquito. Hicimos un buen trabajo, pues nadie pensaría que el pozo estaba aquí. Pero esta noche, el señor Moyano vino a hablar conmigo perturbado, con miedo a la supuesta maldición y preocupado por si el hijo del don encontraba la manera de llegar hasta aquí. Me dijo que siguiera agregando objetos para que ni el mismísimo diablo pueda salir. Y me dio plata por las molestias.

Sacó una moneda de un peso del bolsillo para enseñármela y, en cuestión de segundos, estalló en ira, con un tono lleno de furia y una mirada amenazadora.

—Qué insolente y malvada es usted —continuó—. Primero, todas esas calumnias que le ha dicho a Calista. Ahora esas ideas que le ha metido al señor Moyano en la cabeza, gracias a su obsesión por los fantasmas y las maldiciones.

—Hay que avisar a la familia.

—Si hace que la doña vuelva a Buenos Aires, Calista y yo terminaremos en el estercolero. Moyano también quedará devastado. Me ha dicho, muy claro, que si las cosas salen mal en la estancia, se suicidará, como lo ha intentado antes. Cuando su esposa se fue.

—¿Ella lo abandonó?

—¿No lo sabía? Fue después de ese escándalo en su último trabajo con la hija de la casa —dijo con una mirada maliciosa que daba a entender que estaba familiarizado con los detalles y que los disfrutaba—. Su esposa se desentendió del asunto y se fue. Y también robó al chico.

—El señor Moyano no me ha dicho nada de esto.

—Por eso construyó la cabaña —añadió—. Para convencer a su familia de que había hecho borrón y cuenta nueva.

—Suponiendo que ese sea el caso, ¿acaso los Agramonte deben sufrir por los errores de la vida de Moyano?

Latigez me sujetó del antebrazo y me apretó el hueso con fuerza.

—¿Le ha visto las cicatrices de la muñeca? —Intenté apartarme, pero me arrastró más hacia él. Le vi la baba en los labios, y el estómago me dio un vuelco al pensar en esa boca sobre la de Calista—. Le aseguro que esta vez lo hará. ¿Qué le queda por vivir si no puede recuperar a su hijo? —Apretó los dedos alrededor de mi brazo—. Le di un consejo como amigo: nunca cortar de forma transversal. El corte tiene que ser desde la muñeca hasta el codo.

Me liberé. Lo que más quería era estar lejos de él y de esa espantosa cámara, así que comencé a subir las escaleras.

—Piénselo, señorita —gritó detrás de mí, y sus palabras resonaron horriblemente—, antes de hablar con el don y arruinarle la vida a un hombre. Desde la muñeca hasta el codo, para que el cirujano no pueda volver a coserlo.

La llegada de don Paquito

—Va a tener que cambiarse de ropa —dijo Moyano con brusquedad al verme al día siguiente.

Esa mañana me había despertado de un sueño perturbado por los acontecimientos de la noche y algunos presagios que no podía recordar, por lo que estaba cansada y hecha un manojo de nervios. En ese estado me había puesto un vestido verde de loden, una prenda que había planchado yo misma, y había completado el atuendo con un sombrero a juego, el cabello bien arreglado y las botas lustradas por Yamai; consideraba que estaba más que presentable.

—¿Qué tiene de malo esta? —pregunté.

—Quiero que el personal femenino esté vestido de blanco para la llegada del don.

El propio capataz no llevaba con su ropa de trabajo, sino con un chaqué oscuro con faldones y el cuello almidonado. Me preguntaba cómo un hombre de su clase había enfrentado la humillación de haber sido abandonado por su esposa quien, a su vez, se había llevado a su hijo. Su conducta irresponsable quizás tenía más sentido debido a eso (incluso si no cambiaba mucho mi propia actitud hacia él). Durante unos momentos, desafié sus órdenes y le expliqué que tenía la intención de pasar las primeras horas de la mañana trabajando en la limpieza final del jardín y que la ropa blanca estaba destinada a ensuciarse, pero Moyano siguió insistiéndome que me cambiara hasta que llegué a la conclusión de que era en vano discutir con él. Y así regresé a mi habitación; y así me vestí de blanco; y así, al cabo de una hora, me encontré una mancha verdosa en la manga y salpicaduras de tierra oscura en el dobladillo. Traté de limpiarlas, lo cual, inevitablemente, me llevó a ensuciar aún más el material.

—¿Cómo estoy? —le pregunté a Yamai.

Se le ruborizaron las mejillas ante mi pregunta, y trató de pensar en una respuesta que no me ofendiera antes de decir:

—No es su vestido de novia, señorita.

Estábamos trabajando solos en el jardín. Su hermano, que era más ágil de pies, se había apostado en la verja de entrada para regresar corriendo e informar a Moyano en cuanto viera la cabalgata del don. En cambio, Yamai y yo recogimos apios, cebollas y remolachas del huerto para la cena inaugural de esa noche. Luego, en el jardín principal, rastrillamos las secciones de tierra que habíamos despejado recientemente y quitamos las malas hierbas que habían empezado a crecer de nuevo. Mientras trabajaba, una tensión anticipatoria se apoderó de mí con gran intensidad, porque aunque todavía no había conocido a mi empleador, temía por su bienestar y el de su familia. Mantuve a Vasca cerca en todo momento (me enteré de que había pasado la noche en la cabaña de Moyano). Una vez más, el día se había vuelto mucho más frío, y un manto oscuro de nubes sin lluvia parecía asentarse sobre la estancia. El viento soplaba sin parar y traía consigo el chillido de los pájaros, melodioso en un momento, estridente y penetrante al siguiente.

Eran pasadas las once y cuarto cuando me llamaron para que volviera a la casa. Me dirigí a la trascocina, donde había dejado a Vasca, y luego fui rápidamente a la puerta principal para ver cómo se aproximaba el primer carro. Pertenecía a un vinatero de Tandil, y los carreteros ya estaban descargando una caja tras otra de los mejores vinos. Tenían la misma expresión que había visto entre los hombres de Berganza: una mueca seria y una mirada de curiosidad y recelo. El hecho de que habían visitado Las Lágrimas iba a convertirse en una historia para contarles a sus esposas o para compartirla entre amigos con un mate de por medio... pero pronto iban a estar contentos de irse. Moyano los llevó al sótano de la casa y, cuando terminaron, firmó el recibo.

Después de que partieran los carros, empezó a llegar el primer equipo del don. Se estaba aproximando una procesión de más carros, tirados por caballos cansados, que llevaban muebles, maletas, provisiones suficientes para un ejército y, finalmente, al personal. No eran la clase de personas que esperaba, sino que más bien eran un equipo de aspecto tosco, que parecía incómodo con sus nuevos uniformes. Mientras Moyano se hacía cargo de los enseres, le correspondía a Calista, como ama de llaves provisional, saludar y asignarles a los criados sus funciones en las diferentes partes del edificio, aunque, a pesar de todo su largo servicio en la casa de los Agramonte, solo conocía a unos pocos de los recién llegados, ya que intercambiaba el mínimo número de palabras con ellos, con la excepción de una mujer robusta y tímida a quien conocía mejor. Observé desde la distancia cómo Calista hablaba con ella, pero la sonrisa de bienvenida de la cocinera se transformó, en el transcurso de un minuto, en un ceño fruncido y luego en una mueca.

—¿Qué ha dicho? —indagué cuando Calista regresó a mi lado.

—El don no ha podido contratar al personal que necesitaba. Las historias del lugar disuadieron a muchos. Tampoco nos acompañará la señora Paredes, que lleva la casa en Buenos Aires. Vamos a estar escasos de trabajadores, y los que tenemos parecen...

—¿Raros?

—Me atrevo a decir que sí.

—¿Y el personal de jardinería?

—No tiene ninguno.

Me habría indignado, si no hubiera estado a punto de irme.

Mientras continuaba la procesión de personas y muebles, y mientras Moyano les decía a los mapuches que se esfumaran, a nosotros, los miembros del personal original, nos hicieron esperar en la puerta de entrada, las mujeres de blanco (Calista y Dolores estaban impecables, lo que me hacía aún más consciente de mi apariencia ligeramente sucia), Latigez y el señor Farrido de negro, este último pálido y secándose la frente a intervalos, lo que daba a entender que estaba sobrio y sufriendo por ello. No paraba de molestar a Dolores para sacarle algún tema de conversación, por lo que la criada estaba nerviosa y lista para ofrecerse como voluntaria para cada mínimo recado, e incluso llegó a preguntarme si yo tenía alguna tarea para ella. Al conocer su secreto, hubiera esperado que se sintiera avergonzada en mi presencia. En lugar de eso, ella era la inocencia misma, lo que me llevó a sospechar que quienquiera que fuera su cómplice le había ofrecido alguna recompensa por comportarse así y asegurarse de que su carácter fuera irreprochable.

No tardé en ponerme de mal humor por esa espera tan inútil.

—¿Es necesario quedarnos aquí y perder el tiempo? —me quejé con Moyano.

—Tenemos que esperar al don —espetó—. No al revés.

Y así los minutos sumaron veinte, luego treinta, cuarenta y cincuenta, hasta que alcanzamos casi una hora de espera, y aunque me aburría, no pude quitarme la sensación de que el bosque alrededor de la casa se hacía cada vez más oscuro y se acercaba hacia nosotros de forma imperceptible. Las ráfagas de viento seguían azotando; a menudo tenía que sujetarme el sombrero.

Finalmente, a lo lejos, escuchamos el ruido intermitente de unos motores.

Sentí que el corazón se me aceleraba. ¿La maldición iba a cumplirse de inmediato, como temía que fuera posible? ¿Se iba a materializar el hachero e interponerse en el camino del automóvil para obligar al don a dar un volantazo y chocar contra uno de los inmensos troncos de la avenida Imperial, lo cual iba a aplastar el vehículo y... matar a su hijo?

El coche se hizo visible a través de los árboles, seguido de cerca por un carro* cargado, como pronto iba a descubrir, de reliquias familiares y tesoros. Moyano nos hizo hacer una fila, alternando entre los hombres y las mujeres del personal, conmigo en el otro extremo, por

---

* *Pantechnicon*: una gran furgoneta motorizada para el transporte de muebles.

lo que no pude evitar pensar que parecíamos el teclado de un enorme piano.

—Sean corteses y educados —nos advirtió Moyano—. No deben hablar a menos que les pidan algo. ¿Entendido, señorita Kelp?

El automóvil de don Paquito era el más grande, el más hermoso que jamás había visto, con la carrocería azul pavo real. Dio dos vueltas rápidas en el camino de entrada mientras tocaba el claxon y se detuvo frente a la puerta. El capó estaba asegurado y en el asiento de atrás vi a una mujer, que supuse que era doña Javiera. El cabello negro le resaltaba la palidez y la tensión del rostro, mientras que con los brazos abrazaba a un niño y una niña sentados uno de cada lado. Supuse que el conductor, pues no había más pasajeros, era el mismísimo don Paquito. Cuando el carro se detuvo en la parte trasera del vehículo, se levantó del asiento, se quitó las gafas de conducir y, con las manos enguantadas en las caderas, inspeccionó su estancia. Enrollado alrededor del cuello llevaba un pañuelo de seda de color marfil.

Respiró hondo por la nariz. Lleno de satisfacción.

—Recuerdo ese sonido como si fuera ayer. —Estaba segura de que me miró antes de añadir—: Igual que el océano. —Hablaba con una voz aristocrática, aunque no tan profunda y grave como hubiera imaginado.

Agramonte bajó del estribo de un salto y, con un curioso modo de andar, se dirigió a la puerta trasera, que abrió para que saliera su familia. El niño, a quien le calculé unos doce años, salió entusiasmado seguido de su hermana, quien no tendría más de diez años. Cuando el don le ofreció la mano a su esposa para ayudarla, todos lo escuchamos decir en voz alta:

—¿Estás feliz ahora? ¡No hemos sufrido ninguna desgracia! Mi amor, solo diré una vez más que todos estaremos a salvo aquí.

A veces recuerdo esas palabras… y me pregunto cuán profundo, cuán doloroso, debe haber sido su arrepentimiento por haber hecho una proclamación tan confiada.

Moyano se adelantó y estrechó la mano de su patrón, que fue recibida, o eso pensé, con mucho menos entusiasmo por el don. No hubo más apretones de manos cuando el capataz nos presentó al resto de nosotros, ya que cada miembro del personal inclinó la cabeza en un gesto respetuoso de sumisión, a excepción de Dolores, que hizo una de sus reverencias. La doña apoyó la mejilla brevemente contra la de Calista cuando se cruzaron, y luego le dio una palmadita en el codo como si fuera una mascota vieja. Cuando Moyano llegó al final de la fila, habló con rigidez:

—Y ella es la jefa de jardineros. La inglesa de la que hemos hablado: la señorita Kelp.

Para sorpresa de todos, pero de nadie más que mía, el don me estrechó la mano enérgicamente, con un tacto esponjoso. De los retratos de su padre, reconocí sus rasgos, como la mueca cruel en la boca y los ojos negros y bronces, aunque ninguno era tan notable o despiadado. La nariz debe haberla heredado del lado de su madre, puesto que era más aguileña y lo hacía parecer un tanto estudioso. Tenía el pelo oscuro, canoso alrededor de las orejas, y peinado con una raya inmaculada que las horas de automovilismo parecían no haber despeinado. Me estudió por completo sin apartar la mirada de mis ojos, una evaluación que me dejó con ganas de decir algo, pero lo único que pude hacer fue disculparme por el estado de mi vestido.

—Cuando era niño —respondió en un buen inglés y con un acento meloso—, mi padre me decía que nunca confiara en un juez honesto ni en un sacerdote devoto. Ni tampoco en un jardinero limpio.

—No sabía que hablaba inglés.

—Y francés. Un poco de italiano y árabe también —comentó, sin alardear; sin embargo, tampoco era del todo modesto. Esperaba que quedara impresionada por sus habilidades lingüísticas, y se alegró cuando le hice saber mi admiración.

—¿Cómo ha aprendido tantos idiomas?

—Después de los «acontecimientos» de mi juventud en este lugar, mi padre no quiso que me quedara en la estancia. Ni en Argentina. El pobre hombre temía por mi bienestar. —Todo eso lo dijo en un tono que indicaba que era una medida que don Paquito no había tomado con mucha seriedad—. Así que me enviaron a Europa hasta

LA MALDICIÓN DE LAS LÁGRIMAS   263

que cumpliera la mayoría de edad. Señorita, me gustaría que habláramos seguido en inglés, para poder mejorar.

Dado que no tenía ninguna intención de quedarme, no estaba segura de cómo responderle, así que simplemente le dije que sí.

Como el lector se habrá dado cuenta, nuestra conversación era ininteligible para los demás. Noté la expresión de alarma de Moyano, como si temiera que esas pocas palabras que había pronunciado fueran parte de un diálogo sincero sobre fantasmas y la conducta poco caballerosa del capataz. En el caso de la doña, arrugó el entrecejo con un poco de celos, pero hizo todo lo posible por ocultarlo.

El hijo se acercó a mí. Tenía el pelo negro y ligeramente enrulado de su madre y las mejillas salpicadas de pecas.

—Buenos días, señorita —intervino en un inglés torpe—. Me llamo Leon Agramonte.

—Un niño que habla tan bien como su padre.

No dio muestras de haber comprendido ni una sola palabra de mi respuesta y extendió la mano para estrechar la mía. Cuando la cogí, Leon, encantado de que hubiera caído en su trampa, la apretó lo más fuerte que pudo, clavándome las uñas sin cortar en la carne de mi palma. Don Paquito, al ver a su hijo, soltó una carcajada, pues le parecía un juego divertido, y decidió no intervenir, por lo que tuve que liberar mi mano sola.

Ese fue el final de nuestra audiencia.

Después de la larga carga de expectativa, de todos mis días en Las Lágrimas que condujeron a esa hora, había resultado ser un acontecimiento no muy memorable. Los Agramonte parecían tan amistosos, egocéntricos y privilegiados como cualquier familia de las clases altas; podrían haber sido vecinos de mis padres o de los Houghton, aunque con su propio bosque. Además, no percibía ninguna sensación de fatalidad o tragedia a su alrededor, y la maldición tampoco se había cumplido como pensé que iba a hacerlo. Debo confesar que me sentía insegura de mí misma y bastante ingenua; tal vez el señor Moyano había sido el más sensato de nosotros todo ese tiempo. No obstante, ese leve presentimiento con el que me había despertado y que me había acompañado durante el día, aparte de los terrores recientes que había superado, no me había abandonado. La gran extensión de árboles que nos rodeaba por todos lados seguía igual de oscura y amenazadora, y yo seguía con la sensación de que alguien acechaba ahí, observando a la familia, observándonos a todos.

Y esperando.

Doña Javiera cogió a sus hijos de las manos y, mientras los llevaba al interior de la casa, me arriesgué a mirar en su dirección. Le estaba sonriendo a su esposo, pero vi que tenía la mandíbula apretada y, por la tensión detrás de esa sonrisa, estaba convencida de que sentía exactamente lo mismo que yo.

* * *

Cerca del mediodía, una de las criadas recién llegadas me alcanzó mi cesta de comida. No dejaba de parlotear, y estaba claro que se trataba de una locuacidad que no era recíproca. Me pareció un tanto grosera y, cuando se retiró, me aseguré de que no me hubiera robado nada del almuerzo.

Al rato, otra criada, con otro rostro desconocido, se abrió paso hacia el jardín con el mensaje de que me habían convocado en la habitación de doña Javiera. La seguí hasta la casa, preguntándome, si es que se presentaba la oportunidad, si ese era el momento de advertir a la doña del peligro que corría su hijo. Como si estuviera anticipando esa posibilidad, Moyano me estaba esperando junto a la puerta de la cocina. Hizo caso omiso de mi presencia, pero en el momento en el que pasé junto a él, me habló en voz baja y amenazadora:

—Se lo advierto, señorita.

Después de quitarme las botas, dejé que la criada me acompañara al ala nueva, a través del piso ajedrezado y los dos tramos de escaleras, hasta una parte de la casa que nunca había visitado. Ahora que la familia se había instalado, la caldera de Farrido funcionaba con más fuerza todavía, y el aire estaba demasiado caliente para mi gusto. La criada entró en una de las habitaciones mientras yo me vi obligada a esperar junto a la puerta cerrada. En el otro lado, percibí un murmullo de voces y luego, durante un período prolongado, nada, por lo que no sabía qué hacer. ¿Tenía que llamar a la puerta o esperar a que me dieran permiso para entrar?

—¡Adelante! —La voz de la doña era delicada y entrecortada.

Obedecí y entré en una suite suntuosamente decorada. No había ni rastro de la criada que me había traído. Me impresionaron los lujos y los gustos de la mujer: sedas brillantes y crepés con hilos de oro y abanicos de plumas de avestruz. Los muebles eran caros y de ébano; también había alfombras orientales de un tejido iridiscente esparcidas por el suelo. A su vez, había una horda de cofres y maletas, que suponía que estaban llenos y debían de contener más ropa de la que yo había tenido en toda mi vida, esperando a ser desempacados. Al estar más cerca de la doña que antes, vi que su rostro tenía las proporciones perfectas de una muñeca de porcelana, aunque quizás su mentón era un poco puntiagudo y, por el leve fruncimiento de los labios, entendí que seguía igual de tensa que cuando llegó. Sus ojos eran de un marrón muy oscuro y brillaban como dos gemas, por lo que quería mirarla y admirarla constantemente. Me nació el deseo inmediato de ser su amiga, aunque había algo en su atuendo, algo sórdido, que no aprobaba del todo. Se había cambiado y se había puesto un vestido suelto, de terciopelo y color vino, pero tenía uno de los lados caídos, dejando al descubierto un hombro, algo de lo que no era consciente o que ni siquiera le importaba.

—Espero que se haya podido instalar bien —dije sin reservas—. ¿A los niños qué les parece su nuevo hogar?

Su respuesta fue arrojarme un jarrón vacío.

—Quiero una explicación.

—¿Disculpe?

—Mírelo. ¡Mírelos a todos! —Consternada, movió un brazo hacia los numerosos jarrones que había en la habitación—. Todos vacíos. Lo mismo en el pasillo. Y en el piso de abajo. En mi casa de Buenos Aires siempre tengo flores frescas. *Todos los días.*

Al principio pensé que era una broma, cuyo humor no aprecié del todo, pero luego me di cuenta de que hablaba en serio.

—Nosotros... es decir, yo... aún no he cultivado ninguna.

—Usted es la jefa de jardineros. Las flores son su responsabilidad.

Dudé antes de responder:

—No ha habido ninguna posibilidad de plantar los esquejes. Ni siquiera es la temporada.

Se dirigió directamente hacia mí y acercó su rostro al mío. Durante un loco instante, estuve convencida de que me iba a golpear o, peor, besarme en los labios.

—¡Quiero flores!

Poco después, y más aturdida de lo que hubiera creído posible para una entrevista tan sucinta, empecé a volver por el pasillo. Escuché un ruido de pasos que venía desde la escalera y apareció el hijo, corriendo en mi dirección y gritando emocionado: «¡mamá, mamá!».

—Señorita, mire lo que he encontrado —exclamó—. ¡Dos monedas! —Me mostró dos pesos de plata en su pequeña mano.

Murmuré algo en respuesta y seguí alejándome de él. Mi único deseo era estar afuera con Vasca de nuevo. Desde una habitación al otro lado del pasillo, una criada se asomó y, cuando me vio, volvió a entrar a toda velocidad.

Sangre en mi ropa

C on todo el resentimiento del mundo, le relaté a Calista mi encuentro con la doña cuando, más tarde, ella se puso a preparar la cena. La cocinera tenía varias chicas nuevas para ayudarla, aunque parecían criaturas bastante desafortunadas y torpes, y estaba un tanto distraída mientras conversábamos. En la cocina se olían los ricos aromas de la carne, el caldo y el pan.

—No la juzgue con tanta dureza —dijo Calista—. Es una buena mujer que solo está tensa por culpa de este lugar. Tiene mucho miedo por su hijo… y usted se ha llevado la peor parte.

—Estaba planeando decirle lo que he visto.

—Tiene que hacerlo —imploró Calista—. Antes de que sea demasiado tarde.

Pero me sentía agraviada por el trato recibido y, debido a eso, consideraba que estaba completamente justificada mi falta de benevolencia o simpatía hacia la señora de la casa. Mi experiencia con ella había fortalecido mi decisión de abandonar Las Lágrimas.

No fue la única razón para no estar contenta esa noche. Como la familia ya había llegado, me iban a exiliar del comedor para que empezara a comer con el resto del personal. Para los miembros más jóvenes, eso significaba la mesa larga de la cocina; a mí, al señor Jalón (el ayuda de cámara de don Paquito) y a la criada que me había llevado a hablar con la doña nos asignaron la mesa en la sala de Calista. La comida íntima que había disfrutado allí anteriormente me había hecho sentir bienvenida, pero en ese momento me sentía apretada junto a esos extraños. Jalón, que había servido como cabo en el ejército paraguayo, tenía un bigote grueso y caído, con los vellos inferiores goteando mientras tomaba la sopa, de modo que no soportaba mirar en su dirección.

Mientras comía el potaje y hervía de furia, sentí una terrible conmoción en la cocina. Vasca estaba ladrando afuera, y escuché cómo varias criadas gritaban alteradas. Luego, una voz de angustia y desesperación me llamó por mi nombre. Corrí a la otra habitación y encontré a Epulef, jadeando como alguien que ha corrido una gran distancia a toda velocidad, con las mangas de la camisa ensangrentadas.

—¡Señorita, venga rápido!

—¿Qué ha ocurrido?

No me respondió, sino que regresó a la oscuridad de la noche tambaleándose.

Alarmada como estaba, agarré la primera lámpara que encontré y luego, deteniéndome para desatar a Vasca, seguí a Epulef y luché por mantener el ritmo mientras corríamos a través del huerto hacia el bosque. Un viento soplaba en ráfagas cortantes a través de las copas de los árboles, que se sacudían y chillaban como si estuvieran vivos con voces profanas que cantaban solo una cosa: esa no era una noche para estar afuera.

—¿Cuál es la emergencia? —le pregunté al mapuche mientras nos sumergíamos más en la oscuridad. Vasca avanzaba a mi lado.

Se apresuró sin darme explicaciones como si estuviera loco hasta que nos topamos con una escena de lo más espantosa. Habíamos llegado al lugar donde el ciervo blanco había exhalado su último aliento. La llama de la lámpara luchaba contra el viento y proyectaba solo una luz tenue, aunque vi los detalles con bastante claridad. Yamai estaba de rodillas y llorando. Debajo de él, mortalmente pálido, despatarrado y destrozado como el ciervo, yacía su padre, con la pierna derecha atrapada en una trampa. Era un artefacto antiguo y oxidado, y los dientes se habían cerrado con mucha fuerza sobre su espinilla. No sé si fue por el dolor o la conmoción, pero Namuncura se había desplomado inconsciente sobre su costado, con las perneras del pantalón y los mocasines empapados de sangre.

—¿Han tratado de hacer saltar la trampa? —pregunté.

—No sabemos cómo —contestó Yamai.

Bajo la luz titilante, tuve que forzar la vista para examinar el artefacto y buscar un mecanismo de apertura. Como no lo encontré, me di cuenta de que la única manera que teníamos de liberar al viejo mapuche era abrir las fauces haciendo palanca y usando fuerza bruta. Mientras Epulef miraba, Yamai y yo luchábamos para abrir el metal. Sin embargo, no tardó en hacerse evidente que sin algún tipo de herramienta era un esfuerzo inútil y que, con toda probabilidad, íbamos a terminar lastimándonos en lugar de liberar a Namuncura. Vasca estaba agazapada cerca de nosotros mientras dejaba salir un gemido bajo y ansioso.

—Vuelva a la casa —le pedí a Epulef—. Busque al señor Moyano y al señor Latigez. Dígales que estoy herida y que necesito su ayuda.

El rostro de Epulef ardía de indignación.

—No está herida.

—Dígales que soy yo o no vendrán. Latigez debe traer su bolso de herramientas. ¡Deprisa!

Namuncura seguía inconsciente. Le dije a Yamai que se quitara la chaqueta y la pusiera sobre su padre para mantener su cuerpo caliente. Por mi parte, había salido de la casa tan aterrada que no había tenido tiempo de llevar mi propio abrigo; de lo contrario, lo habría enrollado para colocarlo debajo de la cabeza del anciano a modo de almohada y se sintiera lo más cómodo posible. El viento me hizo tiritar.

—¿Qué le pasó? —pregunté.

—No estaba en casa cuando llegamos del trabajo. A veces sale a caminar y se pierde. Más tarde escuchamos su grito y corrimos a buscarlo. —Yamai también estaba temblando, por el frío, la preocupación o ambas cosas, y sus ojos miraban en todas direcciones—. ¿Morirá?

—Ha perdido sangre, pero no lo creo.

Esperamos a que Epulef volviera, pero estaba tardando mucho, mucho más de lo que debería haber tardado en volver sobre sus pasos hasta la casa, alertar a los demás y emprender el camino de regreso. Empecé a temer que hubiera tenido algún accidente. ¿Y si también estaba atrapado en una trampa? Tuve un arranque de furia hacia Moyano que, a pesar de mis protestas, no la había quitado del camino. Pero no, si Epulef se hubiera enfrentado a un destino similar, sin duda lo habríamos escuchado gritar.

La lámpara que había sacado de la cocina estaba lejos de estar llena y, mientras estábamos agachados allí y dejábamos pasar los minutos, la llama empezó a apagarse en los restos del aceite, y el pequeño charco de luz parpadeó. Acerqué a Vasca, con el consuelo de que, aunque seguía gimoteando, no había adoptado esa posición con los pelos del pescuezo erizados que presagiaba un acontecimiento sobrenatural. El anciano mapuche se movió y abrió los ojos de par en par mientras volvía en sí y echaba un vistazo a su alrededor. Arañó la tierra, como si tratara de escapar de algún horror invisible, lo que provocó que los dientes incrustados en su pierna lo mordieran aún más hasta hacerlo gritar. Yamai se acercó a su padre y le murmuró algunas palabras reconfortantes en su idioma nativo. Namuncura deslizó la mirada de su hijo hacia mí y habló en un susurro ronco y afligido.

—Lo he escuchado, señorita.

—¿A quién?

—Me llamaba de todas partes. *Namuncura… ayúdeme… Namuncura, por favor…*

Se me aceleró el pulso, porque solo había una persona que querría atraer al anciano mapuche a ese lugar en particular.

—¿Era el hachero?

—No. Él no habla.

—Entonces, ¿quién?

—Tarella —dijo el anciano entre sollozos.

—¿Se refiere al jardinero de hace mucho tiempo?

—Sí.

Llegó una ráfaga tan alarmante, tan violenta, que atravesó el túnel de árboles donde estábamos apiñados, como el aullido de una bestia feroz y hambrienta. Era un mal momento, y una muy mala situación, para interrogar a Namuncura como hubiera querido; sin embargo, tuve que preguntarle:

—¿Sabe qué le sucedió a Tarella?

—Fue un buen hombre.

—Pero ¿qué ha sido de él?

—Su esposa murió.

—¿Aquí? —respondí, deseando que fuera más sensato al hablar—. ¿En la estancia?

—Lejos, en la gran ciudad. Hubo un incendio.

—¿Y Tarella? —insistí.

—Él maldijo estas tierras.

—¿Por lo ocurrido con su esposa?

—Don Guido, eh... no sé la palabra. —Le murmuró algo a Yamai en su lengua materna.

—Engañó —completó su hijo.

—Sí —prosiguió el anciano con dolor, y vi en la débil luz que tenía los labios oscurecidos por la sangre—. El don engañó a Tarella.

—¿De qué manera?

—No le pagó... pero hizo que lo azotaran. A nosotros, los trabajadores, nos obligaron a mirar. Así que Tarella volvió. Por los árboles. Después de eso, no vi nada. Solo escuché.

—¿Qué escuchó?

—Su sufrimiento...

Justo cuando pronunciaba esas palabras, lo último del aceite de la lámpara se consumió, y la llama se volvió de un amarillo sucio, se encogió y luego se apagó, la mecha apenas brillando antes de que también se apagara y nos sumiera en un pozo de oscuridad. Sentí una punzada de desesperanza, y permanecimos allí en un tembloroso silencio, todos demasiado perturbados como para hablar, hasta que Vasca se incorporó para ladrar a la oscuridad circundante. Se me paró el corazón porque, a lo lejos entre los árboles, vi una luz que se balanceaba a la altura de un hombre. Se le unieron una segunda y una tercera, hasta converger rápidamente en nuestro lugar.

Namuncura se aferró a mí para rogarme que encontrara los medios para liberarlo.

—No debí hablar de don Guido. —Hablaba con desesperación y terror—. Los he resucitado a él y a sus hombres, como en los viejos tiempos.

A menos que abandonáramos al anciano mapuche, no había nada que hacer y, aunque hubiera tenido la intención de huir a través de los matorrales, prefería enfrentar mi destino en compañía de otros seres vivos. Me acerqué a Yamai, sabiendo que su fuerza no nos iba a servir de nada, y juntos protegimos a su padre mutilado lo mejor que pudimos, después de lo cual debí de haber cerrado los ojos, pues no era consciente de lo cerca que estaban las luces, solo del crujido a medida que se acercaban y del tintineo del metal.

—Qué escena tan acogedora.

Latigez nos miraba con malicia desde la oscuridad, las patillas iluminadas por el resplandor de su farol, las cicatrices en la piel con pinta de ser teatrales, como si se las hubiera hecho con un pincel. Junto a él estaban Epulef y Moyano, uno también con un farol, y el otro con una linterna. El capataz estaba en un estado de ira que se lo dirigió a Latigez.

—¡Le he dicho que se deshiciera de la trampa!

—Lo hice, señor. Se lo juro. Y busqué las otras como me había pedido, pero no encontré ni una sola.

—Entonces, ¿cómo explica esto? Considere las consecuencias si hubiera sido el don, o sus hijos…

—No hay tiempo para discutir —grité, con el mismo nivel de ira que Moyano—. Hay que liberar a Namuncura.

Colgado del hombro de Latigez, había un bolso (el origen del tintineo) del que sacó una herramienta para hacer palanca y, tras arrodillarse en el suelo, la colocó entre las fauces de la trampa.

—Esto le dolerá —dijo, sin una pizca de simpatía, y empezó a sacudir la varilla.

Namuncura se aferró a las manos de sus hijos mientras, poco a poco, el artefacto se abría. Ahogó un grito cuando los dientes salieron del hueso y, una vez más, se desplomó en el alivio de la inconsciencia cuando el dolor se volvió demasiado intenso.

En cuanto estuvo libre, examiné la herida, y un espasmo de náusea me contrajo la garganta.

—Necesitará un médico.

—Probablemente haya que amputarlo —intervino Latigez, y dejó que las fauces vacías volvieran a cerrarse.

Los semblantes de los dos mapuches, ya cenicientos, se tornaron aún más pálidos.

—No lo escuchen —dije—, no puede evitar ser tan ignorante.

Moyano observó la escena, y su expresión estaba entre la consternación, la irritación y el claro deseo de ponerle fin a todo el problema.

—Tenemos un antiséptico para la herida, y Calista puede preparar algo para el dolor, pero no tenemos médico.

—¿Y si hubiera sido el don? —le planteé—. ¿Qué pasaría si alguien de la familia enfermara de gravedad? ¿Qué harían en ese caso?

—Partir enseguida a Tandil, en coche.

—Entonces hay que hacer lo mismo con Namuncura.

—No lo harán.

—Es un hombre mayor, y merece más que ser abandonado. La herida —dije en voz baja para no seguir alarmando a sus hijos— puede verse afectada por la gangrena.

—Póngase en los zapatos del don. El mapuche no es más que un obrero que ya no trabaja en la estancia. El don no dejará que su coche se manche de sangre por él. Arruinará el tapizado.

—No creo que don Paquito sea tan desalmado. Déjeme hablar con él.

Moyano me clavó una mirada impávida.

—En algo tiene razón —dijo al final, mientras el viento le despeinaba el pelo—, no puede quedarse aquí. Y nosotros tampoco. Debemos llevarlo a la antigua mansión.

Me moví para ayudar a los mapuches a llevar a su padre, pero Moyano intervino.

—Ya ha hecho más de lo que le corresponde, señorita. Deje que Latigez la acompañe a la casa. Me encargaré de este asunto a partir de ahora.

Me sentía reacia a abandonar al anciano porque desconfiaba de Moyano y, antes de irme, me aseguré de revisar y tranquilizar a Namuncura por última vez. Cuando le acaricié la mejilla con los dedos, él se despertó de golpe (lo cual me hizo estremecer) y balbuceó un agradecimiento prácticamente incoherente antes de que se le aclararan los ojos. Me hizo señas para que me acercara a él, como si tuviera una confesión que hacer en voz baja, tan cerca que tuve que inclinarme sobre sus labios para escuchar sus palabras.

—Quédese en la casa —dijo en un tono áspero y sumamente siniestro—. No se meta entre los árboles.

Sus hijos se llevaron al anciano mapuche, y Moyano los siguió detrás. Mientras yo tomaba la dirección opuesta, el capataz me llamó.

—Señorita Kelp, asegúrese de que nadie de la familia la vea en este estado.

Me miré a mí misma y al vestido blanco, la prenda que Moyano había insistido en que me pusiera esa mañana. Estaba estampada con unas manos sangrientas.

—No se preocupe —dijo Latigez, mientras yo gritaba horrorizada—. Calista tiene talento para lavar la sangre de la ropa.

El jardín y el fantasma

os tres mapuches se fueron antes del amanecer del día siguiente. Moyano, según me informó después, había hecho unos arreglos discretos para que se los llevaran en un carro. No sé si un médico atendió al anciano, ni por qué sus dos hijos optaron por abandonar su hogar e irse con él, ni qué les sucedió después. Nunca volví a verlos ni a saber de ellos.

Más o menos una hora después de su partida, me despertó el sonido de unos arañazos en la puerta. Había vuelto a dormir intranquila, por estar preocupada por las declaraciones de Namuncura y las oscuras pesadillas sobre dientes afilados, pero también por haberme acostumbrado a los silencios de la casa, que en ese momento habían sido reemplazados por diversos ruidos desconocidos. Había más criadas en las habitaciones del ático; el señor Jalón se había adueñado de un dormitorio al otro lado del pasillo, y durante toda la noche escuché toses, ronquidos, tablones del suelo que crujían y risitas femeninas. Después de anhelar que más almas llenaran el lugar, la realidad había resultado ser menos reconfortante de lo que había creído. Me levanté con cansancio y bolsas en los ojos y encontré una nota debajo de la puerta. Era de don Paquito, donde me informaba que deseaba visitar el jardín esa mañana para ver mis progresos y me decía que nos reuniéramos junto a la puerta del muro. A las nueve en punto.

A la hora señalada, lo encontré a él y a Leon, el hijo, esperándome, aparte de Vasca, que estaba sentada con bastante delicadeza a un costado. El don iba vestido con un traje de estambre de la mejor calidad, la tela era del color del plumaje de un faisán, con los pantalones metidos dentro de unas botas de montar bien hechas; el niño llevaba un disfraz de pirata, complementado con un tricornio, un parche en el ojo y un alfanje de juguete. Noté una mueca en la expresión del niño cuando me acerqué, y anunció en voz alta:

—¡Papá tiene una sorpresa para mí!

En mi caso, me había puesto un poco de colorete en las mejillas para darme un poco de color, pero solo me hizo quedar peor.

El don estaba forcejeando con el picaporte de la puerta, y luego procedió a lanzar una patada ineficaz a la madera.

—No se mueve. —Parecía más malhumorado que el día anterior, y me quedé especulando si no era la única que había tenido una mala noche de sueño.

—La puerta no se abre —le expliqué.

Se apartó de ella, derrotado.

—Bueno, espero que la arreglen esta misma mañana. Hubiera pensado que usted o Moyano ya se habrían ocupado del problema. ¿Quién tuvo la idea de construir este muro?

—El señor Moyano me dijo que su padre lo hizo construir.

—¡Mentira! No existía cuando yo era un niño. Habrá que echarlo abajo: la idea es disfrutar de la vista al lago.

Caminé con el don y su hijo por el perímetro de la mampostería hasta la entrada que sí estaba abierta. Vasca nos seguía, pero su nariz era una distracción constante, ya que no paraba de olfatear las grietas entre las piedras negras. De vez en cuando tenía que llamarla para que no quedara rezagada, después de lo cual salía disparada con entusiasmo hasta encontrarse con un nuevo aroma que le llamaba la atención. El sol volvía a brillar de un amarillo pálido, pues un viento embravecido había soplado toda la noche hasta ahuyentar las nubes y dejar las que quedaban desperdigadas por el cielo. En el bolsillo tenía la carta de renuncia. Tenía la intención de que ese recorrido fuera mi última obligación oficial como jefa de jardineros. Una vez que la hubiera completado, iba a formalizar mi deseo de irme de Las Lágrimas. Mi segundo imperativo, es decir, hablar de la maldición y advertirle a la familia de todo lo que había visto, lo iba a dejar para luego de la reacción a mi epístola.

Llegamos al agujero de la pared. El niño lo cruzó con rapidez, y luego su padre. Estaba a punto de agacharme y de llamar a Vasca para que me siguiera cuando, con un nudo en el corazón, vi que la perra se había quedado quieta, con todos los pelos del cuerpo erizados, mientras se le escapaba un gemido bajo de la garganta.

—¡Vamos, chica! —la animé con una suavidad que no sentía.

Ignoró mi llamada y, en lugar de eso, dio un paso atrás. Y luego otro, mientras los labios se le curvaban hasta revelar los colmillos.

—Deje a la perra —dijo don Paquito desde el otro lado del muro—. La maldita me mantuvo despierto anoche con sus aullidos. Ella y sus amigos.

Dudé, insegura de lo que debía hacer. Una voz tranquila y prudente dentro de mi cabeza me instaba a correr, pero con el don impaciente por ver lo que había logrado, y su hijo jugando sin cuidado, sentí una vergüenza repentina, una incomodidad, ante la idea de desobedecer al hombre que, después de todo, seguía siendo mi patrón.

Así que, por el bien del decoro, me uní a ellos.

El temperamento del don mejoró a medida que explorábamos ese espacio dentro del recinto, cuidado en algunas partes, y no tanto en otras. El hombre poseía un conocimiento respetable de las plantas, como si lo hubiera aprendido todo con *The Gardeners' Chronicle*, y llegó a sugerirme ciertas especies para plantar en varios lugares, incluso si la mayoría de mis elecciones hubieran sido otras (y, dicho sea de paso, más apropiadas para las condiciones). De todos modos, no pude evitar absorber su entusiasmo, sobre todo porque el hombre estaba muy de acuerdo con lo que había logrado y, a medida que avanzábamos, quise que nuestro paseo fuera un poco más entretenido, así que elegí caminos de forma deliberada para revelar algún pequeño sector que habíamos despejado o algún detalle inesperado, y decidí que íbamos a dejar el Jardín del tesoro para el final. Mientras caminábamos y el niño saltaba delante de nosotros y cortaba las puntas de las malezas con su alfanje de juguete, el don conversaba tanto en español como en inglés, dependiendo del vocabulario que supiera, por lo que a veces una oración comenzaba en un idioma y terminaba en otro, un efecto un tanto desconcertante. Cada parte del jardín, aunque permaneciera oculta por las malezas, le hacía recordar momentos felices: «recuerdo el aroma de las dulces violetas aquí… por aquí crecían las rudbeckias, señorita, muchísimas… y allí había un melocotonero ornamental donde las flores caían como nieve con los vientos primaverales». En aras de la revelación completa, debo admitir que sentía una punzada de envidia, porque mientras don Paquito había recuperado el preciado jardín de su juventud, sabía que el mío siempre iba a estar fuera de mi alcance.

—Parece que no tiene más que buenos recuerdos —observé.

—Después de que mi padre se fuera, y después de que se entregara a Dios, nos prohibió hablar de la estancia. El día de su funeral, yo estaba dispuesto a volver. Los años que pasé aquí fueron los más felices de mi infancia, y es aquí donde quiero vivir con mi propia familia. Estas son las tierras de los Agramonte.

—¿Y qué hay de su…?

—Mi hermano. Puede decirlo en voz alta, señorita Kelp, no será castigada por el diablo. Fue un terrible accidente, al igual que las quemaduras que sufrió mi madre, aunque de algo me sirvió. Las Lágrimas fue pensada para él… y ahora es mía.

—Así que no cree en la…

—¿Maldición? —Dejó escapar una risita nasal—. Ni una sola palabra, y espero que usted tampoco. De hecho, estoy muy agradecido de tener a una mujer como jefa de jardineros. Le dará a la gente algo mejor de que hablar.

El joven Leon, aburrido de nuestra conversación, estaba masacrando ortigas.

—Papá, ¿dónde está mi sorpresa?

—Has sido bastante paciente, hijo mío. Señorita, llévenos al Sector de pícnic.

Pero cuando llegamos a esa zona en particular, la inquietud que tuve que reprimir momentáneamente por culpa del fervor de don Paquito volvió a surgir con un escalofrío repentino. Los parterres seguían descuidados, pero el césped estaba frondoso, bien plano y verde. La última vez que me había atrevido a visitar ese lugar había sido para confrontar a Latigez por los ruidos que estaba haciendo. Incluso si alguien hubiera cortado el césped esa misma mañana con una guadaña, o si alguien hubiera pasado una podadora, seguida del peso de un rodillo de media tonelada y el esparcimiento de muchas semillas buenas, la hierba no podría haberse recuperado con tanta rapidez. Sin embargo, bien podríamos haber estado parados en una cancha de bolos.

—Moyano ha escogido bien al personal —declaró el don—. Farrido se ha superado a sí mismo, y también... —Levantó la mirada hacia el cedro—... el carpintero. Ahí está tu sorpresa, Leon. La casa del árbol. Este era mi escondite, y ahora será el tuyo.

El niño saltó de la emoción y arrojó el sombrero al aire antes de atraparlo. Juntos, padre e hijo, treparon por los peldaños del tronco y desaparecieron de mi vista. Una nube pasó un momento frente al sol, y esa emoción opresiva y solitaria que asociaba con estar en los confines del muro negro se hizo notar con más intensidad. Las ramas de arriba crujían con el viento, como un galeón anclado.

Luego, Leon me llamó y me saludó desde el balcón de la casa del árbol. Lo vi con claridad porque Latigez, junto con sus otros arreglos, también había quitado varias ramas del cedro para que se expandiera la vista. Levanté la mano para devolverle el saludo al niño, pero ya se había distraído con su padre, quien señalaba el jardín que se extendía debajo y el bosque circundante.

—Estas son nuestras tierras. —Escuché que decía—. Todos los árboles, hasta donde puedes ver, fueron plantados por tu abuelo.

Poco después, don Paquito estaba de nuevo a mi lado.

—No he podido evitar escuchar sus palabras —comenté—. A mí me han contado una historia diferente: uno de mis predecesores plantó el bosque. Un hombre llamado Tarella.

La mención del jardinero despertó emociones oscuras en el rostro del don.

—¡Aquí no se habla de ese villano! Trató de extorsionar a mi padre y sabotear la estancia. —Arrancó un hierbajo y lo arrojó a un lado—. Ahora, continuemos con nuestro recorrido, señorita.

—¿Dónde está su hijo?

—Me pidió quedarse en su nueva guarida.

No pude disimular mi inquietud.

—¿No cree que debería quedarse con nosotros?

—No es necesario.

—Pero ¿y si...?

El don habló con resolución y bastante aspereza.

—Cuando tenía la mitad de su edad, pasaba todo el día allí. No está en posición de quejarse, señorita. Ya tengo suficiente con su madre.

Me hizo un gesto para que siguiera adelante y, mientras miraba nerviosamente hacia atrás para ver al niño todavía en el balcón, nos alejamos de la casa del árbol para ir directamente al Jardín del tesoro. Pero si esperaba que la culminación del recorrido se llevara la mejor reacción, estaba equivocada. El don caminó a través de él con indiferencia y sin prestarle mucha atención; nada de lo que había hecho le causaba placer. A lo lejos, en dirección al prado, el Muro de los Lamentos emitía su canto melancólico.

—¿No está contento? —pregunté, tratando de ocultar mi decepción—. He seguido sus instrucciones al pie de la letra y me he esforzado más aquí que en cualquier otra parte del jardín.

—No lo dudo, señorita Kelp.

—¿Y cuál es el problema?

No respondió, pero, con la punta de la bota, movió el follaje de los setos de bojes hasta revelar el daño extraño, como si hubiera sido causado por una helada.

—¿Es la fuente? —pregunté—. El señor Farrido cree que puede hacerla funcionar de nuevo.

—Me hubiera gustado que viera el Jardín del tesoro como era antes. De esa manera lo entendería.

LA MALDICIÓN DE LAS LÁGRIMAS 281

—Estas cosas llevan tiempo. Dele una temporada o dos. Ya crecerá.

—He pensado mucho en él. —Cerró los ojos al recordar—. Parecía un pedazo de cielo caído sobre la tierra. —Cuando los volvió a abrir, vi que estaban nublados por las lágrimas—. Quería volver por esto, más que por todo lo demás.

Me preocupó la crudeza de su emoción y traté de distraerlo.

—He pedido más plantas. El señor Berganza las entregará dentro de quince días.

Cuando mencioné al viverista, al menos, el don se alegró.

—Me acuerdo del viejo Berganza. ¡Qué personaje! Él y mi padre eran unos granujas. Tengo muchas ganas de volver a ver a su hijo. Los tres éramos compañeros de juegos: él, mi hermano y yo.

No hubo ninguna advertencia.

Una explosión de ira descontrolada nos golpeó.

Una explosión de tal potencia que me dejó tambaleando y que hizo que el don se encogiera, como si alguien le hubiera disparado un proyectil.

Crac...

Crac...

Crac...

Parecía que el sonido del hacha llegaba de todas las direcciones y resonaba con violencia por todas partes. En el mismo instante, el sol fue engullido por una nube, no un estrato a la deriva, sino una larga y densa masa del gris más lúgubre. Todo el jardín (y me atrevo a decir que todo el terreno) estaba sumido en una profunda oscuridad, como si el crepúsculo hubiera llegado antes de su hora. Sentí un vacío en la boca del estómago, junto con una sensación de desesperación que me agotaba y me agobiaba. Y un presagio. Desde más allá del muro, escuché los gruñidos y los ladridos de Vasca.

—Su hijo. —Fue lo único que pude decirle a don Paquito.

No esperé su respuesta, ni intenté seguir explicándole, sino que corrí, recogiéndome las faldas con ambas manos, volando por los senderos, entre pedazos de tierra desnuda y aquellas secciones donde aún reinaban las malezas, corriendo hasta que mi corazón estuvo a punto de estallar, corriendo con la vana esperanza de llegar a la casa del árbol para evitar lo inevitable.

Sin embargo, a pesar de toda mi urgencia, cuando llegué... ya era demasiado tarde.

Incluso mientras corría por el terreno increíblemente llano, con la hierba de un color esmeralda oscuro a la sombra de las nubes, miré hacia arriba y vi que Leon no estaba solo. Seguía en el balcón, mirando hacia el cielo como si fuera testigo de un eclipse, pero detrás de él, emergiendo del rectángulo negro de la puerta, estaba el hachero, pues era imposible no reconocer a esa figura calva y demacrada. Un odio, un rencor intenso, emanaba de él.

Se movió hacia el niño a trompicones mientras arrastraba la pierna lisiada y se estiraba con esas enormes manos sucias. De pronto, el niño se dio cuenta de la presencia porque abrió la boca para gritar, con un ojo escondido debajo del parche de pirata, y el otro lleno de miedo: la imagen misma del terror.

No puedo, ni quiero, recordar la manera precisa en la que sucedió lo siguiente, solo el resultado.

El niño se apartó de la aparición con rapidez y se apoyó con fuerza contra la balaustrada hasta que no tuvo más espacio para escapar. La madera contra su espalda se astilló y luego se partió.

Y cayó.

Cayó a la nada, porque ya no había ramas que amortiguaran su caída.

No gritó, sino que cayó en picado en un silencio estremecedor —el silencio más prolongado que jamás había experimentado— antes de escuchar cómo su cuerpo impactaba contra el suelo con un golpe escalofriante.

Quedé paralizada, incapaz de respirar y de hacer que las piernas obedecieran las órdenes de mi cerebro. Eché un vistazo a la casa del árbol. Solo estaba la barandilla rota y el umbral vacío... y luego escuché el ruido de algo metálico rodando sobre los tablones del suelo. Una moneda de plata cayó desde el balcón y aterrizó cerca del niño. Don Paquito me empujó fuera del camino cuando corrió hacia donde yacía el cuerpo torcido y quebrado de Leon en la base del cedro. El padre cayó de rodillas y emitió un alarido de agonía antes de coger a su hijo en brazos.

En ese momento, el sol se abrió paso entre las nubes. Ahogué un sollozo cuando don Paquito, un hombre que no creía en maldiciones, pasó tambaleándose a mi lado, aferrado al cuerpo doblado de su hijo, mientras toda la escena quedó bañada en rayos de una intensa luz amarilla.

¡Llevadme con vosotros!

La nube que había bloqueado el sol demostró ser el presagio de una masa que se aproximaba, impulsada por un viento formidable, y cuando la mañana se convirtió en tarde, los cielos se unieron en una gran solidez que oscureció el día antes de tiempo. Sin saber qué hacer después de haber ayudado a don Paquito a llevar a su hijo de regreso a la casa, y luego de que la conmoción alrededor del niño llegara al extremo, me fui a mi habitación, me senté en la cama, con las rodillas pegadas al mentón, temblando por completo, y esperé impotente. Todos en la casa estaban muy nerviosos, con los largos y tensos silencios interrumpidos por los gritos ocasionales de la doña y los ruidos de pasos. Había un leve olor medicinal en el aire. Sentía muchas emociones: perturbación, miedo, dolor, una culpa más extrema de la que había experimentado con Lola, enojo conmigo misma. Pero solo tenía una urgencia:

Alejarme lo más posible de Las Lágrimas.

Así que, cuando escuché que el vehículo de la familia llegaba a la puerta principal y vi por la ventana que la doña y Calista se dirigían al asiento de atrás, con el niño en una camilla improvisada, hice una maleta a toda prisa, con la esperanza de partir con ellos.

Leon no había muerto por la caída. Pero sí resultó gravemente herido: se fracturó la espalda y la pierna; tenía los brazos y los hombros colgados y sin energía; un líquido acuoso y rosado le goteaba de la nariz de forma constante. También tenía los pulmones dañados e, incluso desde la altura de mi ventana, podía ver que cada respiración era una lucha para su pobre y pequeño cuerpo. Estaba pálido como un cadáver y envuelto en mantas, aunque, por alguna razón, tal vez con miedo a provocarle más lesiones, nadie había pensado en quitarle el parche de pirata. Calista le había dado un analgésico y uno de sus tranquilizantes de elaboración propia, pero sus heridas eran tan graves que era evidente que necesitaba las habilidades de un médico profesional. Iban a perder tiempo valioso si enviaban a alguien a buscar a un médico y se quedaban esperando a que llegara. Dado que Buenos Aires estaba demasiado lejos, se había decidido que la medida más rápida era viajar durante la noche para llevar al niño directamente al hospital de Tandil, como Moyano había predicho que iba a hacer la familia.

En el coche de abajo, la doña había perdido la cabeza, pues estaba llorando y estrujándose las manos, y daba la impresión de que ella misma necesitaba uno de los tranquilizantes de Calista. Había insistido en que la cocinera permaneciera a su lado durante el viaje para administrarle al niño sus brebajes y ungüentos y, sospeché, como apoyo moral. Terminé de guardar las pertenencias que consideré esenciales en mi maleta, salí al pasillo y estaba en la mitad de las escaleras cuando escuché la voz de Moyano en el vestíbulo, rogándole al don que reconsiderara su decisión y no abandonara la estancia. Desde mi ubicación, no podía ver a ninguno de los dos… solo escuchar su conversación.

La voz de don Paquito estaba ronca y quebrada.

—Lo que quiere decir, señor Moyano, es que tiene miedo de quedarse sin su puesto de trabajo.

—Después de todo el trabajo que hemos hecho, me parece un… un desperdicio abandonar la estancia otra vez.

—Mi hijo tal vez muera y lo único que le importa es su propia persona. —El don prorrumpió en sollozos, y la vergüenza frente a un criado lo hizo estallar de furia. Se volvió hacia Moyano, ya incapaz de controlar su invectiva—. ¡Era su responsabilidad! La casa del árbol había que repararla. Ha mostrado un desprecio deliberado hacia mi familia.

—Se lo prometo…

El capataz fue interrumpido al instante, ya que no había ninguna explicación o defensa que pudiera apaciguar al don.

—Le ofrecí una oportunidad, ignorando mi buen juicio y los consejos de la doña. Los consejos de todos los demás. Le ofrecí una oportunidad, a pesar de lo que pasó en su trabajo anterior y esa inmunda reputación suya…

Escuché unas risitas nerviosas que venían de arriba, así que miré hacia la punta de las escaleras y vi a dos criadas, unas chicas que no conocía, agachadas junto a la barandilla y escuchando a escondidas. A pesar de mi propia relación tensa con Moyano, sentí la necesidad imprevista de proteger al capataz y, si no fuera por la evidente acusación de hipocresía y por no querer revelar mi propia presencia, habría reprendido a las chicas y les habría ordenado que regresaran a sus habitaciones.

La diatriba implacable del don persistió hasta que se le escapó otro sollozo. Luego, escuché el rápido taconeo de sus botas en el suelo y a Moyano persiguiéndolo, y comprendí que si yo también quería escapar, esa era mi última oportunidad. Cogí mi maleta y bajé las escaleras muy rápido hacia la puerta principal, corriendo hasta quedar en frente del automóvil. El don había ocupado su lugar en el asiento del conductor y había encendido los faros; en el asiento de atrás, la doña le insistía a su marido que se diera prisa.

—Por favor —grité, protegiéndome los ojos de las luces en la lobreguez de la tarde—. Llevadme con vosotros. Puedo ayudaros.

—Quítela de en medio —ordenó don Paquito, y Moyano me arrastró fuera del camino del coche. Con una nube de grava, el vehículo pasó a toda velocidad junto a nosotros.

Vi a la familia una última vez, al igual que a Calista. De todas maneras, fue la niña, sentada junto a su padre en el asiento del copiloto, la niña olvidada en todo esto, quien dejó la marca más inolvidable de todas. Estaba muerta de miedo y no comprendía los acontecimientos que se desarrollaban a su alrededor. No pude evitar pensar qué daños indescriptibles iban a causarle en la mente. O tal vez llegaría el día en que la pequeña rememoría el pasado y consideraría todo esto la clave de su éxito, ya que, como su padre había dicho apenas unas horas antes: «fue un terrible accidente… aunque de algo me sirvió. Las Lágrimas fue pensada para él… y ahora es mía».

Observé las luces del coche mientras desaparecían en la penumbra de los árboles y tuve el temor, un tanto exagerado, porque quedaba una casa llena de trabajadores que necesitaban ser transportados de regreso a la civilización, de que nunca iba a irme de ese maldito lugar. Moyano seguía agarrándome el brazo con fuerza, pero me solté de un tirón.

—¿Regresarán? —pregunté.

—Esa fue la última pregunta que le hice al don. Su esposa no quiere volver a ver la estancia nunca más. Quiere quemarla hasta los cimientos.

Sentí una caricia en la punta de los dedos y descubrí que Vasca estaba a mi lado.

—Debería haberme dejado advertirles —dije, mientras la culpa me invadía—. Fue el fantasma, tal como le dije que sería.

—El don no vio nada. Nada. Me explicó que usted se volvió «loca» y salió corriendo y gritando por los jardines en busca de su hijo. Y cuando llegó a la casa del árbol, vio que el niño se había caído al suelo.

—Todo eso lo dijo en un tono que me partió el corazón.

Miré al capataz con incredulidad. No pronunció ni una palabra más, pero vi, y entendí por la frialdad de sus ojos, que me culpaba erróneamente, injustamente, irremediablemente.

Por todo.

Si alguna vez he visto en un rostro la fría determinación de matar, fue en el suyo.

No quise pasar ni un momento más en su compañía, así que, luego de hacerle señas a Vasca para que me siguiera, caminé hacia la casa, subí a mi habitación y dejé que la perra entrara conmigo (algo que, por lo general, estaba prohibido, pero ¿qué más daba?). Una vez que hube cerrado la puerta, me arrodillé y arrojé los brazos alrededor de Vasca, la única compañía y fuente de consuelo que me quedaba en la estancia, y permanecí en esa posición con un estado de abatimiento, mi miedo apenas contenido, y de furia por la injusticia de la acusación de Moyano. También estaba exhausta, con un cansancio que me calaba hasta los huesos, y luego de darle un último abrazo a la perra, me acerqué a la cama. Me acosté, completamente vestida y sin quitarme las botas, y caí en un sueño tan profundo e instantáneo que fue como si hubiera saltado de un precipicio.

Puede que hubiera estado sumida en mi propia oscuridad interior, pero no estaba sola. En mis sueños, sentí unas manos que se extendían hacia mí... las mismas manos pesadas y sucias que habían encontrado al hijo de don Paquito.

Una casa de luto

Volví a la realidad con la misma brusquedad que había experimentado al quedarme dormida. Había perdido toda la percepción del tiempo pues, aunque parecía como si no hubiera pasado más de una hora, al otro lado de la ventana se veía la oscuridad profunda del anochecer, iluminada por los destellos de unos relámpagos. Aún sentía esas horribles manos sobre mí, al igual que un hedor a hojas podridas y tierra fétida en la nariz.

También escuché música.

Me incorporé, escuchando con atención y asumiendo que era otro vestigio de mis sueños. Pero ¡no! Estaba bastante despierta y sin duda la música llegaba desde el piso de abajo, mezclada con risas, chillidos de mujeres y el ocasional sonido de alguien descorchando una botella.

La puerta de mi habitación estaba entreabierta y, mientras dormía, Vasca me había dejado sola. Estaba mareada y necesitaba un tentempié, ya que no había bebido ni comido nada desde el desayuno, así que bajé las escaleras y me encontré con una de las jóvenes criadas que había escuchado la reprimenda a Moyano. Tenía una botella de vino en la mano, de la que me ofreció un trago; cuando me negué, bebió un largo trago del pico sin vergüenza hasta que un hilo oscuro se le escurrió de los labios. Pasé junto a ella hacia el vestíbulo y me quedé sin aliento ante la escena que tenía delante.

Dondequiera que iba, las puertas estaban abiertas de par en par y los miembros del personal recién llegados de Buenos Aires estaban comiendo y celebrando con desenfreno, casi todos vestidos de fiesta con ropa claramente robada de los aposentos de los Agramonte. Habían allanado la bodega y la despensa en busca de los mejores productos. Habían sacado cajas de champán, así como patas de jamón ibérico, aceitunas y alcachofas en conserva traídas de Italia, *pâté de foie gras*, frutas en licor y latas de galletas florentinas. Alguien había dejado caer un frasco de jengibre confitado y estaba hecho añicos, con el contenido desperdigado por el suelo. En la sala de trofeos sonaba un acordeón, esa música propia de Argentina llamada tango, y cuando me asomé al interior vi parejas entrelazadas que bailaban al ritmo de los vítores de los espectadores, con una innegable concupiscencia en el aire que me intrigaba y me avergonzaba a partes iguales. Sin embargo, a pesar de mi puritana, o más bien victoriana, respuesta al baile y de mi disconformidad con el robo de las provisiones, me animó ver tanto movimiento después de las semanas de silencio. Me animó y me tranquilizó, porque, aunque la amenaza del hachero debía seguir existiendo, y como los Agramonte se habían ido, no había nada que me retuviera allí. De momento, me sentía segura entre tanta gente y quería ser una más de ellos, para despreocuparme y «soltarme el pelo» como dice la frase, incluso si ya anticipaba la facilidad con la que todo podía descontrolarse.

Alguien me tiró de la manga.

—Estaba esperando que se uniera a nosotros.

Latigez se abalanzó sobre mí con una botella de coñac en la mano. Noté sus ojos empañados y brillantes, aunque no estaba del todo ebrio. Tenía un lado de la cara hinchado y en carne viva. Y también los labios partidos.

—¿Qué le ha sucedido? —le pregunté.

—¿Se refiere a esto? —Se inclinó para que viera lo amoratada que estaba la piel de la mejilla debajo de sus bigotes—. El señor Moyano quería a alguien a quien echarle la culpa. —Se rio entre dientes de forma irónica—. ¿Quién mejor que un colega? Ahora la está buscando a usted. Yo me aseguraría de que no me encontrara. —Bebió un trago de coñac y sacudió la cabeza—. La cuestión es que estoy seguro de que reparé esa barandilla. Era madera nueva.

Me ofreció la botella, pero la rechacé. Ahí me di cuenta de que me había equivocado: en realidad, estaba en un peligroso estado de ebriedad.

—Qué buena fiesta, ¿no? —comentó—. A mí se me ocurrió la idea.

—No está bien, no con el niño tan gravemente herido.

—Todos han perdido sus trabajos el día de hoy —replicó—. Deje que se diviertan.

—También han robado.

—¿Y si tienen miedo? ¿No ha pensado en eso, Ursula? Ya están cotilleando sobre la casa del árbol. Tal vez —dijo con desprecio— piensen que su fantasma vendrá a buscarlos. Tal vez necesiten esto para pasar la noche.

—¿Qué diría Calista?

—Si conozco bien a mi esposa, ya se habría terminado su primera botella. Y se habría subido las faldas para bailar sobre las mesas.

Me dedicó una última mirada extraña, recorriéndome de arriba abajo, y se abrió paso para unirse a los otros juerguistas.

De quién acepté el primer trago, no lo sé. Eventualmente, alguien me ofreció champán, no de una botella, sino en una copa. Mientras deambulaba por la fiesta, sentí una agitación creciente por el papel que había desempeñado en todo lo sucedido, y me reproché a mí misma porque, al igual que con Lola, si hubiera dejado de lado las ofensas personales, podría haberle advertido a la doña, y el niño aún estaría bien. Esa noción se convirtió en un dolor de cabeza que me presionaba el cráneo y era imposible de ignorar, por lo que espero que el lector me disculpe por haber bebido toda esa copa. El champán estaba tibio y no era del todo placentero, pues aún sentía el burbujeo en la garganta, pero no tardé en servirme otra copa y esa vez me la bebí de golpe, como hacía mi abuelo, para demostrar que estaba a la altura de cualquier persona en la habitación. Después de eso, fue fácil continuar. Durante un rato, me relajé y me olvidé del horror que había presenciado en la casa del árbol, pero a medida que el alcohol me hacía más efecto, y las luces y las paredes se volvían borrosas a mi alrededor, empecé a arrepentirme de mi decisión, sobre todo porque tenía el estómago muy vacío. Fue así como caminé entre el personal cada vez más escandaloso hasta llegar a la cocina, donde devoré un plato de pato asado y melocotones en escabeche.

Cuando estaba terminando, entró Moyano y, como me esperaba lo peor, me levanté de la mesa y me preparé. Parecía algo desaliñado, con la sombra de una barba en la mandíbula, pero estaba sobrio. Nos quedamos evaluándonos el uno al otro.

—¿No debería poner fin a todo esto? —dije al final.

—¿Qué importa? —Suspiró, frotándose la muñeca de forma desconsolada—. ¿Acaso va a cambiar algo? Ya lo he decidido: todo el personal partirá mañana.

—Presumo que yo también estoy incluida.

—Usted es demasiado buena para viajar con los demás, señorita. Me aseguraré de que tenga su propio caballo y guía.

—Gracias —respondí, incapaz de contener mi sospecha.

Fuera cual fuera la ira que se había apoderado de él, en ese momento parecía haber sido agotada y subsumida por una resignación a los acontecimientos. Había una mirada ausente en sus ojos que me hizo pensar en los ciervos de la sala de trofeos o, quizás con más detenimiento, porque no había nada digno en eso, en esas cabezas que guardaba en su cabaña para arreglarlas.

—Lamento —dijo tras un silencio, interrumpido solo por el ruido de una botella rompiéndose en algún lugar y las carcajadas— que las cosas hayan terminado así.

—Para ambos.

—No le guardo rencor, señorita —declaró con firmeza.

—Ni yo a usted.

—Deberíamos brindar por ello.

—Solo si encuentra una copa de algo frío —aclaré, incómoda por la rotundidad de su tono. Sonaba derrotado, y pensé en lo que me había dicho Latigez en el pozo, sobre que Moyano había intentado quitarse la vida.

Fue y volvió en poco tiempo, con dos copas de champán y una botella de Pol Roger perlada de humedad.

—Es de la mejor cosecha que he podido encontrar —dijo, y procedió a llenar mi copa—. Yo no puedo beberlo tan frío. —Y cogió una botella que había quedado a un lado. Cuando llenó su propio vaso, lo chocó contra el mío, y bebimos. Moyano aprovechó el momento para mirarme un momento por encima del borde.

—¿Cuenta con su aprobación, señorita?

Asentí y bebí otro sorbo antes de preguntar con mucha audacia y motivada por la bebida:

—¿Es cierto lo de su esposa? Que ella se fue con su hijo.

Hubo una pausa incómoda.

—Una vez le dije que Las Lágrimas es un lugar para las personas que han perdido algo en la vida —dijo al final—. Sí. Es verdad.

—¿Qué pasará con ellos?

—No lo sé. Estoy muy preocupado por Alfredo y sus pobres pulmones. Las Lágrimas era mi oportunidad de recuperarlo. —Hizo una pausa para contemplar lo que había dicho, hasta que levantó la copa de nuevo—. Por las familias.

Teniendo en cuenta mi propia historia, fue un brindis por el que tenía poco entusiasmo. Sin embargo, los dos bebimos, aunque hubo un aire muy fingido en el ritual.

—Y usted, señorita, ¿qué hará ahora?

—No creo que pueda encontrar otro puesto.

—Berganza podría ayudarla. Tiene muchos clientes, y estoy seguro de que estarían encantados de contratarla por alguno de sus talentos.

—Me parece que ya estoy harta de la jardinería. —Suspiré—. Me pregunto en cambio si podría viajar, conocer algunas partes del continente como lo hizo mi abuelo.

—Solo prométame una cosa: no vuelva con Eduardo Gil.

—No.

—Por los viajes, entonces.

Hicimos un último brindis y vaciamos nuestras copas, después de lo cual Moyano se dirigió a la puerta.

—No sé si nos veremos por la mañana. Me aseguraré de que su caballo esté listo para después del desayuno.

—Señor Moyano. Había un fantasma. Lo juro por mi vida.

—Adiós, señorita Kelp. No beba demasiado vino.

Luego de haber pronunciado esas palabras de despedida casi tiernas, me dejó sola en la cocina.

Me quedé un largo rato sintiendo la conformidad y la tristeza del capataz como si fueran mías. A través de la ventana, el cielo negro seguía destellando por la tormenta que acechaba las Pampas a lo lejos. Como me pesaba la cabeza, cualquier otra noche ya habría estado lista para acostarme, pero dudé si iba a poder dormir con tantos ruidos, así que me contenté con otra copa del excelente Pol Roger. De todos modos, tomé la decisión de no darme más gustos, pues el cerebro ya me estaba dando demasiadas vueltas.

Me dirigí de nuevo a la sala de trofeos, que se había convertido en el centro de la bacanal. La habitación por fin estaba cálida, porque eran tantos los cuerpos, y tan enérgicas sus actividades, que el frío habitual del lugar había desaparecido del aire. Las luces eran tan brillantes que me cegaban. Algunos miembros del personal habían estado jugando una variación del juego de tejo, arrojando los sombreros de doña Javiera para que cayeran sobre las astas de los ciervos; muchos de ellos permanecieron donde habían aterrizado, en ángulos aleatorios. Al parecer, todas las superficies —las mesas, la repisa de la chimenea, las estanterías— estaban llenas de botellas y copas vacías. A su vez, habían enrollado la alfombra para facilitar los bailes, pues casi todos estaban girando y tambaleándose, y el acordeonista había dejado el tango de lado para tocar melodías de un tempo más rápido. Me abrí paso por el espacio octogonal, sintiéndome una extraña entre la multitud y esperando poder reconocer al menos a una persona, pero era tal la cantidad de gente que creí que me iba asfixiar, por lo que luché para llegar a la puerta.

Antes de llegar, uno de los mozos de cuadra trajo a Dolores. La pobre chica estaba sonrojada y mareada por la bebida, y tenía puesto uno de los vestidos de satén de la doña, con la mayoría de los botones del frente desabrochados. El mozo de cuadra bailó un poco con la criada antes de pasársela a uno de sus coetáneos, y luego de hombre a hombre, todos desesperados por bailar un compás con la Jezabel. La joven se bamboleaba y tropezaba a menudo, lo que provocaba que la gente a su alrededor se burlara de ella. Estaba a punto de apartar a la multitud para intervenir cuando Latigez entró sigilosamente en la habitación y cogió a la criada. Le susurró algo al oído y la arrastró hasta la puerta, entre los aullidos de los hombres, y fue en ese momento, por la manera íntima en la que se la llevaba, cuando me di cuenta de la verdad, con pocas dudas restantes.

¡Todo ese tiempo había tenido razón! La joven visitaba a *Latigez* en sus salidas nocturnas.

Traté de avanzar a través de la aglomeración de cuerpos danzantes con el fin de alcanzarlos y poner fin a lo que fuera que Latigez planeaba hacerle, pero mientras me acercaba a la criada, quedé atrapada en los brazos del señor Farrido, quien tenía el rostro enrojecido y la frente empapada. Me hizo girar una, y luego dos veces alrededor de la habitación antes de que pudiera liberarme de su contacto húmedo. Me gritó alguna obscenidad de borracho que ignoré por completo y, ante las risas burlonas de la multitud, escapé al vestíbulo. Fui recibida por los ojos de don Guido pintados al óleo —como aventurero, cortesano, jardinero—, y me pregunté qué comparaciones existían entre las festividades de esa noche y sus fiestas del pasado. Si el personal hubiera pensado en descontrolarse de esa manera en su época, estoy segura de que habría hecho que les dieran una paliza a todos y cada uno de ellos.

De Dolores y Latigez no había ni rastro y, después de buscar en el piso de abajo, subí las escaleras y fui directa a la habitación que había sido el lugar de sus proezas anteriores. No había indicios de que alguien hubiera estado allí dentro en toda la noche. Regresé corriendo a las escaleras, más mareada con cada paso que daba, y subí a la habitación de Dolores en el ático. Nunca antes había visto el interior, tan vacío como la celda de una novicia. Los únicos artículos de índole personal que había eran una pequeña Biblia en la mesita de noche y, sobre la almohada de su cama hecha con descuido, la llama de juguete que estaba abrazando esa noche que la desenmascaré en el pasillo. Había algo raro en el juguete, algo que no podía descifrar del todo, una cualidad infantil y patética, que me hizo estirar la mano para levantarlo, pero en vez de sentirlo suave y ligero, pesaba. Le di la vuelta, y lo que fuera que había dentro tintineó. Luego vi que la parte de atrás estaba unida por unas pocas puntadas toscas, así que solo tuve que hacer el mínimo esfuerzo para arrancarlas.

El contenido de la llama de juguete se desparramó por el suelo. Muchas monedas de plata cayeron con un repiqueteo escandaloso, girando y rodando por la habitación.

Esperé, balanceándome sobre los pies, hasta que todas se detuvieron. Traté de encontrarle sentido a lo que había descubierto antes de que una explicación desagradable saliera a la luz. Dos pisos más abajo, escuchaba los sonidos continuos de la fiesta, los gritos y el acordeón, aunque cada vez menos perceptibles. La puerta se abrió detrás de mí, y el aire trajo consigo un olor a humo de ombú, similar a un incienso viejo. Los ojos oscuros de Moyano viajaron de las monedas de plata esparcidas por los tablones del suelo y luego hacia mí, y parecieron agrandarse a medida que se acercaba. Todo su porte indicaba frialdad, un ajuste de cuentas y alguna otra emoción indecente que no podía reconocer sin que se me retorciera el estómago.

—La hacía sentir especial —dijo en un susurro—. Una chica que a nadie le importaba; cuyos padres estaban más que dispuestos a enviarla aquí. Siempre me aseguré de que la recompensaran bien. Un acuerdo beneficioso para todos.

—¿Fue… usted? —No había hablado desde que nos separamos en la cocina y me sorprendió escucharme arrastrar tanto las palabras.

—Ella nunca se quejó. Su cuerpo es más resistente de lo que parece.

—¿Cómo pudo… cómo pudo lastimarla así?

—No todo es trabajo en la vida, sino que también hay que hacerse un tiempo para la diversión. —Su voz no sonaba propia—. Era lo único que podía hacer para purgar mis estados de ánimo más oscuros.

—¿Y su familia?

—Después del desastre en mi último trabajo, era mejor dejarme seducir por una criada que por la doña. —Se estaba acercando más a mí—. O por mi rosa inglesa.

Traté de alejarme, y cada paso requería más esfuerzo que el anterior.

—La engañó... Le prometió a Dolores que sería rica... Que se convertiría en una señora.

Su respuesta fue una risita, despectiva e insinuante.

—No sería la primera en Las Lágrimas en ser engañada por la promesa de la plata.

Levantó uno de los pesos del suelo. Un momento después, Moyano se cernió sobre mí. Me agarró la mano y presionó con fuerza el metal frío de la moneda en la palma. Aunque hice todo lo posible para defenderme, me sentía demasiado inestable, el mundo entero daba vueltas a mi alrededor como

[En esta parte falta una página del diario].

No del todo solos

A l final, supongo, fue el silencio lo que me despertó, mientras me hacía presión sobre mi mente embotada y confundida: una ausencia total de cualquier sonido, más penetrante e inquietante que cualquier alarma. Me incorporé con lentitud y dificultad desde las profundidades, parpadeando ante la luz sombría de un lugar que, aunque no era desconocido, tampoco pude identificarlo con facilidad. A medida que la vida volvía a mí, también me percaté de que tenía la cabeza palpitante, la boca seca y una sed que solo podía describir como dolorosa. Me sentí como ese mediodía cuando se terminó el efecto del somnífero de Calista y me desperté, excepto que ahora parecía que hubiera tomado una dosis más potente. También había otra sensación, un dolor único, pero no ahondaré en los detalles en estas páginas.

Los resortes se me estaban clavando en la espalda y, con cautela, me impulsé con los brazos hasta quedar sentada. En ese momento, llena de miedo, caí en la cuenta de dónde había dormido. Había estado en estupor la noche anterior, aunque no del todo inconsciente de los acontecimientos, pero no recordaba haber llegado hasta ahí. Ni qué pudo haberme poseído para hacerlo, pues estaba en uno de los armazones en la cabaña de Tarella. Cuando me puse de pie, unas náuseas me reptaron por la garganta, y como sabía que no iba a ser capaz de contenerlas, salí de la habitación dando tumbos hasta la puerta principal y vomité afuera. Se me contrajo el estómago varias veces más y, después, me apoyé sobre las rodillas de forma miserable, jadeando como si fuera un perro, con los pulmones llenos de niebla... una niebla cercana e impenetrable se había deslizado desde las Pampas. No podía ver nada del lago ni de la casa, solo la vaga y oscura esencia del bosque. Todos los ruidos de la estancia habían sido amortiguados por él, incluso el canto de los pájaros; de hecho, durante el resto de mi tiempo en Las Lágrimas, no recuerdo haber escuchado el sonido de ningún pájaro nunca más.

Sentía el cuerpo sucio, y la ropa dura por la mugre; más que nada, quería darme un baño. Sin embargo, la primera orden del día era saciar mi sed punzante. A pesar de tener las piernas rígidas, fui hasta la casa, cruzando por los establos oscuros y silenciosos, y entré directamente en la cocina, donde ignoré la devastación de la noche anterior y me serví un vaso de agua. Un poco de mate (o, mejor aún, un auténtico té inglés con leche y una cucharadita de azúcar) hubiera sido perfecto, pero cuando apoyé la mano sobre los fogones, estaban fríos. Luego de beber hasta saciarme, seguí caminando por el resto de la casa, y suponía que era más temprano de lo que pensaba, ya que no había ni un alma levantada. Era probable que el personal aún estuviera durmiendo para recuperarse de la fiesta. Eso me resultó conveniente porque no estaba de humor para ninguna interacción y porque prefería bañarme en paz. Me arrastré hasta el ala nueva, cuyo aire parecía inusualmente fresco, y preparé un baño.

El agua estaba tibia cuando me deslicé bajo su superficie, aunque no me sorprendió del todo porque, como la casa iba a ser desocupada, dudaba que Farrido se hubiera despertado para ocuparse de la caldera. El grifo goteaba ruidosamente, y hacía eco en el baño y en el resto de la casa. Durante los primeros minutos, me quedé con los ojos cerrados, y el dolor en la parte delantera de mi cabeza disminuyendo, antes de darme cuenta poco a poco, y luego con creciente inquietud, de *lo silenciosa* que estaba la casa. De una manera poco natural, y sin considerar la niebla asfixiante.

Tan quieta y silenciosa como un mausoleo.

Salí de la bañera, me sequé con una toalla y, mientras buscaba mi ropa, noté un anillo de moretones morados en ambas muñecas, antes de vestirme de mala gana con mi ropa del día anterior, pues en realidad quería sentir algo fresco y limpio contra mi piel. Luego abrí la puerta, acompañada por el sonido metálico del cerrojo, y escuché, mientras me esforzaba por detectar el menor ruido. No me llegó nada a los oídos, salvo un inmutable y espantoso silencio.

Me moví con rapidez de una habitación a la otra, buscando señales de vida, y encontré toda la casa hecha un desastre: muebles volcados, cubrecamas salidos y rasgados, juguetes y adornos para niños esparcidos y rotos, botellas vacías por doquier... pero ni una sola persona. La suite de doña Javiera tenía el aspecto de haber sido saqueada, ya que había ropa cayéndose de los cajones y los armarios, y un edredón arrugado tirado en el suelo. Desesperada por sacarme mi propia vestimenta (y sin saber si mi propia habitación había sufrido un destino similar), rebusqué entre la ropa de la doña y encontré un atractivo atuendo color ciruela que pensé que podía quedarme. Cuando me lo probé, bien podría haber estado diseñado para mí.

Dejé mi vestido donde estaba, me apresuré a bajar las escaleras y de allí fui a la parte antigua del edificio para continuar mi búsqueda, aunque ya se estaba reafirmando una terrible verdad, porque en las casas vacías siempre hay cierto aire indiscutible... y esa mañana, Las Lágrimas estaba sobrecargada de esa sensación.

—¿Hay alguien ahí? —Grité al silencio sepulcral.

Con la esperanza de estar equivocada, comencé a revisar todas las habitaciones con mis pasos resonando, hasta que llegué a la sala de trofeos. Las cabezas de los animales que no estaban ocultas por los sombreros me lanzaban miradas acusatorias y siniestras porque, si acaso era posible, ese lugar estaba mucho más desordenado que el resto, cubierto con los desechos de la fiesta, botellas esparcidas por todas partes como las monedas, los mapas colgados en la pared en ángulos extraños o los marcos destrozados por completo, muchos de los libros rotos en el suelo, lejos de sus estantes. El falso panel de la estantería estaba entreabierto y una sucia luz parpadeaba en la cámara dentro. De todos los lugares, me pareció el menos probable para que alguien pudiera estar escondido; sin embargo, tal era mi desesperación que atravesé la puerta y miré hacia la celda de abajo.

Alguien había retirado la basura y los tablones del pozo y, como no había nada que amortiguara el sonido del río, se escuchaba muy fuerte en el espacio cerrado. Encaramado en el saliente de ladrillo, con las piernas colgando con imprudencia sobre el agua como si fuera a tirarse en cualquier momento, estaba Moyano. Estaba sucio y sin afeitar, con la camisa suelta y los puños arremangados. Pero lo que más me llamó la atención fue su cuero cabelludo: se había rapado, aunque de la manera más tosca, por lo que tenía mechones extraños y pequeños cortes, algunos con costras, y otros todavía goteando sangre. El solo hecho de mirarlo me hizo querer vomitar de nuevo... y también sentir un poco de miedo; luché contra ambos.

El capataz giró la cabeza hacia mí, con los ojos hundidos e inyectados de sangre, pero no se encontraron con los míos.

—Me preguntaba cuándo se despertaría, Ursula. —Su tono era mortal.

Bajé hasta él y descubrí que no podía evitar encogerme en su presencia.

—¿Dónde están todos? —exigí saber, mi voz haciendo eco en los confines de la cámara. El suelo estaba lleno de colillas de cigarrillos.

—Se han ido. —En la mano tenía un objeto que estaba girando una y otra vez, apretándolo y soltándolo, su antebrazo abultándose y contrayéndose con el movimiento, de modo que las cicatrices de la muñeca parecían retorcerse—. Regresaron a Buenos Aires o a los barrios bajos de donde los sacó Agramonte.

—No puede estar hablando de todos.

—Sí, todos.

—¿Y Dolores? —pregunté.

—También.

—¿Y el señor Latigez? ¿Farrido?

—También. Todos se han ido. —Seguía sin mirarme a los ojos—. Y se han llevado los caballos, los carros y hasta el último medio para cruzar las Pampas.

—Entonces, ¿cómo me iré? ¿Cómo se irá usted?

Dejó quietas las manos y vi que sostenía una navaja de afeitar ensangrentada, del tipo que usan los caballeros, con el mango grabado con las iniciales del don.

—Yo no he dicho que quisiera irme.

—¿Nadie preguntó por mí?

—Solo Latigez, y fue bastante fácil convencerlo de que usted ya se había ido.

—Así que, ¿nadie sabe que estoy aquí?

Se frotó la cabeza rapada y sacudió la cabeza con satisfacción.

—No.

—¿Nadie más que usted y yo? —pregunté.

—Nadie más que usted y yo —respondió.

—Es mentira. No puede haberse ido todo el personal… no ha habido tiempo. Los habría oído.

—Ha estado inconsciente estos últimos dos días. Estaba empezando a preocuparme por haberle puesto demasiado del barbitúrico de Calista en su champán. O tal vez simplemente había bebido mucho de la botella que le dejé.

Las paredes parecían cerrarse a mi alrededor. Unos puntos negros se hincharon y estallaron ante mis ojos, por lo que sentí miedo de desmayarme. Tuve que estirar la mano para estabilizarme, para el divertimento del capataz.

—¿Qué ha hecho? —dije, cuando por fin encontré la voz.

—Se lo advertí, osita. —Hablaba con una calma perversa—. Ha arruinado todo lo que había soñado. Mi última oportunidad. Usted es la culpable…

—No he hecho nada más que tratar de ayudar.

—Si yo no me voy de Las Lágrimas, entonces usted tampoco.

—¿Eso significa que estamos solos aquí?

—Sí —respondió con una simplicidad segura y espantosa, antes de mirarme por primera vez, como si supiera algo más—. Bueno… tal vez no del todo solos.

En medio de amarantos y suspiros del sol

M e negaba a creerle.

Corrí a través de la niebla silenciosa hacia los establos, donde revisé los compartimentos uno por uno y solo me recibió el hedor del estiércol viejo. Todos los caballos se habían ido. Por otro lado, una búsqueda en las construcciones anexas no me proporcionó ningún otro medio de transporte para cruzar las Pampas. Sentía una presión en el pecho y la respiración superficial, y cada vez me costaba más tomar aire. Estaba decidida a mantener la mente lo más tranquila posible. Incluso aunque Moyano realmente quisiera abandonarme aquí (una eventualidad que no creía del todo), no me convencía que tuviera la intención de exiliarse a sí mismo. Lo había dejado en la cámara secreta, mientras él seguía girando la cuchilla de afeitar entre los dedos; sin embargo, por oscura que fuera su melancolía, una vez que hubiera pasado, iba a querer regresar a la civilización, aunque solo fuera por su amado Alfredo. Debido a eso, saqué la conclusión de que debía de tener los medios para escapar. Estaba segura de que en algún lugar había escondido un caballo...

Incluso cuando se me vino el pensamiento a la cabeza, era tanto el alivio que experimenté que podría haber llorado.

¡Dalia!

Moyano la había guardado en su cabaña con ese mismo propósito. Me había convencido a mí misma, quizás un tanto ingenua de mi parte, de que no era su verdadera intención dejarme sola en la estancia, sino que más bien era una amenaza. Solo deseaba castigarme por lo que él consideraba que eran mis faltas, pero al final no lo logró. Sin embargo, tal era mi desconfianza hacia el hombre (y al afeitarse la cabeza me di cuenta de que tenía todas las características de un lunático) que me pareció prudente llegar a Dalia antes que él. Corrí en dirección al jardín, bordeando el muro y esperando recordar cómo era el camino hasta la cabaña. Pasé por la parte trasera de la casa y entré en una neblina que olía como ninguna otra que hubiera inhalado antes. Se aferraba a mis fosas nasales, oleadas del perfume más dulce y floral que una persona pudiera imaginar, tan aromático como una mezcla de rosas, madreselvas y jazmines: el olor del comienzo del verano. El olor de la esperanza y la felicidad. Disminuí la velocidad y me detuve sobresaltada.

La puerta del muro, la puerta que había estado completamente cerrada durante mi estadía en Las Lágrimas, estaba abierta de par en par.

El aire fragante que se arrastraba desde la puerta no era lo único que me invitaba a atravesarla. Desde el Jardín del tesoro, escuché el tintineo y el chapoteo del agua mientras se movía en la fuente. Incluso hubo un momento fugaz, como si algo estuviera tentando a cada uno de mis sentidos, en el que juré que sentí el gusto de unas fresas, tibias y jugosas como si las hubiera recogido y metido en la boca en un instante. Todo era tan encantador, con los recuerdos de los días de verano sin preocupaciones en la casa del abuelo bien presentes en mi mente, que no se me ocurrió la posibilidad de que existiera alguna presencia maligna, ni de que algo me estuviera apartando a la fuerza de mi propósito de encontrar a la yegua. Entré por la puerta como quien camina en sueños.

Me encontré en otro mundo, en un jardín transformado o, mejor dicho, que había recuperado el antiguo esplendor del que me habían hablado Berganza y don Paquito. Estaba en lo que sir Romero había descrito como los «Parterres centrales», un camino recto de abundantes guijarros, y donde a ambos lados se apreciaban profusiones de colores, formas y olores que nunca antes había experimentado. La enorme gama y variedad de plantas desafiaron mis conocimientos: vi amapolas que alzaban la cabeza hacia el sol, nepetas, acantos, geranios, monardas, plumbagos, por nombrar algunas, así como muchas otras más que no pude identificar en absoluto. Realmente había magia en los dedos de quienquiera que hubiera plantado esa gran cantidad de plantas.

Una parte de mi inteligencia me decía que nada de eso era posible, y me vi obligada a estirar la mano y tocar una espuela de caballero para comprobar que lo que estaba viendo era real. Los pétalos sedosos parecían más cálidos y rebosantes de vida que cualquier otra planta que hubiera tocado en todas las semanas que había pasado en el jardín. De hecho, todo el clima parecía tan cambiado como mi entorno. El frío y los últimos vestigios de la niebla se habían esfumado en el aire, que en ese momento era tan templado como una tarde de Pentecostés, esa época perfecta del año donde todo está en su punto más vital antes del verano, cuya abundancia y colores oscurecidos, aunque hermosos, cargan con la melancolía tácita de que la estación cambiará demasiado pronto.

Seguí caminando, sintiéndome intoxicada y diferente a mí misma, a través de lechos púrpuras y dorados de amarantos y suspiros del sol, como en el poema de Tennyson, mientras me detenía para deleitarme con cada nueva maravilla y oler una flor tras otra. Un gran grupo de lirios brillaba en tonos magenta, púrpura y un rosa indescriptible. Un heliotropo tenía un olor a almendras tan intenso que era como si me estuviera atiborrando de mazapán; había otro que parecía una cucharada de la tarta de cereza más roja de todas. Sentí una punzada, prácticamente un dolor en el estómago, porque me hubiera gustado estar paseando ahí junto a mi abuelo, pues solo él habría apreciado el orden inmaculado y la sensualidad de todo, y me atrevo a decir en broma que se desperdició en personas como don Paquito. Al recordar a mi empleador, se me ocurrió otra posibilidad.

¿Podría haberse roto la maldición?

Porque parecía inimaginable que un lugar tan maravilloso y alegre (y realmente sentía alegría en cada paso que daba) existiera si sus poderes ocultos aún estuvieran presentes. ¿Las terribles heridas de Leon habían satisfecho la malevolencia de la estancia? *Debo darme prisa y decírselo al señor Moyano*, reflexioné como si estuviera en un sueño. Tal vez todo iba a estar bien para él, con su puesto asegurado y reunido con su familia una vez más; tal vez iba a poder quedarme ahí como jefa de jardineros para por fin demostrar mis habilidades y que mis padres tuvieran una razón para estar orgullosos de mí; tal vez incluso, cuando su hijo se curara, los mismos Agramonte iban a regresar. *Debo decírselo a Moyano*, volví a pensar...

Pero primero, el jardín me atrajo aún más con sus encantos.

Porque tenía que visitar el Jardín del tesoro sí o sí, así que me dirigí hacia allí a través de las diversas secciones y zonas que reconocía del plano de Lepping, hasta que llegué a lo que era el corazón de su diseño... solo entonces entendí las afirmaciones hechas en su nombre. Me quedé embelesada en el aire dulce y calmado.

El Jardín del tesoro era exuberante y reluciente, aunque también amplio e íntimo al mismo tiempo. En el centro, el agua de la fuente caía armónicamente de un cuenco al siguiente, y extendiéndose desde allí, como ondas verdes que me hacían sentir protegida y aislada, estaban los parterres, cada uno repleto de rosas más vívidas y vibrantes que cualquier otra que hubiera visto, esparcidas con una miríada de otras flores, de colores dentro de colores —escabiosas, asteres, dalias rojas y de color mandarina, más nepetas, alchemillas, violetas, anémonas—, todas brillando como una provisión de gemas. Cuando por fin pude escapar de ese florecimiento, dirigí la mirada al prado, porque ya no había ningún Muro de los Lamentos, y noté la hierba dorada con ranúnculos diminutos. A poca distancia, vi una docena de ciervos blancos pastando con satisfacción, y uno de ellos hizo una pausa para observarme antes de regresar a su pastura. Por primera vez desde que había atravesado la puerta abierta, sentí una punzada de incertidumbre, y una parte apagada de mi cerebro recordó a la yegua Dalia y mi necesidad de encontrarla antes de que Moyano saliera del pozo.

Mientras la idea iba tomando forma, los remolinos de colores a mi alrededor se hicieron más intensos y el aire más ambrosíaco y lánguido, perfumado con flores de cananga. Escuché el zumbido feliz de las abejas que recorrían su cosecha diaria y, desde un lugar inidentificable, cercano pero sin estar a la vista, los gritos emocionados de un niño jugando. Eran carcajadas y bromas fugaces, como cuando yo jugaba en un jardín de Cambridgeshire en mi niñez.

El pensamiento me vino a la mente, tan claro como el olor de las sales aromáticas.

Haciendo acopio de toda mi determinación, ignoré esa fascinante perspectiva y empecé a alejarme. Volví a sentir las náuseas y la crudeza con las que me había despertado con más insistencia que nunca, pero decidí ignorarlas y aceleré el paso. A mis espaldas, en la grava, escuché a alguien que me perseguía, el pesado paso de una bota seguido por el sonido de algo arrastrándose, así que me dispuse a correr a toda velocidad para poner la mayor distancia posible entre ese espantoso ruido y yo. Me invadió la sensación de que, aunque no me atrevía a mirar alrededor, en el jardín detrás de mí volvían a brotar malezas para ahogar las flores y de que todo lo que había florecido por poco tiempo volvía a caer en el abandono.

Volé a través de la puerta y no me detuve. Continué hasta que me quedé sin aliento, navegando por los senderos a través del bosque, con la cara aceitosa por el sudor. Había perdido todo sentido del tiempo. La niebla se había disipado, elevándose hasta las copas de los árboles, aunque la tarde seguía apagada y nebulosa. La manecilla de las horas había avanzado sin piedad mientras el jardín me hechizaba; no faltaba mucho para que el sol se pusiera sobre la estancia.

Después de varios giros en falso, y también más por suerte que por juicio, llegué a la cabaña de Moyano. No salía humo de la chimenea, ni brillaba ninguna lámpara en el interior. Fui directa al establo en la parte de atrás y sentí un alivio en el corazón cuando vi el pelaje color nuez de Dalia por encima de la puerta… y luego un horror enfermizo y un odio hacia Moyano. Minutos antes había estado en medio de un éxtasis de olor y color, pero en ese momento estaba haciendo todo lo posible para no llorar y evitar las náuseas. El péndulo oscilaba entre las dos emociones tan rápido que hacía que la cabeza me diera vueltas y que las piernas me fallaran.

Dejé escapar un alarido.

Moyano había atacado a Dalia con la navaja como un gaucho que sacrifica su ganado. Le había cortado los tendones de las dos patas de atrás para ponerla sobre sus cuartos traseros y luego le había clavado la hoja en el cuello y le dio vueltas. Un torrente de sangre había brotado de ella, aunque la encontré en el peor momento, ya que seguía viva, con sollozos profundos y horribles y sonidos de asfixia emergiendo de su boca. No había nada que pudiera hacer. El cuchillo responsable de esa atrocidad no estaba a la vista, pero, incluso aunque lo hubiera recuperado, no habría tenido el coraje de acabar con la miseria de Dalia.

Me puse de pie, resbalándome en la paja y la sangre y ensuciándome las manos mientras luchaba por enderezarme, y me acerqué a la cabaña a trompicones. Al final me desplomé en el suelo cuando el establo ya no estaba a la vista, con un sabor metálico alojado en la garganta. Desde el interior de la casa que Moyano había construido para reconquistar a su familia se escuchaban rasguños y lloriqueos.

—¿Vasca? —llamé.

La pastora alemana ladró en respuesta y, cuando abrí la puerta principal, salió disparada, con el lomo lleno de marcas de látigo tras una paliza salvaje. Corrió como un rayo a través del jardín vacío, hasta el borde de los árboles, donde se detuvo para mirarme. Sus ojos menta y azul parecían advertirme que no me metiera en la cabaña y que me cuidara de lo que fuera que había allí.

Estaba temblando por completo cuando entré.

Lo primero que me llamó la atención fue el hedor acre de la madera de ombú, como si un gran fuego hubiera ardido durante horas hasta que no quedaron más que las cenizas más amargas. Había una quietud en el aire y, si no hubiera sabido lo contrario, habría creído que ningún ser vivo había estado ahí desde hacía mucho, mucho tiempo. Sentado a la mesa donde habíamos merendado, de espaldas a mí, estaba Moyano, la calvicie de su cráneo aún impresionante. Y esparcidas de forma

aleatoria a su alrededor estaban las cabezas de los ciervos y los venados sin reparar.

Rodeé sigilosamente la mesa para verlo bien y, aunque cerré los ojos de inmediato, la imagen quedó grabada en mi mente para siempre.

Tenía el rostro rígido y teñido del más tenue de los azules, una tonalidad no muy diferente al color de las nomeolvides. Estaba apoyado en la mesa como un acaparador, rodeado de pilas de pesos de plata. Descansando entre las monedas estaba su brazo izquierdo, con la manga de la camisa arremangada y empapada, pues había arrastrado la navaja con un solo movimiento desde la muñeca hasta el codo, como Latigez le había aconsejado. Luego, acunada en el regazo del capataz estaba la foto de una mujer y un niño, pero no la de su propia familia. Más bien, era un daguerrotipo antiguo: los últimos rostros que Moyano había visto en este mundo eran los de la esposa y el hijo de Tarella.

Un plan justo

Quería cantar. Mientras estaba sentada en la cocina con Vasca y atendía las crueles cicatrices de su lomo con mis manos temblorosas, quería cantar fuerte para alegrarme el corazón. Para mantener a raya la acumulación de horrores que sentía porque los moretones que tenía alrededor de las muñecas se habían vuelto más morados y sensibles, mientras esas cosas horribles que había presenciado en la cabaña de Moyano seguían repitiéndose en mi cabeza. ¿Realmente había querido quitarse la vida, o fue el poder del lugar lo que lo llevó a hacerlo? El mismo poder que le puso el daguerrotipo en la mano o incluso, tal vez, el que le hizo raparse la cabeza. No se me ocurría ninguna otra explicación.

Tampoco pude deshacerme de las últimas palabras del capataz, cuando me dijo que estábamos «no del todo solos». ¿Había sido consciente de la maldición todo ese tiempo? ¿Acaso la obsesión con su hijo lo había obligado a permanecer en Las Lágrimas cuando cualquier hombre cuerdo habría huido?

¿Estaba tan familiarizado con el hachero como yo?

Sin embargo, por mucho que deseara cantar, las únicas melodías que me vinieron a la mente pertenecían a Gilbert y Sullivan, lejos de ser mi elección musical preferida. Tuve que conformarme con fragmentos de *A British Tar* y *Monarch of the Sea*, y no puedo decir que me hayan aliviado mucho.

Así que abandoné mi concierto y en cambio arreglé el desorden a mi alrededor, agradecida de tener una distracción doméstica tan rutinaria, y después me preparé una cena de carne de pechuga fría para compartir con Vasca. La perra estaba terminando los últimos bocados y empujaba su tazón de comida por el suelo, el cual hacía un ruido tan fuerte que, en el silencio de la casa, me puso aún más nerviosa. No podía hablar por ella, pero en mi caso no sentía placer con mi comida, simplemente era una practicidad para mantener las fuerzas.

Cuando ambas terminamos, dejé que Vasca saliera por la puerta de la cocina para hacer sus necesidades mientras yo iba al baño de la planta baja. Luego, dejando un rastro de lámparas encendidas con la intensidad al mínimo, para conservar el aceite, la pastora alemana me siguió obedientemente escaleras arriba hasta mi habitación, donde bloqueé la puerta, por cualquier ilusión de seguridad que pudiera ofrecerme, encendí más lámparas y avivé el fuego que había prendido antes. Tenía un vaso de agua al lado y un orinal debajo de la cama: no había necesidad de salir de la habitación hasta el amanecer. Cuando llegó la noche, el viento se había levantado, y su fuerza aumentaba de forma constante a medida que pasaban las horas. Las borrascas sacudían las esquinas de la casa y hacían temblar las ventanas. A su vez, la temperatura disminuyó.

Dada la difícil situación en la que me encontraba, tenía tanto control sobre mis nervios como era de esperar y, aunque me seguía incomodando la forma en la que me latía el corazón, tenía en mente un plan justo, aunque no del todo agradable, para salir adelante.

Varios días antes, cuando me había parado en la verja de la estancia, contemplando la planicie sin límites y la posibilidad de huir, había llegado a la conclusión de que cruzar las Pampas era más peligroso que quedarme en la estancia. Puede que mi realidad hubiera sufrido un cambio extremo desde entonces, pero esas probabilidades, hasta donde yo consideraba, no se habían reducido mucho. Berganza debía llegar con su próxima entrega dentro de quince días. Lo único que tenía que hacer era esperarlo. No había olvidado el último consejo de Namuncura de que me quedara en la casa, así que mi intención era no volver a salir de los confines del edificio. Tenía planeado acomodar el lugar después del caos y los destrozos de la fiesta y luego, cuando eso estuviera hecho, iba a buscar otras formas de mantenerme ocupada para pasar los días antes de mi rescate. Tenía una estantería llena de libros para leer en la sala de trofeos; incluso podría terminar el libro de Conrad. ¡Qué extraño, las insignificancias en que una persona puede encontrar consuelo! Lo que más me preocupaba era que le llegara a Berganza la noticia de lo ocurrido a los Agramonte y que Las Lágrimas había sido abandonada una vez más. No había manera de evitarlo, así que solo podía rogar que, sin instrucciones escritas que indicaran lo contrario, cumpliera mi orden y regresara a la estancia. Si no, le iba a dar uno o dos días más después de su llegada prevista y, si aún seguía sin aparecer... entonces, iba a tener que confiar en mí misma para pensar en algún medio alternativo de salvación.

—No hay que olvidar —dije, estampándole un sonoro beso a Vasca— que te tengo a ti como compañía. —Había hablado en voz muy baja, pero mis palabras aún parecían una intrusión.

Los acontecimientos del día me habían dejado agotada y débil. Los efectos de la droga que me habían dado y el dolor en la parte inferior de mi cuerpo aún seguían presentes, de modo que lo que más quería hacer era sumirme en un sueño profundo. Me cambié de ropa para acostarme en la cama, con un vestido suelto debajo del camisón, porque la temperatura seguía bajando, y cuando terminé, me metí debajo de las sábanas, después de haber bajado la intensidad de las lámparas, aunque sin apagarlas por completo. Me negaba a dormir en la oscuridad. Antes de salir de la cabaña de Moyano, había reunido la serenidad suficiente para buscar su linterna. La dejé al alcance de la mano en la mesita de noche, colocada de forma segura entre *Nostromo* y mis volúmenes de jardinería para que no hubiera riesgo de que se fuera rodando. Incentivé a Vasca a que se acostara a mi lado; su cuerpo grande y cálido y su olor a perro me tranquilizaron más de lo que podía poner en palabras.

Iba a ser un experimento a prueba de nervios, pero los días iban a pasar. Berganza iba a llegar.

Terriblemente asustada

E ra plena madrugada. Me desperté de golpe de un sueño: había estado en la ventana, observando el jardín delantero. En el centro había una figura solitaria y demacrada, vestida con un poncho negro. En la mano, sostenida en alto, tenía un farol anticuado que se balanceaba con un viento huracanado y hacía que su sombra se alargara y se encogiera... se alargara y se encogiera... de modo que su silueta cubría casi toda el área en la oscuridad cuando alcanzaba el tamaño máximo. De repente, se percató de mi presencia y se giró hacia mí para fulminarme con la mirada. No esperaba a nadie más que al hachero, pero, cuando se revelaron sus rasgos, no era un fantasma lo que me estaba enfrentando... sino Moyano. Luego me desperté.

No pude detenerme. Abandoné el calor de las sábanas —Vasca alzó la mirada; el aire estaba muy frío— y corrí las cortinas. Una luna amarilla empezaba a asomarse en el cielo despejado y sin nubes. Era una noche realmente agitada, pero el jardín estaba bastante vacío.

Regresé a la cama.

* * *

Una serie de temblores violentos me recorrió el cuerpo y me volvió a despertar de una sacudida, esa vez con un grito, pues estaba convencida de que había oído algo rompiéndose y astillándose, como si alguien estuviera dándole hachazos a un árbol. Durante un instante de terror entre el sueño y la vigilia, cada fibra de mi cuerpo se había tensado, y miré hacia la puerta de la habitación y a la silla encajada bajo el pomo, con miedo a que alguna fuerza la derribara. Todo seguía en calma, al igual que Vasca, que roncaba con suavidad a mi lado. Y así fue como, después de un breve intervalo, me di cuenta de que lo que en realidad me había despertado no era un sonido, sino el frío.

El dormitorio estaba helado. Extremadamente helado.

Aunque las lámparas seguían ardiendo, el fuego de la chimenea hacía tiempo que se había convertido en cenizas. Cada centímetro de mi piel, sobre todo las partes expuestas, como las orejas, la nariz y un pie que se había escapado de las sábanas mientras dormía, parecía hielo. Mi aliento se elevaba en espesas nubes de vaho frente a mi rostro. La temperatura era tan antinatural que podía imaginar que toda la casa se había transformado en uno de los barcos frigoríficos del señor Houghton, esos buques que transportan carne de ternera congelada a Gran Bretaña. Recuperé el pie y me tapé con las mantas hasta la cabeza mientras me acurrucaba más a Vasca y trataba en vano de reanudar mi sueño interrumpido. Más de una vez tuve la sensación de que me había quedado dormida, pero en ningún momento estuve convencida de haberlo hecho de verdad. Simplemente hacía demasiado frío. Me quedé allí, escuchando las ventanas del lado de la casa retumbando por la tormenta, incapaz de controlar los escalofríos de mi cuerpo.

Luego sentí un crujido cerca, y recordé las duras mañanas de invierno en las que el abuelo y yo, envueltos en bufandas y abrigos, visitábamos el estanque del jardín con uno de sus palos de golf para romper el hielo.

Hubo otro crujido. Vasca aguzó el oído, y yo eché un vistazo a la habitación para identificar de dónde venía el sonido. Al no encontrar un origen obvio, me levanté de la cama por segunda vez esa noche, con una fuerte exhalación cuando toqué el suelo gélido con los pies, y abrí la cortina para asegurarme de que no había dejado la ventana abierta sin querer. Las esquinas de los cristales estaban cubiertas de escarcha. Por la parte de dentro. Luego escuché el crujido de nuevo, pero esa vez provenía claramente de mi mesita de noche y, para ser más específica, de mi vaso de agua. Se había congelado por completo, con grietas que se abrían y cerraban en el hielo.

Me puse las pantuflas y los calcetines de lana más gruesos que pude encontrar, y después, por instinto, el poncho de Rivacoba sobre el camisón. Intenté revivir el fuego, pero no había forma de hacerlo, ya que las ráfagas de viento que entraban por la chimenea siempre apagaban las llamas antes de que tuvieran la oportunidad de formarse. Reflexioné sobre lo que tenía que hacer, y luego sacudí a Vasca.

—Despierta, chica —susurré—. Vamos al ala nueva.

Puede que la caldera estuviera apagada; sin embargo, la construcción reciente de esa parte del edificio seguro que hacía que estuviera más templado, y pensé que era más probable que pasáramos una buena noche allí, acurrucadas en las colchas y los edredones de doña Javiera.

Cogí la linterna de Moyano, pero no la encendí de inmediato, pues ya había dejado suficientes lámparas encendidas en el pasillo para iluminar mi camino y quería preservar la vida de las pilas. Mi primera sorpresa fue cuando abrí la puerta. El pasillo estaba en completa oscuridad, ya que una corriente de aire había apagado todas las llamas. Creo que no habría mantenido la compostura en ese momento, si no hubiera sido por la presencia imperturbable de Vasca a mi lado y el frío penetrante que me impulsó a seguir moviéndome. Encendí el interruptor de la linterna, me dirigí con cuidado a las escaleras, donde también vi que las lámparas estaban apagadas, y, con la mano libre en la barandilla, empecé a descender a la oscuridad de abajo. Mantuve el haz de luz hacia adelante y, por esa razón, no vi la botella de vino en la escalera, aunque hubiera jurado no haber visto ninguna antes.

Salió volando de una patada, mientras chocaba y rebotaba en cada escalón, cada golpe alterándome los nervios de una forma horrible, hasta que llegó al vestíbulo donde rodó ruidosamente por el suelo antes de detenerse.

Los sonidos hicieron eco por la casa hasta que ya fue imposible escucharlos por encima del viento.

No me atrevía a respirar.

Después de un minuto, cuando no sucedió nada más, dejé escapar un suspiro de alivio y, con mayor vigilancia, continué mi descenso.

En el vestíbulo, las lámparas habían resistido mejor las corrientes de aire que las de arriba, pues la mayoría seguían encendidas, con sus pequeñas llamas ondeando en la oscuridad y arrojando extraños patrones de luces sobre los retratos de don Guido. Antes de retirarme a la cama, me había asegurado de que todas las puertas del vestíbulo estuvieran cerradas, y me tranquilizó ver que permanecían así, incluso si se sacudían y vibraban de forma alarmante por la tormenta. Me dirigí hacia el ala nueva. Sin embargo, a Vasca le llamó la atención algo en la dirección opuesta, por lo que se separó de mí y se precipitó hacia la sala de trofeos, donde arañó la parte inferior del marco de la puerta. La llamé para que viniera a mi lado, pero cuando se negó, me acerqué para arrastrarla de vuelta. Aun así, no me obedeció. Y como yo no estaba dispuesta a abrir la puerta, solo apoyé la oreja en ella: debajo del viento, solo escuchaba el omnipresente torrente subterráneo.

—No hay nada —dije, tanto para calmarme a mí como al animal.

La tiré del pescuezo y, sin querer, le toqué las heridas del lomo. La perra se plantó sobre dos patas y logró asirse al pomo hasta hacer que la puerta se abriera. Vasca cruzó al otro lado antes de que tuviera la oportunidad de sujetarla. Por mi parte, me quedé en el umbral, apuntando la linterna tras la perra mientras corría por la habitación. Hacía un frío que pelaba, y las cortinas estaban bien cerradas para que no entraran los rayos de la luna. Moyano había dejado abierto el panel secreto de la estantería antes de emprender el fatídico viaje a su cabaña, aunque no entendía por qué se había esforzado tanto en enderezar los mapas torcidos y en evitar la humillación de las cabezas disecadas al quitarles los sombreros de la doña. Todo lo demás seguía como antes: los vestigios de la fiesta en el mismo desorden.

La pastora alemana siguió corriendo en círculos, cada vez más frenética, mientras gruñía y ladraba. Un fuerte olor flotaba en el aire, uno que nunca antes había olido en la casa.

—¡Vasca! —dije entre dientes irritada, porque me había cansado de su comportamiento—. ¡Vasca! —Seguía sin obedecerme, así que, con cautela y llena de recelos, me acerqué al centro de la habitación para sujetarla.

En ese momento, el viento se convirtió en un susurro, en una quietud más inquietante que la furia que la precedía. Al principio no se oía nada y luego, en ese silencio espeluznante y siniestro, mi oído captó un sonido.

Una respiración.

No era la mía. Tampoco la de la perra. Algo, o alguien, más. Un resoplido prolongado y bajo.

Moví la linterna por la oscuridad, haciendo un círculo completo. La luz no reveló nada en su camino, lo que me proporcionó un pequeño alivio. Sin embargo, la respiración dificultosa continuaba, y la escuchaba con claridad, muy cerca de mí. Inspeccioné la habitación con la luz, penetrando la oscuridad de los rincones e investigando detrás de los muebles. ¡Allí no había nada! Pero por la inhalación y exhalación rítmica, y por la angustia de Vasca, sabía que no estaba sola. El corazón me latía con tanta ferocidad que me mareé, y se me pegó la lengua al paladar de lo seca que estaba. Me concentré más en el ruido y esperaba estar confundida al escucharlo o, en caso contrario, poder determinar con exactitud de dónde venía. Al hacer eso último, entendí que no venía de un solo lado, sino de muchos.

Estaba terriblemente asustada.

Vasca tenía todo el pelaje erizado. Había dejado de correr para detenerse frente a la pared de los ciervos blancos. Miraba fijamente hacia el techo mientras emitía un gruñido bajo e inquieto. Seguí su mirada con la linterna, más allá de las cabezas que sobresalían, y justo entonces el haz de luz captó un mínimo destello de movimiento. Apunté la linterna al ciervo más alto y sentí un cosquilleo en el cuero cabelludo que me recorrió la nuca y luego la longitud de la columna.

El ciervo blanco, montado en una placa y con los ojos vacíos como dos canicas negras, estaba respirando.

El haz de luz no paraba de temblar, pero vi —y permíteme decir que en ese momento no tenía ninguna duda, y ahora tampoco— pequeñas nubes de vapor saliendo de sus fosas nasales, que se dilataban y se contraían con cada respiración. Moví la linterna hacia los otros ciervos en la pared, uno detrás del otro.

Todos estaban respirando.

Grité, mientras retrocedía y me tropezaba y, de alguna manera, por culpa de mi miedo, la linterna se me cayó de la mano. Se apagó de inmediato y sumergió la sala en una oscuridad que apenas puede concebirse, una oscuridad brutal para todos los sentidos. Busqué en los tablones del suelo y, con una suerte superior a la esperanza, logré encontrarla. Presioné el interruptor y, para mi alivio, volví a tener luz. Luego, la luz de la linterna parpadeó y se apagó. Maldije como un soldado y la golpeé contra la palma hasta que volvió a la vida, aunque de forma intermitente, encendiéndose y apagándose una y otra vez a partir de ese momento. No volví a apuntarla en dirección a los ciervos. El ruido incesante de su respiración era lo único que podía soportar sin tener que verlos.

Volví sobre mis pasos hasta la puerta y le ordené a Vasca que me siguiera, una instrucción que se convirtió en súplica cuando se negó a hacerme caso. La perra yacía sobre su barriga plana debajo de los ciervos en señal de sumisión, mientras un gemido interminable se le escapaba de la garganta.

Afuera, escuché un trueno, y la tormenta se alzó de nuevo, más feroz que nunca. Una ráfaga de viento azotó la casa con tanta fuerza que parecía como si se hubiera sacudido hasta los cimientos.

El panel secreto que llevaba al pozo se cerró de golpe, lo cual hizo que Vasca se sobresaltara y se moviera de su posición acobardada. Salió disparada, por lo que casi me derribó y casi me hizo soltar la linterna por segunda vez, y entró en el pasillo. Empezó a correr a través de él y, al girar de un lado al otro, hizo que las lámparas se volcaran. Fue pura suerte que no se derramara el aceite ni se prendieran fuego. Una por una, las lámparas se apagaron, hasta que me quedé sin fuente de iluminación, salvo por la linterna defectuosa y temperamental.

Avancé a tientas tras la perra mientras proyectaba la delgada luz a mi alrededor hasta que aterrizó en el retrato de don Guido como maestro jardinero.

El cuadro había sido mutilado, y trozos del material colgaban sueltos como pedazos de piel desgarrada. Tenía un corte que iba desde los ojos hasta la nariz. Un corte en el cuello y el corazón. Un corte en ambas manos a la altura de las muñecas, de la misma forma que los musulmanes castigan a sus ladrones. A lo largo de la cara cortada, brillando a la luz de la linterna, había lo que en un principio pensé que eran lágrimas, antes de darme cuenta de que en realidad era saliva.

Me percaté de una presencia detrás de mí.

No había oído pisadas, ni el crujido de los tablones del suelo, ni ningún otro movimiento, pero tenía la sensación absoluta e innegable de que había alguien cerca.

Se me cerró la garganta, por lo que cada bocanada de aire era un suplicio. El corazón me latía tan rápido, y con tanta intensidad, que sentía el pulso en las raíces de las muelas. Percibí un ligero olorcillo a fogatas y sangre, seguido rápidamente de un ataque a mis fosas nasales ocasionado por la tierra pestilente y las hojas podridas. Tal era mi temor que mis otras funciones físicas empeoraron. Perdí la fuerza en las extremidades, lo cual hizo que las piernas se me doblaran y el brazo que sostenía la linterna se debilitara, hasta que ya no estuvo apuntando lo que estaba frente a mí, sino que la luz temblorosa se dirigió al suelo para ocultar todo lo que estaba por encima del revestimiento inferior de la pared, incluso los rasgos mutilados de don Guido, en la oscuridad.

Sentí dos manos grandes, ásperas y pesadas sobre los hombros.

No podía moverme. No podía respirar.

La mano de mi derecha me apartó un poco el poncho y me trazó la longitud del brazo, apenas rozándome la manga. Sin embargo, parecía como si estuviera recorriéndome la piel debajo de la tela, de tal modo que sentía las asperezas, los callos y las yemas de los dedos curtidas. Era una mano, helada, que había soportado años de trabajo, años de fuertes vientos y todo tipo de condiciones climáticas.

Llegó a la muñeca y exploró los moretones con los que me había despertado en la cabaña, por lo que, en cualquier otra circunstancia, me habría estremecido. Luego bajó a mi propia mano, que estaba apretada por el terror. Uno a uno, me fue separando los dedos hasta que la palma quedó abierta y expuesta.

La presencia me colocó algo sólido en la mano e hizo que mis dedos se enroscaran a su alrededor.

Era algo alargado y de madera: un mango gastado y suave al tacto. El corazón me dio un vuelco y luego pareció detenerse por completo.

Estaba sujetando el mango de un hacha.

Debajo de los ombús

No recuerdo si grité, o si mi garganta y mis pulmones fueron capaces de emitir semejante grito.

Salí corriendo, solté el hacha para que cayera con estrépito, ignoré todos mis pensamientos y el rumbo que había tomado, me tambaleé por el pasillo, dejé caer la linterna, me apoyé en las paredes para no perder el equilibrio, me choqué con los retratos e hice que se balancearan con locura, crucé la puerta principal dando tumbos para llegar a la noche ventosa con un solo instinto. Huir.

En cuanto llegué al centro del jardín delantero, y considerando que estaba más segura en ese lugar azotado por el viento que en los confines del edificio, pues tenía un campo de visión amplio en todas direcciones, sentí que tenía un poco menos de miedo que antes. Una media luna, enorme y de color amarillo azufre, estaba baja en el cielo repleto de estrellas tenues. El césped me había dejado los pies mojados y entumecidos. Cuando miré hacia atrás, estaba segura de haber visto una figura oscura mientras salía de la casa para dejar atrás la oscuridad profunda del vestíbulo y dirigirse hacia mí con una rapidez evanescente.

No esperé a confirmar lo que había visto, sino que salí corriendo otra vez y cubrí el resto de la distancia que me faltaba para llegar a la avenida Imperial, la cual crucé a toda velocidad hasta el otro lado para luego esconderme detrás de uno de los ombús y aprovechar el poco alivio que me brindaba la fuerza firme y protectora del tronco. Las ramas de arriba se agitaban con el viento y sonaban como olas rompiendo en una orilla a causa de una tempestad.

Me tomó un tiempo asomar la cabeza desde mi escondite, pero, incluso en ese momento, no pude controlar los temblores que me sacudían el cuerpo.

Del hachero, o de cualquier otro horror, no había ni rastro.

Me desplomé mientras trataba de imaginar lo que debía de hacer a continuación. El viento me ponía el pelo sobre la cara y, poco a poco, la oscuridad comenzó a disminuir a mi alrededor. De pronto, sentí el sabor de la sangre en la boca.

A cierta distancia de mi posición, en ese lugar donde faltaba un árbol a lo largo de la avenida, había aparecido una luz, una sola esfera que flotaba a la altura de un hombre. Una segunda luz surgió de entre las sombras para unirse a la primera, luego una tercera y una cuarta, hasta que se materializó un séquito espectral de tal vez unas dos docenas de hombres, todos vestidos con ropa bien oscura que había pasado de moda hacía mucho tiempo y sosteniendo pesados faroles de hierro. Algunos también tenían carabinas, mientras que otros eran arrastrados por perros con las correas tensas. Las bestias lanzaban mordiscos y ladraban con ferocidad, por lo que sonaban como una manada de lobos hambrientos. Se sentía la misma alegría perversa que había presenciado la última ocasión —como si hubieran estado en un gran partido, pues algo les llamaba la atención—, y entre sus risas escuché pedidos de más vino, más carne, mujeres y música.

Un hombre, su líder, dio un paso al frente hasta quedar a la cabeza de la multitud y, con un estremecimiento, asocié su rostro con el que había visto recientemente destrozado y escupido en un cuadro. Sobre la cabeza tenía un pintoresco gorro de color escarlata con una pluma encima. A su lado estaba aquel cuya voz me había recordado a Berganza la vez anterior, y en ese momento comprendí que debía de ser su padre. Habló:

¡Mirad!, bramó. *Es el jardinero.*

Tarella, respondió don Guido, con una voz tan dura que era imposible de poner en palabras.

Por primera vez, me di cuenta de lo que cautivaba tanto a la multitud, del foco de su diversión y sus burlas. Tumbado delante de ellos, con la espinilla sangrando y la tibia quebrada por los dientes de una trampa, había un hombre con aspecto de trabajador y el cabello negro azabache. Se retorcía de dolor, jadeando y sollozando en un estado de pánico extremo.

A pesar de mi propio miedo, la injusticia de la escena se me quedó grabada en la mente. Entendí que eran fantasmas, pero Tarella parecía tan presente, tan sólido, como cualquier persona que hubiera conocido desde mi llegada a la estancia. Bien podría haber sido Calista la que estaba tirada allí, o los mapuches. ¿Qué habría hecho si realmente hubiera sido uno de ellos? No lo pensé, sino que salí de mi escondite.

En ese instante, Tarella me miró —no, miró directamente a través de mí como si yo fuera la que no estaba del todo presente— y extendió una mano empapada de sangre hacia la mía, con los ojos suplicantes en la luz sulfurosa.

¡Corre!, insistió. *Aléjate de aquí. Lo más lejos posible.*

Me quedé helada donde estaba.

Berganza padre bebió un profundo trago de una botella y se secó los labios barbudos con la manga cuando terminó. *Deberíamos colgarlo por esto*, dijo, y todos estuvieron de acuerdo.

No, respondió don Guido, y una espantosa sonrisa se extendió por su rostro. *Hay que alimentar a los perros.*

Luego, con un comando en el que movió un dedo hacia abajo, los hombres liberaron a la jauría, y todos los perros gruñeron, rugieron y se lanzaron sobre el indefenso Tarella.

Antes de que fuera consciente de mis acciones, había girado sobre mis talones para alejarme a toda velocidad. Corrí a lo largo del camino de entrada, corrí como nunca antes lo había hecho mientras rogaba que nunca tuviera que volver a hacerlo mientras estuviera viva. Detrás de mí, escuché sonidos de desgarros y rasgaduras. Gritos que me atormentarán para siempre en mis pesadillas. Gritos que resonaban a través de los árboles, agudos y con una agonía extrema, y que me rompieron el corazón por la miseria de la situación.

No me detuve, ni siquiera cuando me quedé sin aire en los pulmones y estos estaban a punto de estallar. Las extremidades me ardían por el esfuerzo mientras corría con una velocidad y un empeño que no creía que mis piernas poseyeran. Estaba bañada en un sudor helado. Tenía el pecho agitado. Sin embargo, no aminoré el paso porque, cuando mi cuerpo llegó a su límite, el bosque oscuro y nudoso a mi alrededor cobró vida con los ladridos y los jadeos de los perros. El ruido se abalanzó sobre mí, cada vez más cerca, hasta que no estaba detrás de mí, ni en ningún lugar a mi alrededor... sino de alguna manera en mi oído.

Al final, vi la verja a lo lejos. Corrí a través de ella y no me detuve hasta que recorrí casi un kilómetro más.

Justo en ese momento me desplomé por el agotamiento. Me dejé caer al instante, como si un tirador me hubiera encontrado en su punto de mira, y me quedé tirada en el suelo con un ataque de pánico, mareada y aturdida, mientras inhalaba grandes bocanadas de oxígeno. El viento se arremolinaba sobre mi cabeza y allí me quedé, sin noción de la hora, demasiado paralizada para pensar, mirando las constelaciones mientras giraban en espiral a través del cielo, hasta que poco a poco su brillo distante comenzó a desvanecerse. En ese momento, la parte este del cielo se transformó de negro a gris y al más pálido de los naranjas e iluminó todo a su alrededor como si alguien le hubiera dado más mecha a una lámpara rosa. Luego, cuando apareció el primer rayo del amanecer, me desesperé porque me di cuenta de algo. Había dejado atrás a Vasca.

Una vez más en la casa

Dígame, ¿qué otra opción tenía? Dudaba mucho que mis nervios fueran lo suficientemente fuertes como para soportar otra noche en la casa, y ni hablar de la otra docena o más antes de la llegada de Berganza... suponiendo que realmente viniera. No, solo había una posibilidad.

Debía tratar de volver a Chapaleofú.

Según mis cálculos, el viaje a pie iba a llevarme por lo menos cuatro días. Partir sin provisiones ni la ropa adecuada era una invitación al fracaso. ¡En los pies solo tenía pantuflas delicadas! Aunque no fuera por Vasca, por pura necesidad no me quedó más remedio que envalentonarme y volver a la casa. Y así me encontró la mañana.

Esperé hasta que el sol estuviera en lo alto, aunque no tardó en convertirse en una pequeña mancha de luz porque, como el viento seguía soplando de forma implacable, había una nueva invasión de nubes que cubrió todo el cielo hasta dejarlo bajo e incoloro. Mientras me acercaba a la puerta principal, vi que uno de los leones de bronce que estaban sentados sobre los pilares se había caído y yacía roto en la tierra. El corazón me latía a un ritmo extraño cuando crucé la verja y comencé a avanzar por el camino de entrada.

Parecía que no había pasado el tiempo antes de llegar a la avenida Imperial. En el preciso lugar donde faltaba un árbol había una trampa, de un metal viejo y oxidado, cuyos dientes estaban cerrados por completo. No había ningún otro rastro de ese espectáculo espantoso y horrible que había presenciado horas antes. Pasé junto a la trampa, lo más lejos posible para evitar tocarla, y de pronto me puse a pensar en cómo Moyano había sacado el ombú caído de ese lugar para construir su cabaña y usar los sobrantes como leña. ¿Cuánto de ese humo debía de haber inhalado? Tenía la sensación de que las partículas le habían llegado hasta los pulmones y luego se habían filtrado a través de su torrente sanguíneo hasta que estuvieron por todo su cuerpo. Hasta convertirse en una parte de él. Hasta poseerlo. No estaba segura de por qué me vino ese pensamiento, ni de su pertinencia, pero no era el momento de contemplarlo, pues me estaba acercando a la puerta principal, con el latido del corazón cada vez más fuerte. Con cuidado, la abrí, medio rogando que Vasca saliera dando brincos para recibirme.

No lo hizo.

Debí haberme quedado en el umbral durante cinco minutos completos mientras reunía la determinación necesaria para entrar, pero me terminé dando cuenta de la poca que poseía. El vestíbulo estaba sombrío y silencioso; alguien había limpiado el gran desorden de botellas vacías y de comida desperdiciada durante la noche. La temperatura extrema (que, cuando me detuve a pensar, me hizo conjeturar si alguien la había «convocado» para echarme) había pasado, aunque seguía habiendo un frío profundo en el aire. Sentí una inhalación brusca desde las profundidades de la casa que succionaba una ráfaga de viento a mi lado con un sonido melancólico y armónico. Los pedazos rasgados del cuadro de don Guido, y ahí pude ver que habían atacado todos y cada uno de los retratos, revolotearon un momento y luego se quedaron quietos.

Fui primero a la cocina y, aunque estaba hambrienta, no me atreví a comer. De la despensa saqué muchas provisiones: latas de carne en conserva y de sardinas (que planeaba compartir con Vasca), distintos tipos de frijoles y frascos de melocotones en conserva. Luego visité la bodega, pero dudé cuando la puerta se abrió con un chirrido. Más allá de los primeros estantes, todo estaba en completa oscuridad. Mientras procuraba no entrar, cogí las tres botellas más cercanas y vertí el contenido de dos en el fregadero antes de volver a llenarlas con agua y encorcharlas. La tercera botella la dejé intacta, con la esperanza de que un trago ocasional de vino me fortaleciera en el viaje.

Arriba, mi dormitorio olía a cerrado. Me cambié de ropa a toda prisa y tiré el vestido de doña Javiera a un lado. Me puse ropa interior de una pieza, dos pares de medias, uno encimo del otro, y el conjunto más grueso y abrigado que tenía, al que le agregué aquellas prendas que iban a ser más livianas de llevar, pero que podían ofrecerme la mejor protección contra la intemperie: un chaleco de piel de oveja, mi bufanda, guantes y calcetines de invierno. Todo eso lo iba a llevar puesto debajo del poncho de Rivacoba.

Cuando estaba sacando mi sombrero forrado de piel de su caja, me pareció oír un movimiento en el pasillo.

Me detuve a escuchar, con la respiración pausada. La quietud de la casa era horrible, interrumpida solo por las ráfagas de viento que sacudían las ventanas. No eran los rasguños de la perra en la puerta como hubiera deseado, sino el roce de telas como en aquellas noches en las que Dolores había pasado sigilosamente frente a mi habitación. Agarré el pomo, con la esperanza de que por alguna razón la criada también hubiera quedado atrapada ahí y de que cruzáramos las Pampas juntas.

No se movió nada en el pasillo.

Por última vez, eché un vistazo a la habitación y a las posesiones personales que estaba abandonando; en su mayoría eran demasiado incómodas para llevar. ¿Qué iba a suceder con ellas? No podía evitar hacerme esa pregunta. ¿Se iban a acumular capas de polvo sobre ellas a medida que se descompusieran y cayeran en decadencia como, de seguro, sucedería en el resto de la casa? ¿Era posible que algún día un extraño entrara en las ruinas de esa habitación y especulara sobre por qué habían dejado todos esos artículos?

En la mesita que había usado como escritorio vi la pluma estilográfica dorada que mi abuelo me había regalado por mi vigésimo primer cumpleaños. La guardé de forma segura en el bolsillo de mi vestido, pero sí dejé los planos de sir Romero y los iris secos que había metido en los pliegues. Volví a pensar en el posible desconocido que iba a llegar a la casa en algún futuro lejano. ¿Iba a ser una persona cautelosa y alerta, como tenía que ser, o llena de un optimismo ingenuo como yo?

¿Era mi obligación dejar un mensaje de advertencia?

* * *

No pasé más de diez minutos buscando a Vasca por la casa, escabulléndome de una habitación a la otra como una ladrona; tenía acumulado tanto temor en el cuerpo que no me veía capaz de quedarme ahí dentro un período más largo, e incluso en ese corto plazo sentí que habían pasado eternidades. No había ni rastro de la perra. Cuando llegué a la sala de trofeos, apoyé la oreja en la puerta cerrada. Ningún sonido, de ningún tipo, rompió el silencio… pero no me atreví a abrirla.

Recuperé las botas Ayres & Lee y volví a visitar la cocina, donde guardé la comida (sin olvidarme del abrelatas) y las botellas dentro de mi alforja. Luego la puse sobre la mesa junto al poncho y salí de la casa por la puerta trasera para reanudar la búsqueda de Vasca.

Estar libre del encierro deprimente y opresivo de la casa no disminuyó la tensión que sentía en el pecho, ni tampoco me ayudó a respirar con más facilidad, porque mientras me escabullía en el exterior, tenía la creciente sensación de estar siendo observada y de que la paciencia de ese observador se estaba agotando. Sentía como si en cualquier momento pudiera ocurrirme algo terrible. Caminé con prisa por el jardín, bajo la sombra del muro negro y pagano, para visitar los lugares favoritos de la perra que conocía y, después, corrí a los establos y al prado ida y vuelta, siempre lo más lejos posible de la cabaña de Tarella. Si recordaba apenas algún detalle de su ataque, lo descartaba de inmediato; no entendía lo que había visto por la noche ni quería detenerme a reflexionar al respecto. Bajo el inmenso cielo uniforme, todos los lugares que visité parecían estar abandonados desde hacía mucho tiempo, como si les faltara actividad humana, como si las recientes idas y venidas de la casa no hubieran ocurrido nunca. Pero si el fantasma había logrado expulsar a los vivos, la realidad era que no había ninguna sensación de júbilo, ni siquiera una ira remanente.

En lugar de eso, un ambiente de pérdida, mezclado con injusticia y una dolorosa desesperanza, invadía toda la estancia.

Al final, y mientras me desesperaba cada vez más, empecé a llamar a Vasca en voz alta y a gritar que viniera a mí. Mi voz resonaba de una manera escalofriante por el terreno, y los gritos me parecieron bastante imprudentes, como encender un faro en las profundidades del territorio enemigo. Al ver que la pastora alemana seguía sin aparecer, mi agitación empeoró. Quería llorar lágrimas de frustración. Porque había puesto gran parte de mi determinación en cruzar las Pampas, además de mi coraje y resiliencia, con la suposición de que lo haríamos juntas.

Pero el sol ya había alcanzado el punto más alto del cielo y, a medida que pasaban los minutos, era muy consciente de que no faltaba mucho para que la tarde comenzara a entregarse a la oscuridad. No solo quería estar lejos de la estancia, sino también que hubiera varios kilómetros entre ella y yo antes del anochecer. Aún existía la posibilidad de que Vasca hubiera regresado a la familiaridad de la cabaña de Moyano, pero, independientemente de cuánto quería al animal y de cuánto anhelaba tener otro corazón latiendo a mi lado en el viaje que tenía por delante, no podría haberme aventurado a ese lugar ni aunque me hubieran ofrecido todos los tesoros del mundo.

—¡Vasca! —grité, ya sin importarme cómo mi voz temblorosa perturbaba el silencio—. ¿Dónde estás, chica? ¡Vasca, por favor! ¡*Vasca*!

Era inútil. La estancia era demasiado grande y extensa como para que respondiera a su nombre. Además, mi coraje para persistir ya se había estirado hasta el límite.

Así que, a regañadientes, con el corazón más desolado que nunca, acepté que debía irme sola.

Estaba aturdida mientras regresaba a la casa a través del jardín delantero, siguiendo un enrevesado camino y pasando por lugares que aún no había registrado. Junto a la puerta principal estaban la alforja y el poncho que había dejado en la mesa de la cocina. Las manos más odiosas de todas los habían arrojado afuera, por lo que varias de las latas se habían caído y abollado. Una vez que las recogí, me envolví en el poncho y me eché la alforja sobre los hombros. Era más incómoda de lo que había imaginado y muy pesada, pero era consciente de que no faltaba mucho para que su ligereza se convirtiera en la causa de mi preocupación, no su carga. Me puse el sombrero en la cabeza y bajé el ala para protegerme los ojos del viento. Tendría que haberme ido hacía bastante.

Llegó un momento final de esperanza cuando pasé cerca de las puertas que conducían a la mansión en ruinas. Ese había sido el lugar donde había visto por primera vez a Vasca y a su hija, con esa alegría que las caracterizaba. ¿Podría encontrarla allí de nuevo? Corrí a la casa, mientras la alforja tintineaba por las latas, y la encontré más abandonada que nunca. Llamé a la perra con renovado vigor.

El silencio fue la única respuesta.

Después de eso, volví sobre mis pasos anteriores, manteniendo un ritmo rápido y constante, pero mientras que el viaje hacia adentro parecía no haberme llevado mucho tiempo, a la inversa fue todo lo contrario, ya que los minutos se extendían muchísimo y no sentía que estuviera más cerca de la salida. Temía que la fuerza malévola del lugar hubiera estado jugando conmigo, permitiéndome la entrada a la casa sin problema y luego haciendo todos los preparativos para negarme la salida. La penumbra de los árboles a ambos lados se hizo más densa; el viento, más cortante. Escaneé cada centímetro del suelo en busca de trampas.

* * *

La verja, cuando finalmente apareció a la vista, estaba abierta de par en par. Fue entonces cuando me falló el coraje y eché a correr, pero no exactamente como la huida de terror que había experimentado la noche anterior, sino como una carrera, preocupada porque las puertas oxidadas se cerraran de golpe antes de que las atravesara. No me detuve hasta que las dejé atrás y, una vez más, recorrí un buen tramo antes de sentir la seguridad suficiente como para descansar... y, aunque no quería mirar hacia atrás, un impulso inexplicable me hizo cambiar de opinión.

Esperaba que me estuviera observando como un prisionero a través de las rejas de la verja. Para enfrentarme, por última vez, a esa figura demacrada y podrida, con un poncho negro y sin pelo en la cabeza. Para ver esas manos brutales y nudosas, una de ellas aferrada a un hacha.

No había ninguna silueta oscura allí.

Sin embargo, a pesar de que no había nadie que me observara partir, no me sentía del todo sola, sin poder quitarme la sensación de que alguien estaba prestando atención a todos mis movimientos. No me quedé allí, sino que me alejé de la estancia para enfrentar el peligroso viaje que tenía por delante. Así fue como dejé Las Lágrimas, y el último vistazo me mostró el estado en el que iba permanecer a partir de ese día: separada del mundo de los vivos por ese muro de bosque, con el viento soplando entre los árboles como un mar furioso. Un lugar oscuro, un lugar abandonado, un lugar... no me atrevo a escribirlo en inglés... *maldito por siempre jamás**.

---

* En inglés: *cursed forever more*.

Un largo camino por delante

M e había escapado de la casa. En cuanto a las provisiones, tenía lo suficiente para una semana de viaje y, por el momento, me mantuve decidida, e incluso valiente. Pero era un manojo de nervios cuando pensaba en la carencia de otras cosas; no tenía brújula, ni mapa… solo una vaga noción sobre la dirección que debía seguir gracias a la posición del sol. Quizás mi mayor temor se debía al recuerdo de esa mañana en la que había salido de Chapaleofú y había empezado a perder todo sentido de asentamiento. Podría pasar muy cerca del pueblo, caminando a no más de dos o tres kilómetros fuera de mi curso, y no darme cuenta; seguiría avanzando con marcha ardua hasta que mis provisiones o mi espíritu se agotaran.

Si me hubiera permitido considerarlo, incluso mientras caminaba, las probabilidades de perecer eran altas, sin importar la frecuencia con la que me animara a «tensar los nervios y congregar la sangre».

Esa primera noche, seguí adelante hasta que el suelo y el cielo se fundieron en una inmensa oscuridad, por lo que mantener el ritmo de viaje era correr el riesgo de tropezarme y torcerme el tobillo. Un poco antes, había llegado al límite de la estancia —esa línea donde los campos de maíz carbonizados daban paso a las tierras baldías y comenzaban los páramos— y por fin podía decir que estaba realmente libre de Las Lágrimas. No experimenté ninguna sensación de liberación; en todo caso, me volví más propensa a la ansiedad, pues miraba en repetidas ocasiones por encima del hombro mientras el crepúsculo se apoderaba del cielo, con el gran temor de que alguna figura me estuviera persiguiendo. Una vez, en el viento, me pareció oír el aullido y el gruñido de unos perros.

Encontré una ligera depresión y allí me acosté. Comí una lata entera de carne en conserva, cada bocado acompañado de una punzada de angustia por Vasca. Luego me acurruqué en posición fetal para protegerme contra el tiempo y traté de dormir; era tan sorprendente la oscuridad de la noche que no había diferencia entre tener los ojos abiertos o cerrados.

* * *

A la mañana siguiente me desperté con el cuerpo rígido y frío antes de descubrir que había yacido toda la noche en un campo de esos extraños iris de color carmesí, los mismos que había recolectado en la cantera y que Rivacoba había denominado como «las flores del diablo». No recordaba haberlos visto, y menos en tanta abundancia, cuando había elegido mi lugar para dormir, aunque supuse que el descuido se debía a la oscuridad de la hora.

Saqué un frasco de melocotones de la alforja y preparé el desayuno, pero, mientras masticaba, una consternación se apoderó de mí porque, al observar más de cerca, no había dormido en medio de las flores, sino que me había acurrucado en un espacio verde que estaba rodeado de ellas. Envuelta en un anillo rojo con una circunferencia perfecta, conmigo en el centro, como si alguien hubiera plantado los iris a mi alrededor mientras dormía. Pero la idea era improbable, no tenía sentido salir corriendo. Ese día, mi nivel de ansiedad aumentó mientras marchaba a través de las Pampas, por un largo camino azotado por el viento. Quería asegurarme de completar el recorrido del día mientras hubiera luz suficiente para elegir un lugar para descansar sin flores de ningún tipo.

Al siguiente amanecer, un sonido tintineante y peculiar me despertó de un susto: el ruido de metal contra metal. Cuando me incorporé, vi que estaba de nuevo en el centro de un círculo color carmesí, aunque no me sobresalté solo por los iris, sino también por el niño que estaba inclinado sobre mi alforja examinando el contenido.

Al principio pensé que estaba soñando, porque era el niño de la cantera. Durante nuestro encuentro anterior, su rostro había sido un borrón, pero en ese momento lo vi con claridad: tenía la piel tan blanca que parecía malsana, las facciones esqueléticas, el pelo sucio y negro, y iba vestido con ropa muy raída, sin abrigo ni calzado. Daba la impresión de estar medio muerto de hambre y ser toda una bestia salvaje. Estaba a punto de preguntarle qué estaba haciendo, pero antes de que las palabras salieran de mis labios, me atravesó un escalofrío y me erizó los vellos de la nuca.

Conocía a ese niño.

Lo había visto antes, posando junto a su madre en el viejo daguerrotipo que estaba colgado en la cabaña de Tarella y que luego vi en el regazo de Moyano.

Cuando percibió el ruido de mis movimientos, se giró para mirarme con los ojos hundidos y brillantes como si tuviera fiebre, ardiendo con una malicia intensa.

Un instante después se fue, maldiciéndome mientras corría, con los brazos cargados de mi preciada comida. Pese a todo mi miedo, perseguí al ladrón, porque no era nada sin mis provisiones, y le exigí que se detuviera y me devolviera lo que era mío. Dejó caer las latas y se dispersaron por la tierra.

Y luego desapareció, como si se hubiera desvanecido en el aire, aunque no fui testigo del momento preciso. A mi alrededor, en todas las direcciones, kilómetros y kilómetros de praderas vacías se extendían hasta el lejano horizonte, y el rastro de latas y frascos era la única prueba de que no había imaginado todo el episodio.

En todos los lugares que el niño había pisado, nuevos iris brotaban de la tierra.

Recuperé los artículos esparcidos y ni siquiera consideré desayunar, ya que quería irme lo antes posible. A principios de la tarde, los gruñidos del estómago me obligaron a descansar. Durante ese tiempo, me mantuve alerta y cautelosa por el niño, lista para salir corriendo si volvía a aparecer. Nunca más lo vi en carne y hueso, pero nuestro encuentro me dejó tan temerosa como cualquiera de los otros sucesos de los que había sido testigo. Era un miedo del que no pude deshacerme durante varios días, momento en el que la imperiosa necesidad de comer se apoderó de mi mente porque, como estaba a punto de descubrir, el pequeño había infligido una maldad muy cruel sobre mí.

Encontré un lugar para almorzar, aún bastante nerviosa, y elegí un frasco de frijoles. Desde el momento en el que quité la tapa y se liberó el olor asqueroso, supe que no eran comestibles. Dada la escasez de mis raciones, eso fue una decepción, pero lo peor estaba por llegar cuando el siguiente también resultó estar rancio y cuando descubrí que la carne en conserva estaba cubierta de moho. Empecé a revisar el bolso, ese pequeño inventario de esperanza, con una angustia abrumadora, ya que casi todos los artículos que abrí estaban en una condición similar de putrefacción. La botella de vino se había convertido en vinagre. Al final, solo salvé una lata de pescado y algunos frijoles que estaban en el fondo de la alforja y que el niño no había llegado a tocar; el agua se podía beber, pero estaba desagradablemente salobre.

El último de los escasos recursos lo terminé en mi quinto día de mi huida de Las Lágrimas. Por suerte, no volví a ver al niño malicioso, ni tampoco me desperté en ningún otro círculo de iris, pero durante esos eternos días intermedios, sí me tropecé con grandes campos de esas flores, y algunos parecían extenderse por kilómetros como inmensas pinceladas de sangre en el paisaje. Me negaba a caminar a través de ellos, por lo que tomaba desvíos prolongados que causaban estragos en mi ruta. A la noche, siempre en ese momento antes de sumergirme en el sueño, me atormentaban los gritos de angustia de un niño pidiendo comida, o bien, un susurro bajo y mezquino muy cerca de mí. En ambos casos me despertaba sobresaltada y alarmada, y como el patrón se repetía a lo largo de las horas de oscuridad, dormitaba solo a ratos, lo cual agravaba aún más mi agotamiento. Y todo ese tiempo, el viento soplaba y soplaba: en ráfagas que duraban uno o dos minutos, y que luego se detenían por completo antes de que llegaran las siguientes, ya fuera un aire proveniente del sur, trayendo consigo los témpanos antárticos que me calaban hasta los huesos, o vendavales rugientes que me obligaban a proceder doblada en dos.

* * *

Al séptimo u octavo día (ya estaba perdiendo la cuenta), había empezado a andar pesadamente, como un animal de carga. Cada paso representaba un esfuerzo mayor que el anterior, y sufría un dolor intolerable en todas las extremidades y articulaciones, sobre todo en los pies hinchados. Tenía los labios frágiles y agrietados por el viento despiadado. Peor que esas quejas físicas eran los susurros que se me acumulaban en la cabeza y me decían que ya debería haber llegado a Chapaleofú y que, en realidad, había pasado de largo el pueblo y la estación, lejos de mi recorrido inicial por culpa de los elaborados caminos que había seguido para evitar los iris. El camino que tenía por delante parecía interminable y solo mantenía la esperanza al pensar en una de las fantasías más imposibles: cruzarme con un gaucho; encontrarme de casualidad con Rivacoba en esas enormes tierras para que me llevara a la acogedora choza que él llamaba hogar y comiéramos gruesos bistecs, patatas y budín, acompañado de vino. A menos que estuviera alerta, mi mente siempre volvía a la comida.

Más tarde esa noche, mientras yacía en el suelo, protegiéndome de un ventarrón y sintiendo mucha hambre como para dormir (estaba demasiado hambrienta incluso como para seguir teniendo miedo), experimenté una soledad absoluta. No era solo el aislamiento del momento lo que me apenaba, sino la conciencia de que nadie más sabía de mi paradero, de que ninguna persona estaba sentada junto a una chimenea, despierta y ansiosa, sin saber si iba a regresar a salvo. Me sentía sumamente amargada por haberlo superado todo en Las Lágrimas y que mi destino fuera morir en ese vacío sin preocupaciones, mi cuerpo abandonado como carroña, y los restos quizás nunca descubiertos. Las Pampas parecía un lugar de descanso final muy curioso para una mujer nacida en Londres y criada en Cambridgeshire, cuyo verdadero hogar existía solo como un lugar de la memoria.

¿Dónde, exactamente, iba a vagar mi alma?

* * *

Caminé otro día, cada vez más consciente de que mi cuerpo debilitado y dolorido no me iba a permitir continuar por mucho más tiempo, mientras me decía a mí misma: «solo un paso más, osita, un paso más» (y luego, como si mi mente estuviera retrocediendo: «solo un paso más, Deborah»). Ponía un pie delante del otro, minuto tras minuto, hora tras hora, hacia el horizonte lejano, y, cuando el crepúsculo tocó el paisaje y el cielo se convirtió en una enorme cúpula malva sembrada con las primeras estrellas, vi...

¡Vi un milagro!

Brillando en la distancia y creciendo en cantidad por la hora, había un gran número de luces.

Mi primer instinto fue abandonar toda precaución y correr hacia allí, pero la distancia era indeterminable, varios kilómetros por lo menos, y la oscuridad ya estaba bastante densa. En mi imprudente prisa, podría causarme una lesión muy grave y hacer que la etapa final de mi odisea fuera imposible. Por más que ansiara compañía, comida caliente y una cama, la razón me decía que debía dormir una última noche en ese gran vacío.

Pero ahora que la salvación estaba al alcance de la mano, esos lamentos que me impidieron dormir durante las horas oscuras me visitaron de nuevo, más furiosos y más decididos que nunca. Escuché al niño aullando de hambre, rogando por el mínimo pedazo de alimento y suplicando que no lo dejara solo en el bosque. En un momento, su voz resonaba a una distancia infinita... luego lo suficientemente cerca como para percibir un deje de su aliento agrio... y luego bien lejos en las llanuras una vez más. A lo largo de toda esa noche, los gritos miserables continuaron, reprendiéndome, implorándome, llenándome de la mayor desesperación, hasta que no pude soportarlos más. La tentación de huir hacia las luces del pueblo era grande, excepto que una intuición me advirtió que esa era, de hecho, la táctica del niño. En lugar de eso, agaché la cabeza y me cubrí las orejas mientras le suplicaba a la voz que me dejara en paz, no con la esperanza de que obedeciera mis instrucciones, sino para bloquear el espantoso ruido.

En esta posición que, desde ninguna dirección y al mismo tiempo desde todas partes, sentí unos deditos fríos acariciándome el cabello, al principio con timidez y luego, cuando estaba demasiado afligida como para reaccionar, con una ferocidad creciente. Me tiró y me agarró de los pelos antes de coger un gran mechón y tirar de él con toda la fuerza. Caí hacia atrás en un estado de terror y, en ese instante supe con certeza que esas pequeñas manos querían arrastrarme hacia la oscuridad donde nunca más me iban a encontrar...

Luché y me aferré al suelo con lo poco que me quedaba de fortaleza, pues esas manos poseían una fuerza superior a su tamaño, antes de liberarme y sentir que un mechón de cabello se iba volando con el viento. Los dedos ya me estaban sujetando de nuevo, mi cuero cabelludo encogiéndose ante el tacto helado, y con un coraje nacido de la desesperación, me di la vuelta con un grito para enfrentar a mi agresor.

No había nadie allí. Escuché una última súplica de necesidad y anhelo, fugaz y lejana, antes de que llegara el silencio. Y una sensación aplastante de desolación.

* * *

A la mañana siguiente, llegué al pueblo con el cansancio y el hambre al límite, pero no a Chapaleofú como había querido (pues las calles estaban asfaltadas y los edificios eran numerosos y de ladrillo), sino, como supe más tarde, a Las Flores, donde varias semanas antes había cambiado de tren para tomar otro ramal. Parecía que había pasado una eternidad; parecía que era otra mujer. Era día de mercado, por lo que el lugar estaba animado con la presencia de los gauchos y el ganado, aunque cuando pasé caminando, las personas dejaron lo que estaban haciendo para mirarme boquiabiertas y susurrar entre ellas.

Me dirigí al único hotel del pueblo, donde alquilé una habitación y de inmediato solicité el servicio de agua caliente, para poder bañarme, y un abundante desayuno. Antes de que pudieran cumplir con mis pedidos, me desplomé en la cama y caí en un sueño insondable que duró hasta el día siguiente. Un sueño lleno de pesadillas y delirios. Como había vuelto a un lugar seguro, a las idas y venidas de la cotidianeidad, las compuertas de mis experiencias recientes estaban listas para abrirse. Por la noche, mis gritos despertaron a todo el establecimiento, por lo que a la mañana siguiente el dueño, lleno de inquietud, se vio obligado a visitarme y preguntarme si tenía algún pariente o allegado a quien pudiera contactar para ayudarme. No se me ocurrió nadie más que los Houghton, a quienes se les envió un mensaje. La señora Houghton y Bernadice llegaron poco tiempo después con el médico de la familia. Los tres estaban claramente conmocionados por cómo me encontraron, por mi aspecto debilitado y demacrado y, sobre todo, por mi expresión aterrorizada, pues no necesitaba un espejo para saber lo loca que debía de parecer.

El médico me revisó y, aunque no le revelé ninguno de los detalles, salvo por la larga caminata, me dijo que era evidente que mi sistema había sufrido una conmoción considerable. Desnutrición, diagnosticó, combinada con el peor caso de «confusión mental» que jamás había atendido, y luego me aconsejó que volviera a casa, a Gran Bretaña, para que recuperarme. Cuando me negué, me pidió que al menos me tomara un período prolongado de descanso y que me alimentara para recuperar el peso que había perdido.

—También creo —añadió— que ha tenido más que suficiente de las Pampas. Necesita un cambio de ambiente, señorita. Un lugar para despejar la mente.

—Tal vez una buena dosis de aire marino —sugirió la señora Houghton, con el solemne acuerdo de todos.

Y así viajé a Mar del Plata y a mi habitación, aquí, en el Hotel Bristol. El resto lo sabe el lector.

* * *

He estado sentada en el escritorio durante cinco días, sin apartarme ni una sola vez, reviviendo esas terribles experiencias, con la verdad en cada una de las palabras. Ahora tengo los dedos tiesos y manchados de tinta; me pesa la cabeza y espero estar lista para dormir. Por primera vez desde que llegué al Bristol, la cama me parece tentadora.

No hay nada más que escribir. Me siento increíblemente cansada. Vacía. Y solo quiero una cosa. Cerrar los ojos, dejarme llevar y no soñar nada.

He contado mi historia.

Por favor, Dios, déjame dormir.

Epílogo

Octubre 1913

Escríbelo todo, había imaginado las palabras de mi abuelo, *y no tendrás que volver a preocuparte.*

Sin embargo, si tenía la esperanza de que las palabras plasmadas en este diario aliviaran mi angustia, quedé muy decepcionada.

A altas horas de la madrugada, las pesadillas siguieron atormentándome: visiones de una figura oscura cojeando; de caminos del bosque con trampas letales; de los hocicos de los perros, babeados y llenos de sangre. Muchas noches me he despertado sobresaltada por el eco de un hacha. Durante el momento de insomnio que venía después, mientras esperaba el amanecer, me sometía a una rigurosa introspección. En medio de todos los horrores que había soportado, no podía dejar de pensar en el corte de la muñeca de Moyano y cómo, en sus últimos estertores, había querido aferrarse a la imagen de la familia de Tarella; el olor a humo de madera de ombú parecía alojado en mi nariz.

Al examinar mi psique tumultuosa, llegué a comprender que todavía tenía muchas preguntas sin respuesta sobre Las Lágrimas (elementos sin explicaciones, piezas que parecían parte de un todo, pero que quedaron sin resolverse). Llegué a la conclusión de que, por mucho que quisiera olvidarme de toda la experiencia, solo la verdad tenía el poder de cambiar mi futuro y liberarme. O eso confiaba. Solo se me ocurrió una persona que podría ayudarme, así que envié un telegrama de súplica a sus oficinas:

HE DEJADO L LÁGRIMAS PUNTO AGRAMONTE HIJO PROBABLEMENTE MUERTO PUNTO
AFORTUNADA DE ESTAR VIVA PUNTO DEBO HABLAR CON USTED PUNTO

Berganza respondió de inmediato y me informó que tomaría el primer tren de Tandil para llegar al día siguiente.

Rumores y especulaciones

—He estado pensando en usted, Ursula —dijo Berganza cuando me saludó, llevándose mi mano a los labios—. Y más desde que llegaron los Agramonte al hospital.

Aproveché uno de los comedores privados del Bristol y solicité que nos prepararan un almuerzo. Pedí una generosa variedad de comida (no había olvidado el apetito del viverista), protegida en los calientaplatos para que pudiéramos servirnos nosotros mismos y no nos interrumpieran los camareros, aunque, al final, él solo picoteó y yo no comí nada. No podía decir lo mismo sobre el decantador de vino de Oporto que había en la mesa, pues Berganza no paraba de beber una copa tras otra. Su voz era menos estridente de lo que recordaba, y estaba un tanto ojeroso, como si se estuviera recuperando de un desagradable ataque de gripe o de su última noche de sueño que probablemente había sido un poco mejor que la mía. Unos vellos grises le surcaban la barba negra. Nos acomodamos en nuestras sillas, y me estudió el rostro con su mirada.

—Temía por usted, querida —confesó.

—¿Sabe lo que le he pasado a su hijo?

—Ha sido el tema de conversación en Tandil, y no fue nada bueno. Lamento decirle que el niño murió.

Recibí la noticia con tristeza, aunque no puedo decir que fue una gran sorpresa.

—¿Aún cree que se trata de una coincidencia? —dije, desafiándolo—. ¿O admitirá que sí había una maldición? Tal vez lo ha sospechado todo este tiempo.

Como no obtuve ninguna respuesta, con la salvedad de que desvió la mirada hacia su vino de Oporto, le conté todo lo que había sucedido desde la última vez que nos despedimos. No los asuntos sobre Moyano y Dolores (ni siquiera el incidente posterior en el cuarto de la criada), sino todo lo relacionado con las luces en los árboles, el hachero y el lago, la trampa, mi visión de Tarella y esos terribles, terribles eventos de los que había sido testigo en la última noche. Mi voz era cada vez más aguda e irreconocible a medida que se me escapaban las palabras. Cuando describí el final de Moyano, percibí algo siniestro en la expresión de Berganza; dejando eso de lado, me prestó atención la mayor parte del tiempo sin reaccionar.

—No creo que me haya dicho toda la verdad, señor —comenté después de haber llegado al final de mi historia, todavía sin haber recibido ninguna respuesta. El hombre había abierto su paquete de cigarros en ese período: el aire a su alrededor se arremolinaba, denso y acre.

—No —admitió al final con bastante remordimiento—. No, no lo he hecho. Se lo prometo, Ursula, pensé que nada de eso tenía que ver con usted. Nunca pensé que terminaría dañada. Parecía tan orgullosa de su nueva posición; no quería ser yo quien la ahuyentara.

—¿Me lo contará todo ahora?

Se produjo otro largo silencio, que Berganza parecía decidido a no romper. Debajo de la mesa, me di cuenta de que tamborileaba los dedos contra su pierna.

—Por favor, señor —exigí saber con una inquietud evidente.

—Preferiría no hacerlo, pero me temo que no tengo otra opción. —Bebió hasta la última gota del vino con determinación y se levantó—. Venga, tomemos un poco de aire, para aclarar las ideas. Mi esposa y yo tuvimos nuestro *viaje de novios* aquí. —Había conseguido un nuevo diccionario Tauchnitz: *honeymoon*, en inglés—. La orilla del mar siempre fue nuestro lugar favorito.

No habló más hasta que estuvimos caminando por la orilla del agua. Para una persona que nos estuviera viendo desde lejos, aparentábamos ser padre e hija a punto de confiarle al otro una noticia grave:

la enfermedad incurable de él, el compromiso roto de ella. A pesar de que el barómetro en el vestíbulo del Bristol indicaba que hacía un buen tiempo, el Atlántico era una masa gris que se agitaba con furia y chocaba contra la orilla, mientras el sol acuoso y diluido trataba de atravesar la densidad de las nubes. Las gaviotas daban vueltas por encima de nosotros, y sus gritos eran agudos y penetrantes. Cuando las olas alcanzaron su punto máximo en la arena, para luego ser arrastradas con brusquedad, pensé en la pobre Lola.

—Lo que voy a decirle —empezó a decir el viverista, bajando la voz a pesar de que en la playa había poca gente—, no lo vi con mis propios ojos. Mi padre me reveló una parte, cuando se estaba muriendo y tenía miedo del sacerdote, cuando tal vez tenía motivos para no ser el más confiable, pero mucho son rumores y especulaciones. Hasta cierto punto, todo lo que conté anteriormente era cierto: el don despidió a Romero Lepping y, en su lugar, le encomendó el jardín a Tarella antes de irse al Viejo Mundo…

—¿Y luego?

—Para fomentar el trabajo, don Guido hizo un trato con Tarella y le prometió un peso, un peso de plata, por cada árbol que plantara. No sé si el don fue sincero en su oferta, ni tampoco si se imaginó la cantidad de árboles que podría plantar Tarella. Lo cierto es que Tarella emprendió la tarea con una asombrosa laboriosidad. Era un hombre sencillo, sin más medios que el trabajo de sus manos, y aunque ya era bastante feliz, quería algo más para su familia. Una pequeña tierra que pudiera considerar propia, tal vez con un jardín: algo para dejarle en herencia a su hijo. Y pues, Tarella se encontró con una oportunidad que pocos hombres reciben. ¡Un peso por cada árbol, cielos! ¿Se imagina la recompensa? Así que trabajó como un esclavo, año tras año, plantando un bosque como le había pedido hasta que, al final, don Guido regresó a casa.

Ahora que tenía la verdad al alcance de la mano, sentí la boca seca y, aunque lo que contara a continuación no podía lastimarme, el corazón aún me latía desbocado dentro de mi caja torácica como si fuera un animal atrapado. Berganza vio mi expresión: asentí para que continuara.

—Mi padre me dijo que la escena aconteció en esa sala octogonal que don Guido mandó a construir para exhibir los recuerdos de su viaje europeo; todavía estaba a medio terminar. En medio de los caballetes y el desorden de los constructores, Tarella le presentó a su empleador una factura por decenas de miles, la misma tarifa que habían acordado los dos hombres años antes. Una tarifa por el valor de… si es que no era mayor… ¡toda la estancia! El don hubiera preferido demoler Las Lágrimas antes que entregársela a un hombre cualquiera, y mucho menos a un criado. Se negó a pagar o a considerar arreglo alguno, por exiguo que fuera, acusó a Tarella de extorsión y, cuando vio que el jardinero tuvo la audacia de protestar, dio la orden de que lo azotaran. Lo hicieron frente a todo el personal antes de echarlos a él y a su familia de la estancia.

—¿Qué hay del contrato? —dije, horrorizada—. La última vez que hablamos, me dijo que la esposa de Tarella había insistido en que hicieran uno. ¿Y todos los recibos que le he mostrado? Deben ser prueba de algo.

Berganza se encogió de hombros con inquietud y se podría llegar a decir que con culpa también.

—Hubo un juicio, pero no con un juez de paz local, sino en el juzgado de Buenos Aires. Tarella perdió, por supuesto. ¿Qué oportunidad tenía? Un simple trabajador contra uno de los hombres más ricos y poderosos de todo el país.

—¿No es extraño que maldijera a Agramonte?

—Eso sucedió después porque, mientras tanto, a la familia Tarella no le quedó más remedio que irse a vivir a los barrios bajos. Ursula, me duele pensar cómo un hombre nacido en las Pampas, de amplios espacios verdes, debe haber sufrido en la miseria de la ciudad. Aceptó todos los trabajos de peón de obra posibles, mientras que su esposa encontró un empleo en una de las fábricas de carne. Luego, como si la fortuna hubiera tomado la decisión de odiar a esa gente, hubo un accidente en la fábrica, un incendio, aunque pasaron muchos meses antes de que la señora Tarella falleciera a consecuencia de sus heridas. Fue durante ese tiempo, creo, cuando los pensamientos de venganza se apoderaron de la mente de su esposo. Como lo habían estafado con la plata, entonces también iba a estafar a don Guido con los árboles. A partir de entonces, Tarella volvió a Las Lágrimas para iniciar una campaña de envenenamiento de las raíces y, cuando esto no satisfizo la violencia de la injusticia que sentía Tarella, empezó a hachar los troncos.

—Un acto bastante inútil, diría yo, dada la cantidad.

—Era una declaración, al fin y al cabo. Cuando taló uno de esos magníficos ombús de la entrada de la casa, don Guido tuvo que tomar cartas en el asunto. Colocó trampas y esperó con hombres y perros para capturar a Tarella... y el punto álgido de la historia lo conoce mejor que yo.

Era un recuerdo que había luchado por dominar y por mantener en los espacios recónditos de la mente, pero en ese momento las imágenes se abalanzaron sobre mí con todo el horror que acarreaban.

—Morir de esa manera —dije—. Destrozado por perros.

—Pero Tarella no murió, a pesar de quear con todo el cuerpo desfigurado. Tal vez el don tuvo piedad y lo perdonó antes de alejar a la manada, o tal vez lo quería vivo para prolongar el sufrimiento del jardinero. Luego hizo desaparecer a Tarella en el monasterio cerca de Chigüido*, al borde de las Pampas. Allí, el desgraciado hombre pasó sus últimos días, consumido por una miseria y un odio tan intensos que los jesuitas que lo atendían llegaron a temblar mientras cumplían con su deber. Estaba delirando de angustia por sí mismo y por su hijo.

—¿Su hijo?

—Habían estado juntos en esa catastrófica noche, y como el niño no pudo liberar a su padre de la trampa, Tarella lo instó a huir.

—*Corre* —murmuré—. *Aléjate de aquí. Lo más lejos posible...*

—El niño escapó hacia las Pampas, y aunque los hombres de Agramonte lo persiguieron, nunca más lo encontraron. Seguro que falleció en el bosque, perdido, muerto de hambre y llorando por su padre.

---

* Probablemente el Monasterio de San Ignacio, aunque no he podido verificar esta información, ya que el edificio original fue destruido por un derrumbe en 1883 y se perdieron todos los registros.

Tarella también debe haberlo sabido. Usted es demasiado joven para apreciarlo, Ursula, pero no hay dolor más insoportable que saber que uno no ha podido proteger a su propio hijo. Se decía que, en su tormento, Tarella se frotaba las manos hasta dejarlas en carne viva. Se rascaba sin parar el tobillo lastimado. Y se arrancó de la cabeza hasta el último mechón de pelo.

»Al final murió, no sin antes maldecir a don Guido, jurando venganza por todo lo que le había quitado. Jurando que, así como él había perdido a su hijo, también lo perdería el don... y todos los demás Agramonte que vendrían después. —Toda la actitud del viverista respondió a la mía, que estaba llena de lástima y repugnancia—. Los jesuitas avisaron que le habían hecho un funeral cristiano y, tan pronto como enterraron a Tarella, se dice que un hachero empezó a vagar por los terrenos de la estancia. Los ciervos preciados del don fueron sacrificados; alguien les cortó la garganta a todos y cada uno de los animales en una sola noche. La mansión de invitados se incendió y la doña sufrió terribles quemaduras. Su hijo se ahogó. A partir de entonces, Las Lágrimas quedó abandonada.

—Hasta que la estancia llegó al don actual.

Berganza asintió con seriedad.

—¿Qué tanto sabe él de toda esta historia?

—Señorita Kelp, eso tendría que preguntárselo usted misma.

—¿Lo ha visitado en Tandil?

—Doña Javiera es de Montevideo. La familia se ha ido allí sin ver a nadie.

Después de eso, no hablamos más. Mientras reflexionábamos sobre nuestros propios torbellinos de pensamientos, volvimos sobre nuestros pasos a lo largo de la playa. Me estaba preparando para la pregunta final que sí o sí tenía que hacerle. Cuando llegamos a ese primer grupo de huellas de cuando salimos del Bristol para luego llegar al margen de las olas, sentí que Berganza, ya habiendo contado todo, solo deseaba estar lejos. No traté de disuadirlo, pues también quería estar sola para pensar en todo lo que me había revelado.

Le agradecí al viverista su franqueza.

—Creo que no nos volveremos a ver —respondió.

Me cogió de la mano con solemnidad y me la estrechó hasta que, de repente, lo solté:

—Hay algo más que debo saber, señor.

—Sí. —Suspiró con desolación, como si se lo esperara.

—¿Era amigo de Moyano?

—Nos conocíamos de antes. Fui yo quien se lo presentó a don Paquito.

—¿Cómo lo vio el día de su visita?

El viverista reflexionó sobre mi pregunta.

—Si le soy sincero, no del todo bien.

—¿A qué se refiere?

—Parecía distraído, o bien absorto en algún asunto privado. No era el mismo de siempre.

—¿Cree que…? —Recordé ese último momento cuando lo vi con la cabeza afeitada y lastimada por la navaja—. ¿Cree que podría haber estado poseído por el poder que acecha Las Lágrimas?

—No estoy seguro de que eso sea posible.

—Pero siento que algo lo preocupa.

—Cuando le dije que Tarella murió, no le expliqué la causa. En su celda, no se le permitía tener nada con lo que pudiera dañarse a sí mismo o a otros. Pero el día de su muerte, parecía menos demente y les rogó a los jesuitas que le llevaran una flor para observar. No una flor cortada. Una flor viva, en tierra. Como pensaron que el jardinero no podría causar ningún daño con eso, y también como parecía una señal positiva de cambio en su actitud, los sacerdotes accedieron y le trajeron a Tarella una maceta con una flor. Cuando más tarde lo encontraron, vieron que había roto la maceta, había agarrado el pedazo más afilado y se había abierto las muñecas de forma tal que nadie pudiera detener el flujo de sangre.

Estaba demasiado asqueada.

—Rezaré por su alma esta noche —dije, cuando por fin encontré las palabras—. Por su hijo y su esposa también.

—Rezar no ayudará. A Guido Agramonte no le sirvió de mucho.

—¿Y entonces? —supliqué.

—Solo esperemos que la hija de don Paquito nunca quede encinta. Y mucho menos de un niño. Ahora debo darme prisa para tomar el tren de las tres.

Lo observé alejarse a toda velocidad por la arena opaca y húmeda y, durante un largo tiempo después, no hice ningún intento de seguirlo. Simplemente me quedé ahí, tratando de imaginar qué consuelo me habría ofrecido el abuelo en respuesta a todas esas revelaciones. Por mucho que lo intentara, no pude invocar su voz; el único sonido que ocupaba mis pensamientos era el incesante choque de las olas. Y así me quedé, ignorando el mundo, salvo por el viento que me sacudía el cabello, hasta que, finalmente, cayó el anochecer. Una a una, las luces que había a lo largo de la rambla se encendieron con un brillo que solo servía para aumentar la oscuridad. Luego, como si estuviera en trance, me dirigí hacia ellas.

Antes de que terminara la semana, me había ido de Argentina para siempre.